ullstein

Das Buch

Die 26-jährige Serena wird durch einen Anruf ihres Bruders in Angst und Schrecken versetzt: Fabian, ein begabter Physiker, ist den dunklen Machenschaften eines mächtigen Konzerns auf die Spur gekommen und in Nordamerika untergetaucht. Von vorahnungsvollen Träumen geplagt, macht Serena sich gemeinsam mit Fabians Freund, dem Indianer Shane Storm Hawk, auf, ihren Bruder zu finden. Die Suche, bei der sie schnell selbst zu Verfolgten werden, führt sie durch den Westen der USA bis nach Kanada. Serena fühlt sich stark zu Shane hingezogen, doch nun stehen auch ihre Leben auf dem Spiel. Sie muss auf die mystischen Zeichen vertrauen, nicht nur um Fabians willen, sondern auch um ihrer Liebe zu Shane eine Chance zu geben.

Die Autorin

Sanna Seven Deers ist geborene Hamburgerin. Sie heiratete einen kanadischen Indianer und zog mit ihm in die Wildnis der Rocky Mountains. Dort leben die beiden mit ihren vier Kindern.
www.sannasevendeers.com

Von der Autorin sind außerdem in unserem Hause erschienen:
Der Ruf des weißen Raben
Das Windlied des Bären

Sanna Seven Deers

Das Geheimnis des Felskojoten

Roman

Ullstein

Besuchen Sie uns im Internet:
www.ullstein-taschenbuch.de

Der Verlag dankt David Seven Deers für die freundliche Genehmigung, seine Illustration für die Covergestaltung sowie seine Karte auf S. 6/7 zu verwenden

MIX
Papier aus verantwortungsvollen Quellen
FSC® C083411

Originalausgabe im Ullstein Taschenbuch
1. Auflage Juli 2013

Umschlaggestaltung: ZERO Werbeagentur, München
Titelabbildung: © plainpicture/Design Pics; Fine Pic®, München;
© David Seven Deers (Illustration)
Satz: Pinkuin Satz und Datentechnik, Berlin
Gesetzt aus der Sabon
Papier: Pamo Super von Arctic Paper Mochenwangen GmbH
Druck und Bindearbeiten: CPI – Clausen & Bosse, Leck
Printed in Germany
ISBN 978-3-548-28514-6

The Great Spirit is in all things,
he is in the air we breathe.
The Great Spirit is our Father,
but the Earth is our Mother.
She nourishes us.
That which we put into the ground
she returns to us …

Big Thunder (Bedagi) – Wabanaki Algonquin

Der Große Geist ist in allen Dingen,
er ist in der Luft, die wir atmen.
Der Große Geist ist unser Vater,
aber die Erde ist unsere Mutter.
Sie nährt uns.
Das, was wir in den Boden geben,
gibt sie an uns
zurück …

Big Thunder (Bedagi) – Wabanaki Algonquin

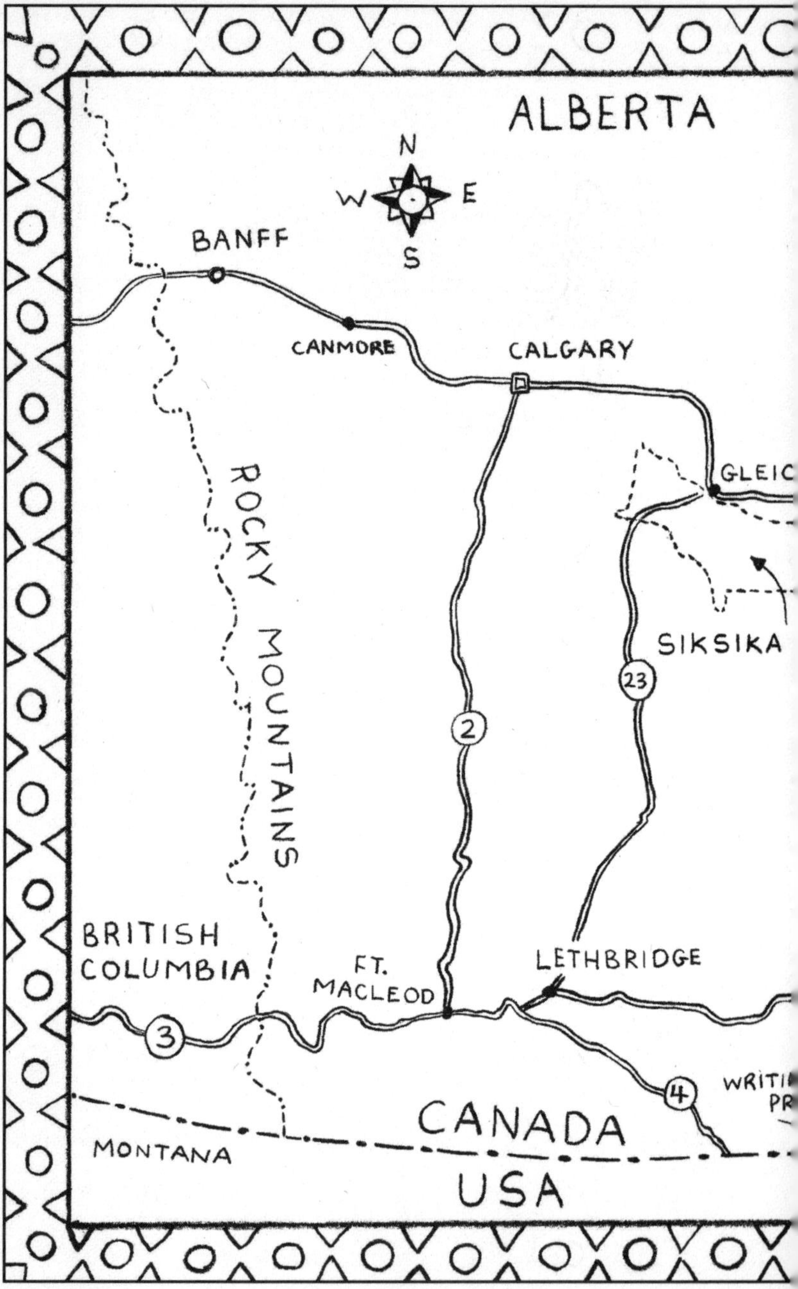
ALBERTA
N
W
E
S
BANFF
CANMORE
CALGARY
GLEIC
ROCKY MOUNTAINS
SIKSIKA
23
2
BRITISH COLUMBIA
FT. MACLEOD
LETHBRIDGE
3
4
CANADA
MONTANA
USA

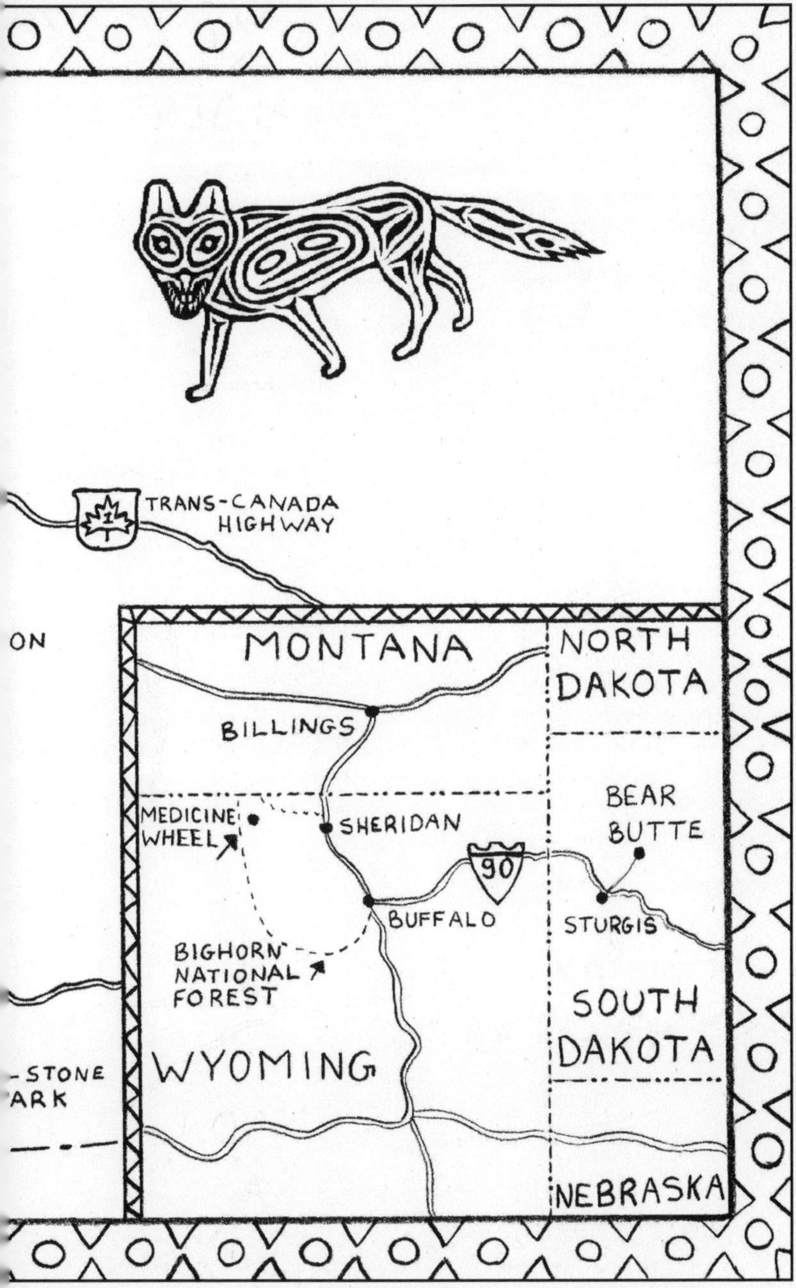
TRANS-CANADA HIGHWAY
1
MONTANA
NORTH DAKOTA
BILLINGS
MEDICINE WHEEL
SHERIDAN
BEAR BUTTE
90
BUFFALO
STURGIS
BIGHORN NATIONAL FOREST
SOUTH DAKOTA
WYOMING
NEBRASKA

What is life?
It is the flash of a firefly in the night.
It is the breath of a buffalo in the wintertime.
It is the little shadow which runs across
the grass and loses itself in the sunset.

Crowfoot (Häuptling des kanadischen Blackfoot-Stammes)

I

Der Mond schien hell. Der Pier war verlassen. Nur das gleichmäßige Schwappen der Wellen unterbrach die Stille. Das kalte Licht der Hafenlaternen erleuchtete den Anlegeplatz und ließ den dichten Nebel noch unheimlicher wirken. Der salzige Geruch von Seetang hing in der Luft. Aus der Ferne ertönte ein Schiffshorn, und irgendwo schrie eine Möwe.

Dimitri Csaba strich sich über das kurzgeschorene dunkelblonde Haar und sah sich nervös um. Die anderen Matrosen waren längst von Bord gegangen. Mit schnellen Schritten überquerte er den Landungsplatz.

Dimitri – wie fremd ihm der Name war. Wie viel in den vergangenen Tagen passiert war.

Der junge Mann seufzte tief und zerrte an dem Halsausschnitt seines T-Shirts. Es fiel ihm schwer, sich wieder an moderne Kleidung zu gewöhnen. Nun schon zum dritten Mal in seinem Leben war er im Begriff, alle Brücken hinter sich abzubrechen und eine neue Identität anzunehmen. Vor drei Jahren war er einem Kloster beigetreten. Damals war aus Fabian Eckehard Bruder Simeon geworden. Nun hatte Bruder Simeon dem Kloster für immer den Rücken zugekehrt. Unter dem Namen Dimitri Csaba und mit gefälschtem ungarischen Pass hatte er in Rotterdam auf einem Schiff nach Nordamerika angeheuert. Fabian wusste selbst kaum mehr, wer er wirklich war. Bruder Simeon kam seinem wahren Ich am nächsten, und Fabian konnte von sich nur schwer als jemand anderem als den Mönch denken, der er noch vor weniger als drei Wochen gewesen war. Er spürte in seinem Herzen, dass es auch in Zukunft dabei bleiben würde. Und noch einer Sache war er sich eindeutig bewusst: dass er erreichen musste, was er sich vorgenommen hatte.

Fabian blickte sich unruhig um. Er musste von der Bildfläche verschwinden. Das Gelingen seines Vorhabens hing allein davon ab, dass niemand herausfand, wo er sich aufhielt. Er musste untertauchen, seine Spuren verwischen. Und dazu musste er erneut seine wahre Identität verbergen.

Fabian kam an einem Abfalleimer vorbei. Er blieb kurz stehen, fischte Dimitris ungarischen Pass aus der Jackentasche und warf ihn, ohne zu zögern, hinein. Dann zog er einen kanadischen Ausweis hervor und schlug ihn auf. Der Pass zeigte sein Bild. Doch daneben stand: *Michael Hall.*

Fabian seufzte erneut. Er würde sich auch an diesen Namen gewöhnen müssen. Wenn sein Freund und ehemaliger Arbeitskollege Shane Storm Hawk, ein Blackfoot-Indianer, ihn jetzt sehen könnte, würde er über Fabian lachen. Bei den Blackfoot und vielen anderen indianischen Völkern war es üblich, im Laufe seines Lebens mehrere Male den Namen zu ändern. Aber Fabian war in Deutschland aufgewachsen, und dort waren Namensänderungen nicht gerade üblich.

Er rief sich zur Ordnung. Er durfte keine Zeit verschwenden. Er musste verschwinden, bevor man ihn fand. Aber vorher hatte er noch etwas Wichtiges zu erledigen.

Die sechsundzwanzigjährige Serena Eckehard hatte es sich auf dem Sofa im Wohnzimmer ihrer kleinen Berliner Wohnung gemütlich gemacht. Diffuses Sonnenlicht strömte durch die hellen Gardinen an den Fenstern, und obwohl es noch früh am Vormittag war, war es drückend heiß. Serena hatte ihr schulterlanges schwarzes Haar mit ihrer Lieblingshaarnadel aufgesteckt und blätterte in einer Zeitschrift. Sie fächerte sich beim Lesen Luft zu, aber es half nicht viel.

Verärgert ließ Serena die Zeitschrift sinken. Sie hätte sich einen dieser elektrischen Tischventilatoren besorgen sollen, als noch welche zu haben waren. Mittlerweile waren alle ausverkauft. Aber eine derartige Hitzewelle war auch wirklich ungewöhnlich, selbst für August. Sie konnte kaum einen Temperaturunterschied zu Tunesien feststellen, von wo aus sie erst vor wenigen Tagen zurückgekehrt war. Serena war freiberufliche Fotografin und oft auf Reisen. Besonders seit ihr Bruder sich vor drei Jahren ganz überraschend in ein Kloster zurückgezogen hatte, hielt sie nicht viel in ihrem Heimatland. Wieder zu Hause, hatte sie sich eigentlich nach ein wenig Ruhe und Erholung gesehnt. Aber davon konnte bei dieser Hitze keine Rede sein.

Das schrille Klingeln des Telefons ließ Serena aus ihren Gedanken aufschrecken. Sie sprang vom Sofa auf, erfreut über die Ablenkung.

Das Display des Telefons zeigte eine Nummer aus Nordamerika an. Verwundert meldete sie sich.

»Ich bin es«, ertönte die vertraute Stimme ihres Bruders.

Serena stockte der Atem. Es konnte doch unmöglich wahr sein! Als Fabian damals ins Kloster gegangen war, hatten sie einander für immer Lebewohl gesagt. Sie hatte es sich nicht träumen lassen, seine Stimme in diesem Leben noch einmal zu hören.

»Fabian«, hauchte sie, »bist du es wirklich?« Tränen stiegen ihr in die Augen. Und für einen kurzen herrlichen Augenblick glaubte sie, dass ihr geliebter großer Bruder zu ihr zurückkehren würde. Aber dieses Wunschbild wurde ihr schon mit seinen nächsten Worten genommen.

»Serena, hör mir gut zu«, sagte Fabian. »Ich habe nicht viel Zeit.« Seine Stimme klang nervös, seine Worte überstürzt. »Ich habe das Kloster verlassen. Ich werde nicht dorthin zurückkehren. Meine Gebete sind erhört worden. Ich weiß jetzt, was ich zu tun habe.«

»Ich verstehe nicht …«, begann Serena, aber Fabian fiel ihr ins Wort.

»Ich habe dir damals nicht die ganze Wahrheit gesagt«, erklärte er hastig. »Diese Leute wollten, dass ich für sie arbeite. Aber ich konnte mich nicht dazu durchringen. Sie sind in schlimme Sachen verwickelt, Serena. Sehr schlimme. Und ich habe gesehen, was sie machen. Sie hätten mich umgebracht. Mein einziger Ausweg war das Kloster. Sie ließen mich gewähren, denn dort stellte ich keine Gefahr für sie dar. Aber ich konnte und kann nicht mit dem Wissen um die Verbrechen leben, die sie begehen. Ich muss versuchen, sie aufzuhalten, koste es, was es wolle.«

»Fabian, wo bist du?« Serenas Stimme stockte. Wovon sprach ihr Bruder nur? »Sag mir, was los ist. Vielleicht kann ich dir helfen!«

»Niemand kann mir helfen«, erwiderte Fabian. »Und es ist besser, wenn du keine Einzelheiten kennst. Ich will dich nicht unnötig in Gefahr bringen. Jetzt, wo ich nicht mehr im Kloster bin, werden sie nach mir suchen. Vielleicht auch bei dir. Deshalb rufe ich an – um dich zu warnen. Diese Leute schrecken vor nichts zurück.«

»Wer, um Himmels willen, Fabian? Bitte lass mich doch …«

»Und ich wollte, dass du mich in guter Erinnerung behältst«, unterbrach Fabian sie. »Egal was du irgendwann einmal über mich liest oder was dir jemand einmal über mich weismachen will. Ich habe immer versucht, das Richtige zu tun, das weißt du. Nur dieses eine Mal habe ich es nicht getan. Aus Angst. Das werde ich jetzt geradebiegen.«

»Das hört sich so an, als ob …«

»Ich hab dich lieb, kleine Schwester. Vergiss mich nicht.«

»Fabian!«, rief Serena aufgebracht. »Fabian!«

Aber alles, was sie hörte, war ein monotones Dröhnen. Die Verbindung war abgebrochen.

»Ich hab dich auch lieb«, flüsterte sie mit tränenerstickter Stimme. Dann legte sie das Telefon zurück auf den Tisch und ließ sich aufs Sofa fallen. Entsetzt presste sie die Hand vor den Mund. Worin war Fabian nur verwickelt?

Willst du eine freie Seele haben, so musst du entweder arm sein oder wie ein Armer leben, hatte Fabian Seneca zitiert, als er ihr von seinem Vorhaben, Mönch zu werden, erzählt hatte – Fabian hatte eine Schwäche für Zitate. Dabei hatten eine solche Entschlossenheit und Willensstärke in seinem Blick gelegen, dass Serena nicht einen Augenblick an seinen Motiven gezweifelt hatte. Doch überrascht hatte sie sein Entschluss schon. Natürlich waren sie beide katholisch erzogen worden. Aber Fabian hatte nie viel auf den Glauben gegeben. Im Gegenteil, er war ein sehr praktisch veranlagter Mensch, jemand, der alles hinterfragte, jemand mit sehr viel Köpfchen. Deshalb hatte er erfolgreich Physik studiert, nicht nur in Deutschland, sondern auch im Ausland. Seitdem war er immer viel unterwegs gewesen, aber er hatte seine zehn Jahre jüngere Schwester nie vergessen. Von überall, wo er sich aufhielt, hatte er ihr lange Briefe geschrieben, Postkarten geschickt und ihr Souvenirs mitgebracht. Und wann immer er zu Hause gewesen war, hatten sie viel Zeit miteinander verbracht. Das Alter, in dem man sich als junger Mensch fragt, warum man eigentlich auf dieser Welt ist, woher man kommt und wohin es einen führen wird, hatte er zu dem Zeitpunkt, als er sich entschloss, ins Kloster zu gehen, längst hinter sich gelassen. Es war damals vielmehr Serena gewesen, die sich mit all diesen Fragen beschäftigt hatte, ohne zu einem wirklichen Ergebnis zu kommen. Trotzdem hatte es bei Fabian diesen plötzlichen Sinneswandel gegeben.

Als Serena jetzt an den Tag des Abschieds zurückdachte, wurde ihr zum ersten Mal bewusst, dass zu jener Zeit noch etwas anderes in dem Blick ihres Bruders gelegen hatte: ein Hauch von unterdrückter Verzweiflung, von Ausweglosigkeit, den Serena bisher versucht hatte zu verdrängen. Das Telefonat eben hatte es ihr wieder in Erinnerung gerufen. Sollte sie die Motive ihres Bruders bisher missdeutet haben? Hatte er damals ihre Hilfe gebraucht und ihr war es nicht aufgefallen? Wie dem auch sei, jetzt hatte sie es bemerkt und sie würde handeln.

Serena holte ihre Handtasche und wühlte hastig

darin herum. Wo hatte sie den Zettel nur hingesteckt? Da war er! Vorsichtig faltete sie das zerknitterte Papierstückchen auseinander. Darauf war in ihrer klaren, geschwungenen Handschrift eine Telefonnummer vermerkt. Sie hatte sich geschworen, niemals weich zu werden und die Nummer nur im äußersten Notfall zu gebrauchen. Aber jetzt musste es sein.

Serena griff nach dem Telefon und wählte mit zitternder Hand die Rufnummer. Nach zweimaligem Klingeln meldete sich eine Männerstimme.

»Kloster Engelstein.«

»Guten Tag«, sagte Serena, so ruhig es ging. »Ich muss meinen Bruder in einer dringenden Familienangelegenheit sprechen. Würden Sie ihm bitte ausrichten, er möge sich umgehend bei mir melden?«

»Wer bitte ist Ihr Bruder?«, fragte die Männerstimme.

»Fabian Eckehard.«

»Warten Sie bitte einen Augenblick.«

Stille. Serena rutschte nervös auf dem Sofa hin und her. Endlich meldete sich jemand. Ein Mann. Aber es war nicht Fabian.

»Man sagte mir, dass Sie Bruder Simeon in einer wichtigen Familienangelegenheit sprechen möchten.«

»Fabian Eckehard, das ist richtig«, erklärte Serena mit stockender Stimme.

»Es tut mir aufrichtig leid, verehrte Frau, aber Bruder Simeon ist nicht mehr bei uns.«

»Sind Sie ganz sicher?«

»Meine Tochter, ich stehe diesem Kloster vor, ich weiß, wovon ich spreche.« Dann fügte er mitfühlend hinzu: »Es tut mir wirklich sehr leid.«

»Ich danke Ihnen«, sagte Serena leise und legte auf. Es war also tatsächlich wahr. *Alles* war wahr. Fabian hielt sich nicht mehr im Kloster auf. Er war irgendwo da draußen, und er brauchte Hilfe. Sie musste ihn finden!

Serena nahm erneut das Telefon. Diesmal rief sie ihre Eltern an. Mit wenigen Worten berichtete sie, was vorgefallen war.

»Fabian ist aus dem Kloster verschwunden, Vati. Und ich glaube, er ist in irgendwelchen Schwierigkeiten«, beendete sie ihren Bericht.

»Das Leben deines Bruders ist für deine Mutter und mich nicht mehr von Belang«, erwiderte ihr Vater kühl. »Als er vor drei Jahren ins Kloster ging, habe ich ihm ins Gesicht gesagt, dass er für uns gestorben ist, sollte er bei seiner Entscheidung bleiben. Nun, er ist dabei geblieben. Dann muss er auch für die Konsequenzen geradestehen.«

»Aber Vati«, versuchte Serena es noch einmal, »es hat sich wirklich angehört, als ob …«

»Bitte spar dir deine Worte«, wehrte ihr Vater ab. »Es bleibt dabei.« Dann hängte er einfach auf.

Serena seufzte. Ihr Vater konnte so starrköpfig sein! Er hatte es Fabian nie verziehen, dass er seine brillante Karriere, sein gesamtes Leben aufgegeben hatte, um Mönch zu werden.

Serena wusste, sie hatte diesen Starrsinn von ihrem Vater geerbt. Wenn sie sich erst einmal etwas in den Kopf gesetzt hatte, dann blieb sie dabei. Und jetzt hatte sie sich vorgenommen, ihrem geliebten Bruder zu helfen, und das würde sie auch tun!

Aber um Fabian zu helfen, musste sie zunächst einmal herausfinden, wo er sich aufhielt.

Fabian hat aus Nordamerika angerufen, ging es ihr durch den Kopf. Und plötzlich kam ihr eine Idee. Sie hatte auf ihrem Kleiderschrank eine Schachtel mit Fabians persönlichsten Sachen verstaut, die er ihr übergeben hatte, bevor er ins Kloster gegangen war. Vielleicht konnte sie dort einen Anhaltspunkt für ihre Suche finden.

Sie lief ins Schlafzimmer, kletterte auf einen Stuhl und holte die Schachtel vom Schrank. Sie war nicht groß und vollkommen verstaubt. Serena hatte sie seit langer Zeit nicht in den Händen gehabt. Die Erinnerung an Fabian schmerzte sie zu sehr.

Mit der Schachtel auf dem Schoß setzte sie sich aufs Bett. Sie holte tief Luft. Sie würde nicht weinen. Sie würde sich zusammenreißen und die Angelegenheit ganz praktisch angehen.

Serena öffnete den Deckel und begann, einen Gegenstand nach dem anderen herauszunehmen. Obenauf lag Fabians Lieblingspullover. Serena drückte ihn an sich. Er roch noch immer nach Fabian. Schnell legte sie ihn zur Seite. Sie hatte keine Zeit für Sentimentalitäten. Als Nächstes kam ein zerfleddertes Taschenbuch zum Vorschein. Dantes *Göttliche Komödie*. Serena konnte Dante nichts abgewinnen, aber Fabian hatte es geliebt, ihr aus seinen Werken vorzulesen.

Nach und nach leerte sie den gesamten Schachtelinhalt auf dem Bett aus, ohne wirklich etwas zu finden, das ihr weiterhalf. Da fiel ihr Blick auf Fabians abgegriffenes Adressbuch. Sie schlug das Büchlein auf und blätterte es sorgfältig durch. Fabian hatte eine Weile in Toronto studiert und auch in einigen Städten in den USA gearbeitet. Sein Anruf eben war aus Nordamerika gekommen. Vielleicht hatte er bei einem Freund von der Uni oder einem ehemaligen Arbeitskollegen Zuflucht gesucht.

Serena sah die aufgelisteten Telefonnummern daraufhin durch. Aber weder für Kanada noch für die Staaten gab es viele Eintragungen. Sie war bereits bei

»S« angelangt und gerade dabei, aufzugeben, als sie plötzlich hellhörig wurde: *Shane Storm Hawk, Gleichen, Alberta, Canada.*

Shane Storm Hawk. Shane Storm Hawk. Den Namen hatte Fabian oft erwähnt. Aber wer war er doch gleich? Fabian hatte so viele Bekannte. Dann fiel es Serena ein: Shane Storm Hawk war der Blackfoot-Indianer, mit dem Fabian in Toronto studiert und mit dem er vor einigen Jahren für eine Weile in Denver zusammengearbeitet hatte. Fabian hatte immer in den höchsten Tönen von ihm gesprochen. Vielleicht konnte er ihr weiterhelfen.

Serena lief zurück ins Wohnzimmer, das Adressbuch in der Hand. Entschlossen griff sie zum Telefon und wählte die Nummer. Es läutete viermal, aber niemand nahm ab. Dann meldete sich der Anrufbeantworter. Serena hinterließ eine kurze Nachricht.

Es gab noch eine andere Eintragung für Storm Hawk, eine Handynummer. Kurzerhand rief Serena auch dort an. Wieder meldete sich nur der Anrufbeantworter, und wieder blieb Serena nichts weiter übrig, als um baldigen Rückruf zu bitten.

Enttäuscht setzte sie sich aufs Sofa. Doch gleich darauf fuhr sie entgeistert auf: »Natürlich! Was für ein Dummerchen ich doch bin«, schalt sie sich selbst. Sie hatte die Zeitverschiebung vergessen. In Amerika war es noch mitten in der Nacht. Gut, dass sie niemanden aufgeweckt hatte. Sie würde sich einfach noch ein paar Stunden gedulden müssen.

»Damn it!«, fluchte Newman und knallte sein Handy auf den kleinen Tisch im Laderaum des VW-Transporters. »Unsere Leute waren nicht schnell genug. Eckehard ist ihnen entwischt! Das ist jetzt das zweite Mal!«

»Sollen wir ihm nach Halifax folgen, Chef?«, wollte Berger wissen.

»Natürlich nicht, du Dummkopf. Bis wir dort sind, ist der Kerl schon wer weiß wohin verschwunden.«

»Was schlägst du vor, Chef?«, fragte Berger vorsichtig.

»Was schlägst du vor, Chef?«, äffte Newman nach. »Habt ihr kein Gehirn? Die Schwester ist unsere einzige Chance. Bleib in der Leitung. Vielleicht meldet sich Eckehard noch einmal per Telefon oder E-Mail bei ihr. Schumann, du behältst ihre Wohnung im Auge. Sag sofort Bescheid, wenn sich etwas tut.«

Dennis Newman ließ sich auf einen der Stühle fallen und starrte wütend vor sich hin. Wie hatte man ihm nur solche hirnlosen Mitarbeiter und einen derart idiotischen Job zuweisen können? Um einem entflohenen Mönch und seiner kleinen Schwester nachzustellen, war er wirklich völlig überqualifiziert.

Newman arbeitete für Global Industries, eine Sicherheitsfirma, die ihren Hauptsitz in Frankfurt hatte. Er besaß sowohl die deutsche als auch die amerikanische Staatsangehörigkeit, und er sprach das amerikanische Englisch akzentfrei. Obwohl er erst Anfang dreißig war, hatte er bereits mehrere Jahre als Verbindungsoffizier für BND und CIA gearbeitet. Überall auf der Welt hatte er geheime Aufträge durchgeführt, zuletzt in Irak und Afghanistan.

Vor einem Jahr hatte er genug davon gehabt, jeden Tag seinen Hals für andere Leute zu riskieren, und war bei Global Industries eingestiegen. Bisher waren seine Aufträge in Ordnung gewesen. Gutes Geld und geringes Risiko. Aber dies? Man brauchte keinen

Mann mit Newmans Ausbildung, um einem Mönch hinterherzuspionieren. Umso mehr regte es Newman auf, dass ebendieser Mönch es nun schon zum zweiten Mal geschafft hatte, ihn an der Nase herumzuführen. Zuerst war Eckehard in Italien spurlos verschwunden, obwohl Newmans Männer ihn rund um die Uhr bewacht hatten. Newmans Vorgesetzter hatte ihn daher angewiesen, Eckehards Schwester zu observieren. Tagelang war nichts passiert. Heute endlich hatte Eckehard den Fehler begangen, sich telefonisch bei ihr zu melden. Berger und Schumann hatten den Anruf zurückverfolgt. Eckehard hielt sich im Hafen von Halifax auf. Newman hatte weitreichende Verbindungen, und Global Industries hatte überall auf der Welt Handlanger. Das öffentliche Telefon, von dem aus Eckehard angerufen hatte, war innerhalb von wenigen Minuten umstellt gewesen. Aber Eckehard war ihnen ein weiteres Mal durch die Finger geschlüpft.

»Chef, unser Verbindungsmann in Halifax hat gerade durchgegeben, dass Eckehard unter dem Namen Dimitri Csaba auf einem brasilianischen Frachter von Rotterdam aus nach Halifax gekommen ist«, riss Berger Newman aus seinen Gedanken.

»Und? Haben sie ihn aufgespürt?«

»Nein«, gab Berger zurück. »Unter diesem Namen ist niemand durch die Passkontrolle gegangen. Eckehard muss entweder auf ein anderes Schiff umgestiegen oder unter einem völlig anderen Namen nach Kanada eingereist sein.«

»Unser kleiner Mönch ist schlauer, als ich angenommen habe«, murmelte Newman aufgebracht und drehte seine schwarze Sonnenbrille unruhig in der Hand. »Aber wir werden sehen, wer am Ende der Schlauere von uns beiden ist.«

II

Shane Storm Hawk war zu Fuß im Banff National Park unterwegs. Es war ein sonniger Augusttag, und selbst hier, hoch oben in den kanadischen Rockies, wehte ein warmer Wind. Dem Sommer blieb in dieser Gegend nur eine kurze Zeit, aber er war umso schöner.

Shane wanderte kurz unterhalb der Baumgrenze. Hier standen Espen und Lodgepole-Kiefern dicht an dicht. Wapitiherden durchzogen die Wälder. Die großen, anmutigen Tiere grasten genüsslich in der warmen Sonne. Nach dem langen harschen Winter wussten sie die Sommermonate zu schätzen. Gruppen von Bergschafen kletterten über die zerklüfteten Felsen der Berghänge und ließen ihre riesigen geschwungenen Hörner blitzen. Und hoch über den von Schnee und Gletschern bedeckten Berggipfeln zogen majestätische Adler und Habichte ihre Runden. Die einsamen Schreie der großen Raubvögel echoten durch die Stille.

Andere Leute konnten diese unberührte Natur nur im Urlaub genießen. Shane hingegen war beruflich oft in ihr unterwegs. Diese Tatsache war es, was er am meisten an seinem Beruf liebte und weswegen er den Job in Banff angenommen hatte. Shane war Geologe und kümmerte sich im Park zurzeit um die Analyse einiger Gesteinsproben, die von der Provinzregierung angefordert worden war. Überhaupt lag ihm die Wildnis im Blut. Shanes Mutter war Indianerin vom Stamm der Blackfoot. Sein Vater stammte ursprünglich aus Norwegen, war aber nach Kanada umgesiedelt, weil es in den Siebzigern gutbezahlte Jobs im hohen Norden gegeben hatte. Auch er war dem Ruf der Wildnis verfallen.

Shane grinste, als er wieder einmal feststellte, wie merkwürdig sich die Gene seiner Eltern bei ihm gemischt hatten. Er hatte nicht etwa das dominante schwarze Haar, die dunklen Augen und die schlanke Gestalt seiner indianischen Vorfahren geerbt, sondern die stattliche Wikingergröße, die breiten Schultern und die dunkelblauen Augen seines Vaters. Sein langes Haar war zwar von einem dunklen Braun, aber wenn die Sonne daraufschien, zeigte es einen rötlichen Schimmer, der eindeutig auf die norwegische Seite seiner Familie zurückzuführen war. Nur seine Gesichtszüge verrieten dem Außenstehenden die indianische Herkunft. Doch Shanes Mutter Helen und Großmutter Storm Hawk hatten ihm von klein auf erklärt, dass es nicht auf Äußerlichkeiten ankam. Was zählte, war allein das, was in den Herzen der Menschen zu finden war. Und vom Herzen und Wesen her, das hatten die beiden Frauen sehr schnell festgestellt, war Shane ein Indianer und sonst nichts. Das hatte auch sein Grundschullehrer gleich zu Schulbeginn gemerkt. Shane war bereits damals ein Einzelgänger gewesen, nie überstürzt in seinem Handeln, nie unüberlegt in seinen Worten, aber von Grund auf aufrichtig. Dazu besaß er einen feinen Humor und einen ausgeprägten Gerechtigkeitssinn.

Shane setzte seinen Weg über den dichtbewaldeten Berghang fort. Er war so sehr in seine Gedanken vertieft, dass er nicht aufpasste, wohin er trat. Für diese Unachtsamkeit bezahlte er sofort: Er stolperte über etwas, das unmittelbar vor ihm etwa fünf Zentimeter aus der Erde ragte, und fiel unsanft zu Boden.

»Was ist denn das?«, murmelte Shane verärgert. Er stand auf und klopfte die lose Erde von seiner Kleidung. Dann begutachtete er, was ihn hatte stolpern lassen. Mitten in den felsigen Boden war ein Betonring eingelassen, breit genug, dass ein ausgewachsener Mann hindurchpasste. Der Ring war mit einem Metallgitter abgedeckt.

Shane beugte sich nach vorne, um in den Ring hineinzusehen, zog sich jedoch sofort überrascht zurück. Er spürte einen starken Luftstrom. Shane hockte sich neben den Betonring und hielt die Hand über das Gitter. Er hatte es sich nicht eingebildet. Irgendetwas sog eine Menge Luft nach unten ins Innere des Berges. Shane war hier oben in der unberührten Wildnis nicht bloß auf irgendeinen Betonring gestoßen, sondern auf einen Schacht! Und da war noch etwas: Für einen kurzen Augenblick meinte er, ein leises Flüstern zu vernehmen. Es schien aus den Felsen zu kommen.

Unwillkürlich musste er an die Geschichten denken, die Großmutter Storm Hawk ihm über die *rock listeners* erzählt hatte, als er ein Junge gewesen war. *Rock listeners* waren Blackfoot mit der besonderen Gabe, die Stimmen der *Spirits*, der Geistwesen, zu vernehmen, wenn sie ihr Ohr an Steine oder Felsen legten. Shane gehörte seinem Wissen nach nicht zu diesen besonderen Menschen, niemand in seiner Familie. Hatte er sich das Flüstern dann einfach eingebildet? Shane schüttelte den Kopf. Seine indianische Erziehung hatte ihn gelehrt, seinen Instinkten zu folgen. Auf sie musste er sich auch jetzt verlassen.

Shane stand auf und blickte sich aufmerksam um. So ein Luftschacht war nicht umsonst mitten in der

Wildnis. Er musste irgendwo dazugehören, zu einem Bergwerk vielleicht oder einem anderen unterirdischen Bau.

Shane brauchte nicht lange zu suchen. Keine fünf Meter von ihm entfernt entdeckte er einen weiteren Schacht. Auch hier verspürte er einen starken Luftzug. Er folgte der unsichtbaren Linie, entlang derer die Betonringe angelegt zu sein schienen, und stieß auf vier weitere Schächte. Dann vernahm er ein dumpfes Geräusch.

Vorsichtig und ohne den geringsten Laut zu verursachen, schlich Shane weiter. Plötzlich teilten sich die Bäume, und ein hoher, sehr offiziell wirkender Drahtzaun versperrte ihm den Weg. Shane hielt überrascht inne. Der Zaun war am oberen Ende mit mehreren Reihen Stacheldraht eingefasst. Merkwürdigerweise zeigte der mit Stacheldraht versehene Teil des Zauns nach innen, nicht nach außen, wie Shane es erwartet hätte. Verwundert lief er ein Stück am Zaun entlang. Dies war der Banff National Park. Hier gab es keine Privatgrundstücke, schon gar nicht mit hohen, bedrohlichen Drahtzäunen.

Kurz darauf blieb er vor mehreren großen Schildern stehen. Das erste Schild war gelb und zeigte einen schwarzen Blitz. Der Zaun stand unter Strom. Shane tat unwillkürlich einen Schritt zurück. Ein elektrischer Zaun, hier im Park? Aber es war das zweite Schild, das ihn komplett aus der Fassung brachte. In großen Buchstaben stand darauf zu lesen: *Militärischer Sicherheitsbereich – Zutritt verboten!*

Militärischer Sicherheitsbereich, was mochte das bedeuten? Shane hatte im Verlaufe der vergangenen Wochen alle Karten, die von dem Park existierten, eingehend studiert, auch solche, die der Öffentlichkeit nicht zugänglich waren. Aber eine staatliche Einrichtung war in keiner von ihnen eingetragen.

Shane spähte hinunter in die Tiefe. Vielleicht konnte er einsehen, was dort vor sich ging.

Er hatte kein Glück. Alles, was er sah, war eine staubige, unbefestigte Straße, die sich zwischen den Bäumen den Berghang hinaufschlängelte. Wo sie hinführte, war nicht zu erkennen. Ein riesiger Felsvorsprung versperrte die Sicht. Shane wägte das Gelände ab. Der Zaun endete nicht weit von ihm entfernt an einer steilen Felswand. Ohne eine richtige Kletterausrüstung würde er sie nicht erklimmen können. Und es gab keinen Weg daran vorbei. Wollte er mehr über die Straße und die merkwürdige Anlage herausfinden, dann musste er an einem anderen Tag und besser ausgestattet wiederkommen. Verdrießlich machte Shane sich auf den Rückweg. Was immer hier vor sich ging, etwas war faul an der Sache.

Selbst am nächsten Morgen, als Shane wieder in seiner kleinen Wohnung in Banff war, weilten seine Gedanken noch immer bei den Luftschächten und der merkwürdig abgeriegelten Anlage, tief in der unberührten Wildnis des Parks.

Er stellte die kalte Pizza, die gestern beim Abendessen übrig geblieben war, auf dem Küchentresen ab und biss herzhaft in das erste Stück, als ihm einfiel, dass er vergessen hatte, die Nachrichten auf seinem Handy abzuhören. Er fischte das Telefon aus seiner Jackentasche und öffnete die Mailbox. Nur eine Nachricht, er hatte nicht viel verpasst. Doch die Worte, die er kurz darauf vernahm, trafen ihn derart unvorbereitet, dass er sich an seiner Pizza verschluckte.

Fabian lächelte zufrieden. Bisher war alles besser verlaufen, als er zu hoffen gewagt hatte. Am Morgen, gleich nachdem die Geschäfte geöffnet hatten, hatte er einen Gebrauchtwagenhändler aufgesucht und einen silberfarbenen, vier Jahre alten Ford Focus erstanden. Er hätte einen älteren Wagen für die Hälfte des Geldes haben können, aber Fabian wollte so unsichtbar wie möglich bleiben. Ein zu neues oder zu altes Auto würde unnötig auffallen, besonders der Polizei. Das wollte er um jeden Preis vermeiden. Der Händler hatte ihm immerhin einen guten Nachlass gegeben und keine Fragen gestellt, denn Fabian hatte die rund zehntausend Dollar in bar bezahlt. Und eine knappe Stunde später war er in seinem neuen Wagen vom Hof des Gebrauchtwagenhändlers gefahren.

Jetzt hatte er Halifax verlassen und fuhr auf dem Trans-Canada Highway nach Westen. Es war ein wunderschöner Sommermorgen. Dunkle Tannen- und leuchtende Laubwälder zogen sich an der Straße entlang, und hier und da ragten schroffe Felsbrocken zwischen den Bäumen hervor. Bald würde zu seiner Linken der Northumberland Strait auftauchen und er würde Nova Scotia hinter sich lassen. Dann ging es weiter durch New Brunswick und Quebec, immer weiter und weiter nach Westen. Irgendwo würde er anhalten, um ein paar Tage Luft zu holen und seine Seele zur Ruhe kommen zu lassen.

Zunächst jedoch lag nur der wenig befahrene Trans-Canada Highway vor ihm. Fabian schaltete den Tempomat ein und drehte das Radio lauter.

Serena ging ruhelos im Wohnzimmer auf und ab. Seit Fabians Anruf waren viele Stunden vergangen. Es war Abend geworden, und sie fühlte sich ungewohnt erschöpft. Sie hatte versucht, ein wenig zu schlafen, aber es war ihr nicht gelungen. Ihre Gedanken kreisten allein um Fabian. Eine Welle der Hilflosigkeit war über ihr zusammengebrochen. Sie wollte etwas unternehmen, ihrem Bruder irgendwie helfen, aber sie wusste nicht wie. Ihre einzige Hoffnung war der Rückruf von Shane Storm Hawk. In Alberta war es jetzt fast zehn Uhr vormittags. Er müsste ihre Nachricht doch längst erhalten haben.

Serena blieb ruckartig stehen. Was, wenn Shane Storm Hawk im Urlaub war oder beruflich außer Haus? Wie lange würde sie dann auf eine Antwort warten müssen? Alle Hilfe für Fabian könnte dann schon zu spät sein! Sie konnte einfach nicht mehr länger warten. Sie musste aus dem Haus gehen und sich ablenken, sonst würde sie vor Sorge noch verrückt werden.

Entschlossen trat sie in den Flur. Sie nahm ihre Jacke vom Haken und steckte ihre Hausschlüssel in die Tasche. Sie wollte sich gerade die Schuhe zubinden, als das Telefon schrillte.

Serena stürzte zurück ins Wohnzimmer und nahm ab. Mit klopfendem Herzen meldete sie sich.

»Eckehard.«

»Serena Eckehard?«, ertönte eine tiefe, wohlklingende Männerstimme.

»Ja.«

»Shane Storm Hawk hier«, stellte sich der Mann auf Englisch vor. »Du hast eine Nachricht auf meinem Anrufbeantworter hinterlassen. Es geht um Fabian. Du bist seine Schwester, richtig? Er hat oft von dir gesprochen.«

»Das ist richtig.« Serenas Stimme zitterte. »Ich bin Fabians Schwester, und ich versuche, ihn zu kontaktieren. Er hat sich nicht zufällig bei dir gemeldet?«

»Nein«, meinte Shane verwundert. »Warum sollte er? Soviel ich weiß, ist er in einem Kloster, irgendwo in Italien.«

Serena seufzte tief. Ihr Hoffnungsschimmer war erloschen.

»Serena, irgendetwas stimmt doch nicht«, hakte Shane nach. »Ist Fabian in Schwierigkeiten? Vielleicht kann ich helfen.«

Serena zögerte einen Augenblick, aber ihre Sorge war zu groß. Sie musste sich einfach jemandem anvertrauen.

»Fabian ist nicht mehr im Kloster«, begann sie mit bebender Stimme. »Ich weiß nicht genau wieso. Auf jeden Fall hat er mich heute Morgen angerufen. Er schien sehr nervös und war in großer Eile.« Sie machte eine Pause und versuchte sich Fabians Worte ins Gedächtnis zurückzurufen.

»Er sagte, dass er nicht ins Kloster zurückkehren würde. Dass jemand ihm vor drei Jahren, kurz bevor er sich dem Kloster anschloss, einen Job angeboten hätte und dass diese Leute in irgendwelche schlimmen Sachen verwickelt seien. Er meinte, sie würden nach ihm suchen, weil er das Kloster verlassen habe, aber er hätte erkannt, dass er etwas gegen sie unternehmen müsse. Dann war die Leitung plötzlich tot.« Tränen wallten in ihren Augen auf, aber sie riss sich zusammen.

»Und er hat nicht gesagt, wo er sich zurzeit aufhält?«, wunderte Shane sich. »Hat er irgendwelche Namen erwähnt?«

»Nein, nichts. Das ist es ja gerade. Aber mein Telefondisplay hat angezeigt, dass er aus Nordamerika angerufen hat. Ich wusste nicht, was ich machen sollte. Ich komme hier fast um vor Sorge. Also habe ich die Schachtel mit Fabians persönlichen Sachen durchforscht. Dabei bin ich auf deinen Namen gestoßen. Du warst meine einzige Hoffnung, Fabian zu finden.«

»Du kannst unmöglich alleine nach ihm suchen. Du solltest die Polizei einschalten.«

»Die Polizei«, schnaufte Serena. »Bis die mal etwas unternehmen.« Sie schwieg einen Augenblick. Dann fragte sie aus einem Gefühl heraus: »Shane, kennst du jemanden, bei dem Fabian untergetaucht sein könnte?«

»Fabian hatte nie viele enge Freunde«, überlegte Shane. »Ich kenne niemand außer mir, dem er in Kanada oder den USA derart vertrauen würde. Aber sollte Fabian tatsächlich in Schwierigkeiten sein, dann würde er nie jemanden mit hineinziehen wollen. Er ist ein Mensch, der seine Probleme immer allein zu bewältigen versucht.«

Serena seufzte. Shane hatte recht. Er musste ihren Bruder wirklich sehr gut kennen, um seinen Charakter so treffend beurteilen zu können.

»Aber es gibt einen Ort, der vielleicht ...«, begann Shane. »Nein, das macht keinen Sinn.«

»Was macht keinen Sinn?«, fragte Serena. »Von welchem Ort sprichst du?«

Shane schwieg einen Augenblick.

»Ich weiß nicht, ob Fabian es dir gegenüber je erwähnt hat, aber meine Mutter ist Blackfoot-Indianerin«, erklärte er schließlich. »Die Blackfoot haben viele heilige Orte. Wir gehen dorthin, um zu *Great Spirit*, dem Großen Geist, und all den anderen *Spirits*, den Geistwesen, zu beten, die uns Menschen helfen. Aber das Gebet ist nicht der einzige Grund, warum wir diese Orte aufsuchen. Unsere heiligen Plätze haben besondere Energien, besondere Kräfte, die einem helfen, Stärke und Mut, Weisheit und Klarheit zu finden. Traditionell werden solche Orte in wichtigen Situationen aufgesucht, vor einem bevorstehenden Kampf zum Beispiel oder einer Prüfung. Vielleicht hat Fabian vor, einen dieser Orte zu besuchen, bevor er mit dem beginnt, was er sich vorgenommen hat – was auch immer das sein mag.«

»Dann hast du mit Fabian über diese heiligen Plätze gesprochen?«, fragte Serena gespannt.

»Viele Male. Besonders über einen, weil ich schon oft dort war, um zu beten. Fabian ist sogar einmal mit mir dort gewesen.«

»Darf ich wissen, wie er heißt und wo ich ihn finden kann?«, erkundigte Serena sich vorsichtig.

Shane lachte auf. »Natürlich. Der Ort ist kein Geheimnis. Ganz im Gegenteil, heutzutage ist er eine Touristenattraktion. Leider. Ich spreche von Bear Butte in South Dakota.«

»South Dakota«, wiederholte Serena nachdenklich. »Ich muss sofort dorthin!«

»Serena, warte einen Moment!«, rief Shane. »Du solltest da nicht allein hinreisen.«

»Ich habe niemand, der mich begleiten könnte«, stellte Serena sachlich fest.

»Ich würde dich gerne begleiten«, erklärte Shane sofort. »Aber ich habe gerade diesen neuen Job im Banff National Park in Alberta angenommen. Vielleicht wenn …«

»Mach dir keine Umstände«, beruhigte Serena ihn. »Ich möchte dich wirklich nicht noch mehr in die Angelegenheit mit hineinziehen. Ich werde schon alleine zurechtkommen, keine Angst.«

»Bitte überleg dir gut, worauf du dich einlässt. Ich habe kein gutes Gefühl bei der Sache.«

»Ich habe es mir gut überlegt«, erwiderte Serena. »Und ich danke dir von Herzen für deine Hilfe.«

»Also gut, viel Glück. Und halt mich auf dem Laufenden.«

»Das werde ich tun«, sagte Serena. »Und nochmals vielen Dank.« Dann legte sie auf.

Serena war plötzlich ganz gelassen. Alle Unruhe war von ihr abgefallen. Es gab etwas, das sie tun konnte, sie brauchte nicht mehr untätig in ihrer Wohnung herumsitzen. Sie würde nach South Dakota reisen und an diesem heiligen Ort, diesem Bear Butte, mit ihrer Suche nach Fabian beginnen. Vielleicht gab es dort einen weiteren Anhaltspunkt. Vielleicht hatte jemand Fabian dort gesehen. Vielleicht ...

»Chef, wir haben etwas!«, rief Berger aufgeregt. »Eckehards Schwester hat gerade mit einem Shane Storm Hawk in Kanada gesprochen.«

»Und? Was gibt's?« Newman sprang von seinem Stuhl auf. »Ich brauche Einzelheiten!«

»Sie reist nach South Dakota. Hofft, dort auf ihr liebes Brüderlein zu treffen.«

»Wann wird sie aufbrechen?«

»Sie hat gerade ein Ticket nach New York gekauft, Chef. Der Flug geht morgen früh.«

»Wieso New York?«

Berger zuckte mit den Schultern. »Woher soll ich das wissen, Chef?«

»Und was ist mit diesem Storm Hawk? Reist der auch nach South Dakota?«

»Hat sich nicht so angehört, Chef.«

»Komm schon, Berger, lass dir nicht alles aus der Nase ziehen«, fuhr Newman ihn an.

»Sonst haben sie nichts gesprochen, Chef, ehrlich«, erwiderte Berger gekränkt.

»Also gut«, meinte Newman und beruhigte sich ein wenig. »Verständige unseren Verbindungsmann in South Dakota. Er soll Ausschau nach Eckehard halten.«

»Aber sie ist doch noch hier, Chef«, wunderte Berger sich.

»Nach dem *Bruder*, du Idiot!«, brauste Newman auf. »Dann häng einen Schatten an diesen Storm Hawk. Wir müssen uns nach allen Seiten absichern. Ich werde ein paar Mitarbeiter in New York anfordern und versuchen, einen Platz in derselben Maschine zu bekommen, die Eckehard gebucht hat.« Er zog sein Handy aus der Jackentasche.

»Schumann und ich werden dich nicht begleiten?«, fragte Berger missmutig.

»Sieht nicht so aus, oder?«

III

Erleichtert steckte Serena den Reisepass zurück in ihre Handtasche. Die Warteschlange an der Passkontrolle war so lang gewesen, dass sie schon fast nicht mehr daran geglaubt hatte, den Flughafenausgang jemals zu erreichen. Serena war nach 9/11 nicht mehr in den Staaten gewesen. Die Sicherheitskontrollen waren auch davor schon erheblich gewesen, aber jetzt waren sie noch viel strenger geworden. Für die Reisenden bedeutete das noch einmal längere Wartezeiten, und sie mussten viel Geduld aufbringen. In der Maschine, mit der Serena geflogen war, waren viele Familien mit kleinen Kindern gewesen. Für sie mussten die Wartezeiten an der Passkontrolle, besonders nach dem langen Flug, eine wahre Tortur sein.

Serena rieb sich den schmerzenden Rücken. Sie fühlte sich müde und erschöpft. Wie sehr sie diese langen Flüge hasste! Aber meckern half ihr jetzt nicht weiter. Sie schlang sich die kleine Umhängetasche um, in der sie ihre Fotokamera aufbewahrte, ergriff ihre Reisetasche und machte sich auf den Weg zur Autovermietung. Sie hatte sich spontan dazu entschlossen, die Strecke von New York bis nach South Dakota mit dem Auto zurückzulegen. Vom Fliegen hatte sie erst einmal genug.

Serena musste noch ein ganzes Stück laufen, denn

der JFK-Flughafen war riesig. Aber Sonnenlicht strömte durch die hohen Glasscheiben des Flughafengebäudes, und ihre Laune besserte sich schon bald. Sie kam an einem Kiosk vorbei und besorgte sich etwas zu trinken.

Während sie an der Kasse anstand, fiel ihr Blick auf die verschiedenen Zeitungen, die am Verkaufstresen auslagen. Eines der Titelblätter weckte ihr Interesse. *Kojoten in den Vorstadtorten auf Long Island,* lautete die Überschrift. Aber es war das Foto darunter, das Serena zweimal hingucken ließ. Es war die Nahaufnahme eines Kojoten, ein ausgesprochen guter Schuss, wie sie zugeben musste.

Serena war mit dem Bezahlen an der Reihe. Kurzerhand griff sie nach der Zeitung und kaufte auch sie. Vor dem Kiosk blieb sie stehen und trank ein paar Schlucke ihres stillen Wassers. Dabei studierte sie eingehend das Foto des Kojoten. Etwas Besonderes lag in seinem Blick, etwas Schelmenhaftes und gleichzeitig etwas sehr Weises, Wissendes. Das Tier schien sie aus dem Foto heraus direkt anzublicken. Wie war es dem Fotografen nur gelungen, diesen Blick, diesen Ausdruck einzufangen?

Dennis Newman trat aus dem Eingang des JFK-Flughafens. Er setzte seine dunkle Sonnenbrille auf und blickte sich suchend um. Etwas abseits entdeckte er zwei Männer. Sie trugen schwarze Sonnenbrillen, schwarze Anzüge und weiße Hemden. Newman sah auf den ersten Blick, dass es billige Kleidung von der Stange war, nicht die europäische Qualität, die er selbst ausschließlich trug.

Newman rückte seine Krawatte zurecht und musterte die Männer unauffällig. Die beiden hielten die Hände vor dem Körper verschränkt und standen noch immer starr wie Statuen, die Blicke nach vorn gerichtet. Der eine war groß, mit kurzem braunem Haar und Schultern wie ein Schrank. Der andere war klein und wirkte eher schmächtig. Sein schwarzes Haar war glatt aus dem Gesicht gekämmt, seine Miene finster. Dies waren unverkennbar Newmans neue Mitarbeiter.

Expolizisten, unehrenhaft aus dem Dienst entlassen, ging es Newman durch den Kopf. Wann würde man ihm endlich einmal vernünftige Mitarbeiter zuteilen?

»Dennis Newman?«, fragte der Schrank, ohne eine Miene zu verziehen, als Newman näher kam.

Newman nickte.

»Mein Name ist Miller«, stellte der Mann sich vor. »Und dies ist Sorrento.« Er zeigte auf seinen Partner. »Wir freuen uns, mit dir arbeiten zu dürfen.«

Newman schüttelte den beiden die Hände.

»Miller, Sorrento, freut mich. Ist alles vorbereitet?«

»Alles wie angeordnet, Boss«, erklärte Miller. »Unser Wagen steht dort drüben.«

Newmans Blick folgte seiner Kopfbewegung. In einiger Entfernung erspähte er einen nagelneuen, glänzend schwarzen Hummer.

»Ich hatte etwas von *unauffällig* gesagt«, meinte Newman düster.

»Der Wagen ist unauffällig, Boss«, antwortete Miller.

Newman warf ihm einen irritierten Blick zu.

»Eckehard hat gerade einen Jeep gemietet«, erklärte Miller. »Wir sollten uns ranhalten, damit wir sie nicht aus den Augen verlieren. Komm, Boss, schau dir unsere Ausstattung an.«

Newman folgte den beiden über die Straße zu dem schwarzen Hummer.

»Du bist aus Deutschland eingeflogen, stimmt´s, Boss?«, fragte Miller.

»Das stimmt«, sagte Newman kurz angebunden.

»Wo ist denn das?«, wollte Miller wissen.

Newman seufzte. Sein erster Eindruck von Miller hatte ihn nicht getäuscht. Kein Gehirn.

»Was ist mit Sorrento los, Miller?«, fragte Newman, anstatt die Frage zu beantworten. »Ist er stumm?«

»Nein, Boss«, erklärte Miller. »Er redet bloß nicht viel. Aber mach nicht den Fehler, ihn zu verärgern. Er hat ein mehr als aufbrausendes Temperament. Italiener. Ihm entgeht nichts.«

Sie hatten den Hummer erreicht. Sorrento öffnete schweigend die Türen zum Laderaum und grinste Newman stolz an.

Newman spähte über den Rand seiner Sonnenbrille, um im Licht der abgedunkelten Fenster besser sehen zu können. Die Ladefläche war voller Waffen: Schrotflinten, automatische Gewehre, Scharfschützengewehre, Zielfernrohre und Handfeuerwaffen.

Newman hob die Augenbrauen und pfiff durch die Zähne.

»Habe ich etwas durcheinandergebracht? Hinter wie vielen Leuten sind wir her? Ich dachte, es wären ein entlaufener Mönch und seine kleine Schwester?«

»Du hast etwas von einem Indianer gesagt«, erwiderte Miller gekränkt. »Die sind gefährlich, Boss.«

Newman stieg auf den Beifahrersitz, zog die Tür ins Schloss und warf die Zeitung, die er unterwegs gekauft hatte, auf das Armaturenbrett.

Miller setzte sich ans Steuer.

»Kojoten auf Long Island, hm«, kommentierte er

die Titelseite. »Das wird den feinen reichen Leuten dort nicht gefallen.«

»Vielleicht sollten wir Sorrento hinschicken«, versuchte Newman zu scherzen. »Seine Miene ist so finster, dass sie jedes wilde Tier verscheuchen wird.«

»Ich verscheuche nichts, Boss«, brach Sorrento sein Schweigen. »Ich töte. Peng, peng, peng, peng. Kein Problem mehr mit Kojoten.«

»Okay«, meinte Newman. »Fahr los, Miller.« Er schüttelte ungläubig den Kopf. Eine so schmerzhafte Kombination von Mitarbeitern wie Miller und Sorrento hatte er noch nie erlebt. Im Vergleich zu ihnen waren Berger und Schumann wahre Genies.

Der Highway zog sich wie ein graues Band entlang der großen Seen durch die raue Wildnis. Zu beiden Seiten der Straße reihten sich Kiefern dicht an dicht. Felsbrocken ragten zwischen ihnen hervor. Oft war das Gebirge so unüberwindbar gewesen, dass die verantwortlichen Ingenieure ganze Schluchten durch die Berge hatten sprengen lassen, um Platz für den Highway zu machen. An diesen Stellen begrenzten zum Teil sehr hohe Felswände die Fahrbahn. Alles in allem war es jedoch ein recht monotoner Anblick. Seit Hunderten von Kilometern war immer das Gleiche zu sehen. Das Tempolimit von 80 Kilometern pro Stunde und die wenigen anderen Autos, die ihm begegneten, verschafften keine Erleichterung. Der Weg um die Großen Seen schien sich endlos hinzuziehen.

Fabian unterdrückte ein Gähnen. Er war seit gut zwei Tagen unterwegs, hatte zu viel am Steuer gesessen und zu wenig geschlafen. Er befand sich irgendwo zwischen Sault Ste. Marie und Thunderbay, in der einsamen Wildnis des nördlichen Ontario. Ein Hinweisschild tauchte neben dem spärlich befahrenen Highway auf.

Raststätte 2 Kilometer, las Fabian.

Endlich. Er musste sich unbedingt ein paar Stunden ausruhen.

Die Raststätte befand sich nahe des Highways in einiger Entfernung zum Seeufer. Fabian parkte seinen Wagen und stieg aus. Außer ihm war niemand dort. Er streckte sich und ging auf einem schmalen Trampelpfad zum Wasser hinunter, um sich ein wenig die Beine zu vertreten. Der Lake Superior lag in seiner ganzen Weite vor ihm. Fabian hätte genauso gut irgendwo am Meer sein können. Der See war so riesig, dass das andere Ufer hinter dem Horizont verborgen lag. Möwen kreischten. Der Himmel war wolkenverhangen und verlieh den gewaltigen Wassermassen und dem felsigen, dichtbewaldeten Ufer ein beinahe mystisches Aussehen. Es war ein unvergesslicher Anblick.

Fabian setzte sich auf einen der großen Felsbrocken, die am Ufer verstreut lagen, und blickte hinaus aufs Wasser. Seine Gedanken wanderten zurück zu dem Telefonat mit Serena. Es war zu dumm gewesen, dass er das Gespräch so plötzlich hatte abbrechen müssen. Er hatte seine Schwester nicht unnötig beunruhigen wollen. Dass sie jetzt in heller Aufregung war, schien ihm sicher, aber es ließ sich nicht mehr ändern. Er konnte es kein zweites Mal riskieren, sie zu kontaktieren. IPC – International Pharmaceutical Corporation – war ein mächtiger Konzern und hatte seine Handlanger überall.

Der Gedanke an IPC brachte Fabian zurück zu seinem Plan. Doch zunächst musste er sich ausruhen, neue Kräfte sammeln und vor allen Dingen von seinem alten Leben als Bruder Simeon gebührend Abschied nehmen. Es schien ihm, als sei seine Seele noch immer irgendwo draußen auf dem stürmischen Atlantik. Er musste warten, bis sie seinen Körper eingeholt hatte.

Plötzlich kam Fabian ein sehr willkommener Gedanke: Warum blieb er nicht einfach für ein paar Tage hier? Hier konnte er ungestört fasten und beten und wieder zu sich selbst finden.

Mit einem zufriedenen Lächeln auf dem Gesicht ging er zurück zum Parkplatz. Dies war mit Abstand der letzte Ort, an dem ihn die IPC-Typen vermuten würden.

Fabian holte sich eine Decke, Trinkwasser und bequemere Klamotten aus dem Kofferraum. Er musste unbedingt aus diesen steifen und engen Jeans heraus. Dann kehrte er zum Ufer des Sees zurück. Er tauschte die Jeans gegen Jogginghosen, breitete die Decke aus und kniete sich nieder. Es war an der Zeit, Gott in aller Ausführlichkeit Dank entgegenzubringen.

Am Freitag kehrte Shane eher als gewöhnlich von der Arbeit zurück. Er parkte seinen Wagen und stieg aus. Es war ein herrlicher Sommerabend, aber Shane schenkte dem fröhlichen Gezwitscher der Vögel und der lauen, würzigen Brise, die von den Berghängen herabwehte, keine Beachtung. Seine Gedanken weilten noch immer bei dem Telefonat, das er vor zwei Tagen mit Serena Eckehard geführt hatte, und bei seinem alten Freund Fabian. In was für Sachen war er bloß verwickelt?

Shane nahm die Post aus dem Briefkasten. Reklame und Rechnungen. Gedankenverloren öffnete er die

Haustür, legte die Briefe auf dem Küchentresen ab und warf seine Jacke aufs Sofa. Wie stickig es hier drinnen war. Er öffnete die Fenster, dann checkte er den Anrufbeantworter. Drei Nachrichten. Er drückte auf die Wiedergabetaste.

»Shane, ich bin´s, Mom. Ruf kurz an, wenn du Zeit hast. Grandma möchte wissen, wann du mal wieder nach Hause kommst. Sie hätte dich selbst angerufen, aber du weißt ja, wie sehr sie es hasst, auf Band zu sprechen.«

Shane lächelte. Grandma hatte wie immer recht, es war höchste Zeit, dass er sich zu Hause blicken ließ. Seine Mutter und Großmutter hingen sehr an ihm, das wusste er. Aber sie ahnten nicht, dass er genauso sehr an ihnen hing. Der Zusammenhalt der Familie war ihm sehr wichtig, und die beiden waren alles, was er an Familie hatte.

Die Maschine piepte, und die nächste Nachricht wurde abgespielt.

»Desiree hier, Shane. Ich habe jetzt schon ein paarmal eine Nachricht hinterlassen, aber nie von dir gehört. Versuchst du, mir aus dem Weg zu gehen? Ruf mich an. Ich lasse dich nicht entwischen.«

Shane seufzte. Er war einige Male mit Desiree ausgegangen, nichts Ernstes. Aber nun rief sie ihn jeden Tag an und ließ sich überhaupt nicht mehr abwimmeln. Diesem Problem würde er sich in den nächsten Tagen stellen müssen.

Er hörte sich die letzte Nachricht an.

»Dies ist eine automatische Nachricht von Telus«, ertönte eine künstliche Stimme. »Ihr Kundenkonto ist seit mehr als dreißig Tagen im Minus. Bitte begleichen Sie die ausstehenden Beträge sofort.«

Shane runzelte die Stirn. Was sollte das nun wieder?

Er hatte alle Rechnungen vor einer Woche bezahlt. Oder war er durcheinandergekommen? Er blickte zum Küchentresen hinüber. Dort lag ein großer Stapel loser Papiere. Es konnte durchaus möglich sein, dass ihm in dem Durcheinander eine der Rechnungen entgangen war.

Ungehalten wühlte Shane in den Papieren herum. Dabei kam ihm auch die neueste Post unter die Finger. Er sortierte die Reklame aus und überflog, was übrig blieb: Autoversicherung, Kontoabrechnung, ein Rundschreiben seines Schießvereins. Das alles hatte Zeit. Dann fiel sein Blick auf den letzten Brief. Es war eine Eilsendung. Er schaute auf die Rückseite des Umschlags. Kein Absender. Shane studierte den Brief. Er war vor zwei Tagen in Halifax, Nova Scotia, abgestempelt worden.

Halifax? Shane kannte niemanden, der dort lebte. Verwundert öffnete er den Umschlag. Er enthielt nur ein einziges Blatt Papier. Shane faltete es auseinander und – erstarrte. Er kannte die Handschrift nur zu gut. Es war Fabians. Offensichtlich war er sehr in Eile gewesen, denn die Zeilen waren sehr flüchtig geschrieben:

Mein lieber Shane,
unvorhergesehene Ereignisse haben es notwendig gemacht, dass ich unkonventionelle Wege einschlagen muss. Man ist hinter mir her, um mich zum Schweigen zu bringen, und die Zeit, dir endgültig Lebewohl zu sagen, ist sehr viel eher gekommen, als es mir lieb ist. Ich möchte mich bei dir für die Freundschaft bedanken, die du mir all die Jahre über so offen und rückhaltlos entgegengebracht hast. Ich werde es dir nie vergessen.

Zum Schluss noch eine Bitte: Sollte sich meine Schwester Serena bei dir melden, dann kümmere dich, so gut du kannst, um sie. Ich befürchte, es wird nicht einfach für sie werden.
Denk immer an Gandhis Worte, mein Freund:
Du unterstützt ein böses gesellschaftliches System am effektivsten, wenn du seine Befehle und Anordnungen befolgst. Ein böses System verdient niemals eine solche Treue. Ihm Treue zu zeigen heißt, am Bösen teilzunehmen. Ein guter Mensch wird sich einem bösen System mit seiner oder ihrer ganzen Seele widersetzen.
Pass auf dich auf.
Fabian
PS: Vertraue niemandem!

Shane starrte fassungslos auf den Brief. Dann las er die Worte ein zweites Mal.

»Verflucht, Fabian!«, rief er anschließend und schlug mit der Faust auf den Tresen. »Ein Abschiedsbrief? Das kann doch nicht dein Ernst sein! Und ich habe Serena gesagt, dass du nie jemanden in deine Probleme hineinziehen würdest. Nun, du hast es soeben getan, wenn auch unbeabsichtigt.«

Shane nahm den Umschlag und versuchte, das Absendedatum zu entziffern: 18. August. Der Tag, an dem Fabian Serena in Berlin angerufen hatte.

Serena – auch sie hatte Fabian in sein Problem mit hineingezogen. Sie war in diesem Augenblick mutterseelenallein unterwegs nach Bear Butte, um nach ihrem geliebten großen Bruder zu suchen. Shane selbst hatte ihr den Tipp gegeben. Was, wenn sie dort mehr fand, als sie sich vorgestellt hatte?

Shane ging ruhelos im Zimmer auf und ab. Er musste versuchen, seinem Freund zu helfen, so viel stand fest. Aber wie? Er wusste nicht einmal, wo Fabian sich zurzeit aufhielt.

Und dann war da Serena. Er konnte sie unmöglich alleine in den Staaten herumirren lassen. Eine allein reisende junge Frau war heutzutage nirgends sicher, und schon gar nicht, wenn gefährliche Leute hinter ihrem Bruder her waren.

Shane hatte die Ernsthaftigkeit von Fabians Situation unterschätzt. Jetzt machte er sich bittere Vorwürfe. Er hätte schon vor Tagen etwas unternehmen sollen. Was er brauchte, war ein Plan. Zuerst galt es, Serena in Sicherheit zu bringen, dann würde er Fabian suchen. Er würde nach South Dakota fliegen, gleich morgen früh, Job hin oder her. Für lange Erklärungen oder Entschuldigungen blieb ihm keine Zeit.

Serena fuhr durch die dunkle Prärie. Drei lange Tage waren vergangen, seit sie in New York gelandet war. Nachts war sie in Motels eingekehrt und hatte sich etwas Ruhe gegönnt. Tagsüber war sie gefahren, so viel sie konnte, und hatte lediglich Pausen eingelegt, um etwas zu essen. Ein paarmal hatte sie angehalten, weil ein Motiv einfach zu schön war, um daran vorbeizufahren. Dann war sie ausgestiegen und hatte Fotos gemacht. Sie hoffte, dass sie die Bilder irgendwann einmal mit Fabian ansehen und sie beide über diese ganze Angelegenheit lachen konnten. Im Augenblick jedoch war ihr nicht nach Lachen zumute.

Serena strich sich müde über die Stirn. Dann griff sie nach dem Pappbecher mit dem Kaffee, den sie an der letzten Tankstelle gekauft hatte, und nahm einen Schluck. Der Kaffee war kalt, aber sie hoffte, dass er seine aufmunternde Wirkung nicht verfehlen würde. Sie trank nur selten Kaffee, deshalb reichte ihr meist schon eine Tasse, um wirklich wach zu werden.

Die Sonne war schon lange untergegangen. Lediglich die Scheinwerfer ihres Mietwagens erhellten nun den Highway. Serena starrte angestrengt auf die Straße. Sie fuhr nicht gerne nachts, aber sie war ihrem Ziel so nahe und konnte einfach nicht mehr bis zum nächsten Morgen warten.

Ein Straßenschild tauchte neben dem Highway auf. Sie hatte Sturgis und damit die Black Hills in South Dakota erreicht. Bear Butte war nur noch zehn Meilen entfernt. Serenas Herz begann, schneller zu schlagen. Vielleicht würden sich ihre Sorgen schon in wenigen Minuten in Luft auflösen. Vielleicht war Fabian tatsächlich dort.

Bitte, Gott, bitte lass mich ihn dort finden, flüsterte sie.

Der Highway war jetzt hell erleuchtet. Serena durchfuhr Sturgis, ohne dem Ort große Beachtung zu schenken. Es war eine typische nordamerikanische Kleinstadt, wie sie sie in den letzten Tagen schon oft gesehen hatte. Die Hauptstraße war breit, ein Zeugnis der alten Wildwesttage, als die Postkutschen die einzige Verbindung zur Zivilisation waren. Neonschilder hingen über den kleinen Geschäften, von denen die meisten bereits geschlossen hatten. Nur aus dem Saloon drang laute Musik und Gegröle zu ihr herüber.

Serena ließ Sturgis hinter sich und folgte dem Highway 34. Die Straße war nun wieder unbeleuchtet, und Dunkelheit umhüllte sie wie eine Decke.

Serena hatte vielleicht fünf oder sechs Meilen zurückgelegt, als plötzlich der Mond aufging. Er war fast voll und tauchte wie eine große runde Kugel tief am Horizont über der Prärie auf. Serena hatte ihn nie zuvor so groß gesehen. Unwillkürlich bremste sie ab und brachte den Wagen auf dem Seitenstreifen zum Stehen. Der Mond stieg so schnell höher, dass Serena ihm dabei zusehen konnte. Sie ließ das Fenster herunter und beobachtete fasziniert, wie er seinen allabendlichen Weg am Firmament antrat. Sofort erstrahlte die Landschaft in einem hellen, kühlen Licht. Ein warmer Nachtwind wehte und brachte den würzigen Duft von wildem Salbei mit sich.

Aber es war etwas anderes, das Serenas Aufmerksamkeit auf sich zog. Einige Meilen vor ihr erhob sich ein Berg aus der flachen Prärie. Es sah aus, als hätte ihn jemand dort hingesetzt; er schien vollkommen fehl am Platz. Der Berg musste mehrere hundert Meter hoch sein, denn er wirkte schon aus dieser Entfernung sehr groß.

Das muss Bear Butte sein, ging es Serena durch den Kopf, und sie verstand sofort, warum dieser Ort bei den Indianern ein solch hohes Ansehen genoss. Eine derartige Erhebung mitten in der Prärie musste ganz einfach ein Anziehungspunkt werden. Es gab weit und breit nichts Vergleichbares.

Serena spürte, dass Bear Butte auch auf sie eine ganz besondere Anziehungskraft ausübte. Es war nicht nur das silberne Mondlicht, das die runden, spärlich bewaldeten Hänge geheimnisvoll erschienen ließ. Etwas anderes lag in der Luft, etwas, das nicht greifbar, nicht in Worte zu fassen war.

Plötzlich brach ein schrilles Gekläff aus. Es schien von weit her aus der Prärie zu ihr herüberzuschallen. Gleich darauf ertönte ein ebensolches Gekläff ganz in ihrer Nähe. Die grellen Tierstimmen vermischten sich und hallten durch die Nacht.

Serena zuckte unwillkürlich zusammen. Doch kaum hatte sie sich an das Kläffen gewöhnt, da verstummte es wieder. Dafür erklang nun ein wildes Kreischen, als ob jemand vollkommen verrückt geworden wäre.

Serena hatte solche Laute noch nie zuvor in ihrem Leben gehört. Ihre Nackenhaare sträubten sich, und sie bekam am ganzen Körper Gänsehaut. Ihr war mit einem Mal sehr unheimlich zumute. Schnell schloss sie das Fenster.

Sie fühlte sich sofort sicherer. Doch dann begann das Heulen. Zuerst war es nur eine, aber dann fielen immer mehr Stimmen ein, und schließlich schien die ganze Prärie einzustimmen. Es waren langgezogene, wehklagende, aber gleichzeitig lockende Laute, und sie lösten sehr gegensätzliche Gefühle in Serena aus. Zunächst hatte sie einfach nur Angst. Aber dann begann sich etwas tief in ihrem Herzen dem Heulen zu öffnen und seinen Ursprung zu erkennen: Es war der Ruf der Freiheit.

IV

»Was für eine Einöde«, stellte Miller gelangweilt fest. »Wie lange müssen wir hierbleiben, Boss?«

»Solange es eben dauert«, erwiderte Newman missmutig. Er hatte die Nacht im Hummer verbracht und war dementsprechend schlecht gelaunt. In Sturgis gab es genug komfortable Motels. Warum hatte diese Eckehard in der Wildnis übernachten müssen? Und dann das Kojotengeheul. Er hatte die ganze Nacht über kein Auge zugetan.

»Irgendetwas Neues, Sorrento?«, erkundigte er sich.

»Ich hab immer noch keinen Kaffee gehabt.«

»Ich meine, etwas Neues bezüglich Eckehard«, sagte Newman genervt.

»Nein, Boss, ihr Auto hat sich in den zwei Minuten, seit du mich das letzte Mal gefragt hast, nicht bewegt«, erwiderte Sorrento und starrte angestrengt durch das Fernglas.

»Lasst uns hoffen, dass Bruder Eckehard auftaucht, bevor wir hier Wurzeln schlagen.« Newman schüttelte den Kopf. Er musste dringend wieder Großstadtluft schnuppern.

Serena erwachte aus einem kurzen und unruhigen Schlaf. Das unheimliche Geheul war erst kurz vor Sonnenaufgang verstummt, und erst danach war es ihr gelungen, ein wenig Schlaf zu finden. Sie lugte unter der Jacke hervor, mit der sie sich zugedeckt hatte, und warf einen Blick auf ihre Uhr: kurz vor sechs. Draußen war es bereits taghell. Serena rieb sich die Augen. Dann erinnerte sie sich mit einem Mal an den Traum, den sie in der Nacht gehabt hatte. Sie träumte selten oder aber erinnerte sich am nächsten Morgen einfach nicht daran. Umso seltsamer erschien ihr nun, was in der vergangenen Nacht geschehen war. Jedes Mal wenn sie aufgewacht war, weil es im Wagen so unbequem war, war sie aus dem Traum herausgerissen worden. Und jedes Mal wenn sie endlich wieder eingeschlafen war, hatte sie dort weitergeträumt, wo sie aufgehört hatte.

Serena überlegte einen Augenblick. Konnte sie sich an Einzelheiten des Traumes erinnern? Ja, sie konnte es.

Sie war in einer Gärtnerei gewesen. Ein Mann hatte sie begleitet. Serena wusste nicht, um wen es sich bei dem Mann gehandelt haben könnte, aber im Traum schien er ihr vertraut gewesen zu sein. Sie gingen im Freien an den langen Tischreihen entlang, auf denen die verschiedensten Gartenpflanzen ausgestellt waren. Sie schienen nach etwas Bestimmtem zu suchen.

Ein Ehepaar blieb stehen und begann sich mit ihnen über die Preise der Pflanzen zu unterhalten. Kurze Zeit später wollte sich ihr Begleiter bei einem der Angestellten nach der gesuchten Pflanze erkundigen und ließ sie mit dem Ehepaar zurück.

Serena sah ihm nach. Verwundert beobachtete sie, wie seine Gestalt sich zunehmend veränderte, immer mehr verblasste. Schließlich war er nur noch als heller Umriss zu erkennen. Serena konnte durch ihn hindurchblicken, konnte die Tischreihen und Pflanzen erkennen, die sich direkt hinter ihm befanden. Dann plötzlich war auch dieser letzte Schatten von ihm verschwunden.

Das Paar unterhielt sich noch immer mit ihr. Aber als Serena sich hilfesuchend an sie wandte und sie bat, ihr bei der Suche nach ihrem Begleiter zu helfen, da starrten die beiden sie überrascht an und erklärten, dass sie keinen Mann gesehen hätten.

Serena erinnerte sich nur zu gut an die Verwirrung, die sie im Traum überkommen hatte. Aufgebracht war sie durch die Gärtnerei gelaufen und hatte jeden, den sie zuvor in Begleitung des verschwundenen Mannes getroffen hatte, danach befragt, ob er ihn irgendwo gesehen hätte. Die Antwort war jedes Mal die gleiche gewesen: von welchem Mann sie spräche, sie wäre allein in die Gärtnerei gekommen, niemand sei bei ihr gewesen. Panik war so schnell über sie hergefallen wie ein Schwarm Heuschrecken über ein Kornfeld. Sie musste den Mann finden, es war unabdingbar.

Aber sehr bald schon hatten Selbstzweifel von ihr Besitz ergriffen, und das war vielleicht das schlimmste Gefühl von allen. Was blieb einem, wenn man sich und seinen eigenen Erinnerungen nicht mehr vertrauen konnte?

Einen solchen Traum hatte Serena noch nie gehabt. Er schien so wirklich, so … Je mehr sie darüber nachdachte, desto schwerer fiel es ihr, zu entscheiden, ob es wirklich nur ein Traum gewesen war oder ob sie das alles tatsächlich erlebt hatte.

Serena schüttelte ungläubig den Kopf. Vielleicht war sie in den vergangenen Tagen einfach zu viel allein gewesen. Ja, so musste es sein. Entschlossen kletterte sie auf den Fahrersitz und startete den Motor. Sie würde jetzt gleich nach Bear Butte weiterfahren und sich unter Menschen begeben.

Kurze Zeit später stellte sie erstaunt fest, dass sie nicht die einzige Frühaufsteherin war. Als sie den Parkplatz am Fuße des Berges erreichte, befanden sich dort schon zwei andere Autos.

Langsam fuhr Serena an das kleine Häuschen heran, das an der Einfahrt zum Parkplatz stand. Eine junge Frau saß darin. Sie lächelte Serena freundlich entgegen.

Serena ließ das Fenster herunter.

»Guten Morgen«, grüßte die junge Frau.

»Guten Morgen.«

»Haben Sie eine *tribal card*, eine Stammeszugehörigkeitskarte?«, erkundigte sich die junge Frau und spähte in den Jeep.

»Nein«, erklärte Serena verwundert. »Ich bin keine Indianerin.«

»Dann müssen Sie leider bezahlen. Kostenlosen Eintritt haben nur Indianer, die als solche bei der Regierung registriert sind.«

Serena bezahlte das geringe Entgelt gerne. Bevor sie auf den Parkplatz fuhr, erkundigte sie sich bei der jungen Frau noch nach Fabian.

»Haben Sie zufällig einen Mann gesehen, groß, Mitte dreißig, dunkelblondes Haar, wahrscheinlich kurzgeschoren, markantes Kinn, unwiderstehliches Lächeln? Ich sollte ihn hier treffen.«

Die junge Frau schüttelte den Kopf.

»Heute nicht.«

»Vielleicht gestern oder vorgestern?«, hakte Serena hoffnungsvoll nach.

Die junge Frau dachte einen Augenblick nach, dann schüttelte sie erneut den Kopf.

»Es tut mir leid. Ich habe ein gutes Gedächtnis, was

Menschen angeht. Aber an einen Mann, auf den Ihre Beschreibung passt, kann ich mich beim besten Willen nicht erinnern.« Sie sah Serenas enttäuschtes Gesicht und fügte schnell hinzu: »Keine Sorge, er taucht bestimmt auf. Der Tag ist noch lang.«

Serena versuchte zu lächeln.

»Sie haben recht, der Tag ist noch lang.« Dann setzte sie gedankenverloren hinzu: »Vielen Dank für Ihre Hilfe«, und fuhr weiter.

Der Parkplatz war nichts weiter als ein abgegrenztes Stück Prärie am Fuße des Berges. Serena stellte ihren Wagen ab, griff nach ihrer Kamera und folgte einem ausgetretenen Trampelpfad bis zum Berghang. Dort stieß sie auf ein großes Schild. *Heiliger Pfad – nur für Indianer*, hieß es darauf. Nur für Indianer? Dann gab es sicherlich auch einen Weg, der für die Touristen bestimmt war. Serena blickte sich suchend um. Aber sie konnte nirgends einen anderen Pfad entdecken, der bergauf führte.

»Hey, Miss!«, rief eine Männerstimme.

Serena sah sich verwirrt um. Sie entdeckte einen alten Mann. Er hatte dünnes weißes Haar, das zu zwei langen Zöpfen geflochten war, ein runzeliges Gesicht und hohe, markante Wangenknochen. Er war unverkennbar indianischer Abstammung.

»Miss, auf diesem Weg dürfen Sie nicht nach oben«, erklärte der alte Indianer und kam zu ihr herüber. Er lächelte sie freundlich an. »Dieser Weg ist den Native Americans, den Indianern, vorbehalten, die hierherkommen, um zu beten. Sie müssen den Weg für die Touristen nehmen.«

»Ich weiß«, erwiderte Serena, »ich habe das Schild gelesen. Aber ich kann den Touristenpfad nirgendwo entdecken. Können Sie mir sagen, wo er beginnt?«

Der alte Indianer sah sie verdutzt an.

»Es tut mir leid. Ich weiß nicht, wo der andere Weg ist. Ich bin noch nie dort gewesen.«

Natürlich, dachte Serena. *Warum sollte er auch, schließlich ist er Indianer.*

»Ich werde es schon finden«, sagte sie und lächelte. »Vielen Dank.«

Der Mann wollte schon weitergehen, als sie ihn noch einmal ansprach.

»Ich sollte meinen Bruder hier treffen. Vielleicht haben Sie ihn gesehen?« Sie gab dem Mann Fabians Beschreibung.

Der alte Indianer schüttelte den Kopf.

»Tut mir leid, Miss. Er wäre mir bestimmt aufgefallen.« Dann setzte er hinzu: »Sie sollten mit dem Aufstieg nicht zu lange warten, Miss. Es wird heute heiß werden.«

»Danke für den Rat. Aber ich glaube, ich werde trotzdem noch eine Weile auf meinen Bruder warten, bevor ich mich an den Aufstieg mache. Gibt es nur die beiden Wege, die nach oben führen?«

Der alte Mann nickte.

Serena wandte sich ab und setzte sich in einiger Entfernung ins Gras. Von hier aus konnte sie den Weg überblicken, der vom Parkplatz herführte. An diesen schloss sich die endlose Prärie an. Ein warmer, stetiger Wind blies ihr ins Gesicht, und es wurde, trotz der noch sehr frühen Morgenstunde, tatsächlich schon heiß. Serena holte ihre Haarnadel hervor und steckte sich die Haare aus dem Gesicht. Dann sah sie den Berg hinauf. Es war kein langer Aufstieg bis zum Gipfel, vielleicht eine halbe Stunde.

Weitere Besucher trafen ein. Eine Gruppe junger Indianer, ein Bus mit Touristen aus Japan und eine amerikanische Familie mit drei Kindern. Serena fiel auf, dass die Indianer sehr wenig Gepäck bei sich trugen und ganz normal gekleidet waren. Die japanischen Touristen hingegen waren voll beladen mit Fototaschen, und die amerikanische Familie war zurechtgemacht, als wollte sie an einem Sportwettkampf teilnehmen. Alle Familienmitglieder trugen Wanderschuhe und Sportkleidung und waren mit Wasserflaschen und Rucksäcken ausgestattet. Es schien ein wenig übertrieben für den kurzen Aufstieg.

Serena fühlte sich sehr fehl am Platz, konnte jedoch nicht entscheiden, was sie tun sollte. Sollte sie sich den Touristen anschließen und sich ebenfalls an den Aufstieg machen? Vielleicht würde sie dort oben auf Fabian treffen. Oder sollte sie noch eine Weile am Fuße des Berges ausharren?

Sie war sich ziemlich sicher, dass Fabian seit ihrem Telefongespräch nicht hier gewesen war. Würde er noch kommen? Und wann? Wie lange sollte sie auf ihn warten?

Von Berlin aus hatte sich die ganze Sache so einfach angehört. Sie würde nach Bear Butte fahren und dort nach Fabian suchen. Nun war sie hier und unentschlossener als je zuvor.

»Danke fürs Mitnehmen, Bruder«, wandte Shane sich an den jungen Cheyenne, mit dem er von Sturgis nach Bear Butte gefahren war.

»Keine Ursache. Ich hoffe, du findest die Schwester deines Freundes und bist nicht umsonst hergekommen.«

Shane lächelte.

»Man kommt niemals umsonst nach Bear Butte, Albert«, erwiderte er. »Der heilige Ort unserer Vorfahren lässt uns nie mit leeren Händen gehen.«

Albert nickte zustimmend.

Die beiden Männer hatten den Pfad, der den Berg hinaufführte, beinahe erreicht. Plötzlich blieb Shane stehen.

»Was ist los, Bruder?«, fragte Albert verwundert.

»Ich glaube, ich habe sie gefunden.« Shane deutete mit dem Kopf auf eine dunkelhaarige junge Frau, die unter einer der Ponderosa-Kiefern saß. Sie sah Fabian überhaupt nicht ähnlich, aber etwas in ihrer Körperhaltung, etwas in der Weise, wie sie verloren auf die weite Prärie blickte, erinnerte ihn an seinen Freund. Shane hatte keine Zweifel, Serena Eckehard gefunden zu haben.

»Dann trennen sich unsere Wege hier«, sagte Albert und reichte Shane freundschaftlich die Hand.

»Möge *Great Spirit*, der Große Geist, dich auf all deinen Wegen begleiten«, verabschiedete Shane sich.

»Dich ebenfalls«, erwiderte Albert und folgte dem Pfad bergauf.

Shane ging zu der jungen Frau hinüber. Sie war so sehr in Gedanken versunken, dass sie ihn nicht kommen hörte.

»Serena Eckehard?«, sprach er sie lächelnd an.

Serena blickte erstaunt auf, als sie ihren Namen hörte. Die Sonne schien in ihr Gesicht, und sie musste die Augen mit der Hand abschirmen, um erkennen zu können, wer sie angesprochen hatte. Sie musterte den Mann, der vor ihr stand. Er war Mitte dreißig und mindestens so groß wie Fabian, vielleicht einen Tick größer, war aber viel athletischer gebaut. Er hatte breite Schultern und langes dunkelbraunes Haar, das er im Nacken zu einem Zopf zusammengebunden hatte. Mehr noch als seine Erscheinung war es seine Stimme, die Serena gefiel. Sie war tief und wohlklingend und kam ihr seltsam bekannt vor.

Plötzlich fiel es ihr ein, wo sie diese Stimme schon einmal gehört hatte: vor ein paar Tagen am Telefon.

»Shane Storm Hawk?«, fragte sie überrascht und stand auf.

»Das bin ich.« Shane streckte ihr seine Hand entgegen.

Etwas verwirrt schüttelte Serena sie. Ein wohliger Schauer lief ihr über den Rücken. Sie versuchte, ihr Erstaunen in Worte zu fassen, aber Shane kam ihr zuvor.

»Du siehst Fabian kein bisschen ähnlich«, meinte er und zwinkerte ihr zu. »Und ich dachte, alle Deutschen wären wie er: groß und blond.«

Serena blickte ihn einen Augenblick lang forschend an. Sie hatte das ungute Gefühl, dass er versuchte, sie auf den Arm zu nehmen, so wie Fabian es oft getan hatte.

»Und ich dachte, alle Indianer seien noble Wesen mit edlen Gesichtszügen, langen schwarzen Haaren, die im Wind wehen, und tiefgründigen dunklen Augen«, erwiderte sie etwas kühler als beabsichtigt.

»Ich wollte dich nicht kränken«, sagte Shane und stieß sie freundschaftlich an. »Ich wünschte, ich hätte dein volles schwarzes Haar und deine funkelnden braunen Augen.«

Wieder dieses Grinsen.

Serena errötete. Warum passierte ihr das nur immer, wenn jemand ihr ein Kompliment machte?

»Meine Mutter stammt aus Ungarn«, erklärte sie schnell, um das Gespräch in eine andere Richtung zu lenken. »Mein Haar und meine Augen habe ich von ihr geerbt. Fabian kommt im Aussehen mehr nach unserem Vater.«

»Richtig, ich erinnere mich, dass Fabian etwas von Ungarn erwähnt hat. Sprichst du Ungarisch, Reena?«

Seine Frage verwirrte Serena vollkommen. Sie war nicht auf normale Konversation eingestellt, sondern in Gedanken noch immer bei Fabian. Und wieso nannte Shane sie auf einmal *Reena*?

»Ja, ich spreche Ungarisch, fließend«, erwiderte sie matt.

»Meine Mutter ist eine Blackfoot, aber mein Vater stammt aus Norwegen«, fuhr Shane unbeirrt fort. »Aus ihrer Verbindung ist eine seltsame Mischung entstanden.« Er deutete auf sich und grinste. »Leider ist mein Vater nicht lange genug geblieben, um mir Norwegisch beizubringen. Das hätte ich gerne gelernt.«

Serena musterte ihn skeptisch. Versuchte er schon wieder, sie auf den Arm zu nehmen? Sie konnte nichts Seltsames an seinem Aussehen feststellen. Gut, sein Haar war dunkelbraun, nicht schwarz, und es schimmerte ein wenig rötlich im Sonnenlicht. Auch war er recht groß und eher wie ein Wikinger als wie ein Indianer gebaut. Aber seine bronzene Haut, seine ebenmäßigen Gesichtszüge und hohen Wangenknochen ließen keine Zweifel über seine indianische Abstammung aufkommen. Alles in allem war er eine imposante Erscheinung.

Serena wurde sich plötzlich darüber bewusst, dass sie Shane Storm Hawk anstarrte. Sie räusperte sich verlegen.

»Du hast mir noch nicht erzählt, warum du hier bist«, sagte sie schließlich. Vielleicht würde es ihr diesmal gelingen, das Thema zu wechseln.

Shane holte Fabians Brief aus der Brusttasche seiner Jeansjacke und reichte ihn ihr schweigend.

Serena überflog die Zeilen. Als sie geendet hatte, nickte sie und versuchte, ihre aufsteigenden Tränen zu unterdrücken.

»Du bist gekommen, weil Fabian dich gebeten hat, dich um mich zu kümmern«, stellte sie leise fest.

Shane schüttelte den Kopf.

»Nicht nur deshalb«, erklärte er. »Ich war nach unserem Telefonat sehr unruhig, habe mir um Fabian Sorgen gemacht. Durch seinen Brief ist mir endgültig klargeworden, dass er Hilfe braucht. Worin auch immer er verwickelt ist, es ist ernster, als ich angenommen hatte, und er wird es allein nicht schaffen. Ich werde tun, was ich kann. Aber zuerst werde ich dich an einen sicheren Ort bringen, so wie Fabian es wollte.«

Serena wurde hellhörig.

»Wie meinst du das, du wirst mich an einen sicheren Ort bringen? Ich muss Fabian finden!«

»Reena, mit den Leuten, die hinter ihm her sind, ist nicht zu spaßen. Das hat er in seinem Brief ganz klar geschrieben. Und Fabian ist kein Mensch, der übertreibt. Im Gegenteil. Daher werde ich genau das tun, worum er mich gebeten hat: auf dich aufpassen und dich in Sicherheit bringen. Dann werde ich versuchen, ihn zu finden.«

»Da hast du dich geirrt«, stellte Serena energisch fest. »Du kannst allerhöchstens versuchen, auf mich aufzupassen, während ich nach Fabian suche. Mit anderen Worten, ich gestatte es dir, mich zu begleiten. Aber eines merkst du dir besser gleich: Fabian ist *mein* Bruder, und ich suche so lange nach ihm, wie es mir passt. Ich lasse mir von niemandem vorschreiben, was ich zu tun oder zu lassen habe. Nicht von ihm und nicht von dir.« Sie stemmte die Arme in die Hüften und funkelte ihn wütend an.

Shane pfiff durch die Zähne und sah sie abschätzend an.

»Was soll das nun wieder bedeuten?«, fragte sie aufgebracht.

»Fabian hat mir vor langer Zeit einmal erzählt, dass du ein sehr unabhängiger Mensch bist und ungeheuer stur sein kannst, wenn du dir etwas in den Kopf gesetzt hast. Ich befürchte, er hat nicht übertrieben.«

»Natürlich nicht«, erwiderte Serena und hob das Kinn. »Du hast ja gerade selbst gesagt, dass Fabian nicht zu Übertreibungen neigt.«

Shane lachte laut auf und klopfte ihr beruhigend auf die Schulter.

»Schon gut, schon gut, du kleine Pest«, gab er sich geschlagen. »Wir werden zusammen nach Fabian suchen. Ich nehme an, du hast einen Plan?«

Kleine Pest?, wiederholte Serena in Gedanken. Für Shane war sie die kleine Schwester seines Freundes. Nichts weiter. Na warte, dem würde sie es zeigen!

»Ich werde mich zunächst dort oben nach ihm umsehen«, erklärte sie in würdevollem Ton. »Ich wollte mich gerade auf den Weg machen, als du aufgetaucht bist.«

Shane grinste.

»Na, dann mal los.« Er vollführte eine ausholende Handbewegung. »Nach dir.«

Serena ergriff ihre Kamera, drehte sich um, ohne ein weiteres Wort zu verlieren, und marschierte los.

»Hey, wo willst du denn hin?«, rief Shane ihr nach. »Der Weg nach oben ist doch gleich hier!«

»Das Schild sagt doch ganz eindeutig, dass der Weg nur für Indianer bestimmt ist«, erwiderte Serena mit tadelnder Stimme. »Der Pfad für die Touristen ist irgendwo dort drüben.«

»Das ist schon richtig«, sagte Shane und grinste noch immer. »Aber jetzt hast du ja glücklicherweise mich. Und da ich Indianer bin und du in meiner Begleitung bist, darfst du ganz unbesorgt den *indianischen* Pfad benutzen.«

V

Sie folgten dem schmalen Pfad bergauf. Serena ging voran. Die Sonne schien vom wolkenlosen Himmel, und es wurde von Minute zu Minute heißer. Der Weg schlängelte sich zwischen knorrigen Kiefern entlang, immer weiter den Hang hinauf. Der Wind rauschte in den Zweigen und Ästen der Bäume und brachte sie zum Singen. Ihr stetes, sehnsuchtsvolles Lied begleitete Serena und Shane auf ihrem Weg nach oben.

»Reena«, begann Shane, »es tut mir leid, dass ich dich vorhin ein bisschen auf den Arm genommen habe.«

Serena blieb stehen.

»Warum nennst du mich eigentlich immerzu *Reena?*«

»Nur ein Kosename, um das Eis zu brechen«, erklärte er ernst. »Gefällt er dir nicht? Dann nenne ich dich ab sofort nur noch Serena.«

Sie sah ihn forschend an. Etwas in der Art und Weise, wie er mit ihr sprach, und die Ungezwungenheit, die er ihr gegenüber zeigte, verwirrten sie. Und irgendwie schaffte er es andauernd, dass sie errötete und verlegen wurde. Das entsprach normalerweise ganz und gar nicht ihrem Wesen.

»Nein, nein«, wehrte sie schnell ab und errötete

schon wieder. »Nenn mich ruhig Reena, wenn du magst.«

Eigentlich mochte sie keine Kosenamen. Und auf Deutsch hörte sich *Reena* auch wirklich nicht so toll an. Aber wenn Shane mit seiner tiefen Stimme und seinem amerikanischen Akzent *Reena* sagte, dann war es etwas ganz anderes. So wie er es aussprach, klang es weich und sanft, ganz so, als meinte er jemand anderen, nicht sie. Und irgendwie gefiel Serena das.

»Also, Reena, verzeihst du mir dann wegen vorhin?«, fragte Shane.

»Warum ist dir das auf einmal so wichtig?«

»Weil wir uns an einem heiligen Ort befinden. Wenn wir hierherkommen, sollten wir keine negativen Gefühle in unseren Herzen tragen.«

Serena wog seine Worte ab.

»Ich verzeihe dir – wenn du auch mir verzeihst.« Sie lächelte und streckte ihm die Hand entgegen.

»Dann ist ja alles klar.« Shane schüttelte ihre Hand, und sie setzten ihren Weg fort.

Insgeheim war Serena mehr als erleichtert darüber, dass Shane Storm Hawk so unerwartet am Bear Butte aufgetaucht war. Sie wollte ihm das gerade sagen, als etwas am Wegesrand ihre Aufmerksamkeit auf sich zog.

»Was sind das für seltsame Bänder, Shane?«, erkundigte sie sich und deutete auf unzählige Schnüre, die an Bäumen und Büschen entlang des Pfades hingen. Winzige bunte Stoffbündel baumelten an ihnen.

»Das sind *prayer ties*«, erklärte Shane. »Man nimmt etwas Tabak und Salbei und spricht ein Gebet. Dann wickelt man die Gaben in ein kleines Stück Stoff und befestigt das Bündel an einer Schnur. Und dann noch eins und noch eins, bis die Schnur voll ist.« Er machte eine ausholende Handbewegung. »Jedes kleine Bündel, das du entlang des Weges siehst, ist ein Gebet und eine Gabe an *Great Spirit*, den Großen Geist. Weiter oben werden wir noch viel mehr davon sehen.«

Serena war beeindruckt. Sie hatte schon oft in der Kirche eine Kerze entzündet, um ihrem Gebet mehr Kraft zu geben. Auch für Fabian zündete sie regelmäßig eine an. Dabei bat sie Gott, seine Hände schützend über ihn zu halten. *Prayer ties* oder Kerzen – der Gedanke, der dahintersteckte, war der gleiche, und das war es, was zählte.

Sie waren jetzt gute zwanzig Minuten unterwegs und näherten sich dem Gipfel des Berges. Serena war noch immer in die Betrachtung der *prayer ties* vertieft. Da nahm sie ganz unvermittelt eine Bewegung hinter einem niedrigen Busch wahr. Sie sah genauer hin und tat erschrocken einen Schritt zurück.

»Oh mein Gott, Shane, ein Wolf!«, rief sie und drängte sich schutzsuchend hinter ihn. Gleichzeitig zückte sie ihre Kamera und fotografierte drauflos.

»Sei gegrüßt, Bruder.« Shane nickte dem Tier wohlwollend zu. »Was machst du denn da?«, wandte er sich dann an Serena und konnte das Lachen nicht unterdrücken.

»Tut mir leid«, sagte Serena. »Ich kann nicht aus meiner Haut, auch nicht in brenzligen Situationen. Ich bin Fotografin.«

»Fotografin, hm«, wiederholte Shane nachdenklich. Davon hatte Fabian nichts gesagt.

»Damit du später deine Fotos nicht falsch beschriftest: Das ist kein Wolf. Das ist ein Kojote. Er wird dir nichts tun. Dies ist ein heiliger Ort.«

»Das sagst du so«, meinte Serena zweifelnd. »Sieh doch nur, wie groß er ist.«

»Reena, das Tier ist noch nicht einmal ausgewachsen.«

Schön, dachte Serena, *dann ist es eben ein junger Kojote und kein Wolf.* Aber das machte für sie kaum einen Unterschied. Was immer es war, es sah bedrohlich aus.

Der Kojote blickte Serena mit seinen dunklen, knopfrunden Augen unverwandt an. Sein Gesicht erinnerte sie vage an das eines Fuchses. Das Tier hatte eine lange, dünne Schnauze und im Verhältnis zum Kopf recht große Ohren. Sein Körper war schlank, seine Beine lang und sein grau-braunes Fell struppig.

Der Kojote warf ihr einen letzten Blick zu, dann verschwand er, so lautlos und schnell, wie er gekommen war, zwischen den Kiefern.

Serena atmete erleichtert auf.

»Die wilden Tiere sind die Hüter der Wildnis«, erklärte Shane. »Aber nun komm, wir haben unser Ziel fast erreicht.« Er nahm sie bei der Hand und zog sie mit sich.

Und tatsächlich, kurze Zeit später endete der Pfad. Serena sah sich suchend um. Sie befanden sich etwas unterhalb des Gipfels. Die Kiefern und Büsche waren an dieser Stelle über und über mit langen Schnüren aus bunten *prayer ties* behängt. In einiger Entfernung saß ein junger Indianer im Schneidersitz auf dem Boden. Er hatte die Augen geschlossen und sang eine leise Melodie.

Zu Serenas Überraschung zog Shane nun ebenfalls eine Schnur aus seiner Jackentasche, an der bunte *prayer ties* befestigt waren.

»Sie ist nicht lang«, sagte er leise. »Ich hatte nicht viel Zeit, um Vorbereitungen zu treffen. Aber sei versichert, dass ich mit jedem Gebet, das ich gesprochen habe, während ich die *prayer ties* anfertigte, für Fabians und dein Wohlergehen gebetet habe. Und dafür, dass wir ihn bald finden werden.«

Shane ging zu einer der Kiefern hinüber und hielt kurz inne. Serena konnte nicht sehen, was er tat, aber sie war sich sicher, dass er in diesem Moment ein Gebet sprach. Sie wusste es, weil es auch ihr in diesem Augenblick das einzig Richtige schien.

Sie senkte den Kopf.

»Lieber Gott«, flüsterte sie, »ich bitte dich von ganzem Herzen, lass es Fabian gutgehen, und bitte lass mich ihn sehr bald finden. Amen.«

Shane hängte seine *prayer ties* in die Zweige der Kiefer und kehrte zu Serena zurück.

»Fabian ist nicht hier, Shane. Was sollen wir jetzt tun?«, flüsterte Serena entmutigt. Lauter zu sprechen schien ihr an diesem besonderen Ort nicht angebracht.

»Jetzt setzen wir uns eine Weile hier hin und warten, dass die Adler unsere Gebete zu *Great Spirit* tragen«, erwiderte Shane mit sanfter Stimme. »Dann werden wir bald eine Antwort wissen.«

Sie setzten sich auf den warmen Waldboden. Der heiße Wind strich sanft durch die hohen Kiefern. Ihr leises, stetiges Rauschen war alles, was die Stille durchbrach. Serena blickte schweigend hinaus auf die scheinbar endlose Weite der Prärie, und für einen kurzen Moment vergaß sie den Grund für ihren Besuch am Bear Butte. Was für ein herrlicher Anblick sich ihr bot, welcher Friede sich in ihrem Herzen einstellte! All ihre Sorgen fielen von ihr ab, und ein Lächeln erschien auf ihrem Gesicht.

Plötzlich ertönte ein metallisches Klicken. Es wirkte ungewohnt laut und war deutlich aus dem Rauschen des Windes herauszuhören. Es schien mehr als fehl am Platz.

»Was ist das für ein Geräusch?«, fragte Serena irritiert.

Shane blickte sich kurz um, dann sagte er grinsend: »Das solltest du eigentlich kennen. Es sind die Touristen drüben auf dem anderen Pfad. Sie machen mit ihren teuren Teleobjektiven Fotos von *richtigen Indianern* beim Beten an ihrem *heiligen Ort.*«

»Und das findest du amüsant? Sollten diese Leute nicht besser eure Privatsphäre respektieren?«

Shane zuckte mit den Schultern.

»Früher haben sie unsere Vorfahren mit Gewehren und Pistolen beschossen, weil sie ihnen im Weg waren. Heute schießen sie mit ihren Kameras Fotos von uns, um zu Hause bei den Nachbarn damit zu prahlen, dass sie einen der *letzten echten Indianer* gesehen haben. Findest du das nicht zum Lachen?«

»Nicht wirklich. Ich finde es eher traurig.«

»Du nimmst die Sache zu ernst«, sagte Shane.

Der junge Indianer, der etwas entfernt von ihnen gesessen und gebetet hatte, erhob sich nun und machte sich auf den Rückweg. Als er an Serena und Shane vorbeiging, hob er zum Abschied die Hand.

»Bye, Shane. Ich bin sicher, dass du findest, wonach du suchst.« Ein breites Grinsen stand auf seinem Gesicht.

»Mach´s gut, Albert, und nochmals vielen Dank für alles«, erwiderte Shane.

»Du kennst ihn?«, erkundigte Serena sich verwundert, als der junge Mann außer Sichtweite war.

»Sicher. Er hat mich von Sturgis aus im Auto mitgenommen.«

»Ich hatte mich schon gefragt, wie du hierhergekommen bist.«

»Ich bin von Calgary nach Sturgis geflogen«, berichtete Shane. »Dort habe ich Albert getroffen. Er ist Cheyenne. Er wollte ebenfalls nach Bear Butte, und da habe ich gefragt, ob ich mitfahren kann.«

»Dann kommen also Indianer von ganz unterschiedlichen Stämmen nach Bear Butte«, stellte Serena überrascht fest.

»Das stimmt. Bear Butte liegt mitten im Gebiet der Lakota. Aber es ist ein solch kraftvoller und besonderer Ort, dass er bei vielen Stämmen als heilige Stätte angesehen wird. Natürlich bei den Lakota. Aber auch bei den Cheyenne, wie du bei Albert gesehen hast, dann bei den Blackfoot beziehungsweise Blackfeet – eigentlich bei allen Indianerstämmen im Westen, bis hinunter nach Mexiko.«

»Blackfoot, Blackfeet – wo ist da der Unterschied?«, hakte Serena nach.

»Unser ursprüngliches Stammesgebiet liegt zu beiden Seiten der US-kanadischen Grenze. Du musst bedenken, wir haben die Grenze nicht erschaffen, das war die Regierung. Und auf einmal lebte unser Volk in zwei verschiedenen Ländern. Für eine Weile durften die Stammesangehörigen unbehelligt von einer Seite der Grenze auf die andere wechseln. Aber das ist nun vorbei. Heute nennt sich der Teil des Stammes, der in den USA lebt, Blackfeet und der Teil, der in Kanada lebt, Blackfoot. Aber das ändert nichts daran, dass wir ein und dasselbe Volk sind.«

»Ich verstehe«, sagte Serena. Dann setzte sie hinzu: »Für euch Indianer ist Bear Butte also wie eine Kirche, ein heiliger Ort, an den ihr kommt, um zu beten.«

»Nicht nur das«, erklärte Shane. »Beten kann man überall. Aber einige Orte, wie zum Beispiel Bear Butte, sind spirituell besonders kraftvoll. Mehr noch, sie sind lebendig, haben ein eigenes Bewusstsein. Und sie lassen einen oftmals Dinge sehen, Dinge verstehen, die sonst im Verborgenen liegen. In Situationen, in denen man nicht weiterweiß, in denen man besonders viel Kraft und Weisheit braucht, um sie zu bewältigen, in solchen Situationen kann es sehr hilfreich sein, einen Ort wie Bear Butte aufzusuchen und ein Gebet an *Great Spirit* von hier aus auf den Weg zu bringen. Ein Besuch hier oder an einem anderen unserer heiligen Orte löst meist etwas aus, das einen in die richtige Richtung lenkt. Eine Vision zum Beispiel oder ein Tier, das man trifft, oder ein Gedanke, der einem plötzlich kommt.«

Serena wurde hellhörig.

»Oder ein Traum?«, fragte sie zaghaft.

»Oder ein Traum«, stellte Shane fest und sah sie eindringlich an.

»Muss man dafür hier oben sein, oder reicht es manchmal schon aus, dass man Bear Butte sehen kann?«

»Das kommt darauf an«, sagte Shane.

»Worauf?«

Shane zuckte mit den Schultern.

»Darauf, wie offen man für die Stimmen der *Spirits*, der Geistwesen, ist.«

»Ich hatte einen Traum«, sagte Serena leise. »Letzte Nacht.«

Shane blickte sie gespannt an.

»Ich konnte es nicht abwarten herzukommen«, begann Serena zögernd. »Es war schon dunkel, als ich Sturgis erreichte, aber ich bin trotzdem weitergefahren. Plötzlich ging der Mond auf. Ich hielt an, um ganz in Ruhe zu beobachten, wie er über der Prärie aufstieg. Dann setzte ein markerschütterndes Gekläff und Geheule ein. Es schien aus allen Richtungen zu kommen. Ich habe mich nicht getraut weiterzufahren. Ich habe das Fenster hochgekurbelt und die Türen verriegelt und die Nacht im Wagen am Straßenrand verbracht. Natürlich habe ich nicht viel Schlaf gekriegt bei dem Geheul. Ich weiß nicht, was für ein Tier solche Geräusche von sich geben kann. Es war furchterregend und gleichzeitig so …« Sie hielt inne und sah Shane nachdenklich an.

»So voll Freiheit«, beendete er ihren Satz.

»Ja, genau das wollte ich sagen«, meinte Serena verlegen. »Aber es kam mir etwas dumm vor, wo die Prärie heutzutage doch ziemlich kultiviert ist.«

Shane lachte leise auf.

»Das muss es nicht. Die Zivilisation wird dieses Land niemals ganz besiegen. Diejenigen, die dafür offen sind, werden den Ruf der Freiheit jedes Mal verspüren, wenn sie diesen Kontinent betreten.« Er blickte gedankenverloren über das Land. »Das waren Kojoten, die du gehört hast«, fügte er hinzu. »Ihr Geheul kann den stärksten Mann zum Zittern bringen, wenn man nachts allein in der Wildnis umherwandelt und nicht weiß, womit man es zu tun hat. Und bei Vollmond sind sie besonders laut.«

»Das habe ich gemerkt«, sagte Serena matt. »Auf jeden Fall hatte ich diesen seltsamen Traum.«

»Willst du mir davon erzählen?«

Serena nickte.

»Ich war in einer Gärtnerei. Ein Mann hat mich begleitet. Wir sind durch die Reihen der Pflanzen gegangen und haben nach etwas Bestimmtem gesucht. Dann haben wir uns mit einem Ehepaar unterhalten.« Sie versuchte sich an jede Einzelheit zu erinnern.

»Kurze Zeit später ist mein Begleiter losgegangen, um einen Angestellten nach der Pflanze zu fragen, die wir suchten. Ich beobachtete ihn, während er fortging, und plötzlich begann er sich vor meinen Augen in Luft aufzulösen. Ich kann es kaum beschreiben: Im einen Augenblick war er deutlich zu sehen, im nächsten schien er eigenartig durchsichtig zu sein, und dann – dann war er spurlos verschwunden.« Sie hielt inne.

»Und was ist als Nächstes geschehen?«

»Ich bin von Panik erfasst durch die Gärtnerei gelaufen und habe nach meinem Begleiter gesucht. Er war nirgends zu finden. Aber das Unheimlichste an der ganzen Sache kommt noch: Ich habe im Traum das Ehepaar und auch einige der Angestellten gefragt, ob sie meinen Begleiter gesehen hätten. Aber alle starrten mich nur an, als ob ich nicht ganz richtig im Kopf sei, und versicherten mir, dass ich nie mit einem Mann dort gewesen sei. Shane, du kannst dir nicht vorstellen, wie ich mich im Traum gefühlt habe. Ich begann, an mir selbst zu zweifeln, an meinen Erinnerungen. Ich dachte, ich wäre übergeschnappt. Gleichzeitig wusste ich mit absoluter Sicherheit, dass ich mir meinen Begleiter nicht eingebildet hatte – er *war* da. Und dass ich ihn, koste es, was es wolle, finden musste.«

Serena sah Shane verständnissuchend an.

»Du musst wissen, dass ich sonst eigentlich nie träume oder mich morgens einfach nicht daran erinnere. Dieser Traum jedoch war so wirklich, dass ich eine ganze Weile gebraucht habe, bis mir klarwurde, dass alles tatsächlich nur ein Traum war.«

»Hast du eine Idee, wer dein Begleiter gewesen sein könnte?«, fragte Shane gespannt. »Oder hast du zumindest das Ehepaar oder sonst jemanden erkannt?«

Serena schüttelte den Kopf.

»Ich habe niemanden erkannt. Bei dem Begleiter hatte ich lediglich das Gefühl, dass er mir sehr vertraut war.«

»Kannst du ihn beschreiben?«

Serena überlegte eine Weile.

»Nein«, sagte sie dann. »Er hatte dunkle Haare, trug legere Klamotten, Jeans und T-Shirt. Aber wenn ich versuche, mich an sein Gesicht zu erinnern, dann verschwimmt es einfach.«

»Macht nichts.« Shane legte freundschaftlich seine Hand auf ihre Schulter. »War nur eine Idee von mir. Manchmal tauchen Personen in unseren Träumen auf, die wir aus dem Alltag kennen. Solche Assoziationen können es uns oft leichter machen zu verstehen, was uns die Träume vermitteln wollen.«

»Was sie uns vermitteln wollen?«, wiederholte Serena. »Du meinst also wirklich, dass dieser Traum eine tiefere Bedeutung hat?«

»Ganz bestimmt. Besonders weil er hier am Bear Butte zu dir gekommen ist und du sonst nur selten träumst.«

»Aber was mag er bloß bedeuten? Ich kann mir keinen Reim darauf machen. Ich bin einfach nur verwirrt.«

»Im Augenblick ist mir das alles auch noch ein Rätsel«, erwiderte Shane nachdenklich. »Aber bei meinem Volk wird sehr viel Wert auf Träume und Visionen gelegt. Und ich habe das bestimmte Gefühl, dass, wenn es uns gelingt herauszufinden, was dein Traum dir sagen will, wir dann auch Fabian werden helfen können.«

»Ich wüsste nicht, wo ich beginnen sollte«, sagte Serena verzagt. »Oh, Shane, ich mache mir so große Sorgen um Fabian. Und ich spüre, dass die Zeit drängt. Wenn wir ihn nicht rechtzeitig finden …«

Shane legte ihr schnell den Finger auf die Lippen und schüttelte den Kopf.

»Sag es nicht«, bat er. »Schon ein solcher Gedanke kann ein Unglück heraufbeschwören.«

»Aber wie um alles in der Welt sollen wir ihn finden, Shane?«, fragte Serena aufgebracht. »Er kann überall sein!«

»Fabian wird höchstwahrscheinlich unter einem anderen Namen reisen«, überlegte Shane. »Besonders weil er glaubt, dass jemand hinter ihm her ist. Hat er dir gegenüber etwas in dieser Richtung erwähnt?«

Serena schüttelte den Kopf.

»Wo kann er nur sein?«, sann sie halblaut. Aber die Frage war nicht an Shane gerichtet, vielmehr an Gott und alle schützenden Engel.

Sie saßen eine lange Zeit schweigend nebeneinander und blickten über das weite Land. Die Sonne brannte mit ungeheurer Kraft auf sie herunter, und der stete Wind blies ihnen ins Gesicht. Sie spürten es kaum. Beide waren tief in ihre eigenen Gedanken versunken.

Serena konnte bald kaum noch sagen, wie lange sie schon so dasaßen. Sie ließ ihre Gedanken kommen und gehen, ganz unvoreingenommen. Es war ein besonderer Zustand, in dem sie sich befand; die Zeit schien auf seltsame Weise stillzustehen. Und sie spürte, dass eine Antwort auf ihre Frage ganz nahe war.

Plötzlich warf etwas einen Schatten auf die Erde direkt vor ihnen. Serena und Shane schreckten aus ihren Gedanken auf, konnten aber niemanden entdecken. Verwundert blickten sie hinauf zum Himmel. Das Sonnenlicht war so grell, dass Serena ihre Augen mit der Hand abschirmen musste, um etwas erkennen zu können. Schließlich erblickte sie einen großen schwarzen Vogel mit weißem Kopfgefieder, der weite Kreise über Bear Butte zog. Sein Flügelschlag war langsam, er schien durch die Lüfte zu schweben. Ein paarmal flog der Vogel so dicht über ihre Köpfe hinweg, dass Serena das Rauschen seiner Schwingen vernahm. Gebannt beobachtete sie das Tier. Es war das erste Mal in ihrem Leben, dass sie einen Raubvogel in freier Wildbahn aus solcher Nähe sah.

»Shane, ist das ein Adler?«, flüsterte sie ergriffen.

»Ja. Ist er nicht großartig anzusehen?«

»Einmalig!« Serena ließ sich auf den Rücken fallen, um besser schauen zu können.

Der Adler zog seine majestätischen Kreise noch eine ganze Weile genau über ihnen und Serena genoss jede Sekunde dieses herrlichen Naturschauspiels.

Schließlich verschwand das Tier aus ihrer Sicht. Enttäuscht setzte Serena sich auf.

»Wir sind ihm zu Dank verpflichtet, Reena«, meinte Shane und stand auf. »Der Adler hat unsere Antwort gebracht. Ich weiß jetzt, wo wir weitersuchen müssen.«

»Wo?«

»Am Bighorn Medicine Wheel in Wyoming«, erklärte Shane.

»Wyoming?«, wiederholte Serena. »Fabian ist in Wyoming?«

»Fabian oder etwas, das uns zu ihm führen kann.«

»Bist du dir sicher?«, hakte Serena nach. »Ich meine, wenn wir jetzt von hier fortgehen ... Vielleicht kommt Fabian doch noch her und wir verpassen ihn.«

»Wir müssen auf die Stimmen der Geistwesen vertrauen«, sagte Shane bestimmt. »Wir haben keine andere Wahl.«

»Aber ich habe die Stimmen der Geistwesen nicht gehört«, sagte Serena verwirrt. »Wie kann ich auf etwas vertrauen, was ich nicht gehört habe?«

»*Ich* habe sie gehört«, stellte Shane fest. »Kannst du *mir* vertrauen?« Er sah ihr fest in die Augen.

Serena erwiderte seinen Blick, und ein warmes, wohliges Gefühl durchflutete ihren Körper.

»Ich vertraue dir.«

VI

Die beiden sind jetzt schon eine ganze Weile da oben, Boss«, stellte Miller ungehalten fest und rückte seine dunkle Sonnenbrille zurecht. »Wie lange müssen wir noch untätig in dieser Hitze herumsitzen? Ich würde sagen, wir schnappen uns ein paar von den Waffen im Laderaum und fragen die Kleine direkt, was ansteht.«

»Ich renne denen nicht den Berg rauf hinterher«, sagte Sorrento ruhig. »Mir macht die Hitze nichts aus. Ich warte, bis sie wieder runterkommen. Aber dann …« Er zog eine Pistole unter dem schwarzen Jackett hervor. Mit einer schnellen Handbewegung war sie schussbereit.

»Du hast gut reden«, fiel Miller ihm ins Wort. »Du bist Italiener.«

»Hast du ein Problem damit?«

»Nein, nein«, wehrte Miller schnell ab. »Ich wollte damit nur sagen, dass du die Hitze natürlich besser verträgst. Meine Vorfahren dagegen stammen aus England. Da ist es nie heiß.«

»Weichei«, murmelte Sorrento.

»Wen nennst du hier ein Weichei«, fuhr Miller auf und zückte ein Messer. Aber Sorrento war schneller. Der Lauf seiner Pistole war bereits an Millers Schläfe.

»Gentlemen«, mischte Newman sich genervt ein,

ohne die beiden eines Blickes zu würdigen, »spart euch die Feindseligkeiten für Eckehard auf.«

»Aber Boss, Miller ist unerträglich mit seinem Gejammer. Er benimmt sich wie ein Kleinkind.«

»Jetzt reicht es mir«, schrie Miller, und der Streit ging von vorne los.

Newman setzte seine Sonnenbrille auf und stieg aus dem Wagen.

Dies ist das letzte Mal, dass ich mich mit solchen Idioten herumschlage, schwor er sich im Stillen.

»Haltet den Mund, ihr Dummköpfe«, rief er Miller und Sorrento im Wagen zu. »Der ganze Parkplatz hört euch. Wenn ihr so weitermacht, können wir uns gleich ein Schild um den Hals hängen, wo draufsteht, wer wir sind und was wir vorhaben.«

Newman schüttelte den Kopf. Dann überdachte er erneut ihre Situation. Sie waren Serena Eckehard am frühen Morgen in angemessenem Abstand nach Bear Butte gefolgt. Nachdem Eckehard sich auf den Weg zu dem Pfad gemacht hatte, der den Berg hinaufführte, hatte Miller den schwarzen Hummer ebenfalls auf dem Parkplatz abgestellt. Kurze Zeit später hatten sie beobachtet, wie dieser Shane Storm Hawk am Bear Butte eintraf. Sie hatten ihn bereits erwartet, denn ihr Informant in Sturgis hatte sie von seiner Ankunft unterrichtet.

Newman blickte den Berg hinauf. Die junge Frau an der Parkplatzeinfahrt hatte ihnen gesagt, dass es nur zwei Wege nach oben gab. Beide hatten sie im Auge behalten. Fabian Eckehard war nicht aufgetaucht. Aber was war, wenn dieser Eckehard irgendwo anders einen Weg gefunden hatte und bereits am Gipfel angekommen war, ohne dass sie es bemerkt hatten? Unruhe überkam ihn. Eckehard war gerissener, als sie alle angenommen hatten, das hatte er schon mehrere Male bewiesen.

Newman drehte sich zum Wagen um, wo Miller und Sorrento sich noch immer wild stritten.

»Gentlemen, wenn Storm Hawk und Eckehard nicht in fünf Minuten wieder hier unten sind, dann geht ihr sie suchen. Verstanden?«

Millers und Sorrentos Gesichter hellten sich sofort auf. Sie hörten auf zu streiten und spähten gespannt den Pfad entlang.

»Boss, das hast du mit Absicht gesagt«, rief Sorrento plötzlich. »Du hast gesehen, dass die beiden auf dem Rückweg sind!«

»Was redest du da?«, fragte Newman.

»Da vorne«, sagte Miller und deutete aufgeregt auf den Pfad. »Storm Hawk und die Eckehard kommen zum Parkplatz zurück!«

Newman sprang auf den Beifahrersitz des Hummers und zog die Tür ins Schloss.

»Dann wollen wir mal sehen, was die beiden jetzt vorhaben«, meinte Miller aufgeregt und startete den Wagen. Er war ausgesprochen froh darüber, dass wieder Bewegung in die Sache kam. Selbst wenn es nur Autofahren war.

Das Wasser des Lake Superior war ruhig. Kleine Wellen schwappten rhythmisch ans felsige Ufer, und eine warme Brise wehte über den gewaltigen See. Möwen segelten hoch oben am Himmel. Ihr lautes Kreischen war das einzige Geräusch, das die Stille der Wildnis unterbrach.

Fabian saß auf einem Felsen und blickte aufs Wasser

hinaus. Der Stein war warm und glatt gewaschen von den Wellen und den Eisschollen, die den See im Winter wie eine dicke, undurchdringliche Decke überzogen. Die scheinbar endlose Weite des Lake Superior und der angrenzenden dunklen und unberührten Wälder war so ganz anders als das milde Klima und die alten Bauten Südtirols, wo Fabian die letzten Jahre über gelebt hatte.

Fabians Gedanken streiften zurück zu den steilen, schroffen, schneebedeckten Gipfeln der Alpen. Die sattgrünen Bergwiesen, die sich an ihren Hängen entlangzogen, die kleinen Dörfer in den Tälern und schließlich auch die alten Klostergebäude, sie alle zeugten davon, dass dort bereits seit Jahrhunderten Menschen lebten. Sie hatten die Wildnis gezähmt, hatten sie urbar und bewohnbar gemacht. Hier am Lake Superior hingegen war von den Indianern, die jahrtausendelang die Wälder, Ufer und Wasser des Sees durchstreift hatten, kein Anzeichen zu erkennen. Sie hatten einen Weg gefunden, mit der Natur zu leben, ohne Spuren zu hinterlassen.

Fabian fand Gefallen an beiden Landschaften. Er liebte den wilden amerikanischen Kontinent. Aber er konnte den Charme und die liebliche Schönheit seiner alten Heimat nicht abstreiten. Und jetzt, wo er von unberührten Wäldern umgeben war, musste er ganz einfach an Südtirol denken und an Kloster Engelstein, das für drei lange Jahre sein Zuhause gewesen war. Er schloss die Augen, und schon tauchte das alte Kloster vor seinem inneren Auge auf. Fabian lächelte. Ein Teil seiner Seele war noch immer dort.

In Gedanken ging er durch die dunklen Gänge des Hauptgebäudes. Das Bild war so wirklich, dass er beinahe vermeinte, den Duft von frisch gebackenem Brot und den Geruch der jahrhundertealten, feuchtkühlen Steinmauern zu vernehmen. Er öffnete die schwere Holztür und trat hinaus in einen überdachten Rundweg, der an den großen Innenhof grenzte. Der Innenhof war von hohen, mit Pflanzen berankten Steinmauern umgeben. Fabian schritt in Gedanken über den Hof, vorbei am Kreuzgarten, in dem wohlriechende Kräuter und wunderschöne Rosen blühten, und gelangte schließlich an das große Haupttor. Er öffnete es und sah hinaus auf die weitläufigen Ländereien, die zu dem Kartäuserkloster gehörten. Felder und Weiden, auf denen die Hilfsmönche Kühe hielten und Gemüse für die Gemeinschaft anbauten, und Wälder, durch die die Klostermitglieder auf ihren wöchentlichen Spaziergängen wanderten.

Fabian öffnete die Augen. Er hatte gerne im Kloster gelebt, und er vermisste die enge Gemeinschaft der Hilfsmönche, zu denen er gehört hatte, sehr. Besonders einen der Mönche hatte er ins Herz geschlossen: Bruder Lukas. Bruder Lukas war ungefähr Mitte sechzig und ein ehemaliger Seemann. Er lebte seit fünfundzwanzig Jahren in Engelstein und hatte Fabian gleich am ersten Tag unter die Fittiche genommen. Lukas war immer gut gelaunt, scherzte gern und konnte sich an das Gebot des Schweigens, das den Kartäusermönchen auferlegt war, nur schwer halten. Fabian musste unwillkürlich schmunzeln, als er an den gesprächigen Mönch dachte. Es gab kaum einen Augenblick, außer natürlich im Gebet, an dem Lukas ernst war. Aber er hatte sich in den vergangenen Wochen als wahrer Freund erwiesen. Fabian hatte ihn um eine Einweisung in den Seemannsjargon gebeten. Bruder Lukas hatte ihm bereitwillig und ohne Fragen zu stellen Auskunft gegeben. Viel gründlicher sogar, als Fabian es sich vorgestellt hatte, wie er jetzt grinsend feststellte. Tatsache blieb jedoch, dass es Fabian ohne Lukas´ Kenntnisse niemals gelungen wäre, in Rotterdam als Matrose anzuheuern und den Klauen der IPC-Handlanger zu entkommen. Dafür war er Bruder Lukas bis in alle Ewigkeit dankbar. Es tat ihm nur leid, dass dieser nie erfahren würde, warum er so plötzlich aus dem Kloster verschwunden und was aus ihm geworden war. Aber Fabian wusste, dass sie sich im Leben nach dem Tod wiedersehen würden. Damit gab er sich zufrieden.

»Das ist mein Wagen«, sagte Serena, als sie den Parkplatz erreichten. Sie deutete auf den dunkelblauen Jeep, den sie am Flughafen in New York gemietet hatte.

»Ich sehe, du hast dich auf schwieriges Gelände eingestellt«, zog Shane sie auf.

Serena zog eine Grimasse.

»Man kann nie umsichtig genug sein«, erwiderte sie betont gleichgültig.

Langsam gewöhnte sie sich wieder an solche Späße. Als sie Fabian noch regelmäßig gesehen hatte, waren derartige Neckereien zwischen ihnen an der Tagesordnung gewesen. Das lag nun lange zurück. Viel zu lange. Aber erst jetzt, als sie Shane Storm Hawk getroffen hatte, der ihrem Bruder vom Wesen her so ähnlich schien, wurde ihr bewusst, wie sehr sie dieses Scherzen vermisst hatte.

»Wie lange werden wir fahren müssen?«, erkundigte Serena sich.

»Nicht lange. Bis nach Sheridan – das ist der Ort, der dem Bighorn Medicine Wheel am nächsten ist –

dürften es nicht mehr als dreihundert Kilometer sein. Hast du eine Straßenkarte dabei?«

Serena nickte und reichte ihm die Karte.

»Vielleicht ist es besser, wenn du fährst«, sagte sie. »Ich bin in den letzten Tagen Tausende von Kilometern gefahren und würde gerne mal aussetzen.«

»Kein Problem«, antwortete Shane und drückte ihr die Karte in die Hand. »Ich fahre, du navigierst. Wo sind die Wagenschlüssel?«

Serena reichte sie ihm. Gleichzeitig fragte sie sich, ob es wirklich klug gewesen war, Shane ans Steuer zu lassen. Sie hegte die unangenehme Vorahnung, dass sie sich die ganze Zeit über würde anhören müssen, dass Männer eh die besseren Autofahrer waren. Aber für Zweifel war es nun zu spät. Shane saß bereits hinterm Lenkrad.

»Komm schon, schlag keine Wurzeln«, rief er ihr zu.

Serena warf einen letzten Blick auf Bear Butte, dann stieg sie in den Wagen. Sie wäre gerne länger geblieben, hätte gerne mehr Fotos gemacht, doch die Zeit drängte. Irgendwann einmal, wenn dies alles vorbei war, könnte sie vielleicht hierher zurückkehren und es nachholen.

Shane hielt kurz an dem kleinen Kassenhäuschen an. Er verabschiedete sich von der hilfsbereiten jungen Indianerin und hinterließ seine Visitenkarte, verbunden mit der Bitte, dass sie ihn anrufen möge, sollte Fabian doch noch am Bear Butte auftauchen.

Als sie weiterfuhren, sah Serena ihn fragend an.

»Ich dachte, du wärst dir so sicher, dass wir nach Wyoming fahren müssen. Warum dann die Visitenkarte?«

Shane grinste.

»Kennst du nicht das alte Pfadfinder-Motto: *Sei immer auf alles vorbereitet?*«

»Nein«, entgegnete sie. »Aber es hört sich sehr weise an.«

Nach einer Weile fragte Shane: »Ist dir der schwarze Hummer auf dem Parkplatz aufgefallen?«

»Natürlich. Diese Wagen scheinen hier in den USA zurzeit sehr angesagt zu sein, besonders in Schwarz, ich sehe andauernd welche.«

Shane ging nicht darauf ein. Stattdessen meinte er: »Es ist schon zwei Uhr vorbei. Wir sollten irgendwo anhalten und etwas essen. Ich bin jedenfalls am Verhungern. Außerdem müssen wir tanken.«

Serena sah auf die Benzinanzeige. Shane hatte recht, der Tank war beinahe leer. Und hungrig war sie auch. Sie hatte seit dem vergangenen Abend nichts gegessen. Aber sie wollte nicht unnötig Zeit vergeuden. Sie mussten Fabian finden. Sie mussten es einfach!

»Vielleicht können wir irgendwo in einem Drive-Through ein paar Burger kaufen«, überlegte sie laut.

Shane warf ihr einen kurzen Blick zu.

»Reena, ich weiß, wie du dich fühlst. Mir geht es genauso. Aber wir werden Fabian keine Hilfe sein, wenn wir halbverhungert und völlig entkräftet sind. Und ich für meinen Teil finde Fastfood-Burger entsetzlich.«

Serena gab sich geschlagen. Sie aß auch lieber etwas Gesünderes.

Ein paar Minuten später hielt Shane vor einem kleinen Gebäude an, das gleich neben dem Highway lag. Es war im Western-Stil gebaut und hatte eine falsche Fassade, wie Serena es schon oft in alten Filmen gesehen hatte. *Pioneer Pub and Hotel,* stand in großen Buchstaben über der Eingangstür. Zwanzig schwere Motorräder und drei riesige verstaubte Lastwagen parkten davor. Das Chrom der Motorräder blitzte in der Sonne.

»Hier willst du essen?«, fragte sie. »Da nehme ich doch lieber das Fastfood.«

»Vertraue mir«, sagte Shane ungerührt.

Serena beäugte das Etablissement misstrauisch, während sie ihm zum Eingang folgte.

»Wenigstens steht hier nichts von *weltberühmter Hausmannskost*«, lachte Shane. »Vor solchen Schildern kann ich dich nur warnen. Hausmannskost sollte man in diesem Land wirklich nur bei sich zu Hause essen. Und lass dich durch die Trucker und Biker nicht beirren. Die meisten sind okay. Außerdem wissen sie, wo es gutes Essen gibt – sonst hätten sie den Laden längst kurz und klein geschlagen.«

Serena sah ihn fassungslos an. Das konnte nicht sein Ernst sein. Trucker und Biker Feinschmecker?

»Eher ist denen das Bier zu warm«, murmelte sie.

Shane wollte ihr gerade die Tür aufhalten, als diese aufging und Serena sich ganz unerwartet einem der Biker gegenüberfand. Er war kahlköpfig, noch größer als Shane und wog mindestens 140 Kilo. Seine über und über tätowierten Arme guckten aus einer schwarzen Lederweste heraus, die mit Nieten und Totenkopfaufnähern bestückt war, und in seinem Gürtel steckte ein riesiges Bowiemesser. Er roch, als könne er mal wieder eine Dusche vertragen.

Serena hielt entsetzt die Luft an.

Sehr zu ihrer Überraschung erschien gleich darauf ein freundliches Lächeln auf dem Gesicht des Bikers. Er machte einen Schritt zur Seite und hielt ihr die Tür auf.

»Nach Ihnen, Miss«, sagte er höflich.

»Danke sehr«, erwiderte Serena verblüfft und betrat das Pub. Das war noch mal gutgegangen. Aber vorsichtshalber blieb sie doch lieber in Shanes Nähe.

»Wehe, wenn es hier nichts Vernünftiges zu essen gibt«, zischte sie ihm zu.

Innen war das *Pioneer Pub* sehr rustikal eingerichtet. Die Wände bestanden aus rauen Holzplanken, und die Tische und Stühle hatten auch schon bessere Tage gesehen. Es fiel nur wenig Tageslicht durch die schmalen Fenster, und der Raum war rauchverhangen. Laute Rockmusik dröhnte aus den Lautsprechern über der Theke. An drei Tischen saß jeweils nur eine Person. Der Mann am ersten war sehr übergewichtig und vertilgte eine riesige Portion Bratkartoffeln mit Speck. Der zweite Mann war ungefähr Mitte sechzig, unrasiert und hatte selbst beim Essen noch seine Baseballkappe auf dem Kopf. Der dritte war klein und dürr und machte einen sehr mürrischen Eindruck. Er war in eine Zeitung vertieft.

Das müssen die Trucker sein, ging es Serena durch den Kopf.

Die Biker waren nicht zu verwechseln. Sie standen an der Theke, Zigarette in der einen und Bier in der anderen Hand. Schwarzes Leder und ärmellose Hemden schienen bei ihnen hoch in Mode zu sein.

Keiner der Anwesenden schenkte Serena und Shane Beachtung. Aber Serena hielt sich lieber weiterhin hinter Shane. Schließlich war es seine Idee gewesen, hierherzukommen, da sollte er auch derjenige sein, der mögliche Feindseligkeiten als Erstes abbekam.

Hinter der Theke ertönte jetzt eine rauchige Frauenstimme, sehen konnten sie niemanden.

»Wollt ihr etwas zu essen?«

»Ja«, antwortete Shane.

»Sucht euch einen Platz, ich bin gleich da!«, kam die Antwort.

»Siehst du«, grinste Shane, »kein Problem.«

Sie hatten sich kaum an einen der kleinen Tische am Fenster gesetzt, als die Bedienung auch schon auftauchte.

»Kaffee, ihr Süßen?«, fragte sie und deutete auf die Kaffeekanne, die sie in der Hand hielt.

»Gern.« Shane schob ihr einen der Becher zu, die auf dem Tisch bereitstanden.

Serena wusste, dass es unhöflich war, Leute anzustarren, aber sie konnte nicht anders. Die Frau war schlank und hatte lange blonde Haare. Von hinten sah sie aus wie Mitte zwanzig. Aber mit dem grellen Make-up, mit dem sie versuchte, ihre zahlreichen Falten zu überdecken, und dem verlorenen Ausdruck in ihren Augen wirkte sie wie Ende sechzig.

Shane stieß Serena unter dem Tisch an.

»Ich auch bitte«, sagte sie schnell und schob ihren Becher vor.

Die Frau schenkte ihnen ein.

Serena konnte ihren Blick noch immer nicht von der Bedienung losreißen. Die Schürze, die die Frau trug, schien mit Zeitungsausschnitten bedruckt zu sein. Doch als Serena genauer hinsah, erkannte sie, dass es sich um Suchanzeigen handelte – Suchanzeigen vermisster Personen.

Die Frau bemerkte Serenas Interesse.

»Mein Sohn ist eine dieser vermissten Personen«, erklärte sie leise. »Die Schürze ist meine Art, zu helfen. Ich kann nichts anderes tun.«

»Es tut mir sehr leid«, sagte Serena und sah betroffen zu Boden.

»Was geschehen ist, ist geschehen«, erwiderte die Frau. »Mir bleibt nur die Hoffnung.« Dann fuhr sie mit unbefangener Stimme fort: »Braucht ihr Speisekarten, oder wisst ihr, was ihr wollt?«

»Gibt es ein Mittagsangebot?«, fragte Shane.

»Zwiebelsuppe und Salat, dazu ein Sandwich mit Fleischklößen«, ratterte die Frau mechanisch runter.

»Das nehme ich«, sagte Shane zufrieden. »Und du, Serena?«

»Könnte ich nur die Suppe und den Salat haben?«, fragte sie zaghaft. »Ich bin nicht sehr hungrig.«

»Kein Problem, Süße«, erwiderte die Bedienung lächelnd und verschwand in der Küche.

»Super Angebot«, lästerte Serena und warf Shane einen mürrischen Blick zu.

»Warte ab, bis das Essen da ist.«

Sie saßen schweigend am Tisch.

»Du weißt schon eine ganze Menge über mich«, sagte Serena, um das Gespräch wieder in Gang zu bringen. »Erzähl mir mal etwas von dir.«

»Was weiß ich denn alles von dir?«, fragte Shane.

»Dass ich Fabians Schwester bin, Fotografin von Beruf, Ungarisch spreche und normalerweise nicht in Einrichtungen wie dieser verkehre.«

»Das ist natürlich eine überwältigende Menge«, erwiderte Shane spöttisch. »Also gut, ich bin Einzelkind. Meine Eltern waren nie verheiratet, und ich kenne meinen Vater hauptsächlich aus den Erzählungen meiner Mutter.«

»Du hast ihn nie getroffen?« Serena war bestürzt.

»Oh doch, ein paarmal, als ich klein war. Aber mein Vater war schon immer eine ruhelose Seele. Er ist in den Siebzigern aus Norwegen gekommen. Damals gab es im Norden gutbezahlte Jobs für Holzfäller. Dort hat er auch meine Mutter kennengelernt. Sie hat die großen Lastwagen gefahren, die die Holzstämme zu den Sägewerken transportiert haben. Die Holzfällercamps waren meist sehr abgeschieden, und die Mannschaft hat monatelang in der Wildnis zusammengelebt ohne viel Kontakt zur Außenwelt.«

»Das hört sich nach einem harten und rauen Leben an«, stellte Serena fest.

»Das war es auch«, erklärte Shane. »Aber für viele junge Männer war es die Gelegenheit, sich einen guten finanziellen Start im Leben zu verschaffen. Nach ein paar Jahren im *Busch* hatte man genügend Startkapital für ein Haus oder ein Geschäft, manchmal sogar für beides.«

»Du bist also im Norden aufgewachsen?«

Shane schüttelte den Kopf.

»Nein, meine Mutter war nur ein paar Monate in dem Camp. Als sie mit mir schwanger wurde, ist sie nach Hause zurückgekehrt. Ihre Familie lebt auf dem Blackfoot-Reservat in der Nähe von Calgary.«

»Dann bist du also von deiner indianischen Mutter auf dem Reservat großgezogen worden?«

»Auch nicht ganz richtig«, lachte Shane. »Mein Vater – sein Name ist übrigens Björn Bergström – hatte zwar nie vor, meine Mutter zu heiraten, aber als er von ihrer Schwangerschaft erfuhr, hat er ihr eine große Summe Geld zukommen lassen, damit sie mich vernünftig großziehen kann. Meine Mutter wusste, dass es nicht leicht für mich sein würde, auf dem Reservat aufzuwachsen, weil ich nur ein *Halbblut* bin. Und sie wollte mir Zugang zu der Welt meines Vaters verschaffen, wollte, dass ich auch seine Wurzeln kennenlerne und verstehe. Also hat sie mit dem Geld ein Haus in Gleichen gekauft. Gleichen ist eine kleine Stadt oder vielmehr ein Dorf direkt außerhalb des Reservats. Es wohnen dort nicht mehr als vierhundert Menschen, aber es war eine Verbindung zur Welt der *Weißen*. Gleichzeitig hatte ich meine indianische Familie unmittelbar nebenan.«

»Hast du eine große Familie?«, wollte Serena wissen.

»Ich habe viele Cousinen und Cousins, Onkel und Tanten«, meinte Shane, »aber wirklich engen Kontakt habe ich nur zu meiner Mutter und meiner Großmutter. Grandma lebt bei meiner Mom, seit mein Grandpa gestorben ist. Das war vor fünfundzwanzig Jahren. Ich bin also praktisch mit zwei Frauen im Haus groß geworden.«

»Und nach wem kommst du vom Charakter her? Woher du dein Aussehen hast, hast du mir ja schon am Bear Butte ausführlich erläutert.«

Shane lachte.

»Meine Mutter hat ein sehr ruhiges, ausgeglichenes Wesen. Mein Vater soll sehr lebenslustig und fröhlich sein. Mom sagt, dass er gerne lacht. Mach dir dein eigenes Bild.«

Serena musste nun auch grinsen. Sie konnte sich sehr gut vorstellen, von wem Shane seine Vorliebe für Neckereien und seinen Sinn für Humor geerbt hatte.

»Hier kommt euer Essen, ihr Süßen«, ertönte plötzlich die Stimme der Bedienung neben ihnen. Serena hatte sie bei der lauten Musik und dem Lärmen der Biker nicht kommen hören.

Mit weit aufgerissenen Augen starrte Serena auf das riesige Tablett, das die Frau in den Händen hielt. Sie stellte zwei Teller mit Zwiebelsuppe und zwei Schalen mit großzügigen Portionen Salat ab. Shanes Sandwich hingegen lag auf einem Extrateller, der fast den gesamten Tisch einnahm. Das Sandwich war gute dreißig Zentimeter lang und mindestens fünfzehn Zentimeter hoch. Das Brot glich vom Aussehen her einem Baguette, aber es fehlte ihm das knusprige Äußere. Es lag aufgeschnitten auf dem Teller. Die untere Hälfte war mit einem wilden Gemisch aus Tomaten, Käse und Salatblättern bedeckt. Darüber waren ein gutes Dutzend Fleischklöße in Tomatensauce verteilt. Allein der Anblick dieser Zusammenstellung verursachte Serena Bauchschmerzen. Sie hatte noch nie in ihrem Leben ein solch riesiges und gleichzeitig seltsames Sandwich gesehen.

»Sieht lecker aus«, meinte Shane und ließ sich Kaffee nachschenken.

Serena sah ihn fassungslos an.

»Wie um alles in der Welt willst du das essen?«

»Das werde ich dir gleich zeigen.« Shane nahm eine Papierserviette und schüttelte sie sorgfältig auseinander. Die Serviette glich dem Sandwich – sie hatte Übergröße. Shane steckte sie sich am Hals ins T-Shirt, und sie deckte seine breite Brust von Schulter zu Schulter ab. Am unteren Rand der Serviette war ein großes Hells-Angels-Logo aufgedruckt – ein Totenkopf mit Flammen.

»Rühr dich nicht vom Fleck«, rief Serena. »Das muss ich unbedingt festhalten!« Sie griff nach ihrer Kamera. »Ich hoffe, du verkehrst auch mal in normalen Restaurants«, fügte sie hinzu, während sie drauflosknipste.

»Ich weiß gar nicht, was du willst. Das Essen ist gut, und die Hells Angels sind Indianern gegenüber wenigstens nicht rassistisch. Hier kann ich ganz unbehelligt essen. Das ist nicht überall der Fall.«

Serena schwieg nachdenklich und vergaß beinahe, dass sie auch etwas bestellt hatte. Fasziniert beobachtete sie, wie Shane das riesige, mit Klößen beladene und vor Tomatensauce triefende Sandwich zuklappte und es sich kunstgerecht in den Mund stopfte. Tomatensauce spritzte nach allen Seiten, aber irgendwie gelang es ihm, keinen der Fleischklöße zu verlieren. Stück um Stück wurde das Sandwich kleiner.

»Deine Suppe wird kalt«, meinte Shane zwischen zwei Bissen.

Serena begann zu essen. Zu ihrer Überraschung war die Suppe sehr gut. Auch der Salat schmeckte ausgezeichnet.

»Zufrieden?« Shane deutete auf ihren Teller.

»Sehr. Aber ich weiß nicht, wie du das riesige Sandwich runterkriegst«, wunderte sie sich.

»Standardessen an der Uni in Toronto«, erwiderte Shane. »Fabian liebt diese Sandwiches mit Fleischklößen übrigens auch sehr.«

»Da habt ihr euch kennengelernt, an der Uni in Toronto«, stellte Serena fest und löffelte ihre Suppe.

»Das ist richtig. Es war eine tolle Zeit. Zum letzten Mal haben wir vor sechs Jahren zusammengearbeitet.«

»Für Denver Fusion Research in Colorado«, fiel Serena ein. »Da habt ihr irgendetwas gebaut, irgendeine unterirdische Anlage.«

»Einen Partikelbeschleuniger«, erklärte Shane mit vollem Mund. »Als Geologe war ich für die Sicherheit der Anlage zuständig. Ich habe überwacht, dass die Höhlenwände und Tunnel stabil waren und dass von außen keine Strahlen eindrangen. Das ist für die Versuche sehr wichtig. Fabian als Physiker hingegen war am Bau des Beschleunigers selbst beteiligt.«

»Richtig, ich erinnere mich.«

Shane schluckte den letzten Bissen seines Sandwiches hinunter.

»Du hast Tomatensauce am Kinn«, bemerkte Serena.

»Wo?«, fragte Shane ungerührt und begann, mit der Serviette in seinem Gesicht herumzuwischen.

»Völlig falsch«, meinte Serena lachend. Ohne zu überlegen, griff sie nach einer frischen Serviette und wischte ihm die Sauce weg. Erst dann wurde ihr bewusst, dass sie Shane eigentlich nicht gut genug kannte, um sich so etwas herauszunehmen. Aber Shane glich Fabian in so vielerlei Hinsicht, dass sie aus einem Reflex heraus gehandelt hatte. Bei Fabian hätte sie das Gleiche getan. Nur hätte sie sich dann nicht so seltsam verlegen gefühlt.

Sie zog ihre Hand langsam zurück.

Shane sah sie einen Augenblick lang schweigend an. Dann stand er auf und murmelte etwas von: »Ich sehe mir das lieber mal genauer an, bevor wir weiterfahren«, und verschwand im WC.

VII

Shane hielt in Sturgis, um zu tanken. Die Sonne brannte vom strahlend blauen Himmel. Sie hatten die Fenster heruntergekurbelt, aber es half nicht viel. Der Wind brachte keine Kühlung, sondern wehte heiß über das Land.

Shane ging hinein, um zu bezahlen.

Serena lehnte sich auf dem Beifahrersitz zurück und schloss die Augen. Sie hatte in der letzten Nacht nicht viel Schlaf bekommen und fühlte sich jetzt, nachdem sie gegessen hatte, sehr müde. Sie verdrängte erfolgreich alle Gedanken aus ihrem Kopf und verweilte ein paar Minuten in der verschwommenen Welt zwischen Wachen und Schlafen.

»Meine Liebe, ich brauche ein bisschen Geld für den Bus. Meinst du, du kannst mir aushelfen?«, ertönte ganz unerwartet eine lallende Männerstimme neben ihr.

Serena schreckte aus ihrem Halbschlaf auf. Ihr Herz klopfte laut. Verwirrt blickte sie sich um. Ein fremder Mann lehnte im Fahrerfenster und grinste sie verlegen an.

Serena setzte sich auf und sah sich unruhig um. Wo blieb Shane nur?

»Ich möchte dir wirklich nicht auf die Nerven gehen, meine Liebe«, begann der Mann erneut, »aber ich brauche das Geld dringend. Ich muss nach Hause.«

Bei dem Mann handelte es sich unverkennbar um einen Indianer. Er sah sehr heruntergekommen und ungepflegt aus und trug nur einen Rucksack bei sich. Seine Nase musste schon mehrmals gebrochen gewesen sein, sie war verbeult und schien irgendwie eingedrückt. Es fehlten ihm alle Vorderzähne, und sein langes schwarzes Haar fiel ihm wirr über die Schultern. Eine strenge Alkoholfahne umwehte ihn.

»Mein Bekannter ist gerade beim Bezahlen«, erwiderte Serena zaghaft. »Er hat das Geld. Warum gehst du nicht rein und fragst ihn? Er gibt dir sicher etwas.«

»Ich möchte ihn bei seinen Geschäften nicht stören«, sagte der Mann. »Aber ich brauche das Geld wirklich dringend.« Er hing noch immer im Fahrerfenster.

Serena gab sich geschlagen. Allerdings wollte sie ihre Handtasche vor diesem Mann nicht hervorholen. Irgendwo hatte sie doch noch einen 10-Dollar-Schein gehabt. Sie kramte in ihrer Hosentasche. Ah, da war er!

Sie reichte dem Indianer das Geld.

»Liebes, wenn du mir zwei Dollar gibst, bin ich reich. So viel brauche ich nicht.«

»Ist schon gut«, meinte Serena. Sie hatte Mitleid mit ihm. »Kauf dir unterwegs etwas zu essen.«

»Ich danke dir, Liebes.«

»Hey, Bruder, was gibt es?«

Serena atmete auf. Shane war zurück.

»Ich habe deine Lady nur um Geld für den Bus gebeten«, erklärte der fremde Indianer hastig.

»Hast du dein Fahrgeld bekommen?«, fragte Shane, halb an Serena gewandt.

»Mehr als genug«, erwiderte der Mann.

»Dann komm gut nach Hause«, sagte Shane mit seiner tiefen Stimme, die sehr gebieterisch klingen konnte, wie Serena nun feststellte.

Der Mann verstand die Andeutung sofort und machte sich davon.

Shane stieg in den Jeep.

»Alles in Ordnung?«, wandte er sich besorgt an Serena.

»Ja«, antwortete sie erleichtert. »Aber für heute reicht es mir mit ungeplanten Begegnungen. Lass uns weiterfahren und erst wieder anhalten, wenn wir Sheridan erreicht haben.«

»Auch beim Fahren kann viel passieren«, neckte Shane sie lachend.

»Mal den Teufel nicht an die Wand«, erwiderte Serena matt und griff nach der Straßenkarte.

Shane startete den Wagen und bog in die Hauptstraße ein.

»Wir müssen die Interstate 90 nach Westen nehmen«, verkündete Serena.

»Ich hab uns ein bisschen Proviant besorgt«, sagte Shane, sobald sie die I-90 erreicht hatten. »Machst du mir mal bitte die Tüte mit den Nachos auf?«

Serena warf ihm einen entgeisterten Blick zu.

»Das kann nicht dein Ernst sein. Du hast vor kaum einer halben Stunde ein riesiges Sandwich verdrückt.«

»Ich esse aus Nervosität«, grinste Shane. »Das ist immer dann besonders schlimm, wenn ich mit einer hübschen jungen Dame zusammen bin.«

»Hör auf mit dem Quatsch«, mahnte Serena. »Aber mal ehrlich, wenn du so weitermachst, wirst du bald so kugelrund sein wie ein Strandball. Es wundert mich sowieso, dass du noch keine hundertzwanzig Kilo wiegst.« Sie musterte ihn von der Seite. Dann kramte sie in ihrer Reisetasche.

»Hier, wenn du schon ständig essen musst, dann iss wenigstens etwas Fettarmes.« Sie reichte ihm eine Schachtel Knäckebrot.

Shane musterte sie argwöhnisch.

»Das sieht viel zu gesund aus.«

Serena lachte.

»Was?«

»Du erinnerst mich manchmal so sehr an Fabian ... Ihr zwei müsst wirklich ein nervenaufreibendes Paar abgegeben haben – an der Uni und in Denver.«

»Immerhin zitiere ich nicht ständig irgendwelche alten Philosophen«, stellte Shane fest. »Fabian hatte eine Gabe dafür. Hat die Professoren in den Wahnsinn getrieben. Manchmal kam er mir vor wie ein wandelndes Orakel. Darin war er wirklich klasse.«

Serenas Gedanken flogen zu Fabian. Wo mochte er nur sein?

»Hat Fabian jemals mit dir über seine Beweggründe, ins Kloster zu gehen, gesprochen?«, fragte Shane. Seine Stimme war jetzt ganz ernst. »Mir hat er damals nur gesagt, dass er den Entschluss gefasst habe und basta. Mehr habe ich nie aus ihm herausbekommen.«

»Mir hat er nicht viel mehr gesagt«, erwiderte Serena. »Und unseren Eltern auch nicht. Sie können seinen plötzlichen Entschluss bis heute nicht nachvollziehen und haben ihn nie akzeptiert – vor allem weil Fabian der Kirche vorher nie sehr zugewandt war.«

»Und du? Wie hast du darüber gedacht?«

»Ich habe Fabians Entschluss respektiert. Ansonsten wäre mir das Herz gebrochen.«

»Ihr wart euch sehr nahe, hab ich recht?«

»Fabian ist zehn Jahre älter als ich«, erklärte Serena.

»Er ist mein großer Bruder, mein einziges Geschwisterkind. Er war immer mein Leitbild, mein Held. Ich habe zu ihm aufgesehen. Und dann war er auf einmal nicht mehr da. Fast von einem Tag auf den anderen. Fabian sagte mir damals, ich solle ihm vertrauen, seiner Entscheidung vertrauen, solle ihm glauben, dass es keine andere Möglichkeit für ihn gab. Er hat damals Seneca zitiert: *Willst du eine freie Seele haben, so musst du entweder arm sein oder wie ein Armer leben.* Ich hatte bisher angenommen, dass es dieser Leitsatz war, irgendeine Vision, die seinen plötzlichen Sinneswandel hervorgerufen hat. Ich habe seine Entscheidung akzeptiert. Aber verstanden habe ich sie nicht. Erst als er mich vor ein paar Tagen anrief, ist mir klargeworden, dass etwas ganz anderes hinter seinem Entschluss gesteckt haben muss.« Sie blickte nachdenklich aus dem Wagenfenster. »Und jetzt ist er irgendwo da draußen und versucht ganz alleine, etwas zu begradigen, wovon er denkt, dass es sein Fehler gewesen ist. Und jemand trachtet ihm nach dem Leben.«

»Urteile nicht zu streng über ihn, Reena«, bat Shane. »Wir wissen nicht, was wirklich vorgefallen ist, was Fabian gesehen hat und warum diese Leute hinter ihm her sind. Es ist so viel leichter, einfach das zu tun, was von einem erwartet wird. Und das ist oftmals nicht das, was moralisch am besten zu vertreten wäre. Die alten Wertvorstellungen, die alten Regeln verschwinden sehr schnell in unserer heutigen Gesellschaft. Die meisten Leute beugen sich dem immensen Druck, nur um in der Lage zu sein, die laufenden Lebenshaltungskosten bezahlen zu können. Das kann man ihnen nicht verdenken.«

»Fabian hat einen so ausgeprägten Gerechtigkeitssinn«, sagte Serena fast wie zu sich selbst. »Was immer auch geschehen ist, er konnte nicht mit seinem schlechten Gewissen leben.« Dann wandte sie sich wieder direkt an Shane. »Wir alle sind ein Teil des Problems – und leider nicht Teil der Lösung.«

Shane schüttelte den Kopf.

»Es ist nicht die Schuld des Normalbürgers«, warf er ein. »Wir sind alle nur wie Tiere, die geleitet, geführt werden müssen – von dem richtigen Geist. Es sind die Menschen, die uns führen, die uns nicht an einer Lösung teilhaben lassen. Sie lassen eine Lösung gar nicht erst zustande kommen, sagen uns nicht die Wahrheit, weil sie Angst haben, ihre Machtstellung zu verlieren. Das ist das wirkliche Problem.«

Serena dachte über seine Worte nach und starrte hinaus auf die hügelige, weitläufige Landschaft, an der sie vorbeifuhren.

»So viele Dinge werden heutzutage als Privilegien dargestellt«, sagte sie schließlich. »Aber in Wirklichkeit sind es Rechte, deren Ausübung man nicht einmal zu erörtern brauchen sollte.«

Shane warf ihr einen anerkennenden Blick zu. Sie hatte verstanden.

Newman kam von der Motelrezeption zum Wagen zurück. Ein zufriedener Ausdruck lag auf seinem Gesicht.

»Storm Hawk und die Eckehard haben eben eingecheckt. Nur für eine Nacht.«

»Du hast an der Rezeption nach ihnen gefragt, Boss?«, wunderte Miller sich.

»Natürlich nicht«, brauste Newman auf. »Ich bin doch nicht total bekloppt. Jemand hat sich per Telefon über irgendetwas beschwert. Muss wichtig gewesen sein. Auf jeden Fall hat sich der Motelmanager entschuldigt und ist für ein paar Minuten verschwunden. In der Zeit habe ich seine Belegliste eingesehen.«

»Hey, ich wusste nicht, dass du auch ein Hacker bist«, staunte Miller.

Newman blickte ihn entnervt an.

»Schau dich um, Miller. Dies ist ein Provinznest. Das Motel hat höchstens zwölf Zimmer. Die arbeiten noch mit Papier. Ich brauchte lediglich das aufgeschlagene Gästebuch einzusehen. Die beiden sind in Zimmer 9, auf der Rückseite des Gebäudes.«

»Oho, ein gemeinsames Zimmer!«

»Es war das letzte, das frei war. Und bevor du wieder fragst, woher ich das weiß: Ich habe versucht, für uns ebenfalls ein Zimmer zu buchen, aber der Manager sagte mir, dass er das letzte freie Zimmer gerade an ein junges Paar vergeben habe.«

»Und wo übernachten wir, Boss?«, fragte Sorrento.

»Oh, wir suchen uns ein anderes Motel«, sagte Newman mit verständnisvoller Stimme.

»Super, Boss!«, rief Miller.

»Das war ein Scherz«, fuhr Newman ihn an. »Wo wart ihr letzte Nacht, hm? Fragt nicht so blöd. Sollen wir die beiden etwa unbeobachtet hier allein lassen?«

»Wir haben immerhin einen Sender an ihrem Jeep angebracht«, meinte Miller mürrisch. Er freute sich nicht darauf, noch eine Nacht im Wagen zu verbringen.

»Der Sender sagt uns nur etwas über das Auto, du Erbsengehirn«, sagte Newman. »Nichts über die Leute, nichts darüber, wer kommt, wer geht, mit wem sie telefonieren. Also, parkt den Wagen irgendwo, wo er unauffällig steht, und klemmt euch dahinter!«

Fabian lag eingehüllt in eine Decke am Ufer des Lake Superior. Die Nacht war angebrochen, und er hatte schon geschlafen. Aber dann hatte ihn das helle Licht des Vollmondes geweckt. Seine silbernen Strahlen erhellten die Landschaft so sehr, dass Fabian alle Einzelheiten erkennen konnte. Sie tanzten auf den Wipfeln der Bäume und ließen das Wasser des Sees wie einen Spiegel glänzen.

Etwas Geheimnisvolles lag in dieser Nacht über der Wildnis, und Fabian spürte es. Er konnte nicht wieder einschlafen. Gebannt schaute er zum Mond hinauf, als gäbe es nur ihn in seiner Welt.

Nach einer Weile schweiften Fabians Gedanken unwillkürlich zu Serena, und er erinnerte sich plötzlich an all die Dinge, die sie als Kinder und Jugendliche zusammen erlebt hatten. Er dachte an den Tag, als Serena geboren worden war, und ein Lächeln breitete sich auf seinem Gesicht aus. Er war zehn Jahre alt gewesen. Seine Mutter hatte ihm damals gesagt, dass er ihr helfen müsse, Serena großzuziehen, weil sie es in ihrem Alter nicht mehr allein mit einem quirligen Kleinkind aufnehmen könne. Fabian war sich sehr erwachsen und wichtig vorgekommen. Er hing sehr an seiner Mutter und wollte ihr selbstverständlich unter die Arme greifen. Viele Jahre später erst, als er beinahe siebzehn war, war ihm klargeworden, dass seine Mutter sehr gut allein auf Serena hätte aufpassen können. Sie hatte ihm mit ihrer Bitte lediglich helfen wollen, den Familienzuwachs leichter zu akzeptieren. Doch da hatte Serena sich längst einen festen Platz in Fabians Herz verschafft.

Sie hatte vom ersten Tag an an seinem Rockzipfel gehangen, wollte alles das machen, was er tat, und überall dort hingehen, wohin er ging. Das war ihm oft ziemlich auf die Nerven gefallen. Besonders schlimm war es geworden, als er seine erste Freundin mit nach Hause gebracht hatte. Serena war so eifersüchtig gewesen! Sie hatte mit allen Mitteln versucht, jede seiner Freundinnen zu vergraulen. Bei einigen hatte sie tatsächlich Erfolg gehabt, und er hatte vor Ärger geschäumt.

Erst als er von zu Hause ausgezogen war – Serena war gerade zwölf geworden –, hatte er gemerkt, wie sehr ihm die nervige kleine Schwester im Alltag fehlte. Serena war fürchterlich starrsinnig und unabhängig. Hatte sie sich erst mal etwas in den Kopf gesetzt, so führte sie es auch aus. Die Eltern wussten oft nicht, was sie mit ihr anfangen sollten. Serena ließ sich von niemandem reinreden. Nicht in die Art und Weise, wie sie ihre Schulpflichten wahrnahm oder welchen Beruf sie wählte oder welche Freunde sie hatte. Aber Fabian musste zugeben, dass Serena in ihrem Leben bisher immer vernünftige Entscheidungen getroffen hatte – auch ohne Hilfe von außen. Und wenn sie einmal wirklich verzweifelt war und nicht weiterwusste, dann war sie zu ihm gekommen, ihrem großen Bruder und Beschützer, und hatte ihm ihr Herz ausgeschüttet. Fabian hatte es ihr nie gesagt, aber er genoss es sehr, derjenige zu sein, an den sie sich in solchen Situationen wandte.

Wann immer Fabian beruflich unterwegs gewesen war, hatte er ihr kleine Geschenke mitgebracht, kleine Andenken an Länder, von denen er nicht wusste, ob Serena sie jemals selbst kennenlernen würde. Er hatte ja nicht wissen können, dass sie einmal Fotografin werden und mehr in andere Städte und Länder reisen würde als er selbst.

Fabian schüttelte bei diesen Gedanken an vergangene Tage lächelnd den Kopf. Serena war zu einer intelligenten und hübschen jungen Frau herangewachsen, die ihren Beruf liebte. Mit ihrem großen Herzen und ansteckenden Lachen war sie überall gerne gesehen, und Fabian war sehr stolz auf sie – und er vermisste sie. Sehr. Es gab nicht viele Dinge, die er nicht riskieren würde, um ihr zu helfen, sollte sie einmal in Not geraten. Eigentlich nichts.

In diesem Augenblick wurde ihm bewusst, dass Serena dasselbe für ihn tun würde. Ein kalter Schauer lief ihm über den Rücken. Er hatte ihr mit dem Anruf vor ein paar Tagen lediglich Lebewohl sagen wollen. Jetzt erkannte er, dass er womöglich viel mehr als das getan hatte. Er hatte sie in Gefahr gebracht, vielleicht sogar in Lebensgefahr. Nicht absichtlich, aber er hatte Sorge in ihr erweckt, Sorge um ihren geliebten großen Bruder. Wenn sie nun etwas Überstürztes unternommen hatte, wenn …

Fabian rief sich zur Ordnung. Er hatte getan, was er für richtig gehalten hatte. Und so musste er es auch in Zukunft halten, ansonsten hätte er das Kloster gar nicht erst verlassen brauchen. Er hatte sich eine Aufgabe gestellt, eine Aufgabe, die größer war als die Liebe zu seiner kleinen Schwester und die Sorge um sie. Eine Aufgabe, die, würde er Erfolg haben, viele, sehr viele Menschenleben retten konnte. Er durfte sich nicht beirren lassen. Das Einzige, das ihm zu tun blieb, war, seine Ängste und Sorgen an Gott und Mutter Maria zu übergeben. So hatte er es von klein auf gelernt, und so hatte er es in den letzten drei Jahren im Kloster jeden Tag aufs Neue getan.

Fabian setzte sich auf. Er blickte hinauf zum hell erleuchteten Himmel und flüsterte sein Gebet in die Stille der Nacht.

Shane erwachte. Sein Arm war eingeschlafen und kribbelte. Die Couch des Motelzimmers war viel zu weich und auch viel zu kurz für jemanden von seiner Körpergröße. Durch einen Spalt in den Gardinen fiel bereits Dämmerlicht. Verschlafen blickte Shane auf seine Armbanduhr. Gerade erst fünf Uhr vorbei. Er sah zum Bett hinüber. Serena schlief noch tief und fest.

Sosehr Shane es auch versuchte, er konnte nicht wieder einschlafen. Er stand leise auf, zog sich an und trat vor die Tür. Draußen war es kühl, und der Himmel war wolkenverhangen. In der Ferne erspähte er die Gipfel der Bighorn-Bergkette.

Shane atmete tief durch. Die vergangenen sechsunddreißig Stunden kamen ihm beinahe unwirklich vor, so als wären sie in einem Film geschehen und nicht ihm selbst. Seine Sorge um Fabian wurde von Minute zu Minute stärker. Aber das war nicht alles. Nun lastete auch noch die Verantwortung für Fabians kleine Schwester auf ihm.

Shane dachte zurück an den vergangenen Abend. Sie hatten Sheridan am späten Nachmittag erreicht und in dieses kleine Motel eingecheckt. Es war gerade noch ein Zimmer frei gewesen. Das Motel war ausgebucht, weil an diesem Wochenende ein Country- und Westernmusikfestival in der Stadt abgehalten wurde. Sie hatten Pizza bestellt, und Serena war unter die Dusche verschwunden. Die Sorge um Fabian und die vergangene schlaflose Nacht hatten ihren Zoll abverlangt: Serena war beim Essen eingeschlafen.

Shane lächelte, als er sich ihr Bild wieder vor Augen rief. Sie saß auf dem Bett, den Rücken gegen das Kopfende gelehnt, ein Stück Pizza in der Hand und den Blick auf den Fernseher gerichtet – aber ihre Augen waren geschlossen. Er hatte sie zugedeckt und sich im

Stillen zum hundertsten Mal gefragt, wie er sich bloß darauf hatte einlassen können, sie mitzunehmen. Fabian hatte ihn ausdrücklich darum gebeten, sich um sie zu kümmern. Jetzt hatte er sie in die Gefahr hineingezogen. Shane schüttelte den Kopf. Das stimmte so eigentlich nicht. Er hatte Serena in Sicherheit bringen wollen, aber sie hatte es ihm ausgeredet. Zugegeben, er hatte es ihr nicht allzu schwergemacht, ihn umzustimmen. Warum, das wusste er selbst nicht genau.

Shane ging zurück ins Zimmer und stieß beinahe mit Serena zusammen, die eben aus dem Bad kam. Sie war bereits angekleidet und lächelte ihn erfreut an.

»Da bist du ja. Ich hatte schon befürchtet, du hättest mich hier sitzenlassen.«

»Wie kommst du denn darauf?«, erwiderte Shane erstaunt.

»Na ja, ich bin halt nur die kleine Schwester deines Freundes, und ich kann eine ganz schöne Nervensäge sein – das behauptete Fabian jedenfalls immer.«

»Ich glaube, er wollte dich nur ärgern«, sagte Shane und sah sie forschend an. Etwas lag in ihren Augen, das ihn unwillkürlich anzog. Er räusperte sich. »Hast du gut geschlafen?«

Das Lächeln verschwand von Serenas Gesicht.

»Nicht wirklich. Ich habe wieder geträumt.«

Shane horchte auf.

»Wovon denn?«

»Es war genau derselbe Traum wie in der Nacht zuvor am Bear Butte«, sagte sie nachdenklich. »Ich möchte nur zu gerne wissen, was das bedeutet. Erst träume ich jahrelang nichts, an das ich mich erinnern kann, und jetzt habe ich in zwei aufeinanderfolgenden Nächten den gleichen Traum.«

»War es wirklich genau derselbe Traum?«, hakte

Shane nach. »War wirklich alles ganz genau so wie letzte Nacht? Oder gab es kleine Abweichungen?« Er sah Serena gespannt an.

Sie zögerte. Doch schließlich schüttelte sie den Kopf.

»Es war derselbe Traum, ich kann mich an keine Abweichungen erinnern.«

»Okay«, sagte Shane ein wenig enttäuscht. »Vielleicht fällt dir ja noch etwas ein. Aber jetzt lass uns erst mal aufbrechen. Ich habe mächtigen Hunger.«

Gegen sieben Uhr hatten sie gefrühstückt und ließen Sheridan hinter sich. Sie fuhren auf dem Highway 14A, der sie direkt zum Bighorn National Forest führte.

»Ich weiß wirklich nicht, wie du vier Scheiben Speck, sechs Würstchen, drei Spiegeleier, Toast und Bratkartoffeln zum Frühstück verdrücken kannst«, sagte Serena kopfschüttelnd. Sie hatte sich vom bloßen Zuschauen schon satt gefühlt.

»Man gewöhnt sich mit der Zeit daran«, meinte Shane. »Ich bin oft den ganzen Tag über in der Wildnis unterwegs. Da passt es, wenn ich mir das Mitschleppen von Mittagessen sparen kann. Du hast dafür umso weniger gegessen.« Er grinste. »Ich hoffe, du machst unterwegs nicht schlapp. Es wird ein langer Aufstieg werden.«

»Keine Angst. So schnell wirst du mich nicht los.«

»Das habe ich schon gemerkt«, lachte er. »Wo wir gerade von loswerden sprechen: Ist dir aufgefallen, dass sowohl beim Motel als auch am Restaurant ein schwarzer Hummer geparkt war? Diese Art von Wagen scheint uns zu verfolgen.« Shane hatte sich seine eigenen Gedanken darüber gemacht, wollte Serena jedoch nicht ängstigen. Er sah sie abwartend an.

»Ich sagte es bereits, von denen gibt es hier eindeutig zu viele. Die Amerikaner sollten lernen, auf kleinere

Wagen umzusteigen«, erklärte Serena leichthin. Dann rief sie plötzlich aus: »Shane, stopp!«

»Was ist los?«

»Sieh dir die riesigen Vögel an«, rief sie aufgeregt und deutete aus dem Fenster. »Die Bäume sind voll von ihnen!«

Shane hielt den Wagen an, und Serena holte ihre Kamera hervor.

»Oh Shane«, rief sie entzückt, »ich glaube, es sind Adler!« Sie reichte ihm die Kamera. »Hier, sieh sie dir an.«

Shane blickte durch die Kamera.

»Du hast recht, es sind Adler.«

»Hast du schon mal so viele auf einem Haufen gesehen? Das muss doch etwas zu bedeuten haben.«

»Ja«, erwiderte Shane und gab ihr die Kamera zurück. »Ich habe schon öfters solche Ansammlungen von Adlern gesehen, und ja, es hat etwas zu bedeuten. Ich schätze, es gibt dort entweder einen Fluss, in dem sich die Fische tummeln – aber dafür ist jetzt im August nicht die richtige Zeit –, oder eine Müllhalde.«

»Eine Müllhalde?«

»Adler sind nicht nur Raubvögel, sondern auch Aasfresser«, erklärte Shane. »Zu Zeiten meiner Vorfahren haben sie sich über tote Tiere hergemacht. Heutzutage machen sie sich auch über andere liegengebliebene Dinge her – zum Beispiel Haushaltsmüll.«

Serena blickte zu den Bäumen hinüber. Aufgrund der hügeligen Landschaft waren nur die Wipfel zu sehen.

»Ich kann keinen Fluss ausmachen«, sagte sie leise. Dann sah sie auf die Straßenkarte. »Auf der Karte ist auch keiner eingezeichnet.«

»Dann wird es wohl eine Müllhalde sein«, erwiderte Shane trocken.

»Jetzt tut es mir fast leid, dass mir die Adler überhaupt aufgefallen sind«, meinte Serena. »Ich hatte mich so gefreut, sie in freier Wildbahn zu sehen. Aber obwohl sie frei und in der Wildnis sind, sind sie doch nicht in ihrem angestammten, natürlichen Habitat.«

»Frei und unfrei liegen manchmal sehr nahe beieinander, Reena«, stellte Shane traurig fest. »Der moderne Mensch hinterlässt seine Spuren überall, sogar hier draußen in der Wildnis. Und so schmausen unsere heiligen Adler heutzutage oft den Abfall der fortschrittlichen westlichen Zivilisation.«

VIII

»Warst du schon einmal hier?«, fragte Serena Shane eine Weile später, während sie auf einem schmalen Pfad durch die einsame Wildnis in Richtung des *medicine wheel* – des Medizinrades – wanderten.

»An diesem noch nicht«, erklärte Shane. »Ich habe aber schon oft von ihm gehört. Es gibt viele solcher Medizinräder. Sie wurden von den verschiedensten Präriestämmen erschaffen. Einige von ihnen liegen in South Dakota, andere in Wyoming, Montana, Alberta und Saskatchewan. Das Medizinrad, das heute zum Writing-on-Stone Provincial Park im Süden Albertas gehört, habe ich mit meiner Mutter und Großmutter schon oft besucht.«

»Ich kann mir immer noch nicht genau vorstellen, wie der Ort aussehen soll«, sagte Serena nachdenklich. »Hier in dem Touristeninformationsblatt, das ich in Sheridan mitgenommen habe, steht lediglich, dass das *medicine wheel* eine historische Sehenswürdigkeit ist, in den Bighorn Mountains liegt und über den Highway 14A zu erreichen ist. Außerdem ist kurz vermerkt, dass es sich auf 9642 Fuß Höhe – das sind fast 3000 Meter – und sehr abgelegen in den Bergen befindet und nur für zwei Monate im Sommer zugänglich ist.«

»Es ist schwer, so eine heilige Stätte zu beschreiben«,

meinte Shane. »Warte ab, bis wir da sind, dann wirst du es sehen. Ich hoffe, es sind nicht zu viele andere Besucher dort.«

»Nehmen tatsächlich viele Leute diese Mühe auf sich?«, fragte Serena und blieb einen Augenblick stehen, um sich umzusehen.

»Du glaubst nicht, wie beliebt unsere heiligen Orte sind, besonders bei den New-Age-Anhängern«, erwiderte Shane.

»Wozu wurde so ein Medizinrad denn benutzt?«

»Das kann niemand mehr genau sagen. Die meisten *medicine wheels* wurden vor Hunderten, vielleicht vor Tausenden von Jahren erbaut. Manche Wissenschaftler meinen, dass sie – ähnlich wie man es von Stonehenge in England annimmt – nach den Sternen ausgerichtet sind und dazu dienten, zu bestimmen, wann die wichtigen Sonnenzeremonientage waren.«

»Und was glaubst du?«

Shane sah sie unverwandt an. »Ich denke, dass sie Tore zur Welt der *Spirits*, der Geistwesen, sind«, erklärte er ernsthaft.

»Wow.« Mehr konnte Serena nicht antworten.

Sie machte ein paar Aufnahmen von den runden, zum Teil dichtbewaldeten, zum Teil mit Grasland bedeckten Berggipfeln, die sich in alle Richtungen bis zum Horizont erstreckten. Beunruhigt stellte sie fest, dass auf einigen Schnee lag.

Der kurze Augenblick, in dem sie ruhig dastand und sich nicht bewegte, hatte ausgereicht, um sie kalt werden zu lassen. Fröstelnd zog sie ihre Fleecejacke enger um sich. Dann blickte sie zum Himmel. Er war noch immer wolkenverhangen, und es wehte ein frischer Wind.

»Es wird immer kälter.«

»Ich habe es bemerkt«, meinte Shane. »Komm, wir beeilen uns besser.« Er ging voraus, blieb aber schon nach wenigen Schritten wieder stehen. »Pass auf, hier ist der Weg recht steil. Reich mir deine Hand.«

Serena wandte sich zu ihm um. Dankbar ergriff sie seine Hand und erklomm das unwegsame Stück. Als sich ihre Hände berührten, durchlief ein seltsamer, wohliger Schauer ihren Körper. Fast hätte sie seine Hand zu früh losgelassen und wäre ausgerutscht.

»Danke«, sagte sie verlegen, als sie neben ihm stand.

»Nicht der Rede wert«, erwiderte Shane und warf ihr einen eindringlichen, fast fragenden Blick zu.

»Sieh nur, Shane«, sagte Serena plötzlich und deutete auf einen großen Felsbrocken. »Da ist wieder ein Kojote.«

Das Tier schlich in geduckter Haltung zwischen den Felsen und Bäumen umher und hielt ein wachsames Auge auf die beiden Wanderer.

»Ich dachte, die leben in der Prärie«, meinte Serena verdutzt. »Hier in den Bergen hätte ich sie nicht erwartet.«

Shane lachte auf.

»Kojoten sind überall zu Hause. Sie sind ungemein anpassungsfähig, richtige Überlebenskünstler.«

Serena erinnerte sich an die Zeitung, die sie auf dem Flughafen in New York gekauft hatte.

»Stimmt, du hast recht. Ich habe in New York in der Zeitung gelesen, dass es seit Neuestem sogar auf Long Island Kojoten gibt. Die Anwohner waren sehr in Sorge.«

»Das kann ich mir vorstellen«, grinste Shane. Dann fügte er hinzu: »Bei meinem Volk hat ein jedes Tier seine Aufgabe, seine Rolle, und es gibt viele altüberlieferte Geschichten, die ihren Charakter aufzeigen. Der Kojote gilt bei uns als Schelm, als jemand, der andere gerne austrickst und es auch bei jeder Gelegenheit, die sich ihm bietet, versucht. Er wird aber auch als Sinnbild des allumfassenden Wissens verstanden, als jemand, der alle Tricks kennt, dem nichts neu ist, dem man nichts vormachen kann. Und als jemand, der Veränderung bringt – in allen erdenklichen Formen.«

Shane warf Serena einen kurzen Blick zu. »In gewisser Weise ist der Kojote auch ein Kämpfer für die Freiheit. Er greift die moderne Gesellschaft an, stiehlt Katzen, kleine Hunde, Hühner und Abfall, um zu überleben – alles, was er in die Finger bekommen kann –, und verschwindet dann wieder wie ein Schatten in der Wildnis.«

»Wie ein Terrorist«, stellte Serena fest.

Shane lächelte.

»Genau, wie ein Terrorist. Und so wird er von der modernen Gesellschaft auch behandelt. Aber nun komm, ich glaube, wir sind beinahe am Ziel.«

Ein paar Minuten später erreichten sie das Ende des Pfades. Ein riesiges Plateau breitete sich vor ihnen aus. Serena blickte sich staunend um. Nicht viele der anderen Berggipfel waren höher als der Gipfel des Medicine Mountain, auf dem sie sich jetzt befanden. Der Himmel schien zum Greifen nah. Serena wusste nicht, ob es an den dunklen Wolken lag oder daran, dass sie sich auf 3000 Meter Höhe befanden.

Eine beinahe geheimnisvolle Stille hing über dem Plateau, und Serena hätte auch ohne einen Blick hinter den Maschendrahtzaun oder auf die wenigen anderen Besucher gewusst, dass sie am Ziel ihrer Reise angelangt waren.

Aus Gewohnheit griff sie nach ihrer Kamera, um

ihren Besuch an diesem besonderen Ort festzuhalten, aber Shane schüttelte den Kopf.

»Nicht jetzt.«

Serena steckte die Kamera zurück in ihre Umhängetasche.

»Können wir näher herangehen?«, fragte sie gespannt.

Shane nickte.

Sie traten an den Zaun, der das *medicine wheel* umgab. Er war – wie zuvor die Bäume und Büsche auf dem Bear Butte – mit *prayer offerings* übersät, Opfergaben, die die Gebete verstärken sollten. Die bunten Stoffbeutelchen ähnelten den *prayer ties,* waren aber etwas größer. Sie wehten sachte im kalten Wind.

Serena betrachtete das komplett aus Steinen angelegte Muster im Inneren des Zauns mit Ehrfurcht. Es war ein großer Kreis, ungefähr fünfundzwanzig Meter im Durchmesser. In seiner Mitte befand sich ein kleinerer Kreis, vielleicht vier Meter groß und sechzig Zentimeter hoch. Die beiden Kreise waren durch achtundzwanzig speichenartige Linien miteinander verbunden. Am äußeren Kreis waren in gleichmäßigem Abstand zueinander sechs weitere kleine Steinkreise angeordnet. Die meisten schienen groß genug, dass ein Mensch darin sitzen konnte.

Eine unerklärliche Anziehungskraft lag über der Stätte.

Das also ist ein Medizinrad, dachte Serena beeindruckt.

»Warum der Zaun?«, fragte sie leise. »Er lässt diesen heiligen Ort wie ein Gefängnis aussehen.«

»Du hast recht«, sagte Shane. »Der Zaun ist schrecklich. Und nicht nur das: Er hindert auch diejenigen daran, die es wirklich nötig haben, hier zu beten, ihre

Worte an *Great Spirit* und die Geister an der richtigen Stelle zu sprechen. An der Stelle, an der unsere Vorfahren es seit langer, langer Zeit getan haben. Aber gäbe es den Zaun nicht, dann wäre kein Stein des Medizinrads mehr an seinem Platz. Die New-Age-Anhänger hätten sie längst als spirituelle Andenken mit nach Hause geschleppt.«

»Ich verstehe«, erwiderte Serena betrübt. Aber sie fand es trotzdem mehr als bedauerlich, dass die Indianer ihre heilige Stätte nur durch einen Maschendrahtzaun benutzen konnten. Sie seufzte. Unzählige andere Fragen stiegen in ihr auf. Doch eine drängte sich jetzt unweigerlich in den Vordergrund. Es war der Grund für ihr Kommen. War Fabian hier?

Serena sah sich aufmerksam um, konnte jedoch keine Spur von ihrem Bruder entdecken. Sie wandte sich Shane zu, aber er war in Gedanken versunken. Ein wenig enttäuscht richtete sie ihren Blick wieder auf das Medizinrad.

Shane betete. Er hatte sich darauf vorbereitet, Bear Butte zu besuchen, und *prayer ties* mitgebracht. Auf einen Besuch am Bighorn Medicine Wheel hingegen war er nicht eingestellt gewesen. Er hatte keine *prayer ties* übrig, wohl aber etwas Tabak. Diesen hielt er jetzt in seiner Hand, während er leise ein Gebet in Blackfoot murmelte.

Als Serena bewusst wurde, was er tat, senkte sie verlegen das Haupt. Es ärgerte sie, dass sie nicht selbst daran gedacht hatte. Betrat sie eine Kirche, so ließ sie sich auch zunächst nieder, um Gott zu danken. Dieser heilige Ort der Indianer war nichts anderes. Sie faltete die Hände und sprach ein stilles Gebet.

Serena hatte gerade geendet, als jemand sie ganz unerwartet ansprach.

»Hi, ich bin Pauline Dumont aus Denver«, sagte die kleine pummelige Frau und streckte ihnen ihre Hand entgegen. Pauline Dumont musste Ende vierzig sein. Sie hatte ihre mit grauen Strähnen durchzogenen Haare zu zwei langen Zöpfen geflochten und trug eine schrill aussehende Brille. Ihre Kleidung erinnerte sehr an die Hippies aus den Siebzigern. Um Paulines Hals hingen zahlreiche Ketten mit bunten Halbedelsteinanhängern, und ihre Ohrringe waren mit kleinen Kristallen geschmückt.

»Was für ein einzigartiger Ort, nicht wahr? So voller positiver Schwingungen. Ich könnte wochenlang hierbleiben«, sagte Pauline begeistert. »Liebt ihr nicht auch einfach alles Indianische?«

Shane warf Serena einen flüchtigen Blick zu und zog eine Grimasse. Dies war unübersehbar eine dieser New-Age-Anhängerinnen, die er hier oben anzutreffen befürchtet hatte.

»Hi«, erwiderte er schließlich und ergriff zögernd Paulines ausgestreckte Hand. »Shane Storm Hawk. Ich komme aus der Nähe von Calgary. Und dies ist Reena Eckehard. Sie ist aus Deutschland zu Besuch.«

»Reena? Was für ein schöner Name«, flötete Pauline. »Er klingt wie Musik. Und Calgary? Warum, um alles in der Welt, seid ihr hier, wenn ihr in Calgary sein könntet? Ich war letzten Sommer in Alberta. Alles ist *so* spirituell dort. Einfach unglaublich.« Sie musterte Shane eingehend. »Sag bloß, du bist Blackfoot-Indianer?«

Shane nickte und versuchte, ernst zu bleiben.

»Ich hätte es wissen sollen«, erwiderte Pauline angetan. »Diese breiten Schultern, diese Statur, unverkennbar.«

Serena grinste. Pauline war in dieser Beziehung anscheinend viel einfacher zufriedenzustellen als Shane, hatte er ihr doch gestern erst erklärt, wie widersprüchlich sein Erscheinungsbild für einen Indianer war. Sie drehte sich amüsiert um und machte ein paar Schnappschüsse vom Medizinrad. Das Licht war nicht sehr gut, aber es hatte nicht den Anschein, also ob sich das Wetter in der nächsten Zeit bessern würde. Und Serena konnte es sich nicht vorstellen, ohne Fotos von diesem besonderen Ort heimzukehren.

»Oh, ich muss unbedingt ein Foto haben«, zwitscherte Pauline jetzt. »Süße, mach doch auch mal ein Foto von uns beiden, ja? Mit meiner Kamera.«

Sie reichte Serena ihre kleine Digitalkamera.

»Dann rückt mal etwas mehr zusammen«, grinste Serena. »Wir wollen doch ein richtig schönes Foto haben.«

Shane funkelte sie finster an und trat etwas näher an Pauline heran.

Pauline hingegen ließ sich so etwas nicht zweimal sagen. Sie drückte sich an Shane und legte ihren Arm um ihn. Ein glückliches Lächeln lag auf ihrem Gesicht.

»Wunderbar«, sagte Serena und reichte Pauline ihre Kamera zurück. »Es ist toll geworden.«

»Ich danke dir, Süße. Unser Besuch auf dem Blackfoot-Reservat war einfach unglaublich«, fuhr Pauline unbeirrt fort. »Wir haben an einer ganz authentischen Schwitzhüttenzeremonie teilgenommen, die von einem uralten Indianer abgehalten wurde. Der Mann war so alt, dass er kein Wort Englisch sprach. Es war unvergleichlich! Aber das weißt du ja selbst.« Sie musterte Shane hoffnungsvoll: »Du hältst nicht zufällig selbst solche Zeremonien ab, oder? Ich würde das zu gerne noch einmal mitmachen.«

»Leider nicht«, antwortete Shane matt und machte ein paar Schritte auf Serena zu.

»Einen Augenblick noch«, rief Serena. »Ich möchte auch mit meiner Kamera ein Foto von euch beiden machen!«

Shane funkelte sie noch finsterer an. Aber sie grinste nur zurück.

Pauline war sofort wieder an seiner Seite, Entzücken auf dem Gesicht.

Kaum hatte Serena das Foto geschossen, als es ganz in ihrer Nähe in einem Gebüsch raschelte. Überrascht blickte sie auf. Ein Kojote erschien hinter dem Busch und lief flink über das Plateau. Er schien sie direkt anzusehen.

Fast im gleichen Augenblick sprang Shane auf Serena zu und zog sie hinter sich her. Ihr blieb nicht einmal Zeit, sich das eben aufgenommene Foto anzusehen.

»Wir müssen jetzt wirklich weiter«, wandte Shane sich beim Gehen entschuldigend an Pauline. »Unser Freund wartet auf uns.« Er sah Serena auffordernd an. Er wollte diese Pauline Dumont unbedingt loswerden.

»Richtig, Fabian«, sagte Serena lächelnd und stolperte hinter ihm her. Sie hätte ihn gerne noch etwas in Paulines Händen schmoren lassen. »Mach´s gut Pauline«, rief sie und winkte ihr zu.

»Puh.« Shane blickte flüchtig über die Schulter, um sicherzustellen, dass sie Pauline Dumont abgehängt hatten.

»Du hast doch nicht etwa ein Problem mit Frauen?«, zog Serena ihn auf. Doch an seiner Miene merkte sie sofort, dass er in dieser Hinsicht keine Späße vertrug. »Keine Spur von Fabian«, setzte sie daher schnell hinzu. »Was machen wir jetzt?« Sie blickte sorgenvoll um sich. Ein starker Wind war aufgekommen, und die meisten der wenigen Besucher hatten das Plateau bereits verlassen.

»Ich weiß es nicht«, entgegnete Shane. Dann sah er plötzlich verwundert zum Himmel hinauf.

»Es fängt an zu schneien«, stellte Serena ungläubig fest und streckte die Hände aus. »Mitten im August!«

»Das Wetter in den Bergen ist unvorhersehbar«, meinte Shane. »Aber ich hätte damit rechnen sollen. Es ist schon seit heute Morgen so kalt und bewölkt.«

Der Wind peitschte die Schneeflocken in alle Richtungen. Es wurde von Minute zu Minute dunkler und kälter.

»Lass uns von hier verschwinden«, sagte Shane. »Es ist eine lange Strecke zurück zum Wagen.«

»Und was ist mit Fabian?«

»Er ist offensichtlich nicht hier.«

»Aber du hast am Bear Butte gesagt …«

»Ich weiß, was ich gesagt habe«, meinte Shane ruhig, »und ich weiß, wie viel du dir von dem Besuch hier versprochen hast. Aber du musst den Tatsachen ins Auge blicken, Reena.«

»Vielleicht kommt er ja noch«, sagte Serena mit flehender Stimme. »Lass uns eine Weile warten. Bitte.«

»Bei diesem Wetter? Wir werden uns den Tod holen!« Dann sah er ihr enttäuschtes Gesicht. »Komm«, meinte er sanfter. »Wir gehen zurück zum Wagen und warten dort oder im Motel, bis sich der Sturm gelegt hat.«

»Aber Fabian …«

Shane sah sie mitfühlend an. »Fabian würde es nicht gefallen, wenn ich seine kleine Schwester in einem Schneesturm herumirren ließe.«

Serena gab sich nicht so leicht geschlagen. Sie versuchte es anders.

»Ich würde mir gern die nähere Umgebung ansehen. Es gibt bestimmt noch viel zu entdecken, und ich habe eine Menge Fragen.«

»Die kannst du auf dem Rückweg stellen«, erwiderte Shane. »Und jetzt komm. Der Schnee fällt immer dichter.«

»Warte!«, rief Serena. »Ich muss meine Kamera verstauen. Außerdem habe ich irgendwo eine Mütze. Mir ist kalt.« Sie kramte betont langsam in ihrem kleinen Rucksack herum, packte ihre Kamera ein und nahm einige Dinge heraus, die ihr bei der Suche nach ihrer Mütze im Weg waren.

»Halt das bitte mal kurz.« Sie drückte Shane ein Taschenbuch in die Hand.

»Dante?«, fragte Shane irritiert. »Warum schleppst du Dante mit dir herum?«

»Die *Göttliche Komödie* ist Fabians Lieblingsbuch«, sagte Serena beiläufig und kramte weiter im Rucksack herum.

»Aha«, machte Shane, so als ob nach dieser Erklärung alles einen Sinn ergäbe.

»Da ist sie ja!« Serena zog die Mütze aus dem Rucksack und setzte sie auf. »Gib mir das Buch, wir können weiter.«

Sie machten sich auf den Rückweg. Die Windböen peitschten den Schnee wild umher und nahmen ihnen die Sicht.

»Also, wenn Dantes *Göttliche Komödie* Fabians Lieblingslektüre ist«, wollte Shane wissen, »was ist deine?«

»*Peter Pan*«, antwortete Serena, ohne zu zögern.

»*Peter Pan?*« Shane blieb abrupt stehen.

Serena drehte sich verwundert zu ihm um.

»Ja, Fabian hat mir das Buch zu meinem achten Geburtstag geschenkt und es mir oft vorgelesen. Ich habe viele schöne Erinnerungen, die mit *Peter Pan* verbunden sind. Aber nun komm, solche Fragen haben Zeit, bis wir am Wagen sind, oder nicht?«

Shane runzelte nachdenklich die Stirn.

Plötzlich traf ihn etwas Hartes und Eiskaltes am Kopf. Ein Schneeball.

Er drehte sich wütend um und sah geradewegs in Serenas lachendes Gesicht. Sie lachte von ganzem Herzen, und das Lachen stand nicht nur in ihrem Gesicht, sondern auch in ihren Augen. Es war ein warmes, ansteckendes Lachen, das Shanes Herz zum Schmelzen brachte. Wie wunderschön Serena aussah. Kleine Grübchen zeigten sich auf ihren Wangen, und ihre dunklen Augen funkelten wie Sterne.

Serena sah Shanes erstauntes Gesicht. Er starrte sie an und rührte sich nicht.

»Shane, ich wollte dich nicht verärgern«, sagte sie entschuldigend und ging zu ihm. »Ich wollte dich bloß ein bisschen aufheitern. Du hast mit einem Mal so ernst dreingeschaut.« Sie legte freundschaftlich ihre Hand auf seinen Arm.

Shane kam sich recht idiotisch vor und entschloss sich schnell, die ganze Sache einfach zu überspielen.

»Du hast mich nicht verärgert«, meinte er. »Ich habe nur abgewartet, bis du nahe genug bist, um es dir heimzuzahlen!«

Er bückte sich blitzartig, nahm eine Handvoll Schnee auf und warf ihn Serena ins Gesicht.

»Warte nur!« Lachend formte sie einen neuen Schneeball.

Doch bevor sie erneut auf Shane losgehen konnte, kamen zwei Männer den Pfad herauf. Beide waren sehr ungewöhnlich gekleidet für eine Bergwanderung, vor allem bei diesem Wetter. Sie trugen schwarze Anzüge, weiße Hemden und elegante Halbschuhe. Sie hatten keine warmen Jacken und keinerlei Kopfbedeckung bei sich. Für Serena sahen die beiden aus wie Gangster aus einem Kinofilm. Der eine war groß wie ein Schrank und hatte einen recht dummen Gesichtsausdruck. Der andere war klein und hager, mit einem Gesicht wie ein Wiesel.

Die Fremden gingen grußlos an ihnen vorbei. Dabei warfen sie Serena und Shane finstere Blicke zu. Serena erschauerte. Was wollten solche Typen wohl an einer heiligen indianischen Stätte, noch dazu bei solchem Wetter?

Shane wartete, bis die beiden Männer hinter der nächsten Biegung verschwunden waren. Dann packte er Serena am Arm.

»Nichts wie weg von hier«, raunte er. »Die beiden Typen gefallen mir nicht.«

Serena sah ihn überrascht an.

»Meinst du, die haben etwas Kriminelles vor?«

»Ich weiß es nicht«, erwiderte Shane. »Aber ich habe kein gutes Gefühl bei der Sache.« Er drehte sich um und schob Serena entschlossen weiter.

Sie hasteten den Pfad entlang, so schnell es ihnen im Schneegestöber möglich war. Trotzdem kamen sie nur langsam voran. Immer wieder drehten sie sich nach den fremden Männern um, aber es war keine Spur von ihnen zu entdecken. Doch sicher konnten sie sich nicht sein, dazu war der Schneefall zu stark.

Der Wind nahm weiter zu. Die Schneeflocken peitschten waagerecht über den Weg. Selbst die dichten Zweige der Kiefern und Fichten boten Serena und Shane keinen Schutz mehr vor dem Unwetter.

Plötzlich rutschte Serena auf einem glatten Stein aus.

Sie schrie entsetzt auf und fuchtelte hilflos mit den Armen, verzweifelt bemüht, das Gleichgewicht wiederzuerlangen. Vergeblich. Serena wusste, dass sie fallen würde.

Doch bevor sie sich's versah, wurde sie von zwei starken Händen gepackt und wieder auf die Beine gestellt. Shane.

Er stand direkt vor ihr und blickte sie besorgt an. Dabei hielt er sie noch immer fest, geradeso, als wolle er ganz sichergehen, dass sie in Ordnung war.

Serena klopfte den Schnee von ihrer Kleidung und blickte dankbar zu ihm auf. Shane starrte sie an. Serena stockte der Atem, und ein Schauer durchlief ihren Körper. Etwas lag in Shanes Blick, etwas, das zuvor nicht dort gewesen war. Etwas wie …

»Hast du dir weh getan?«, fragte Shane in diesem Augenblick und begutachtete sie eindringlich.

Serena konnte lediglich mit dem Kopf schütteln. Sein Blick hatte sie vollkommen aus der Fassung gebracht, viel mehr noch als das Ausrutschen auf dem Stein.

»Gut«, sagte Shane und nahm sie bei der Hand. »Dann komm schnell. Es kann nicht mehr weit sein bis zum Wagen.«

Als sie kurze Zeit später den Parkplatz erreichten, atmete Serena erleichtert auf. Sie war bis auf die Knochen durchgefroren. Das Heulen des Windes dröhnte in ihren Ohren, und sie fühlte sich plötzlich matt und erschöpft.

Es standen lediglich noch zwei Fahrzeuge auf dem Parkplatz. Alle anderen Besucher waren längst abgefahren.

Serena und Shane steuerten auf ihren Jeep zu. Shane entriegelte die Türen, und sie sprangen hinein. Drinnen war es merkwürdig still. Der Wind drang nur noch gedämpft an ihre Ohren. Auch die beißende Kälte ließ sofort nach.

Serena rieb sich die frierenden Hände. Sie zitterte am ganzen Körper.

»Ich dachte, es sei August«, beklagte sie sich.

»Morgen scheint wieder die Sonne, du wirst sehen.« Shane startete den Motor. »Es müsste gleich wärmer werden, die Heizung ist voll aufgedreht.«

»Fahren wir zurück zum Motel?«

Shane schüttelte den Kopf.

»Ist dir der andere Wagen auf dem Parkplatz aufgefallen?«

Serena schüttelte den Kopf.

»Es war ein schwarzer Hummer«, sagte Shane. »Wieder mal ein schwarzer Hummer.« Er warf ihr einen kurzen Blick zu. »Ich denke, das ist mehr als nur ein Zufall. Und die beiden Männer, die uns auf dem Rückweg begegnet sind? Die waren nicht zum Beerenpflücken dort oben.«

»Du meinst, sie waren wegen Fabian dort?«, fragte Serena erschrocken.

»Nein«, erwiderte Shane und blickte angestrengt auf den verschneiten Highway. »Ich glaube, wegen uns.«

»Wegen uns?«

»Ja, wegen uns. Ich fürchte, man verfolgt uns. Die Typen denken, dass wir sie früher oder später zu Fabian führen.«

»Das ist entsetzlich!«, rief Serena. »Wir müssen sie irgendwie abhängen.«

»Auf der einen Seite gebe ich dir recht«, meinte Shane. »Es ist entsetzlich. Aber auf der anderen Seite bin ich froh. Überleg doch nur: Dass die Typen uns verfolgen, kann nur eines bedeuten – sie haben Fabian noch nicht gefunden.«

»Das stimmt«, rief Serena aufgeregt. »Aber wie werden wir sie los?«

»Ich weiß es nicht. Wichtig ist zunächst, uns nicht anmerken zu lassen, dass wir ihr Spiel durchschaut haben. Wir müssen sie in Sicherheit wiegen, bis uns etwas Konkretes einfällt. Jetzt heißt es zunächst, die I-90 zu erreichen. Das wird bei diesem Wetter kein Zuckerschlecken. Und dann fahren wir nach Billings.«

»Was wollen wir denn in Billings?«, fragte Serena erstaunt.

»Einen Flug nach Calgary erwischen.«

»Calgary? Fabian ist in Calgary?«

»Das glaube ich nicht«, erwiderte Shane. »Aber die Schwitzhüttenzeremonie wird uns helfen, ihn zu finden. Ehrlich, vertrau mir.«

»Ich fürchte, ich kann dir nicht ganz folgen«, erklärte Serena verwirrt. Dann kam ihr eine Ahnung. »Du nimmst es doch nicht etwa ernst, was diese Pauline Dumont vorhin gesagt hat? Dieses *Warum seit ihr hier, wenn ihr in Calgary sein könntet* und *Ich habe im letzten Sommer an so einer tollen Schwitzhüttenzeremonie teilgenommen, die von einem alten Indianer geleitet wurde*?«

Shane lachte. »So, wie du es sagst, hört es sich wirklich schlimm an. Aber das ist es gar nicht. Jedenfalls nicht für mich. Bei meinem Volk passiert es öfter, dass die Antwort auf ein Gebet durch ein Geistwesen überbracht wird. Weißt du, Geistwesen können alle möglichen Formen annehmen.«

»Willst du damit sagen, dass diese schrille Pauline Dumont einer eurer *Spirits* gewesen ist?« Serena brachte die Worte kaum über ihre Zunge.

»Wie sagt ihr es: *Die Wege des Herrn sind unergründlich*, oder so ähnlich«, lachte Shane. »Aber mal im Ernst. Es ist mir auf dem Rückweg zum Wagen gekommen. Ich meine, so eine Begegnung wie die mit Pauline Dumont hat man nicht jeden Tag, schon gar nicht an so einem besonderen Ort wie dem *medicine wheel.*«

Serena sah ihn fassungslos an.

»Glaub mir, Reena«, erklärte Shane ruhig, »unsere Gebete sind erhört worden, und Pauline hat uns die Antwort überbracht. Sie hat es klar gesagt: Calgary, Schwitzhüttenzeremonie, geleitet von einem Ältesten. Wir *müssen* einfach meine Großmutter aufsuchen.«

»Deine Großmutter?« Serena schwirrte der Kopf.

»Sie ist eine unserer angesehensten Ältesten, und sie hat schon oft Schwitzhüttenzeremonien geleitet«, sagte Shane, als wäre es die natürlichste Sache der Welt.

»Warum ist das alles so kompliziert? Warum hast du am Bear Butte eine Antwort bekommen, die uns zum Bighorn Medicine Wheel geschickt hat, nur um dort wieder einen neuen Hinweis zu erhalten? Warum haben deine *Spirits* uns nicht gleich zu deiner Großmutter geschickt? Und jetzt haben wir auch noch diese Typen am Hals.«

»Die Typen hängen dir wahrscheinlich schon seit Berlin am Rockzipfel«, erwiderte Shane. »Und wenn es so einfach wäre, Fabian zu finden, dann hätten die es schon längst getan. Auch ohne unsere Hilfe.« Er bemerkte, dass Serena noch immer verwirrt war, und setzte gutmütig hinzu: »Die Antworten der Geister sind für die meisten Menschen oft nicht gleich verständlich. Im Nachhinein, wenn man erst mal dahintergekommen ist, was sie einem mitzuteilen versuchten, ist es meist glasklar und offensichtlich. So wie bei Pauline Dumont. Als wir sie am *medicine wheel* getroffen haben, habe ich mich über ihr unerwartetes

Auftauchen gewundert. Aber jetzt ergibt alles einen Sinn.«

Serena sah ihn noch immer zweifelnd an.

»Mach dir keine Sorgen«, sagte Shane, »wir werden Fabian bald finden. Ich spüre es.«

IX

Sie erreichten Billings am frühen Abend. Die Fahrt hatte viel länger gedauert, als Shane angenommen hatte, denn das Unwetter ließ nicht nach. Selbst in Billings, zweihundert Kilometer von Sheridan entfernt, rüttelten starke Windböen an Bäumen und Häusern. Glücklicherweise war zumindest der Schnee in Regen übergegangen.

Von den finsteren Typen oder dem schwarzen Hummer hatten sie unterwegs nichts mehr gesehen. Aber Shane wollte kein Risiko eingehen. Er wies Serena an, im Wagen zu warten, während er sich im Flughafen nach dem nächsten Flug nach Calgary erkundigte.

Der Flughafen war im Vergleich zu Berlin oder New York sehr klein. Insgeheim wunderte Serena sich, dass von hier aus überhaupt internationale Flüge starteten. Aber sie behielt ihre Zweifel für sich.

Shane kehrte schon bald aus dem Flughafengebäude zurück. Er hatte den Kragen seiner Jacke hochgeschlagen und musste sich gegen den heftigen Wind stemmen, um voranzukommen. Außer Atem ließ er sich auf den Fahrersitz des Jeeps fallen.

»Wir haben Glück«, berichtete er. »Der nächste Flug nach Calgary geht morgen früh. Ich habe die letzten beiden freien Sitzplätze für uns gebucht. Wir müssen zwei Stunden vor Abflug hier sein, aber die Dame am

Schalter hat mir gleich gesagt, dass wir mit einer Verspätung rechnen müssen. Das Unwetter soll sich erst gegen morgen Mittag legen.«

»Hast du die Typen vom *medicine wheel* irgendwo gesehen?«, erkundigte sich Serena matt.

Er schüttelte den Kopf.

Serena seufzte. Sie fühlte sich mit einem Mal sehr erschöpft, nicht nur körperlich, sondern auch geistig.

»Du siehst müde aus«, stellte Shane dann auch kurz darauf fest. »Wir könnten den Wagen jetzt gleich hier am Flughafen abgeben, dann brauchen wir es morgen früh nicht zu tun. Um die Ecke soll es ein Motel geben. Wir könnten zu Fuß dorthin gehen und uns zwei Zimmer nehmen.«

»Shane«, sagte Serena zaghaft, »ich würde es vorziehen, uns wieder ein Zimmer zu teilen. Wer weiß, ob diese Typen nicht doch noch hier auftauchen. Ich möchte lieber nicht allein sein.«

»Kein Problem«, meinte Shane mit gönnerhafter Miene, »aber nur, wenn ein Zimmer mit zwei Betten zu haben ist. Ich schlafe nicht wieder auf der Couch.«

»Ich bekomme bestimmt eine Erkältung, Boss«, jammerte Miller, während er den Wagen die I-90 entlang in Richtung Billings lenkte.

»Gott, was bist du für ein Baby«, entgegnete Newman kaltherzig. »Stell dich nicht so an. Außerdem ist es mir egal, ob du eine Erkältung bekommst. Es ist eure Schuld, dass die zwei jetzt einen solchen Vorsprung haben.«

»Wir konnten wirklich nichts dafür, Boss«, verteidigte Miller sich. »Wir haben im Schneesturm die Orientierung verloren.«

»Ihr habt die Orientierung verloren«, lästerte Newman, »ihr, die *Profis*. Und die beiden Zivilisten sind unbehelligt am Parkplatz angekommen. Ihr seid eine einzige Katastrophe! Das nächste Mal werde ich die Sache selbst in die Hand nehmen. Ab sofort gibt es für Storm Hawk und die Eckehard keine Gnade mehr. Sie haben euch gesehen. Und sie werden sich denken können, warum ihr da gewesen seid. Wie Touristen wart ihr ja nicht gerade angezogen. Deshalb hatte ich euch doch gesagt, dass ihr außer Sichtweite bleiben sollt.«

Miller murmelte etwas Unverständliches vor sich hin, und Sorrento, der wie immer auf dem Rücksitz saß, blickte finster hinaus ins Schneegestöber.

»Wo sind die beiden jetzt?«, wandte Newman sich an Sorrento.

Sorrento schaute mürrisch auf den Bildschirm vor sich.

»In Billings.«

»Ich kann dich nicht verstehen!«

»In Billings am Flughafen«, wiederholte Sorrento betont laut.

»Werd ja nicht frech«, meinte Newman kühl. »Am Flughafen also«, murmelte er dann. »Interessant.« Er holte sein Handy aus der Jacketttasche und wählte eine Nummer.

»Newman hier. Storm Hawk und die Eckehard sind gerade am Flughafen in Billings eingetroffen. Ich muss wissen, ob sie fliegen, wohin sie fliegen, und ich brauche Tickets für mich und meine beiden Männer fürs gleiche Ziel. – Was? – Ja, gut, ich warte auf deinen Rückruf.«

»Glaubst du, die beiden versuchen, uns an der Nase herumzuführen, Boss?«, fragte Miller.

»Wie meinst du das?«, wollte Newman wissen.

»Vielleicht fahren sie einfach nur in der Weltgeschichte herum, damit wir ihnen folgen und Fabian Eckehard den Rücken frei hat.«

Newman wog Millers Worte ab.

»Ich glaube nicht. Und selbst wenn es so wäre, wir könnten nichts daran ändern. Wie haben keinen anderen Anhaltspunkt.«

Newmans Handy klingelte, und er nahm ab.

»Casey, irgendetwas Neues? – Calgary? Okay. Hast du uns ebenfalls Flüge gebucht? – Wie meinst du das, keine Plätze bis übermorgen? Das kann nicht dein Ernst sein! – Nein, vergiss es, ich werde einen anderen Weg finden.«

Er legte auf.

»Neuigkeiten, Männer. Storm Hawk und Eckehard sind unterwegs nach Calgary. Die Maschine geht morgen früh. Leider ist der Flug ausgebucht. Casey kann uns erst für den darauffolgenden Tag Tickets besorgen.«

»Das dauert zu lange, Boss«, meinte Miller.

»Das ist mir klar«, erwiderte Newman von oben herab. »Deswegen werden wir nach Calgary fahren und dort am Flughafen auf sie warten.«

»Jetzt gleich«, fragte Miller, »über Nacht?«

»Ja, jetzt gleich! Und damit nicht wieder etwas schiefläuft, werde ich vorsichtshalber unseren Kontaktmann in Calgary verständigen.«

Fabian beendete seine Meditation und blickte hinaus auf die ungebändigten Wasser des Lake Superior. Die Sonne war bereits untergegangen, aber der Horizont leuchtete noch immer in einem wunderschönen Gemisch aus Gold-Orange und Rosa. Eine frische Abendbrise wehte über den See, doch Fabian spürte die Kühle nicht. Im Gegenteil, eine Hitzewelle jagte durch seinen Körper. Es war so weit. Tagelang hatte er in der stillen Einsamkeit der Wildnis ausgeharrt, hatte gefastet, gebetet und war in sich gekehrt. Jetzt spürte er, dass seine Seele angekommen war. Sie war angekommen, und er fühlte sich nach langer, langer Zeit endlich wieder vollkommen. Gleichzeitig fühlte er, dass sich sein ganzes Wesen auf die Wichtigkeit und Endgültigkeit der vor ihm liegenden Aufgabe eingestellt hatte. Sein gesamtes Sein schien sich allein darauf zu konzentrieren, was vor ihm lag. Ein Gefühl vollkommener Harmonie von Körper, Geist und Seele durchströmte seinen Körper.

Auf dieses Gefühl hatte Fabian gewartet. Die Aufgabe, die er sich gestellt hatte, war nicht auf die leichte Schulter zu nehmen. Konzentration und gleichzeitige Gelassenheit waren unerlässlich für seinen Erfolg.

Fabian holte tief Luft.

Bereiter als jetzt werde ich niemals sein, dachte er lächelnd, während sich die Dämmerung über den See und die Wälder legte. Jetzt blieb nur noch eine Sache, die es zu erledigen galt, bevor er sich seiner Aufgabe stellen konnte. Er musste sich Kraft und Unterstützung von den Menschen holen, die seit jeher tief mit diesem Land verbunden waren: den Indianern. Er musste mit ihren Ahnen in Kontakt treten und sie um Beistand bitten, so wie sein Freund Shane Storm Hawk es ihm vor langer Zeit erklärt hatte. Shane hatte ihm damals gesagt, dass alle Krieger sich vor einer wichtigen Aufgabe oder einem wichtigen Kampf nicht nur an *Great Spirit* selbst, sondern auch an die Geister ihrer Ahnen wandten und sie um Kraft, Weisheit und Schutz baten.

Aber es war nicht nur das. Menschenleben standen auf dem Spiel, Hunderte von Menschenleben. Es handelte sich zwar nicht nur um Indianer, deren Leben in Gefahr waren, aber das Unrecht geschah auf ihrem heiligen Boden. Und es waren die Indianer, die auf diesem Kontinent am tiefsten mit Mutter Erde verbunden waren. Daher spürte Fabian, dass es ihr Geist, ihr Glaube und ihre Bräuche waren, die ihm helfen konnten.

Von dem heiligen Ort, den Fabian zu diesem Zweck aufsuchen wollte, hatte er durch Shane erfahren. Die Stätte lag zwei Fahrtage westwärts von Lake Superior. Ein Schatten huschte über Fabians Gesicht. Wie schön wäre es, wenn Shane jetzt bei ihm wäre, ihm bei der Erfüllung seiner Aufgabe zur Seite stehen würde; wenn er sich nicht allein auf den weiten Weg machen müsste. Fabian korrigierte sich sofort. Er war nicht allein. Gott war bei ihm – und bald hoffentlich auch die *Spirits* der Blackfoot-Ahnen.

Entschlossen stand er auf. Es war entschieden. Gleich morgen früh würde er sich auf den Weg machen.

Shane rüttelte Serena sachte an der Schulter. Es war fünf Uhr dreißig morgens, und sie mussten in einer halben Stunde am Flughafen sein.

»Reena, wach auf, wir müssen los.«

»Ich bin noch müde«, murmelte Serena und drehte sich auf die andere Seite.

Shane lächelte.

»Komm schon, du Morgenmuffel. Wir werden unseren Flug verpassen.«

Er bekam keine Antwort.

»Wir müssen Fabian finden, erinnerst du dich?«, probierte er es noch einmal.

Serena saß sofort aufrecht im Bett.

»Wow.« Shane war beeindruckt. »Ich wünschte, eine Frau würde wegen mir so schnell aus dem Bett springen.«

»Da wirst du noch eine ganze Zeit lang warten müssen«, erwiderte sie ungehalten und rieb sich den Schlaf aus den Augen. Aber Shane lachte nur.

»Hast du gut geschlafen?«, erkundigte Serena sich, während sie ihre Klamotten zusammensuchte.

»Erstklassig. Ich hatte ein riesiges, bequemes Bett ganz für mich alleine. Und du?«

Serena wurde ernst.

»Ich hatte wieder diesen Traum.«

»Genau denselben Traum?«, fragte Shane wie schon am Morgen zuvor.

Serena nickte und ging schweigend hinüber zum Fenster. Sie zog die Gardinen zur Seite und blickte nach draußen. Erschrocken drehte sie sich zu Shane um.

»Es stürmt noch immer. Unser Flug wird nicht rechtzeitig starten.«

»Das denke ich auch«, erwiderte Shane. »Mit dem Wagen wären wir wahrscheinlich schneller gewesen.«

»Vielleicht, vielleicht auch nicht. Man kann nie wissen, was einem mit dem Auto unterwegs alles passieren kann.«

»Da hast du recht. Außerdem haben wir den Wagen ja bereits abgegeben und die Flugtickets bezahlt. Aber nun beeil dich. Die Dame sagte, wir müssen auf jeden Fall zwei Stunden vor Abflug am Flughafen sein, mit oder ohne Sturm.«

Eine Viertelstunde später liefen sie das kurze Stück Weg vom Motel zum Flughafen hinüber. Serena hatte Mühe, nicht davongeweht zu werden, und hielt sich schutzsuchend in Shanes Windschatten. Der Sturm dröhnte in ihren Ohren, und eiskalter Regen peitschte ihnen ins Gesicht.

Plötzlich vermeinte Serena im Unwetter eine Gestalt zu erkennen. Verwundert hielt sie inne.

Shane drehte sich fragend zu ihr um.

»Komm weiter, Reena«, rief er ihr zu. »Wir sind gleich da.«

Serena starrte suchend in das halbdunkle Grau des frühen Morgens, aber die Gestalt war verschwunden.

Kurz darauf traten Serena und Shane erleichtert durch die große Eingangstür des Flughafens und ließen das Tosen des Sturmes hinter sich.

Serena schüttelte den Regen aus ihrem Haar.

»Warum bist du eben stehen geblieben?«

»Ich dachte, ich hätte eine Gestalt gesehen«, erklärte sie.

»Diese Typen von gestern?« Shane blickte sich achtsam um.

Serena schüttelte den Kopf.

»Nein, nicht die Typen von gestern. Einen Kojoten.«

Shane atmete erleichtert auf.

»Dann ist ja alles in Ordnung. Komm, lass uns einchecken.«

Aber daraus wurde nichts. Die Dame am Schalter erklärte ihnen, dass sich ihr Flug mindestens drei Stunden verspäten würde.

»All das Warten, nur um einen Flug zu erwischen,

der kaum länger als eine Stunde dauert«, seufzte Serena.

»Wir können es nicht ändern. Wollen wir uns irgendwo hinsetzen, bis unser Flug aufgerufen wird?«, bot Shane an.

»Gerne. Ich bin immer noch müde. Vielleicht dort drüben?«

Sie steuerten die schmale Holzbank an, die Serena entdeckt hatte, und machten es sich bequem.

»Wie weit ist es eigentlich von Calgary bis zu dem kleinen Ort, wo deine Mutter und Großmutter leben?«, erkundigte Serena sich.

»Nicht weit, ungefähr eine Autostunde. Aber wir müssen uns keinen Wagen mieten. Mein Auto steht auf dem Flughafenparkplatz.« Er warf Serena einen flüchtigen Blick zu. Sie wirkte traurig und besorgt.

»Ich werde erst froh sein, wenn wir im Flugzeug sitzen und auf dem Weg nach Calgary sind«, meinte Shane. »Dann bin ich endlich wieder in Blackfootgebiet. In den letzten Tagen sind wir durch die Stammesgebiete der Lakota, Cheyenne und Crow gefahren. Es wird guttun, endlich wieder Heimaterde unter den Füßen zu haben.«

»Das glaube ich dir«, antwortete Serena, aber sie war in Gedanken versunken. Ohne ihm weitere Beachtung zu schenken, holte sie ihre Lieblingshaarnadel aus der Umhängetasche und steckte sich die langen schwarzen Haare auf. Sie hatten das Motel so schnell verlassen, dass sie bisher nicht dazu gekommen war.

»Das ist eine sehr hübsche Haarnadel«, sagte Shane. »Was ist darauf eingeritzt? Ein Elefant?«

Serena schreckte aus ihren Gedanken auf.

»Was? Ja, es ist ein Elefant. Elefanten bringen Glück, wusstest du das?«

»Trägst du die Spange deshalb jeden Tag?«

»Nein, ich trage sie, weil ... weil Fabian sie mir geschenkt hat«, erwiderte Serena leise.

»Das hätte ich mir denken können«, sagte Shane. Das Lächeln verschwand aus seinem Gesicht, und er blickte schweigend zu Boden.

»Du bist doch nicht etwa eifersüchtig?«, fragte Serena grinsend.

»Lass die Späße«, wehrte Shane ab, etwas schroffer als beabsichtigt. Dann fügte er begütigend hinzu: »Soll ich uns etwas zu essen und zu trinken besorgen? Wir haben noch nicht gefrühstückt.«

»Gerne.«

»Was möchtest du haben? Einen Muffin, Tee, Kaffee?«, fragte er und stand auf.

»Muffin hört sich gut an.« Sie lächelte ihn dankbar an. »Oh, und einen grünen Tee bitte, Bio, wenn es geht.«

»Ich werde mein Bestes tun, verehrte Dame«, sagte Shane in gespieltem Dienerton. Er verbeugte sich elegant und machte sich auf den Weg.

Serena sah ihm lachend nach. Sie musste sich eingestehen, dass sie Shanes Gegenwart mittlerweile sehr genoss. Er hatte sich zu einem humorvollen, fürsorglichen und überaus angenehmen Kumpel gemausert. In seiner Gegenwart fühlte sie sich beschützt und vielleicht sogar noch einen Tick wohler als in Fabians – wenn das denn überhaupt möglich war. Nein, verbesserte sie sich sofort. Sie fühlte sich nicht wohler, wenn sie mit Shane zusammen war. Es war ein ganz anderes Gefühl, das sie empfand. Und dieses andere Gefühl begann sehr viel Raum in ihrem Herzen einzunehmen. Mehr, als ihr lieb war.

Kopfschüttelnd holte sie ihre Kamera hervor. Sie

würde sich besser noch einmal in Ruhe die Fotos ansehen, die sie bisher aufgenommen hatte. Mit der Sorge um Fabian hatte sie schon genug zu tun. Für anderweitige Emotionen war jetzt nicht der richtige Zeitpunkt.

Shane kam zurück, zwei Pappbecher in den Händen und eine kleine Papiertüte unter dem Arm.

»Hier ist Ihr Tee, verehrte Dame«, sagte er. »Es ist grüner Tee, aber Bio-Qualität war leider nicht zu haben.« Er grinste sie schelmisch an.

Serena legte ihre Kamera beiseite.

»Danke. Gib mir auch deinen Becher, dann kannst du dich leichter hinsetzen«, bot sie an. Auf der Bank war nicht viel Platz.

Shane reichte ihr die beiden Becher und setzte sich. Dann packte er die Tüte aus.

»Zitrone und Mohn.« Entschuldigend deutete er auf die beiden Muffins. »Es gab keine große Auswahl.«

»Das macht nichts. Sie sehen lecker aus. Vielen Dank dafür.«

»Gern geschehen«, meinte Shane. Dann fügte er hinzu: »Ich habe noch etwas.« Er legte seinen Muffin zur Seite und suchte etwas in seiner Jackentasche.

»Für dich, Reena.« Er hielt ihr eine kleine Schachtel entgegen.

»Für mich?«, wunderte Serena sich. »Was ist es denn?«

»Mach´s auf«, forderte Shane sie auf.

Vorsichtig öffnete Serena den schlichten schwarzen Behälter. Darin befand sich ein breiter silberner Armreif. Sie nahm ihn behutsam heraus und betrachtete ihn. Verschiedene indianische Symbole und der Kopf eines Tieres waren darauf eingraviert. Dann entdeckte sie eine kleine Karte, die ebenfalls in der Schachtel lag.

Sie nahm sie auf und las laut: »Kojote – Symbol für Wissen, Weisheit und Anpassungsfähigkeit.«

»Ich dachte mir, es wäre ein schönes Andenken für dich, wo dir doch in den letzten Tagen so viele Kojoten begegnet sind.«

Serena löste ihren Blick von dem Armreif und sah Shane unverwandt an.

»Was für eine schöne Idee«, sagte sie bewegt. »Aber du hättest nicht so viel Geld für mich ausgeben sollen.«

»Überlass das ruhig mir«, sagte Shane lächelnd. »Das war es mir wert. Jetzt hast du nicht nur Andenken von Fabian, sondern auch eins von mir. Ich hoffe, du wirst dich gerne an mich erinnern.« Er sah sie fragend an.

»Du weißt genau, dass ich mich gerne an dich erinnern werde, nach all dem, was wir in den letzten Tagen zusammen durchgemacht haben«, meinte Serena mit belegter Stimme und erwiderte seinen Blick. Ihre Augen strahlten. »Vielen, vielen Dank, Shane.« Sie drückte seine Hand. Dann legte sie den Armreif an und betrachtete ihn fasziniert im grellen Licht der Neonleuchten. Sie freute sich ehrlich und aus tiefstem Herzen über das Geschenk.

Shane räusperte sich verlegen und griff nach seinem Kaffee.

»Ich rufe besser kurz zu Hause an und sage Bescheid, dass wir unterwegs sind. Nicht dass Grandma außer Haus ist, wenn wir ankommen, wo wir sie doch so dringend sprechen wollen.«

Er nahm sein Handy aus der Jackentasche und wählte die Nummer. Serena hörte, wie es am anderen Ende ein paarmal klingelte. Dann meldete sich jemand.

»Hi, Mom, ich bin es«, meinte Shane. »Ja, mir geht es gut. Hör zu, ich bin auf dem Weg zu euch. Fabian

Eckehards Schwester Reena ist bei mir. Erinnerst du dich an ihn? – Ich weiß es nicht genau. Wir sitzen in Billings auf dem Flughafen fest. Hier tobt ein ungeheures Unwetter. Ich rufe wieder an, wenn wir in Calgary gelandet sind. – Das mache ich. Und bitte stell sicher, dass Grandma zu Hause ist, wenn wir kommen. Es ist sehr, sehr wichtig. – Ich kann am Telefon keine Einzelheiten erzählen. – Ja, gut. Bis später.« Er legte auf und wandte sich an Serena.

»Alles in Ordnung. Jetzt muss nur noch das Unwetter aufhören.« Sein Blick fiel auf ihre Kamera. »Bist du zufrieden mit deinen Aufnahmen?«

»Ich habe die Fotos noch nicht in Ruhe angesehen. Ich wollte es gerade tun, als du mit dem Frühstück und dem Armreif zurückgekommen bist.«

»Wir können die Bilder gemeinsam durchsehen«, bot Shane an. »Natürlich nur, wenn es dir recht ist.«

»Gerne, wenn sie dich interessieren.« Sie sah ihn verwundert an.

»Sehr.« Er rückte näher.

»Ich befürchte, viele von ihnen sind Aufnahmen von Kojoten«, sagte Serena und nahm ihre Kamera auf, so dass sie beide das Anzeigefeld sehen konnten. Dann ging sie die Bilder eins nach dem anderen durch.

Die ersten hatte sie noch in New York auf dem Flughafen aufgenommen. Dann kamen die Fotos von ihrer Fahrt nach South Dakota, von dem Vollmond über der Prärie und von ihrem Besuch am Bear Butte.

»Die Bilder sind großartig«, stellte Shane beeindruckt fest. »Besonders das hier.« Es zeigte ihn, wie er am Bear Butte *prayer ties* aufhängte.

Serena überhörte seinen letzten Kommentar und ging die Fotos weiter durch.

»Schau, hier sind die aus Wyoming. Da muss auch

das von deinem anhänglichen Fan dabei sein, von Pauline Dumont. Ich glaube, ich habe euch gut getroffen.« Sie grinste.

Shane zog eine Grimasse.

»Aha«, sagte Serena. »Hier sind die vom Medizinrad. Als Nächstes kommt ihr zwei.« Sie schaltete zum darauffolgenden Bild weiter.

»Das ist aber seltsam«, sagte sie überrascht, als das Foto im Anzeigefeld erschien. »Shane, sieh dir das mal an. Wo ist Pauline?« Serena starrte fassungslos auf das Display der Kamera. Shane stand im Foto genau dort, wo er gestanden hatte, als sie die Aufnahme von ihm und Pauline gemacht hatte: auf dem Plateau neben dem Maschendrahtzaun, der das Medizinrad einfasste. Das Foto erweckte den Anschein, dass jemand den Arm um Shane gelegt hatte und ihn herzig an seine Seite drückte – aber außer Shane war auf der Aufnahme niemand zu sehen.

Shane lehnte sich zu ihr hinüber.

»Du versuchst, mich auf den Arm zu nehmen«, warf er ihr vor, nachdem er das Anzeigefeld betrachtet hatte.

»Absolut nicht«, entgegnete Serena bestimmt. »Ich schaue mir die Bilder auch zum ersten Mal an.«

»Lass mich das mal genauer sehen«, bat Shane und nahm die Kamera an sich. Er schaltete das Zoom ein und suchte die gesamte Aufnahme ab, ganz so, als könne sich Pauline Dumont irgendwo im Bild verstecken.

»Sie ist nicht auf dem Foto«, sagte Serena mit stockender Stimme. »Wie kann sie nicht auf dem Foto sein? Sie war doch da, als ich die Aufnahme gemacht habe.«

Plötzlich kam ihr ein Gedanke. »Shane, meinst du, dass sie irgendetwas mit meinem Traum zu tun hat? In meinem Traum ist auch jemand *verschwunden*.«

»Für mich gibt es nur eine Erklärung«, sagte Shane ernst und blickte Serena eindringlich an. »Und diese Erklärung stimmt mit dem überein, was ich dir gestern gesagt habe: Pauline Dumont war ein *Spirit*, ein Geistwesen, das aufgetaucht ist, um uns zu helfen. Sie war die Antwort auf unsere Gebete. Als ich es dir sagte, hast du es mir nicht ganz glauben wollen. Jetzt haben wir den Beweis.«

Serena schaute ihn verwirrt an.

»Man kann Geistwesen nicht fotografieren, Reena«, stellte Shane mit Nachdruck fest. Dann fuhr er fort: »Ist es nicht fantastisch, einfach unglaublich, so einen Beweis in Händen zu halten?«

»Nicht wirklich«, sagte Serena und rutschte näher an Shane heran. »Es ist eher unheimlich und macht mir Angst.«

»Das braucht es nicht«, erwiderte er ruhig. »Im Gegenteil. Die Geistwesen haben uns einen großen Dienst erwiesen. Sie haben uns mitgeteilt, wohin wir uns als Nächstes wenden müssen.«

Er studierte das Foto aufs Neue.

»Was ist denn das? Dort neben dem Busch?«

Serena schaute über seine Schulter.

»Es sieht aus wie ein …« Sie stockte.

»Wie ein Kojote«, beendete Shane ihren Satz.

Es war unverkennbar. Der Kojote stand neben dem Busch und blickte direkt in die Kamera. Es sah aus, als lächelte er.

Serena sah Shane mit weit aufgerissenen Augen an.

»Ich erinnere mich jetzt«, flüsterte sie und rutschte unbehaglich auf der Bank hin und her. »Gleich nachdem ich das Foto von Pauline und dir gemacht hatte, hat mich etwas abgelenkt. Dann hast du mich so schnell weitergezogen, dass ich keine Zeit hatte, mir die Aufnahme anzusehen.« Sie blickte ihm fest in die Augen.

»Es war ein Kojote, der mich abgelenkt hat, Shane. Aber irgendetwas stimmt nicht. Hier im Foto steht der Kojote neben dem Busch. Sieh nur, er scheint geradewegs in die Kamera zu blicken. Aber der Kojote ist erst hinter dem Busch hervorgekommen, als ich die Aufnahme bereits gemacht hatte.« Eine schaurige Gänsehaut lief ihr über den Rücken.

»Reena Eckehard«, flüsterte Shane. »Die *Spirits* scheinen größeres Interesse an unserer Suche nach Fabian zu haben, als ich bisher angenommen hatte.«

»Was willst du damit sagen?«

»Ich will damit sagen, dass was auch immer Fabian vorhat, noch viel wichtiger ist, als wir bislang angenommen haben. Und nicht nur für uns, für die Geister ebenfalls.«

»Oh mein Gott«, flüsterte Serena mit bebender Stimme. Und dann fragte sie sich zum hundertsten Mal: »Fabian, in was bist du nur verwickelt?«

»Was immer es ist«, meinte Shane, »es ist entweder etwas sehr Gutes oder etwas sehr Schlechtes, ansonsten würden die Geister sich nicht so stark bemühen.«

Die ganze Angelegenheit nahm Serena sehr mit. Sie war aufgesprungen und ging ziellos vor der Bank auf und ab. Dabei starrte sie auf einen unbestimmten Punkt am gegenüberliegenden Ende der Flughafenhalle.

Shane stand auf und stellte sich ihr in den Weg.

»Hey, ist alles in Ordnung?«, fragte er sanft und legte seine Hand auf ihren Arm.

»Es ist wirklich eine Schande, dass wir keine Zeit für irgendwelche Abstecher hatten«, platzte Serena ganz unvermittelt heraus.

»Wie bitte?« Shane starrte sie verwirrt an.

»Ich habe schon so viel über den Yellowstone National Park gelesen und über den Grand Teton«, fuhr sie unbeirrt fort. »Die hätte ich schon gerne einmal gesehen. Und zu denken, dass wir ganz in der Nähe waren, als wir am Bighorn Medicine Wheel gewesen sind …«

Sie sah Shane flehentlich an.

Schließlich nickte er. Er hatte verstanden. Serena brauchte Zeit, Zeit, um mit den neuen Entwicklungen, den neuen Denkansätzen zurechtzukommen. Deshalb ging er auf ihr Ausweichmanöver ein.

»Eines Tages, wenn wir Fabian gefunden haben und alles wieder in Ordnung ist, werde ich dir all die Orte zeigen, die du so gerne sehen möchtest.«

»Versprochen?«

»Versprochen«, antwortete Shane und strich ihr besänftigend über die Wange.

X

Gute vier Stunden später ließ Serena sich erleichtert auf ihren Platz im Flugzeug fallen.

»Ich dachte schon, wir kämen überhaupt nicht mehr nach Calgary.«

Shane setzte sich neben sie.

»Der Flug liegt noch vor uns, vergiss das nicht«, gab er zu bedenken. »Die Stewardess meinte beim Einsteigen, dass in den unteren Luftbereichen mit starken Turbulenzen zu rechnen sei.«

»Das ist mir egal«, erwiderte Serena. »Ich will nur Fabian finden – so schnell es geht.«

Eine Viertelstunde später sah die Sache schon ganz anders aus. Serena flog sowieso nicht gerne, aber in einem solchen Flugzeug hatte sie noch nie gesessen. Es war eine kleine Propellermaschine, gerade groß genug für vierzig Passagiere. Die Motoren machten einen gewaltigen Lärm, und die Maschine ruckelte und wackelte bedenklich.

Serena warf einen kurzen Blick auf die anderen Fluggäste. Keiner von ihnen schien sich an dem Geruckel zu stören. Ihr hingegen kam es so vor, als würde der Wind die Maschine im nächsten Augenblick auseinanderreißen. Ängstlich klammerte sie sich an Shanes Arm.

»Oh Gott, gleich stürzen wir ab!«

Shane war in eine Zeitung vertieft.

»Das glaube ich nicht«, meinte er ruhig. »So schnell stürzt ein Flugzeug nicht ab.«

»Hör dir doch nur an, was für Geräusche das Ding macht«, zischte Serena leise.

Shane schenkte ihren Worten keine Beachtung.

»Sieh dir das an, schon wieder ein Erdbeben.«

»Wie kannst du so ruhig dasitzen und Zeitung lesen?«, fuhr Serena auf. »Beunruhigt dich nichts von dem, was um dich herum geschieht?«

»Nicht wenn ich es nicht ändern kann«, erwiderte Shane, ohne von seiner Zeitung aufzublicken. »Und da ich kein Pilot bin, kann ich an unserer Situation im Augenblick nichts ändern. Alles, was wir tun können, ist beten und aufs Beste hoffen.«

Serena starrte ihn fassungslos an.

»Du willst mich schon wieder auf den Arm nehmen.«

Er schüttelte den Kopf.

»Und all die schlimmen Dinge, die auf der Welt passieren, wie zum Beispiel all die Erdbeben, von denen man zurzeit so häufig hört«, bohrte sie nach, »die machen dir wohl auch keine Angst?«

Shane ließ die Zeitung sinken.

»Erdbeben sind ein Teil der Natur, Reena. Sieh dir doch bloß einmal an, was die Menschheit unserer Erde angetan hat. Es ist nur verständlich, dass die Natur und die *Spirits* sich irgendwann zur Wehr setzen. Und ich denke, das genau ist es, was im Augenblick geschieht.«

»Du meinst, eure Geister versuchen sich zu rächen für all die Ungerechtigkeiten, die die Menschen der Erde angetan haben?«

Shane zuckte mit den Schultern.

»Mein Volk glaubt, dass die Welt, die wir alltäglich sehen – nennen wir sie die greifbare Welt –, und die

Welt der Geistwesen wie ein Spiegel sind. Beide können nur miteinander bestehen. Herrscht Gewalt in der greifbaren Welt, werden keine Kinder mehr geboren, und hört sie deshalb auf zu existieren, so kann in der Folge auch die Welt der Geister nicht bestehen bleiben.«

Serena hatte über das Gespräch ihre Flugangst vollkommen vergessen.

»Spielt die Familie bei deinem Volk eine große Rolle?«, fragte sie. »Es hört sich für mich so an.«

»Die größte Rolle«, bestätigte Shane. »Es ist die Familie, die die alten Bräuche am Leben hält, und es ist der Familienname, den man in Ehren hält. Sich um die Familie zu kümmern, ist für uns das Wichtigste überhaupt.« Er machte eine kurze Pause. »Ich glaube fest daran, dass ein Mensch die Welt um sich herum nur dann verstehen kann, wenn er sich selbst versteht. Und um sich selbst zu verstehen, muss er seine Wurzeln kennen. Die Familien sind unsere Wurzeln. Die Geschichte unserer Familien ist sehr eng verbunden mit der Geschichte unseres Volkes und unseres Landes. Kennen wir sie, dann können wir uns selbst viel besser verstehen, wie wir handeln, wie wir denken.«

»Ich glaube, du hast recht«, sagte Serena nach einer Weile. »Das, was wir aus der Vergangenheit lernen, bestimmt unsere Zukunft.«

»Und sieh nur«, sagte Shane, »über unsere Unterhaltung hast du das Geruckel des Flugzeugs ganz vergessen. Jetzt haben wir unsere endgültige Flughöhe erreicht, und alles hat sich beruhigt.«

»Aber wir müssen auch noch landen«, gab Serena zu bedenken.

»Ein Unwetter in Montana muss nicht unbedingt bedeuten, dass es auch in Calgary stürmt. Vielleicht werden wir eine ganz angenehme Landung haben.«

Serena seufzte tief und wünschte sich nichts sehnlicher, als dass sie bereits wieder festen Boden unter den Füßen hätte. Aber es blieb ihr nichts anderes, als sich in ihr Schicksal zu fügen. Also schloss sie die Augen und lehnte sich an Shanes Schulter.

»Schon 16 Uhr vorbei«, stellte Serena fest und nahm ihre Reisetasche vom Rollwagen. »Ich hätte nicht gedacht, dass man auf so einem kleinen Flughafen zwei Stunden lang bei der Passkontrolle anstehen muss.«

»Es wäre viel schneller gegangen, wenn du einen kanadischen Pass hättest«, scherzte Shane.

»Sehr witzig«, erwiderte Serena und schob sich an einem weiteren Rentner mit rotem Hemd und weißen Cowboyhut vorbei. »Hier wird wirklich an Personalkosten gespart. Der Flughafen wimmelt nur so von freiwilligen Helfern im Pensionsalter.«

Sie kamen an einem Geschäft vorbei. Serena warf nur einen kurzen Seitenblick hinein.

»Diese vielen Cowboyhüte …«

»Soll ich dir einen kaufen?«, neckte Shane sie.

»Nein, danke. Ich glaube, so ein Ding steht mir überhaupt nicht. Aber mal im Ernst. Warum werden hier nicht mehr indianische Sachen verkauft? Ihr lebt schließlich auch in Alberta.«

»Indianer sind hier lediglich Bürger zweiter Klasse«, erklärte Shane ohne Zorn. »Das wirst du noch feststellen.«

Sie verließen das Flughafengebäude und steuerten auf den Parkplatz zu, auf dem Shanes Wagen stand. Es war warm und sonnig, und ein frischer Wind wehte.

Serena blickte über das weite, flache Land.

»Ah, zurück in der Prärie. Und auch der Wind ist wieder da. Hier weht wohl ständig eine Brise?«

»Immer«, erwiderte Shane grinsend. »Dafür ist die Prärie berühmt. Der Wind sorgt für tiefe Falten und eine schön ledrige Haut.«

»Wunderbar«, meinte Serena spöttisch. »Wo ist denn nun dein Auto?«

»Gleich hier drüben. Aber schau dir zuerst die Berge an.«

Serenas Blick folgte seiner ausgestreckten Hand. Schroffe, in blauen Dunst gehüllte Bergketten erhoben sich im Westen aus dem flachen Land. Ihre scharfkantigen, schneebedeckten Gipfel ragten bis weit in den Himmel. Es war ein großartiger Anblick.

Serena stockte der Atem.

»Die Rocky Mountains«, flüsterte sie ehrfürchtig. »Sie sind in Wirklichkeit noch viel eindrucksvoller als auf den Fotos, die ich gesehen habe.«

»Ist es nicht ein fantastisches Bild?«

»Absolut«, erwiderte Serena und fischte nach ihrer Kamera. Sie musste einfach ein paar Fotos machen.

Shane grinste. Serena konnte nicht aus ihrer Haut.

Kurz darauf erreichten sie Shanes alten, verbeulten Toyota Land Cruiser. Shane ließ sie auf der Beifahrerseite einsteigen und verstaute das Gepäck auf dem Rücksitz. Dann rief er per Handy seine Mutter an.

Serena sah sich inzwischen neugierig im Wagen um. Es herrschte ein ziemliches Durcheinander. Wohin sie auch blickte, entdeckte sie Abfall: leere Nacho- und Burgertüten, alte Kassenzettel, leere Motorölflaschen. Dazwischen haufenweise Papiere, die recht wichtig aussahen und sicherlich besser in Shanes Büro aufgehoben wären. Eine dicke Staubschicht lag auf dem Armaturenbrett. Von der Rückspiegelhalterung hingen mehrere Federn und ein von der Sonne verblichener *dream catcher*, ein Traumfänger.

Serena grinste. Mit dem Aufräumen nahm Shane es offenbar nicht sehr genau.

»Machst du hier manchmal auch sauber?«

»Selten«, meinte er und warf einen prüfenden Blick auf das Innere des Wagens. Dann lächelte er Serena entschuldigend an. »Ist überfällig, was?«

Kurze Zeit später fuhren sie auf dem Trans-Canada Highway in Richtung Osten.

»Wir werden Gleichen in einer knappen Stunde erreichen«, erklärte Shane. »Aber zuerst müssen wir tanken. Das trifft sich gut, denn …«

Serena fiel ihm ins Wort. »Denn du hast Hunger.«

»Wie hast du das bloß erraten? Ah, da ist ja schon eine PetroCan.«

»Eine *was*?«

»Eine Tankstelle. PetroCan ist ein Benzinkonzern.«

Shane hielt an der Zapfsäule und stieg aus.

»Ich muss an der Kasse vorbezahlen. Bin gleich wieder da.«

»Warte, ich komme mit«, rief Serena und sprang aus dem Wagen. »Müssen alle Kunden vor dem Tanken bezahlen oder nur Indianer?«, scherzte sie.

»Mach dir dein eigenes Bild«, erwiderte Shane, aber diesmal grinste er nicht.

Sie betraten den kleinen Laden, der zur Tankstelle gehörte. Außer dem Kassierer waren noch zwei andere Leute anwesend. Der eine sah aus wie ein hart arbeitender Rancher. Er stand an der Kasse und bezahlte. Der Mann trug abgetragene Cowboystiefel, einen staubbedeckten Cowboyhut aus Stroh, fleckige Jeans und ein kariertes Hemd, das schon bessere Tage gesehen hatte. Der andere Kunde, eine ziemlich übergewichtige Frau mit auffälligem Goldschmuck, stand am Kaffeeautomaten und rührte in einem Pappbecher.

Alle drei blickten auf, als Serena und Shane hereinkamen. Die Unterhaltung verstummte fast augenblicklich, und das Lächeln verschwand von ihren Gesichtern.

»Guten Tag«, sagte Shane höflich und stellte sich an der Kasse an. Er war an solches Benehmen gewöhnt.

»Schau mal, ob du eine Tüte Nachos finden kannst«, rief er Serena zu.

Sie schlenderte um die hohen Holzregale, auf denen die Waren ausgestellt waren, und studierte das Angebot.

»Die Nachos sind gleich da drüben«, brummte der Kassierer und warf ihr einen finsteren Blick zu.

Serena sah erstaunt auf. Warum der barsche Tonfall?

»Du schaust besser selbst nach und entscheidest, was du haben möchtest«, wandte sie sich beunruhigt an Shane. »In Deutschland gibt es nicht so viele verschiedene Sorten.«

»Oh, sind Sie aus Deutschland zu Besuch?«, fragte die Frau vom Kaffeeautomaten und kam neugierig näher.

»Ja«, antwortete Serena.

Die Stimmung im Laden änderte sich sofort.

»Wie gefällt Ihnen denn Alberta?«, wollte der Rancher wissen.

»Kann ich Ihnen helfen?«, erkundigte sich der Kassierer.

Serena, überrascht von dem plötzlichen Gemütswandel der Leute, wusste nicht recht, was sie antworten sollte.

»Danke, aber ich glaube, mein Freund weiß, wonach er sucht«, sagte sie schließlich. Und dann: »Tut mir leid, aber ich bin eben gerade erst in Alberta angekommen.«

Dann fing sie Shanes Blick auf. Darin las sie so etwas wie: *Was habe ich dir gesagt?*

Als sie kurz darauf den Wagen volltankten, fragte Serena: »Passiert so etwas häufig, wenn du in Geschäfte gehst?«

»Nicht immer, aber sehr oft«, erwiderte Shane, ohne den Blick von der Tankuhr zu nehmen.

»Die haben wohl gedacht, ich wolle etwas stehlen«, sagte sie nachdenklich. »Aber warum? Nur weil ich mit dir zusammen im Laden gewesen bin?«

Shane schüttelte den Kopf.

»Für die Leute dort siehst du aus wie eine Indianerin. Basta.«

Serena glaubte ihren Ohren nicht zu trauen.

»Aber warum haben sie ihre Meinung dann so plötzlich geändert?«

»Hast du das nicht gemerkt?« Shane blickte auf. »Du hast gesagt, dass du aus Deutschland kommst. Ein *Nazi* auf Urlaub – sorry, aber für die meisten Nordamerikaner seid ihr Deutschen immer noch das und nichts anderes – ist allemal besser als ein lokaler Dieb und Taugenichts. Das sind hier übliche Synonyme für *Indianer*«, setzte Shane hinzu. Es war das erste Mal, dass Verbitterung in seiner Stimmer lag.

Serena sah ihn lange an.

»Nun weiß ich gar nicht, ob ich lieber ein *Nazi auf Urlaub* oder ein *lokaler Dieb und Taugenichts* sein möchte«, sagte sie und strich ihm mitfühlend über den Arm.

»Ja, das ist in der Tat eine schwere Entscheidung«, stellte Shane fest. Seine Augen funkelten schon wieder schelmisch. »Vielleicht solltest *du* lieber beim *Nazi auf*

Urlaub-Image bleiben. Dann können wir ein breiter gefächertes Spektrum von Vorurteilen genießen.«

Serena klopfte ihm anerkennend auf die Schulter. »Dein dickes Fell möchte ich haben.«

»Vielleicht bekommen wir noch den Wetterbericht mit«, sagte Shane eine Weile später nach einem Blick auf seine Uhr und schaltete das Radio ein. Die Nachrichten waren fast vorüber. Gerade sagte der Sprecher: »... über die *oil sands* im Norden Albertas. Und nun noch eine Meldung aus Calgary. Dort mehren sich die Übergriffe von Kojoten auf Haustiere. Letzte Nacht hat ein Kojote in einem Vorort eine zehn Kilogramm schwere Katze getötet und sie vor den Augen der entsetzten Besitzerin aufgefressen. Die Kojoten werden zu einem immer größeren Problem für die Stadt, und der Stadtrat überlegt, was gegen die Plage unternommen werden kann. Eines ist sicher: Etwas muss geschehen. Und nun zum Wetter: Sonnenschein, Sonnenschein, Sonnenschein. Lassen Sie es sich gutgehen, liebe Hörerinnen und Hörer, und genießen Sie die schönen Sommertage ...«

Shane schaltete das Radio aus.

»Die Jäger schießen die Kojoten ab, sobald sich einer von ihnen blicken lässt. Trotzdem bekommen sie die sogenannte Plage nicht in Griff.« Er schüttelte missbilligend den Kopf. »Die meisten Leute kennen und ehren den Geist der Kojoten nicht. Sie erkennen nicht an, dass die Kojoten zu einer der wenigen wilden Tierarten gehören, die die Herrschaft der Menschen ertragen kann. Die meisten freilebenden Rassen sind seit der Ankunft der Weißen verschwunden, und die Zivilisation hat ihren Platz eingenommen. Aber was immer die Menschen auch gegen die Kojoten unternehmen, sie können sie nicht bezwingen. Sie bleiben frei.«

Serena hörte seinen Worten schweigend zu. Shane hatte ihr seine Haltung zu den Kojoten bereits vor ein paar Tagen erklärt. Aber ihr war nicht wirklich bewusst gewesen, wie allgegenwärtig und allumfassend dieses *Problem* zu sein schien. Die Kojoten rückten für sie immer mehr in den Status von Freiheitskämpfern, von Rebellen oder Überlebenskünstlern, und sie konnte nicht anders als ihnen Glück wünschen.

Dann erinnerte Serena sich an etwas.

»Shane, der Nachrichtensprecher sagte etwas von *oil sands*. Was ist das?«

»Oh, das – das ist ein anderes heikles Thema. Im Norden Albertas, hauptsächlich in der Gegend um Fort McMurray, hat man riesige Ölvorkommen entdeckt. Aber das Öl befindet sich nicht unter der Erde, sondern gleich an der Oberfläche. Also holzt man skrupellos die Wälder nieder, um an das Öl heranzukommen. Doch das ist noch nicht alles«, fügte er bitter hinzu. »Das Öl ist mit großen Mengen Sand vermischt. Um das Öl vom Sand zu trennen, benötigt man ungeheure Mengen an Wasser. Und das wird einfach aus den umliegenden Flüssen genommen.«

»Aber das hat doch sicher verheerende Auswirkungen auf die Natur«, warf Serena entsetzt ein.

»Den Berichten der Firmen und der Regierung nach zu urteilen, hat es das nicht«, sagte Shane. »Aber auch hier gilt, dass den Leuten nicht die Wahrheit gesagt wird. Die Indianer, deren Heimat seit Urzeiten in den Gebieten liegt, in denen sich die Ölvorkommen befinden, berichten, dass der Wasserspiegel der Flüsse sinkt. Manchmal so stark, dass das Wasser ganz versiegt. In allen Fällen hat sich die Qualität des Wassers so sehr verschlechtert, dass Menschen wie Tiere davon krank werden. Ganz zu schweigen von den Wäldern, die für immer zerstört sind.«

»Aber wenn das alles bekannt ist, warum unternimmt man nichts dagegen?«, ereiferte Serena sich.

»Die Investmentfirmen sind sehr mächtig, Reena. Sie haben Verbindungen nach ganz oben und Männer, die die Drecksarbeit für sie erledigen, sollte jemand sich ihnen in den Weg stellen. Außerdem geht es ja lediglich um ein paar Indianer und ein paar wilde Tiere. Beide sind der Gesellschaft sowieso ein Dorn im Auge, wie du ja schon mehrfach selbst mitbekommen hast. Niemand regt sich hier groß über so etwas auf.«

»Aber dies ist Kanada!«

»*The True North, strong and free.* Ich weiß«, erwiderte Shane ruhig. »Hat dir schon mal jemand gesagt, dass du nicht alles glauben sollst, was dir im Fernsehen und in den Zeitungen erzählt wird?«

Bevor Serena etwas antworten konnte, gab der Wagen plötzlich ein lautes Geräusch von sich.

»Was war das?«, fragte Serena und hielt sich sicherheitshalber am Türgriff fest.

»Ich weiß es nicht. Aber gut hat es sich nicht angehört. Da hilft nur eins: Musik einschalten, dem Wagen gut zureden und ein paar Nachos futtern.«

Serena sah ihn zweifelnd an.

»Wie weit ist es noch bis Gleichen?«

»Keine zwanzig Minuten.«

»Hoffentlich schaffen wir es bis dahin. Ich habe keine Lust, den Rest der Strecke zu laufen.«

»Wenn die Geistwesen auf unserer Seite sind, werden wir es schaffen«, meinte Shane mit Nachdruck. Er legte eine CD ein und fügte hinzu: »Nacho bitte.«

Mit tadelndem Blick schob Serena ihm ein Nacho in den Mund.

»Jetzt muss ich ihn auch noch füttern ...«, murmelte sie.

»Was sagst du?«, fragte Shane über die Musik hinweg.

»Ist schon gut.«

Serena blickte aus dem Fenster hinaus auf die flache, weite Prärie und hörte den Liedern zu.

»Wer singt denn da?«, fragte sie nach einer Weile.

»Johnny Cash natürlich. Das Album heißt *Bitter Tears*. Gefällt es dir?«

»Die Texte sind sehr depressiv«, stellte Serena fest und ertappte sich dabei, wie sie ebenfalls in die Tüte mit den Nachos griff.

»Das stimmt. Aber sie sind wahr. Johnny Cash wollte mit diesen Lieder aufzeigen, wie es wirklich um die Indianer bestellt ist.«

»Das ist sehr lobenswert«, sagte Serena. »Aber schlägt dir das nach einer Weile nicht aufs Gemüt?«

»Man muss der Wahrheit ins Auge blicken, Reena. Zu viele Leute schauen weg. Und überhaupt, Johnny Cash ist unter uns Indianern äußerst beliebt.«

Der Wagen gab erneut ein merkwürdiges, lautes Blubbern von sich. Serena blickte zaghaft zu Shane hinüber, sagte aber nichts.

»Wir sind gleich da«, meinte er. »Aber jemand muss sich das Auto dringend einmal anschauen. Für längere Strecken taugt es in diesem Zustand nicht mehr.«

Serena klammerte sich nervös an den Türgriff, geradeso, als könne sie den Wagen auf diese Weise dazu bringen, noch ein bisschen länger durchzuhalten.

Endlich bog Shane vom Trans-Canada Highway ab. Ein paar Minuten darauf verlangsamte er das

Tempo erneut. Gleichen, der Ort, in dem er aufgewachsen war und in dem seine Mutter und Großmutter wohnten, lag im Licht der tiefstehenden Sonne vor ihnen.

Serena machte Fotos, während Shane den Wagen durch die wenigen Straßen des Dorfes lenkte. Viel gab es nicht zu sehen. Ein paar kleine Geschäfte, eine hübsche weißgestrichene Holzkirche, viele Espen. Die Wohnhäuser waren meist älteren Baujahrs, machten aber einen überwiegend gepflegten Eindruck.

»Wie viele Menschen leben hier noch mal?«, erkundigte Serena sich.

»Um die vierhundert, denke ich.«

»Und du kennst bestimmt jeden mit Namen«, grinste Serena.

»Jeden«, lachte Shane. »Aber das soll nicht heißen, dass ich sie alle mag.«

Sie kamen an den Rand der Ortschaft. Hier schlossen sich ausgedehnte Heuwiesen und feuchte Marschgebiete an. Die frisch gemähten Wiesen und hohen Binsen stellten willkommene Motive für Serena dar, und sie fotografierte gedankenversunken drauflos.

»Ich dachte, deine Mutter und Großmutter leben im Ort. Es sieht so aus, als verließen wir ihn schon wieder.«

»Das Grundstück liegt am äußersten Rand von Gleichen und grenzt an das Reservat an«, erklärte Shane. »Du wirst es jeden Augenblick sehen können.«

Sie kamen an ein Espenwäldchen. Eine wohlbenutzt aussehende Fahrspur führte dazwischen hindurch und verschwand hinter den Bäumen außer Sichtweite.

Shane steuerte den Wagen geradewegs auf diese Fahrspur zu. Dort angekommen, erkannte Serena, warum der weitere Verlauf des Weges von der Straße aus nicht zu erkennen war. Er führte durch eine tiefe Senke.

»Es muss schwer sein, hier im Winter herauszukommen«, stellte sie fest.

Shane lachte.

»Das kannst du laut sagen. Aber fast noch schlimmer ist es, wenn es stark regnet. Dann verwandelt sich die Senke in ein erbarmungsloses Schlammbad. Wenn man Pech hat und den Wagen nicht in weiser Voraussicht oben an der Straße geparkt hat, kann man so lange zu Fuß in den Ort laufen, bis der Regen wieder aufhört.«

»Gibt es keinen anderen Weg hier heraus?«

Shane schüttelte den Kopf.

»Keinen. Und so mag Mom es: Jeder, der kommt, muss hier vorbei und kann vom Haus aus gesehen werden. So kann sich niemand anschleichen.«

»Anschleichen?«

Shane zuckte mit den Schultern. »Alte Überlebenstaktik.«

Jetzt sah Serena das Haus. Es war weizengelb angestrichen und nicht sehr groß. Die Fenster im Obergeschoss standen offen, und helle Gardinen wehten im Abendwind. Eine breite überdachte Veranda zog sich ganz um das Haus herum. Was für eine Wohltat diese Veranda an einem heißen Sommertag sein musste! Davor wuchsen bunte Blumen, und weiße Gartenmöbel standen auf der kleinen Rasenfläche neben dem Haus.

Der Wagen dröhnte ein letztes Mal auf und blieb dann regungslos stehen.

»Keine Minute zu früh«, sagte Shane unbekümmert und stieg aus.

Serena folgte ihm zum Haus.

Shane öffnete die Tür und rief: »Hallo, ist jemand zu Hause?«

»Kommt herein, Kinder«, antwortete eine Frauenstimme. »Ich bin in der Küche.«

»Verdammt, Miller«, fuhr Newman ihn an, »jetzt haben wir schon ein Navigationssystem im Wagen, und du verfährst dich trotzdem noch! Dies kann unmöglich die Adresse von Storm Hawks Mutter sein. Laut meinem Informanten lebt sie in Gleichen und nicht auf dem Reservat. Und wo sind wir?«

»Auf dem Reservat, Boss«, murmelte Miller und hielt den Wagen an.

»Genau«, sagte Newman wütend, »und ich frage mich warum. Warum sind wir hier, wenn wir dort sein sollten?« Er riss Sorrento den Laptop aus der Hand und deutete aufgeregt auf den Bildschirm, wo ein blinkender roter Punkt Serena Eckehards und Shane Storm Hawks augenblicklichen Standpunkt angab. »Hier draußen gibt es bloß eine Handvoll Straßen. So schwer kann es doch nicht sein!«

Miller sah sich nervös um. Er wusste selbst nicht, wie er es geschafft hatte, die richtige Abzweigung zu verpassen. Auf jeden Fall befanden sie sich nun mitten auf dem Siksika-Blackfoot-Reservat. Die Sonne ging bereits unter, und die weite Prärie erstreckte sich in alle Richtungen, so weit das Auge blicken konnte. Lediglich ein paar vereinzelte Häuser waren zu sehen.

»Gut, dass wir noch niemandem aufgefallen sind«, meinte Sorrento. »Sonst könnte unsere Tarnung schnell auffliegen.«

Newman verdrehte die Augen. Ein nagelneuer

schwarzer Hummer auf einem Reservat, und Sorrento dachte, sie fielen nicht auf.

Er blickte aus dem Fenster und fuhr gleich darauf zusammen. Ein kleiner Indianerjunge hatte sein Gesicht an das Fenster der Beifahrertür gedrückt und spähte neugierig in den Wagen.

»Hey, du, verschwinde«, rief Newman verärgert durch das geschlossene Fenster. Aber der Junge grinste nur.

»Boss, ich glaube, man hat uns umzingelt«, stellte Sorrento fest. Schnell strich er sich das glänzende schwarze Haar glatt und setzte seine Sonnenbrille auf.

Newman sah sich erstaunt um. Sorrento hatte recht. Eine ganze Horde von Indianerkindern hing an ihrem Wagen, und ein halbes Dutzend verwahrloster, laut bellender Hunde kam zu ihrer Unterstützung.

Die Kinder begutachteten den auffälligen Hummer mit strahlenden Augen und kommentierten ihren Fund lautstark. So etwas sah man nicht alle Tage. Vielleicht konnte man sogar einen Blick in den Wagen erhaschen, wenn man die Wagentür vorsichtig einen Spaltbreit öffnete.

»Boss, sie versuchen, in den Wagen zu kommen!«, rief Miller erschrocken und hängte sich mit aller Kraft an den Türgriff.

»Dafür haben wir Zentralverriegelung«, erklärte Newman betont gelassen und betätigte den dafür zuständigen Knopf an der Beifahrertür. »Und nun würde ich vorschlagen, dass wir weiterfahren, bevor der ganze Stamm sich um unser Auto versammelt.«

»Verstanden, Boss«, antwortete Miller.

»Verschwindet hier«, rief Newman den Kindern zu und machte abwehrende Handbewegungen.

»Los, runter, oder wir fahren euch über den Haufen«, rief Sorrento hinaus. Er hatte sein Fenster mutig einen Spalt weit geöffnet.

Die Kinder blieben ungerührt am Wagen hängen. Erst als Miller langsam anfuhr, sprangen sie endlich ab.

Miller wendete das Auto und fuhr in Richtung Gleichen davon.

Sorrento drehte sich noch einmal um. Die Horde von lautstark schreienden Kindern und wild bellenden Hunden lief ihnen hinterher. Er konnte sie durch den Staub, den der Wagen aufwirbelte, erkennen.

»Irre Wilde«, murmelte er und drehte sich wieder nach vorn.

»Und was machen wir jetzt, Boss?«

»Jetzt findest du die richtige Straße, Miller, und wir beziehen unseren Posten.«

Miller und Sorrento seufzten. Noch eine Nacht im Wagen.

XI

Serena folgte Shane in die Küche. Eine hochgewachsene schlanke Frau, ungefähr Mitte siebzig, stand am Herd und kochte Marmelade ein.

»Hallo Grandma!« Shane umarmte sie herzlich. »Ich sehe, ich habe mir einen schlechten Zeitpunkt für meinen Besuch ausgesucht. Du steckst mitten in der Arbeit.«

»Überhaupt nicht«, sagte die alte Dame. »Wir freuen uns immer, dich zu sehen. Es kommt in letzter Zeit selten genug vor.« Dann fiel ihr Blick auf Serena. »Bitte entschuldige, Kind, dass ich dich nicht gleich begrüßt habe. Aber ich habe Shane schon so lange nicht mehr gesehen.«

»Drei Wochen, Grandma«, warf er ein. »Bloß drei Wochen.«

»Das ist lange genug«, tadelte sie. Dann wandte sie sich an Serena. »Ich bin Catherine Storm Hawk. Schön, dich kennenzulernen.« Sie streckte Serena die Hand entgegen.

»Serena Eckehard. Ich freue mich auch sehr, Sie kennenzulernen, Mrs Storm Hawk.«

»Bitte nenn mich Catherine oder Grandma, Kind. Das tun alle Leute hier.«

»Catherine«, wählte Serena erfreut.

Die alte Dame musterte sie.

»Du siehst Fabian gar nicht ähnlich«, stellte sie fest. »Oder aber ich erinnere mich nicht richtig an ihn.«

»Mein Bruder und ich sehen uns wirklich nicht sehr ähnlich.«

»Wo ist Mom?«, erkundigte Shane sich.

»Sie wird gleich zurück sein. Sie musste nur kurz ins Dorf. Ihre Freundin Bridget fühlt sich nicht wohl, und sie wollte sichergehen, dass sie genug Lebensmittel im Haus hat.«

In dem Moment fuhr ein Auto vor dem Haus vor.

»Ich bin wieder da!«, rief gleich darauf eine melodische Frauenstimme aus dem Flur.

Eine hübsche Frau Ende fünfzig erschien in der Küche. Sie hatte ihre schwarzen Haare glatt zurückgekämmt und zu einem dicken, langen Zopf geflochten. Haarspangen, geschmückt mit indianischer Perlenarbeit, zierten die Frisur. Die Frau war, genau wie ihre Mutter Catherine, hochgewachsen und schlank. Ihre dunklen Augen strahlten Wärme und Herzlichkeit aus, und ihre ebenmäßigen Gesichtszüge und hohen Wangenknochen ließen darauf schließen, dass sie früher noch viel schöner gewesen sein musste als heute.

»Mom!«, rief Shane erfreut. Er umarmte sie liebevoll und gab ihr einen Kuss auf die Wange. »Wie geht es dir?«

»Danke, gut«, lächelte sie. »Aber um Bridget mache ich mir Sorgen.«

»Es ist nur eine schlimme Erkältung«, sagte Großmutter Storm Hawk. »Sie wird in ein paar Tagen wieder auf den Beinen sein.«

»Mom, dies ist Fabians Schwester Serena. Ich habe dir ja am Telefon erzählt, dass ich sie mitbringen werde.«

»Natürlich«, sagte Shanes Mutter und lächelte sie

freundlich an. »Willkommen.« Sie schüttelte Serenas Hand.

»Ich freue mich sehr, Sie kennenzulernen, Mrs Storm Hawk«, sagte Serena fast schüchtern. Sie war von Shanes Mutter sehr beeindruckt.

»Bitte nenn mich Helen. Hier draußen sind wir alle sehr locker, was Namen angeht.« Dann verdunkelte sich ihr Gesicht.

»Ist etwas nicht in Ordnung, Mom?«, erkundigte Shane sich besorgt.

Helen schüttelte den Kopf.

»Es ist schon gut. Ich habe mich bloß über einen dieser Hinterwäldler geärgert, den ich eben an der Tankstelle getroffen habe. Er sagte mir offen ins Gesicht, dass die Indianer das bekommen hätten, was sie verdienten, und selbst das sei noch nicht genug.«

»Wer? Wer hat das zu dir gesagt?«, fuhr Shane auf.

Helen legte ihre Hand auf seinen Arm.

»Es bringt nichts, sich über so etwas aufzuregen, Shane, oder womöglich noch in eine Auseinandersetzung zu geraten.«

»Ich kann nicht glauben, wie viele Vorurteile gegen Indianer es hier in Kanada noch gibt«, sagte Serena und erinnerte sich an ihre eigene Erfahrung vom Nachmittag. »In welcher Zeit leben wir eigentlich?«

»Es ist nicht das erste Mal, dass mir solche Äußerungen zu Ohren kommen«, sagte Shane.

»Aber zu behaupten, jemand hätte das Abschlachten seines Volkes verdient, das ist, das ist … unglaublich!«

»Du wirst viele Menschen in Kanada und auch in den USA finden, die dem Typen recht geben würden«, erklärte Shane.

»Oh«, sagte Serena aufgewühlt. »Dann kann ich diesen Menschen nur raten, sich ein tiefes, ein sehr tiefes Loch zu suchen. Denn ihren Worten zufolge wird es ihren Ländern heimgezahlt werden – für alles, was sie der Welt angetan haben. Und es wird kein Mitleid, kein Vergeben geben.« Dann zitierte sie: »*Man wird häufig finden, dass die Verteidiger der Freiheit nicht selten die größten Tyrannen in ihrem Hause sind.* Georg Christoph Lichtenberg.«

»Das stimmt.« Shane sah sie anerkennend an.

»Was tue ich da nur?«, wunderte Serena sich lachend. »Jetzt zitiere ich auch schon. Wenn ich nicht aufpasse, ende ich wie Fabian: ein wandelndes Buch der Zitate.«

»Komm, Kind, ich möchte dir etwas zeigen«, sagte Shanes Großmutter.

Sie führte sie ins Wohnzimmer. Shane folgte ihnen.

Serena sah sich neugierig um. Die Wände waren über und über behängt mit Bildern von Adlern. Fotos, Drucke, Gemälde, alle zeigten dasselbe Motiv.

»Jemand hier liebt Adler«, sagte sie lächelnd.

Da kam wie aus dem Nichts ein kleines bellendes Etwas um die Ecke geschossen und sprang aufgeregt vor Serena auf und ab. Es war ein Yorkshireterrier.

»Tiger, beruhig dich«, sagte Großmutter Storm Hawk mit nachsichtiger Stimme. Dann bückte sie sich und hob den kleinen Hund auf. »Tiger ist jedes Mal schrecklich aufgeregt, wenn wir Besuch haben«, erklärte sie entschuldigend. »Das ist Serena, Tiger. Sag schön guten Tag.«

Shane rollte mit den Augen, und Serena konnte es ihm an der Nasenspitze ablesen, dass er Tiger als eine lausige Entschuldigung für einen Hund betrachtete, der für nichts zu gebrauchen war, außer als Sofadekoration. Daher sagte sie, nur um ihn zu ärgern: »Der ist aber drollig, Catherine. Darf ich ihn einmal halten?«

Großmutter Storm Hawk nickte erfreut und gab Serena den Hund.

Tiger schien sofort eine Vorliebe für Serena entwickelt zu haben. Er leckte ihr liebevoll das Gesicht und schmiegte sich an sie.

»Er ist herzallerliebst«, sagte Serena und kraulte ihm den Kopf.

»Reena, er ist eine kleine Pest und …«, begann Shane.

»Kein Wort mehr«, bestimmte Großmutter Storm Hawk. »Tiger ist der Beschützer dieses Hauses, und er hat Serena ins Herz geschlossen. Das ist ein gutes Zeichen. Erinnerst du dich an diese Desiree, die du vor einer Weile mitgebracht hast? Tiger konnte sie vom ersten Augenblick an nicht leiden.«

»Wo wir gerade davon sprechen«, fiel Helen ein. »Desiree hat schon mindestens dreimal hier angerufen und nach dir gefragt. Anscheinend hat sie Nachrichten auf deinem Anrufbeantworter in Banff hinterlassen, aber du hast sie nie zurückgerufen.« Sie sah Shane tadelnd an.

Er wollte gerade zu einer Erklärung ansetzen, als Helen abwehrend die Hand hob.

»Nein, sag nichts. Es kümmert mich nicht, was zwischen euch vorgefallen ist«, sagte sie mit einem vielsagenden Blick auf Serena. »Aber du solltest sie wenigstens anrufen und die Sache klären. Das gehört sich so für einen Gentleman.«

»Schon gut, schon gut. Ich werde mit ihr sprechen«, gab Shane sich geschlagen.

Serena drehte den Kopf zur Seite und grinste. Sie hätte nicht gedacht, dass ein so großer, kräftiger Mann wie Shane sich immer noch dem Willen seiner Mutter und Großmutter beugte.

»Du brauchst gar nicht so zu grinsen«, flüsterte er ihr zu und stieß ihr leicht in die Seite. »Ich bin nur so nett zu ihnen, weil du hier bist.«

»Das habe ich mir schon gedacht«, sagte Serena und versuchte, ernst zu bleiben.

»Komm, Serena, ich war ja eigentlich gerade dabei, dir etwas zu zeigen«, mischte Großmutter Storm Hawk sich ein. »Gleich hier drüben.«

Serena folgte ihr zu einer großen, mit feinen indianischen Schnitzereien versehenen Holzkiste, die in der Ecke des kleinen Wohnzimmers stand. Aber es war offensichtlich nicht die Kiste oder etwas, das sich darin befand, das Großmutter Storm Hawk ihr zeigen wollte, sondern ein Foto, das an der Wand darüberhing.

Großmutter Storm Hawk nahm den Bilderrahmen behutsam an sich.

»Was?«, fragte Shane fassungslos. »Das willst du Reena zeigen?«

Großmutter Storm Hawk schenkte seinen Einwänden kein Gehör, sondern wandte sich mit ruhiger, einfühlsamer Stimme an Serena.

»Das ist unser Shane, als er drei Jahre alt war. War er nicht allerliebst, der kleine Junge?«

Serena blickte ihr über die Schulter und musterte das Foto. Es zeigt den kleinen Shane, der auf einem hölzernen Schaukelpferd saß und glücklich in die Kamera lachte. Seine Haare waren damals noch heller als heute, fast blond, aber sie konnte seine Gesichtszüge deutlich erkennen. Serena musste insgeheim zugeben, dass Shane wirklich ein süßes Kind gewesen war.

»Sehr niedlich«, sagte sie mit ernster Miene.

»Warum zeigst du Reena meine Kinderbilder?«, fragte Shane verärgert.

»Das muss dir nicht peinlich sein, Junge«, erwiderte

Großmutter Storm Hawk unbeirrt. »Ich wollte nur, dass Serena weiß, dass sie sich auf hübsche Kinder freuen darf, falls sie sich entschließen sollte, mit dir zusammen zu sein.«

Shane sah seine Großmutter mit offenem Mund an.

»Wovon redest du?«, fragte er irritiert. »Reena und ich sind kein Paar.«

»Im Augenblick vielleicht noch nicht«, erwiderte Großmutter Storm Hawk. »Aber wenn der entscheidende Moment kommt, dann soll sie doch alle Vor- und Nachteile kennen.«

»Mutter«, warf Helen jetzt ein. »Ich dachte, wir hatten verabredet, dass du dich nicht mehr in Shanes Liebesleben einmischst?«

»Aber ...«, begann Großmutter.

»Aber«, unterbrach Shane sie, »vielleicht hast du vergessen, dass Reena die Schwester meines Freundes ist und dass mir diese Freundschaft sehr am Herzen liegt.«

»Das eine schließt das andere doch nicht aus«, murmelte Großmutter Storm Hawk.

»Und sie ist mindestens zehn Jahre jünger als ich«, warf Shane ein.

»Aber sie scheint nett zu sein und ist dazu auch noch sehr hübsch. Und Altersunterschied hat bei unserem Volk noch nie eine große Rolle gespielt.«

»Ich fühle mich wirklich sehr geehrt«, wandte Serena sich an die alte Dame. »Aber es hat ganz andere Gründe, warum wir zu dir gekommen sind.« Sie warf Shane einen auffordernden Blick zu.

»Das ist absolut richtig«, erklärte er schnell. »Es geht um Fabian. Er steckt in großen Schwierigkeiten. Wir müssen ihn unbedingt finden. Aber vielleicht setzen wir uns lieber. Es kann etwas dauern, bis alles erzählt ist.«

Dann berichtete er der Reihe nach von den Vorfällen der letzten Tage und den Schlussfolgerungen, die er und Serena daraus gezogen hatten. Er ließ nicht die kleinste Einzelheit aus. Er wusste, seine Großmutter konnte ihnen nur dann helfen, wenn sie sich ein komplettes Bild von ihrer Lage machen konnte.

Als er geendet hatte, legte sich bedächtiges Schweigen über das kleine Haus.

Schließlich war es Großmutter Storm Hawk, die das Wort ergriff.

»Ihr habt richtig gehandelt«, sagte sie ernst. »Ich werde die Schwitzhüttenzeremonie für euch durchführen. Gleich morgen früh bei Dämmerung. Es wäre unklug, unnötig Zeit zu verlieren.«

Serena war beeindruckt. Bevor Shane mit seinem Bericht begonnen hatte, war Großmutter Storm Hawk so … sie wusste nicht, wie sie es ausdrücken sollte, irgendwie so *gewöhnlich* gewesen. Serena hatte beinahe daran gezweifelt, dass sie die richtige Person für ihr Problem aufgesucht hatten. Aber nun waren alle ihre Zweifel beseitigt. Die alte Dame hatte die ganze Zeit über still auf dem Sofa gesessen und aufmerksam zugehört, ohne Shanes Bericht zu unterbrechen. Und jetzt lag etwas so Würdevolles in ihrem Gesicht, dass sie in Serenas Augen das absolute Ebenbild einer weisen alten Indianerin darstellte.

Auch Shanes Mutter Helen nahm die Angelegenheit sehr ernst.

»Wer soll bei der Zeremonie der Hüter des Feuers sein?«

»Du, Tochter«, erwiderte die alte Dame. »Shane sagte, dass man ihnen höchstwahrscheinlich hierher gefolgt ist. Ich denke, es ist am besten, wenn die Sache unter uns bleibt.«

Helen nickte.

»Fahren wir gleich?«, fragte sie. »Bevor es dunkel wird?«

»Ja, sofort.«

»Ich mache alles bereit«, erklärte Helen und verließ das Wohnzimmer.

»Ich danke dir, Grandma«, sagte Shane lächelnd und drückte ihre Hand. Dann fügte er hinzu: »Mein Wagen läuft nicht gut. Er schafft es womöglich nicht bis da draußen.«

»Wir können meinen nehmen«, erklärte Großmutter Storm Hawk.

»Wohin fahren wir?«, erkundigte Serena sich.

»Grandma führt ihre Schwitzhüttenzeremonien nie auf diesem Grundstück durch, das ist zu nahe am Dorf«, erklärte Shane. »Draußen auf dem Reservat gibt es einen Ort, der besser dafür geeignet ist. Er ist einsam gelegen, gleich neben einem kleinen Bach. Dort steht Grandmas Schwitzhütte.«

»Ich verstehe. Kann ich irgendwie behilflich sein?«

»Du kannst meiner Mutter beim Zusammensuchen der Decken und Lebensmittel helfen, wenn du magst«, meinte Shane. »Ich mache inzwischen Grandmas Auto startklar.«

»Und ich gehe kurz mit Tiger vor die Tür, damit er sein Geschäft machen kann. Er wird nämlich hierbleiben und das Haus bewachen, bis wir zurück sind«, sagte Großmutter Storm Hawk.

Keine halbe Stunde später saßen sie alle in Großmutter Storm Hawks weinrotem Buick Regal und fuhren in Richtung Reservat. Das Gefährt war Baujahr 1976 und so antik, dass es fast schon ein Klassiker war. Serena strich schmunzelnd mit der Hand über die weinroten Samtbezüge der Sitzbank. Samt im Auto, das war eine neue Erfahrung für sie. Eine gehäkelte Decke lag über der Lehne der Rückbank, und wie schon in Shanes Wagen hingen auch in Großmutter Storm Hawks Buick *dream catcher* und Federn am Rückspiegel.

Shane fuhr. Großmutter saß auf dem Beifahrersitz neben ihm, Serena und Helen hatten es sich auf der Rückbank bequem gemacht.

»Wozu dienen die Federn und der *dream catcher*?«, erkundigte Serena sich, während der Wagen über die entlegenen, unbefestigten Wege des Reservats ruckelte. »Sind es Glücksbringer?«

»Nicht ganz«, erwiderte Shane. »Es sind Schutzsymbole. Sie wünschen uns eine gute und sichere Fahrt.«

Serena nahm dies stillschweigend zur Kenntnis und beschloss, sich irgendwo einen solchen *dream catcher* für ihren eigenen Wagen zu Hause in Deutschland zu besorgen.

Sie blickte aus dem Fenster. Die Sonne war bereits untergegangen, aber es strich noch immer ein warmer Wind über die Prärie. Er wehte durch das geöffnete Fenster zu ihnen herein und brachte einen süßlichen, sehr wohlriechenden Duft mit sich.

»Was ist das, was ich da rieche?«

»Das ist Sweetgrass«, erklärte Großmutter Storm Hawk lächelnd. »Es wächst überall auf der Prärie. Gefällt dir der Duft?«

Serena atmete tief ein.

»Sehr.«

»Das ist gut«, meinte Shane. »Denn an dem Ort, an dem die Schwitzhütte steht, wächst ein ganzes Fußballfeld voll davon. Wir sind übrigens gleich da.«

Kurz darauf parkte Shane den Wagen vor ein paar hohen Büschen in der Nähe eines kleinen Bachlaufs. Die Schwitzhütte konnte Serena nicht sehen.

»Sie ist dort drüben, hinter der nächsten Gruppe von Büschen, direkt am Bach«, erklärte Shane ihr. »Wir schlagen unser Lager hier auf, in gebührendem Abstand, aber nah genug, um alles vorbereiten zu können. Alles andere wäre respektlos.«

Sie stiegen aus dem Wagen, und Shane, Helen und Großmutter Storm Hawk machten sich sofort an die Arbeit.

»Die Zeremonie wird morgen früh bei Dämmerung beginnen«, erklärte die Großmutter Serena. »Bis dahin gibt es noch viel vorzubereiten.«

»Normalerweise bereitet Grandma ihre Schwitzhüttenzeremonien schon Tage vorher vor«, erzählte Shane, während sie die Sachen aus dem Wagen luden. »Jetzt müssen wir alles noch heute Abend erledigen, bevor es zu dunkel wird, um zu sehen, was wir machen.«

»Sag mir, wie ich helfen kann«, bat Serena.

Shane hielt inne.

»Ich weiß nicht recht. Alles muss stimmen. Das Feuer muss genau richtig aufgebaut werden, die Schwitzhütte mit frischen Salbeizweigen ausgelegt werden ...«

»Ich könnte mich um das Abendessen kümmern«, bot Serena an. »Ich bin eine gute Köchin.«

Shane lächelte sie dankbar an.

»Das wäre toll. Ich bin am Verhungern!«

»Okay, dann fange ich gleich an«, meinte Serena, erfreut, etwas Nützliches tun zu können.

Sie fand den kleinen Propangaskocher und stellte ihn

auf. Dann kramte sie in dem Weidenkorb, den Helen mit Lebensmitteln vollgepackt hatte, um zu sehen, was sie zubereiten konnte. Nach einer Bestandsaufnahme stellte Serena enttäuscht fest, dass sie sich mit Sandwiches, Pancakes aus der Fertigpackung und Kaffee begnügen würden müsste. Sie seufzte. So eine Mahlzeit war zwar unter ihren Umständen sehr praktisch, aber es gehörte wirklich kein großes Talent dazu, sie zuzubereiten. Und sie hätte Shane so gerne gezeigt, was für eine gute Köchin sie war.

Sie kniete sich ins hohe Gras und begann mit der Arbeit. Die Sandwiches waren schnell hergerichtet, und auch das Kochen des Kaffeewassers machte ihr keine Probleme. Aber der Pancake-Mix ... Serena starrte auf die Packung. Die Anleitung war auf Französisch.

Mit der Packung in der Hand ging sie zu Shane.

»Ist das Essen schon fertig?«, fragte er hoffnungsvoll.

»Nicht ganz.«

»Ich dachte, du wärst so eine gute Köchin«, zog Shane sie auf.

Serenas Gesicht verfinsterte sich.

»Nicht auf Französisch«, zischte sie ärgerlich und hielt ihm die Packung entgegen.

Er warf einen kurzen Blick auf die Schachtel. »Ich kann alles verstehen.«

»Weil du Französisch sprichst.«

»Nein«, meinte er lachend und drehte die Schachtel um. »Weil auf der anderen Seite alles auf Englisch steht. Kanada ist zweisprachig, das hast du doch gewusst, oder?« Er zwinkerte ihr zu und wandte sich wieder seiner Arbeit zu.

Serena stand einen Augenblick verblüfft da und drehte die Schachtel in ihren Händen. Es stimmte, die eine Seite war mit der englischen Anleitung bedruckt und die andere mit der französischen. Sie schnaubte laut auf. Da hatte sie sich vor Shane ja mal wieder schön lächerlich gemacht.

Helen kam an ihnen vorbei und hielt kurz inne, den Arm voll wildem Salbei.

»Mach dir nichts draus. Das ist uns allen auch schon passiert – manchen sogar mehr als einmal.« Sie machte eine Kopfbewegung in Shanes Richtung. »Und, Serena«, setzte sie noch hinzu, bevor sie weiterging, »Shane gibt nur denjenigen Spitznamen und neckt nur die Leute, die er sehr mag.«

Eine halbe Stunde später hatten sie ihre Mahlzeit beendet und saßen zusammen im Gras. Es war jetzt so dunkel, dass Serena lediglich vage Schatten auf der Prärie erkennen konnte, aber der Wind war noch immer warm.

Shane hatte Campinglampen aufgestellt, die mit Batterien betrieben wurden. Ein Lagerfeuer war zu dieser Jahreszeit sehr gefährlich, denn das lange Gras war von der Sommerhitze knochentrocken. Morgen früh würden sie ein Feuer anzünden müssen. Die Zeremonie verlangte es. Aber Shane wollte kein unnötiges Risiko eingehen.

»Die Sandwiches und Pancakes waren sehr gut«, wandte Shane sich an Serena. »Danke.«

»Gern geschehen. Möchte jemand Kaffee? Ich habe noch mal welchen gekocht.«

»Nein, danke«, sagte Helen. »Ich kann wahrscheinlich sowieso schon nicht schlafen. Ich trinke sonst nie so spät am Abend Kaffee. Aber ich lege mich jetzt trotzdem hin. Es war ein langer Tag.« Sie griff nach ein paar Decken und streckte sich in der Nähe der Büsche auf der Erde aus.

»Ich gehe auch schlafen«, sagte Großmutter Storm Hawk. »Morgen ist ein großer Tag.«

»Ich nehme noch eine Tasse«, erklärte Shane und hielt Serena seinen Becher entgegen.

Sie schenkte ihm ein und setzte sich zu ihm.

Plötzlich begann Shane zu husten.

»Hast du dich verbrannt?«, fragte sie erschrocken.

»Nein, nein. Der Kaffee ist nur sehr stark geworden.«

»Du hast mir doch selbst gesagt, ich solle den Kaffeefilter ein zweites Mal verwenden.«

»Das schon«, gab Shane zu. »Aber ich habe nicht gesagt, dass du eine neue Ladung Kaffeepulver dazugeben sollst.«

»Oje, das habe ich wohl falsch verstanden«, entschuldigte Serena sich.

»Ist schon gut. Ich hatte nur nicht damit gerechnet.« Dann fügte er hinzu: »Es ist schon spät. Komm, lass uns auch schlafen.«

Serena nahm ihre Decken und folgte Shane. Er wählte ebenfalls einen Platz ganz in der Nähe der Büsche, und Serena wusste auch sofort weshalb. Hier war es vollkommen windstill.

Sie hüllten sich in ihre Decken. Serena legte sich vorsichtshalber dicht neben Shane. Wer wusste schon, ob sich nicht vielleicht einer dieser Kojoten in der Nacht in ihr Lager schlich. Und Serena erinnerte sich nur zu gut an die haarsträubenden Laute, die sie ausstoßen konnten.

»Kann ich die Lampe ausschalten?«, fragte Shane.

»Ja«, erwiderte Serena. Aber so sicher, wie sich ihre Stimme anhörte, war sie sich nicht. Sie hatte noch nie unter freiem Himmel übernachtet.

Das Dunkel der Nacht schien alles um sie herum zu

verschlucken. Nur die vielen fremdartigen Laute der Prärie drangen immer lauter an ihr Ohr: das Rauschen des Windes im hohen, trockenen Gras; das Zirpen der Grillen; die Schreie der Nachtvögel. Einzig der Duft des Sweetgrass, der noch immer in der Luft lag, entspannte sie ein wenig.

Serena drehte sich unruhig von einer Seite auf die andere. Schließlich legte sie sich auf den Rücken. Der Mond war noch nicht aufgegangen, aber über ihr funkelten Tausende Sterne.

Nie zuvor hatte sie so viele Sterne gesehen. In der Stadt mit den vielen elektrischen Lichtern und den Hochhausschluchten war dafür einfach kein Platz. Hier draußen in der Prärie hingegen schien sich der Sternenhimmel bis ins Unendliche zu erstrecken. Der Anblick war so gewaltig, dass es Serena beinahe Angst machte.

»Die Sterne scheinen zum Greifen nah«, flüsterte sie ehrfürchtig. »Ich komme mir mit jeder Sekunde, die ich zu ihnen emporschaue, kleiner und unwichtiger vor.«

»Schau nicht zu lange zu ihnen auf«, sagte Shane leise. »Sonst verlierst du dich in ihnen.«

»Shane?«

»Mmmh.«

»Ich habe heute mit eigenen Augen gesehen, wie wichtig dir deine Familie ist. Du behandelst deine Mutter und deine Großmutter mit so viel Respekt, und du kümmerst dich so fürsorglich um sie. Und die beiden sind sehr stolz auf dich.« Sie zögerte einen Augenblick, dann setzte sie hinzu: »Ich bin sehr froh, für eine Weile daran teilhaben zu dürfen.«

»Nicht nur für eine Weile, Reena«, flüsterte Shane. »So lange, wie du möchtest.«

Ein glückliches Lächeln erschien auf Serenas Gesicht.

»Shane?«

»Mmmh.«

»Was ist mit der Zeremonie? Sollte ich nicht ein paar Einzelheiten darüber erfahren?«

»Das hat Zeit bis morgen«, erwiderte er schläfrig.

Serena schwieg einen Augenblick.

»Shane, ich kann nicht einschlafen.«

»Das merke ich.« Er tastete im Dunkeln nach ihrer Hand und hielt sie fest. »Vielleicht geht es so besser.«

»Viel besser«, murmelte sie.

Dann war sie auch schon eingeschlafen.

XII

Fabian trommelte ungeduldig mit den Fingern auf dem Lenkrad. Als er in Manitoba nach der scheinbar unendlichen und monotonen Strecke um die Großen Seen zu guter Letzt die offene Prärie erreicht hatte, hatte er erleichtert aufgeatmet. Endlich konnte er wieder den Horizont sehen, konnte sehen, was neben dem Highway lag – nicht nur Felsen und Bäume. Doch diese Erleichterung war nur allzu schnell in ein erneutes Gefühl von Gleichgültigkeit übergegangen. So weit das Auge sehen konnte, gab es nichts außer Prärie. Riesige Heuwiesen und Weizenfelder erstreckten sich zu beiden Seiten des Highways. Bäume von ansehnlicher Größe standen nur entlang der Flussläufe und in der Nähe der Farmhäuser. Zwischen den enormen Feldern zogen sich lediglich lange Reihen von Büschen und Sträuchern, die als Windfang dienten. Manchmal unterbrachen sanfte Hügel die Eintönigkeit, doch meistens war das Land einfach nur flach wie ein Teller.

Fabian hatte Manitoba hinter sich gelassen und Saskatchewan durchfahren. Die Landschaft hatte sich nicht verändert. Nur die Cypress Hills an der Grenze zu Alberta boten eine kurze, aber sehr angenehme Abwechslung. Im Großen und Ganzen musste er jedoch zugeben, dass es ihm nicht aufgefallen wäre, dass er

Alberta erreicht hatte, hätte es an der Grenze kein Schild gegeben.

Doch es gab ein Schild, und Fabian wurde ungeduldig. Er war beinahe am Ziel.

In Lethbridge wechselte er auf den Highway 3, der der US-Grenze nach Westen folgte. Aber schon bald ließ er auch diesen Highway hinter sich.

Die letzten Sonnenstrahlen tauchten den Himmel in goldenes Licht, als die Felsformationen endlich vor ihm am Horizont auftauchten.

Fabian lächelte. Bald, sehr bald, würde er gefunden haben, wonach er suchte. Und dann stand der Durchführung seiner Aufgabe nichts mehr im Weg.

»Reena, wach auf.« Shane schüttelte sie sachte an der Schulter. »Es ist an der Zeit für die Zeremonie.«

Serena war sofort hellwach. Es war noch dunkel, aber Shane hatte eine Lampe angeschaltet. Rauch lag in der Luft.

Sie setzte sich auf und sah sich um. Die anderen hatten ihre Schlafstätten schon fortgeräumt. Helen und Großmutter Storm Hawk waren nirgends zu sehen.

»Wie lange seid ihr schon auf den Beinen?«, erkundigte Serena sich und rieb sich fröstelnd die Arme. Der Wind war jetzt doch recht kühl.

»Eine gute Dreiviertelstunde.«

»Warum habt ihr mich nicht eher geweckt?«, fragte sie, während sie schnell ihre Schuhe anzog.

Shane sah sie nachsichtig an.

»Dafür gab es keinen Grund.« Dann fügte er beiläufig hinzu: »Hast du gut geschlafen?«

»Ich muss gut geschlafen haben. Ich kann mich nicht

daran erinnern, auch nur einmal aufgewacht zu sein.« Da fiel ihr etwas ein, und sie hielt inne. »Aber ich hatte wieder diesen Traum …«

»Etwas war anders in dieser Nacht?«, fragte Shane gespannt.

Sie blickte auf und sah ihn nachdenklich an.

»Ich kann es nicht genau sagen. Ich habe das bestimmte Gefühl, dass etwas anders gewesen ist. Aber ich bin mir nicht sicher, was es war.«

»Denk nach«, forderte Shane sie auf. »Es ist wichtig.«

Serena versuchte, sich an den Traum zu erinnern. Schließlich schüttelte sie ärgerlich den Kopf.

»Es tut mir leid. Aber je mehr ich mich bemühe, mir alle Einzelheiten wieder ins Gedächtnis zu rufen, desto mehr scheint die Erinnerung daran zu verbleichen.« Sie starrte ins Leere. »Ich versuche mit aller Kraft, die Erinnerung einzufangen, aber sie ist wie eine Wolke. Ich kann sie nicht greifen.«

»Ist schon gut.« Shane legte seine Hand auf ihre Schulter. »Jage ihr nicht nach. Aber es zeigt mir einmal mehr, wie kraftvoll und wichtig dieser Traum für dich ist. Keine Sorge, die Antwort wird sich dir im richtigen Augenblick zeigen.« Er stand auf. »Die Dämmerung wird bald einsetzen. Lass uns zur Schwitzhütte hinübergehen. Mom und Grandma sind schon dort.«

»Shane«, warf Serena hastig ein und packte seinen Arm. »Wegen der Zeremonie …«

Er lächelte ihr beruhigend zu.

»Mach dir keine Gedanken. Grandma wird dir gleich sagen, was du wissen musst.«

Shane nahm die Lampe, und sie machten sich auf den Weg. Es war nicht weit. Schon hinter der nächsten Gruppe von Büschen tauchte die Schwitzhütte auf. Vor ihr brannte ein helles Feuer. Die hohen Flammen stiegen in den dunklen Morgenhimmel auf und erleuchteten alles, was sich in ihrem unmittelbaren Umkreis befand. Neben dem Feuer stand Helen. Sie hob grüßend die Hand, sagte jedoch nichts. Sie konzentrierte sich allein auf ihre Aufgabe.

Der Anblick war beides zugleich: geheimnisvoll und unheimlich.

»Meine Mutter ist heute die Hüterin des Feuers«, erklärte Shane leise. »Schon vor über einer Stunde hat sie die Scheite, die wir gestern Abend vorbereitet haben, entzündet. Siehst du die Steine, die unten in den Kohlen liegen?« Er deutete in die Flammen.

»Ja«, antwortete Serena ebenso leise.

»Es sind Lavasteine. Wir haben das Holz so aufgeschichtet, dass sich die Lagen von Scheiten und Steinen abwechseln. Die Steine müssen glühend heiß werden. Das Holz brennt herunter, und die Steine sacken nach unten. Nun liegen sie auf einem Bett aus glühenden Kohlen. Moms Aufgabe ist es, dafür zu sorgen, dass das Feuer nicht ausgeht und die Steine so heiß wie möglich bleiben.«

»Wofür werden die Steine gebraucht?«, fragte Serena zaghaft.

»In der Mitte der Schwitzhütte befindet sich eine kleine Mulde. Dort werden die Lavasteine zu Beginn der Zeremonie hineingelegt. Dann, wenn alle Beteiligten in der Hütte sind, wird der Zugang abgedichtet und Wasser wird auf die Steine gegossen. Heißer Dampf entsteht.«

Wie in einer Sauna, dachte Serena. Laut fragte sie: »Werden wir alle in die Schwitzhütte gehen?«

Shane schüttelte den Kopf.

»Mom bleibt hier draußen am Feuer, denn es muss

während der Zeremonie viermal Luft in die Schwitzhütte gelassen werden. Dazu wird die Plane, die den Eingang verdeckt, jedes Mal kurz angehoben.« Er sah sie nachdenklich an. »Die meiste Zeit über wird es in der Schwitzhütte stockdunkel sein.«

Serena wusste, was dieser Blick sagen wollte. Würde sie der Hitze und der Dunkelheit gewachsen sein?

»Ich verstehe«, sagte sie und schob ihre Schultern zurück. Wenn Shane und Großmutter Storm Hawk es in der Schwitzhütte aushalten konnten, dann würde sie es auch schaffen.

Shane lächelte sie stolz an, dann sprach er kurz mit seiner Mutter.

Serena warf einen abwägenden Blick auf die Schwitzhütte. Sie sah aus wie eine umgedrehte Schüssel, die mitten aus der Prärie herausragte. Sie war etwa einen Meter zwanzig hoch und vielleicht vier Meter breit. Serena konnte von außen nicht erkennen, woraus das Gerüst gefertigt war. Aber als Abdeckung waren alte Militärplanen benutzt worden. Sie reichten bis auf den Boden herab. Darüber waren einige Wolldecken gebreitet. Im Inneren war alles dunkel. Der schmale Eingang starrte Serena entgegen wie ein schwarzes Loch. Ihr sträubten sich die Nackenhaare, und sie konnte in jedem Winkel ihres Körpers die Aufregung fühlen, die sie bei dem Gedanken an die bevorstehende Zeremonie empfand.

Großmutter Storm Hawk trat aus der Schwitzhütte. Ihre weiche, melodische Stimme durchschnitt die Morgenstille.

»Die erste Dämmerung zeigt sich am Horizont. Lasst uns beginnen.«

Helen brachte einen Stapel großer Handtücher.

»Der heiße Dampf soll unseren Geist und unseren

Körper reinigen«, erklärte Großmutter Storm Hawk Serena. »Zieh dich aus und wickel dich in dieses Handtuch.«

»Nimm auch allen Schmuck und deine Armbanduhr ab«, fügte Helen leise hinzu. »Sonst wird dich das Metall verbrennen.«

Serena nahm das Handtuch mit zitternden Händen entgegen. Was würde sie im Inneren der Hütte erwarten?

Hinter einem Busch zog sie sich aus und wickelte sich in das Handtuch. Der Morgenwind war kühl, und sie fröstelte. Sie war froh, als sie wieder am Feuer stand.

Shane und Großmutter Storm Hawk warteten bereits auf sie. Die beiden hatten sich ebenfalls für die Zeremonie bereitgemacht. Großmutter hatte wie Serena ihren Körper mit einem der großen Handtücher umwickelt. Shane hingegen trug seines um die Hüften geschlungen.

»Kommt«, forderte Großmutter Storm Hawk sie nun auf. Dann verschwand sie im Dunkel der Schwitzhütte.

Shane folgte ihr.

Serena holte tief Luft. Dann duckte sie sich und schlüpfte ebenfalls in die Hütte.

Der Schein des Feuers warf tanzende Schatten an die Wände. Serenas Augen hatten sich bald an die Dunkelheit gewöhnt, und sie konnte einige Umrisse erkennen. Shane saß dem Eingang gegenüber im Schneidersitz, Großmutter Storm Hawk zu ihrer Rechten. Ein Blecheimer, bis zum Rand gefüllt mit dem klaren Wasser des Baches, und eine Schöpfkelle befanden sich neben ihr.

»Erweise den Geistern Respekt, indem du sie begrüßt, bevor du weitergehst«, forderte Großmutter

Serena auf. »Wir sagen üblicherweise: An alle meine Verwandten.«

Serena sprach die Worte nach.

»Nun folge dem Kreis im Uhrzeigersinn und setz dich mir gegenüber«, bat Großmutter.

Die Hütte war so niedrig, dass Serena nur auf allen vieren kriechen konnte. Vorsichtig tastete sie sich am Rand der Hütte entlang. Überrascht stellte sie fest, dass ihre Füße nicht nackte Erde berührten. Belaubte Zweige waren in einer dicken Schicht auf dem Boden ausgebreitet. Sie knackten leise, als Serena über sie hinwegkroch, und verströmten einen würzigen Duft. Serena erkannte sofort, was es war: wilder Salbei. Sein herrliches Aroma hatte sie noch von ihrem Besuch am Bear Butte in Erinnerung.

Sie setzte sich an den ihr zugewiesenen Platz. Shane und Großmutter Storm Hawk konnte sie nur schemenhaft erkennen.

»Wir sind hier, um zu beten«, fuhr Großmutter Storm Hawk in ihrer sanften Weise fort. »Der Dampf soll uns reinigen, Körper *und* Geist. Ich werde ein Lied singen, das die Geister auf unsere Zeremonie aufmerksam machen und sie wohlgesinnt stimmen soll. Für die heutige Zeremonie verlangen die Geister das Kojoten-Lied. Anschließend wollen wir der Reihe nach unsere Bitten um Hilfe an *Great Spirit* schicken. Es kann in Form eines Liedes oder eines gesprochenen Gebetes sein. Es ist nicht wichtig, wie es sich anhört, ob wir gute Sänger oder gute Redner sind. Es kommt allein darauf an, dass die Worte von Herzen kommen und vor allem, dass sie hörbar sind.«

Serena wurde jetzt doch etwas mulmig zumute. Und was hatte es bloß immer mit den Kojoten auf sich? Die schienen ihr wirklich überallhin zu folgen. Aber da kam auch schon Shanes Mutter, und Serena blieb keine Zeit, sich zu wundern.

Helen legte mit Hilfe einer Mistgabel zwanzig rotglühende Lavasteine in die Mulde in der Mitte der Schwitzhütte. Dann zog sie die Planen und Decken fest über den Eingang.

Die Steine ließen das Innere der Schwitzhütte in einem unheimlichen Licht aufleuchten. Serenas Herz pochte laut, so laut, dass sie dachte, die anderen könnten es bestimmt hören.

Plötzlich zischte es laut. Und dann noch einmal. Serena zuckte unwillkürlich zusammen.

Das Glühen erlosch, und es war stockdunkel. Großmutter Storm Hawk hatte Wasser auf die Steine gegossen.

Brennend heißer Dampf stieg auf.

Großmutter goss mehr Wasser nach.

Der Dampf breitete sich in Sekundenschnelle bis in den hintersten Winkel der Schwitzhütte aus. Und hatte es Serena eben noch gefröstelt, so war ihr mit einem Mal glühend heiß.

Großmutter Storm Hawk begann leise, eine monotone Weise in indianischer Sprache zu singen, die Serena sehr berührte. Nun warf sie etwas auf die Lavasteine, und kleine Funken sprühten auf. Ein herber Geruch breitete sich in der Schwitzhütte aus. Es war wilder Salbei. Das Kraut räucherte tüchtig.

Serena wusste nicht, wozu der Rauch diente, wagte aber nicht, Großmutter zu unterbrechen. Sie saß einfach schweigend da und wartete ab, was als Nächstes geschehen würde.

Großmutter goss unter lautem Zischen mehr Wasser auf.

Es war jetzt so heiß, dass Serenas Haut zu brennen

schien, viel heißer als in jeder Sauna, in der sie je gewesen war.

Großmutter gab nun etwas anderes auf die Steine. Etwas, das große Mengen würzigen, beißenden Rauch verursachte. Serena erkannte den Geruch. Es war Zeder. Im nächsten Augenblick stieg ein Reizhusten in ihrer Kehle auf. Serena schloss die Augen. Sie versuchte verzweifelt, sich zu beherrschen und sich ganz auf die Zeremonie zu konzentrieren, aber es wollte ihr nicht gelingen. Sie hüstelte ein paarmal. Plötzlich setzte ein starkes Schwindelgefühl ein, und in ihrem Kopf begann sich alles zu drehen. Die Kombination aus Kräutern und Hitze war mehr, als sie verkraften konnte.

Ich werde ohnmächtig, dachte Serena in Panik. *Ich werde ohnmächtig werden und in dieser Hitze verbrennen, und niemand wird es merken!*

Plötzlich fühlte sie, dass jemand ihre Hand ergriff und sie fest drückte.

Shane!, dachte sie. *Er hat mich nicht vergessen.* Sie begann sich zu entspannen und bekam auch wieder besser Luft. Erleichtert atmete sie auf.

Großmutter goss wieder Wasser nach und begann erneut, ein indianisches Lied zu singen. Zuerst nur ganz leise. Aber je länger sie sang, desto lauter wurde sie. Am Ende erfüllte ihre Stimme nicht nur das Innere der Schwitzhütte, sondern wurde vom Morgenwind weit hinaus auf die Prärie getragen, wo die Vögel in ihren Gesang einstimmten.

Serena wusste nicht, wie lange sie bereits in der Schwitzhütte saßen oder wann Großmutter Storm Hawk zu singen begonnen hatte. Die Zeit schien sich ins Unendliche zu erstrecken.

Serena verfiel in eine Art Trance. Sie nahm kaum mehr wahr, was um sie herum geschah. Auch die Hitze, die wie Feuer auf ihrer Haut brannte, der Schweiß, der in Strömen über ihren Körper floss, und der aromatische Rauch, den Großmutters Kräuter verbreiteten, schienen nur noch wie durch einen dichten Schleier in ihr Bewusstsein vorzudringen.

Schließlich verstummte Großmutters Gesang. Serena erinnerte sich kaum noch daran, was als Nächstes geschehen sollte. Alles, was sie fühlte, war eine glühende Hitze – sie ging nicht nur von den Lavasteinen in der Mitte der Hütte aus. Der gesamte Boden schien in Flammen zu stehen.

Dann hörte sie plötzlich, wie Shane leise, aber deutlich zu singen begann.

Das Gebet!, schoss es ihr durch den Kopf. *Es ist an der Zeit für das Gebet.*

Sie wartete, bis Shane geendet hatte, schloss die Augen und versuchte, noch weiter in sich zu kehren. Tief in ihrem Herzen suchte sie nach den richtigen Worten, die auszudrücken vermochten, wonach sie suchte und warum sie Hilfe brauchte.

»Lieber Gott«, flüsterte sie schließlich. »Und *Great Spirit.* Ich liebe meinen Bruder Fabian sehr. Er steckt in schlimmen Schwierigkeiten. Bitte helft mir. Helft mir, ihn zu finden.« Dann fügte sie hinzu: »Und bitte helft mir, den Traum zu verstehen, den ich jede Nacht habe, seit ich am Bear Butte gewesen bin. Ich weiß, er soll mir etwas sagen, etwas mitteilen. Aber ich verstehe nicht, was es ist. Ich danke euch von ganzem Herzen.«

Sie hatte keine Ahnung, ob das, was sie gesagt hatte, für eine Zeremonie dieser Art angebracht gewesen war. Aber es waren die Worte, die ihr in den Sinn gekommen waren. Die einzigen Worte. Erst jetzt, als sie es überdachte, fiel Serena auf, dass sie ihr Gebet auf Ungarisch gesprochen hatte – in der Sprache ihrer

Mutter, der Sprache, die sie als Kind als erste gelernt hatte.

In der Schwitzhütte herrschte absolute Stille. Dann, ganz unerwartet, begann Großmutter Storm Hawk zu sprechen. Ihre klare Stimme war voll Sorge.

»Ich habe die Stimmen der Geistwesen vernommen. Und sie verdichten sich alle zu einem: einer Warnung. Shane und Serena, ihr habt etwas begonnen, das nicht mehr aufzuhalten ist. Mit eurer Suche nach Fabian habt ihr etwas den Kampf angesagt, und dieses Etwas kennt keine Gnade. Es ist ein uraltes Böses, das nie geendet hat und das uns alle vernichten kann.« Sie hielt einen Augenblick inne. »Es gibt kein Zurück für euch, ihr müsst weitermachen, müsst zu Ende führen, was ihr begonnen habt. Aber seid auf der Hut: Einzig die Gnade von *Great Spirit* kann euch zu Erfolg verhelfen. Der kleinste Fehler wird euch euer Leben kosten. Doch nun geht. Die Zeit drängt.«

Serena hörte, dass Großmutter sich erhob. Kurz darauf wurde die Plane beiseitegeschoben, die den Eingang verdeckte, und Catherine Storm Hawk ließ die beiden jungen Leute in der Schwitzhütte zurück.

»Schaffst du es allein nach draußen?«, fragte Shane leise.

Serena wandte sich vorsichtig zu ihm um. In ihrem Kopf drehte sich noch immer alles, aber das wollte sie sich unter keinen Umständen anmerken lassen.

»Natürlich«, erwiderte sie mit fester Stimme. Doch sie war froh, dass sie sowieso nur auf allen vieren durch die Öffnung nach draußen kriechen konnte.

Dort musste sie ihre Augen vor dem Licht des frühen Morgens abschirmen. Nach der absoluten Dunkelheit der Schwitzhütte war selbst dieses sanfte Licht zu grell.

Serena richtete sich langsam auf. Der Wind strich

wie eine eisige Hand über ihren heißen Körper und ihr schweißnasses Haar. Gänsehaut überkam sie. Sie konnte nicht sagen, ob der Wind sich nur deshalb so kalt anfühlte, weil sie aus der Hitze der Schwitzhütte kam, oder ob es tatsächlich kühler geworden war. Sie schwankte leicht.

Shane kam ihr zu Hilfe und stützte sie.

»Du hast dich toll gehalten«, flüsterte er.

Ein würziger Duft umgab ihn. Der Geruch des wilden Salbeis und der Zeder haftete noch immer an seinem Körper. Serena atmete tief ein. Das herbe Aroma der Pflanzen war auch tief in ihre Haut eingedrungen. Sie würde diesen Duft nicht so schnell vergessen.

»Übrigens, Shane, danke, dass du eben in der Schwitzhütte meine Hand gehalten hast. Das hat mir sehr geholfen. Ich dachte schon, ich würde ohnmächtig werden.«

Shane sah sie überrascht an.

»Ich habe deine Hand nicht gehalten, Reena.«

Erneut überkam Serena eine Gänsehaut, und sie erschauerte.

»Ein Sturm zieht auf«, stellte Helen besorgt fest. »Ich habe unsere Sachen bereits ins Auto geladen. Zieht euch schnell an. Es ist besser, wenn uns das Unwetter nicht hier draußen überrascht. Ich kümmere mich um das Feuer.«

Serena blickte sich verwundert um. Im Wetterbericht hatte es doch geheißen, dass heute die Sonne scheinen sollte. Und auch vorhin, als die Zeremonie begonnen hatte und die Dämmerung angebrochen war, war der Himmel klar gewesen. Jetzt türmten sich schwarze, verhängnisvolle Wolken am Horizont auf. Serena blickte auf ihre Armbanduhr. War wirklich nur eine gute halbe Stunde verstrichen, seit sie die Schwitzhütte betreten hatte? Und war diese dunkle Sturmfront tatsächlich innerhalb dieser kurzen Zeit aufgetaucht?

Sie sprang in ihre Klamotten und saß schon wenige Minuten später im Wagen. Sie war erleichtert, aus dem Wind herauszukommen. Wenigstens für den Augenblick.

Shane lenkte den Wagen, so schnell es ihm möglich war, über die unbefestigten Wege zurück zum Ort. Niemand sprach ein Wort. Serena klammerte sich an den Griff über der Wagentür und zwang sich, nach vorn zu schauen. Die dunklen Wolken verhießen nichts Gutes, besonders nicht nach den warnenden Worten von Großmutter Storm Hawk – aber daran wollte sie jetzt nicht denken.

Da fiel ihr plötzlich etwas Wichtiges ein. Sie lehnte sich nach vorn und hielt sich an der Kopfstütze des Fahrersitzes fest, um bei der holprigen Fahrt nicht das Gleichgewicht zu verlieren.

»Shane«, rief sie aufgeregt, »als wir eben in der Schwitzhütte unsere Gebete gesprochen haben, da war mir, als hätte ich vor meinem geistigen Auge einen Kojoten gesehen. Er schien mich einen Augenblick anzuschauen, dann ist er hinter einem großen Felsen verschwunden.« Shane warf ihr durch den Rückspiegel einen überraschten Blick zu.

»Dann gibt es keinen Zweifel«, meinte er. »Auch ich habe den Kojoten gesehen. Und ich habe den Ort wiedererkannt. Ich weiß jetzt, wo wir nach Fabian suchen müssen.«

»Wo?«

»Im Writing-on-Stone Provincial Park.«

»Writing-on … was?«

»Ich erkläre es dir später«, sagte Shane, ohne den Blick von der staubbedeckten Fahrspur zu nehmen.

»Wo ist dieser Writing-Park?«, erkundigte Serena sich.

»Writing-on-Stone«, erklärte Shane. »Der Park heißt Writing-on-Stone, und er liegt direkt an der Grenze von Alberta und Montana.«

»Montana?«, echote Serena. »Wie sollen wir da hinkommen? Dein Wagen muss doch in die Werkstatt.«

»Mir fällt schon etwas ein«, meinte Shane und riss den Wagen scharf nach rechts. Sie hatten die Asphaltstraße erreicht, die zurück ins Dorf führte.

Serena fiel unsanft gegen die hintere Wagentür.

»Bevor du auch nur eine andere Sache tust, muss ich Serena etwas Wichtiges zeigen. So viel Zeit bleibt euch«, warf Großmutter Storm Hawk ein.

»Schon gut, schon gut«, erwiderte Shane, obwohl ihm sein Gefühl sagte, dass sie sich sofort auf den Weg zum Writing-on-Stone Provincial Park machen sollten.

Er parkte den alten Buick vor dem Haus und half seiner Großmutter aus dem Wagen.

Als sie kurz darauf das Haus betraten, rannte Tiger ihnen freudig bellend entgegen. Großmutter tätschelte ihm geistesabwesend den Kopf.

»Komm, Serena«, forderte sie die junge Frau auf. »Es ist gleich hier im Wohnzimmer.«

Shane und Helen folgten den beiden. Sie blieben in der Tür stehen, neugierig zu erfahren, was so wichtig war, dass Großmutter es Serena unbedingt zeigen wollte, obwohl die Zeit so drängte.

»Dir sind vielleicht gestern schon die vielen Adler aufgefallen, die auf Bildern und als Figuren in unserem Wohnzimmer zu Hause sind«, wandte Großmutter Storm Hawk sich ohne Umschweife an Serena. »Der Adler spielt bei unserem Volk eine wichtige Rolle. Aber es ist nicht irgendein Adler. Es ist der Golden

Eagle, dem diese hohe Position zukommt. Unser Volk verwendet bei Zeremonien und zur Herstellung von Kopfschmuck ausschließlich seine Federn.«

»Wie auf diesem Foto«, stellte Serena aufmerksam fest.

»Das hast du gut beobachtet«, sagte Großmutter Storm Hawk. »Der Mann auf diesem Foto trägt ein traditionelles *warbonnet*. Sieh nur, wie die Adlerfedern ganz gerade und aufrecht nach oben zeigen. Auch die roten Punkte an den Spitzen der Adlerfedern sind ein Erkennungsmerkmal unseres Stammes.«

Serena betrachtete das Foto näher. Es war ein modernes Farbfoto und zeigte einen jungen Mann in traditioneller Blackfoot-Aufmachung.

»Die Federn eines traditionellen *warbonnets* sind allesamt Schwanzfedern eines Golden Eagle«, erklärte sie. »Und der Besitzer musste sich jede einzelne von ihnen durch eine tapfere Tat verdienen.«

Großmutter Storm Hawk ging zu der hölzernen Kiste hinüber, die in der einen Ecke des Zimmers stand. Vorsichtig öffnete sie den Deckel. Die Kiste schien angefüllt mit Dingen, die ihr sehr am Herzen lagen. Behutsam schob sie ein paar Gegenstände zur Seite, bis sie gefunden hatte, wonach sie suchte.

Als sie sich Serena wieder zuwandte, hielt sie ein langes dünnes Päckchen in den Händen, das in weiches helles Leder eingeschlagen war.

Serena sah die alte Dame gespannt an.

Großmutter Storm Hawk schob das Leder bedächtig auseinander. Darunter kam eine lange braune Feder mit goldenen Flecken zum Vorschein. Die Feder eines Golden Eagle.

Serena stockte der Atem, so schön war die Feder. Aber nicht nur die Feder selbst, auch die wundervolle

Handarbeit, die jemand daran verrichtet hatte. Das untere Ende des Kiels war nämlich mit Leder umwickelt und mit Fransen verziert. Eine feine, großzügig angelegte Stickerei aus kleinen bunten Perlen vollendete die kunstvolle Arbeit.

»Diese Feder ist ein Familienerbstück und mehr als hundert Jahre alt«, erklärte Großmutter. »Bei unserem Volk wird der Golden Eagle *Pitau* genannt. Er symbolisiert Mut und Weisheit und wird als Botschafter für *Great Spirit* angesehen. Er ist der Behüter aller Dinge und schützt uns gegen das Böse – egal wie mächtig dieses Böse auch sein mag.« Sie hielt inne und blickte Serena eindringlich an.

Serena lief ein kalter Schauer über den Rücken. Sie wusste, was Großmutter ihr zu verstehen geben wollte – und es machte ihr Angst.

Egal wie mächtig dieses Böse auch sein mag. Großmutter musste die Situation für noch gefährlicher halten, als Serena angenommen hatte.

»Wenn Pitau am Himmel gesichtet wird«, fuhr Großmutter fort, »dann wird es als Zeichen dafür angesehen, dass im bevorstehenden Kampf Gerechtigkeit vollstreckt werden wird.«

Wieder dieser eindringliche Blick. Diesmal fing auch Shane ihn auf.

»Merke es dir gut, Kind«, sagte die alte Dame. »Und wenn Pitau sich dir zeigt, dann schöpf neue Hoffnung – selbst wenn alles aussichtslos erscheint.«

Großmutter Storm Hawk wickelte die Feder wieder ein und legte das lederne Bündel zurück in die Kiste. Doch als sie sich erneut zu Serena umwandte, waren ihre Hände nicht leer. Eine andere Feder lag in ihrer Hand.

»Der Besitz einer Adlerfeder ist heutzutage offiziell

nur denjenigen gestattet, die eine *status card* haben, die bezeugt, dass die Person einer indianischen Nation angehört«, erklärte sie ruhig. »Aber die Aufgabe, die vor euch liegt, ist zu gefährlich, und die Gegner sind zu mächtig. Ihr braucht alle Hilfe, die ihr bekommen könnt. Shane besitzt bereits eine Adlerfeder. Doch ich möchte, dass auch du eine bei dir trägst.«

Sie reichte Serena die Feder. Sie glich der, die sie Serena gerade gezeigt hatte, nur war sie sehr viel kleiner.

»Aber ich habe mir die Feder nicht verdient«, sagte Serena zaghaft. »Ich habe keine tapfere Tat begangen.«

Großmutter Storm Hawk lächelte.

»Zunächst einmal muss ich dir sagen, dass du dich täuschst. Aus Deutschland aufzubrechen und auf einen anderen Kontinent zu fliegen, um in der Fremde ganz allein nach dem verschwundenen Bruder zu suchen, der in dir unbekannten Schwierigkeiten steckt – das allein ist eine sehr tapfere Tat. Aber eine Feder wie diese muss nicht unbedingt durch eine tapfere Tat verdient werden, denn sie gehört nicht zu einem *warbonnet*. Sie darf von bestimmten Personen unter bestimmten Umständen an jemanden verschenkt werden, der besonderen Schutz oder besondere Hilfe braucht. Du siehst, auch unter diesem Aspekt bist du geeignet. Du darfst die Feder also getrost annehmen.«

Serena blickte zu Shane hinüber. War es ihm recht, dass seine Großmutter sie so sehr in die Gebräuche seines Stammes miteinbezog?

Er lächelte ihr aufmunternd zu.

Daraufhin streckte Serena zaghaft die Hand aus und nahm die kleine Adlerfeder ehrfürchtig entgegen.

»Ich danke dir sehr, Catherine.«

XIII

»Was ist das für ein Geräusch?« Serena fuhr erschrocken zusammen. Etwas donnerte mit großer Wucht auf das Hausdach.

»Regen«, sagte Großmutter Storm Hawk und spähte aus dem Fenster. »Und Wind. Das Unwetter hat uns erreicht.«

Serena ging zu ihr und schaute ebenfalls nach draußen. Dicke Tropfen fielen vom Himmel, und die schlanken Espen bogen sich wild im Wind.

»Ich verstehe das nicht«, murmelte sie. »Der Wetterbericht hat überhaupt nichts von Regen gesagt, geschweige denn von einem Unwetter. Ganz im Gegenteil, es sollte heute den ganzen Tag über sonnig sein.«

»Regen ist gar nicht gut«, sagte Shane. »Komm, Reena, wir müssen hier weg, bevor die Senke sich in ein Schlammbad verwandelt!«

»So schnell wird das doch wohl nicht geschehen?«

»Du hast eben noch kein Unwetter in der Prärie erlebt«, meinte er.

Plötzlich begann Tiger laut zu bellen und rannte aufgeregt zur Haustür. Er beruhigte sich überhaupt nicht wieder.

Großmutter schob die Gardine vorsichtig ein Stück zur Seite und spähte erneut aus dem Fenster.

»Jemand hatte sich dort hinter den Büschen versteckt«, bemerkte sie. »Zwei Männer in dunklen Anzügen. Der Regen muss sie aufgescheucht haben.« Sie warf Shane einen vielsagenden Blick zu.

»Zwei Männer in dunklen Anzügen? Ich weiß, wer das ist«, meinte Shane. »Komm, Reena, jede Sekunde zählt.« Er zog sie zur Haustür.

»Shane, warte!«, rief Serena. Auch sie konnte sich denken, wer die Männer waren. »Wir können doch unmöglich mit diesen Typen im Schlepptau nach Writing-on-Stone fahren. Sollte Fabian wirklich dort sein, dann führen wir sie direkt zu ihm. Außerdem haben wir kein Auto. Hast du das vergessen?«

Der Wind wurde immer stärker. Er heulte jetzt wie eine Furie um das kleine Holzhaus. Serena spürte, wie er an den dünnen Wänden riss.

»Können wir uns deinen Wagen ausleihen, Grandma?«, bat Shane.

Der Regen trommelte mittlerweile so stark auf das Blechdach des Hauses, dass Serena Schwierigkeiten hatte, seine Worte zu verstehen.

»Könnt ihr«, erklärte seine Großmutter bereitwillig.

Shane lächelte sie schon dankbar an, als sie noch hinzufügte: »Aber nur, wenn ihr Tiger mitnehmt.«

»Wie bitte?« Shane starrte seine Großmutter fassungslos an. »Was sollen wir denn mit dieser Sofadekoration unterwegs anfangen? Die Sache ist ernst. Tiger wird uns nur im Weg sein!«

Großmutters Miene verdunkelte sich.

»Ich weiß, wie ernst die Situation ist. Deswegen sollt ihr Tiger ja mitnehmen. Und nur damit du es endlich weißt, Junge: Tiger ist viel mehr als eine Sofadekoration.« Sie funkelte Shane ärgerlich an. »Es bleibt dabei: Entweder ihr nehmt Tiger mit, oder ihr sucht euch ein anderes Auto.«

»Grandma …«, begann Shane, einen beinahe verzweifelten Ausdruck im Gesicht. Aber Serena löste das Problem für ihn. Kurzerhand hob sie den kleinen Hund hoch und griff nach ihrer Tasche.

»Tiger kommt mit«, erklärte sie. »Catherine, Helen, habt vielen Dank für alles.« Dann öffnete sie die Haustür. Eine Windböe wehte herein und ließ Serena frösteln.

»Reena, ich bitte dich!«, rief Shane ihr nach.

»Du hast gesagt, wir dürfen keine Zeit verlieren«, meinte sie. »Dann tu es auch nicht.«

Sie ließ Shane stehen und lief mit Tiger auf dem Arm durch den heftigen Regensturm zu Großmutters altem Buick. Sie riss die Fahrertür auf und sprang hinters Lenkrad.

»Du sitzt hier«, erklärte sie Tiger und schob ihn in die Mitte der Sitzbank.

Da erschien Shane neben ihr.

»Rück rüber«, rief er durch den Sturm und drängte sich hinters Lenkrad. »Ich fahre.«

Serena war kaum auf den Beifahrersitz gerutscht, als Shane auch schon Gas gab. Serena griff nach Tiger und nahm ihn schützend auf den Schoß.

Shane schoss die nasse, unbefestigte Einfahrt viel schneller hinunter, als es angebracht gewesen wäre. Der Wagen schlitterte im Schlamm gefährlich von einer Seite zur anderen.

Serena klammerte sich erschrocken an den Türgriff und drückte Tiger an sich. Sie warf einen flüchtigen Blick aus dem Rückfenster. Die Einfahrt war kaum wiederzuerkennen. Die Wagenreifen hinterließen tiefe Spuren in der aufgeweichten Erde. Viel tiefer, als sie vermutet hatte.

Aber Serena sah noch etwas anderes.

»Shane, der schwarze Hummer ist hinter uns«, rief sie entsetzt. »Er kommt immer näher!«

»Wir haben die Senke fast erreicht«, erklärte Shane. »Jetzt wird es ernst. Kommen wir da durch, dann haben wir eine Chance, ihnen zu entkommen.«

»Fahr doch schneller!«

»Es geht nicht.«

Sie erreichten die Senke. Es stand bereits eine Menge Wasser darin.

Serena blickte sich nach dem Hummer um. »Worauf wartest du?«

Shane musterte das Wasser und schüttelte entmutigt den Kopf. »Es wäre ein Wunder, wenn Grandmas Wagen es da durchschaffen würde.«

Aber sie hatten keine Wahl. Shane trat aufs Gaspedal und drückte es ganz durch. Der alte Buick flog förmlich in die Senke hinunter und schaffte die ersten paar Meter recht gut. Aber dann blieb er stecken.

Mit laut pochendem Herzen starrte Serena aus dem Rückfenster. Der Boden der Senke glich einem kleinen Teich. Die Wagenreifen mussten mehr als halbhoch im Wasser stecken. Und oben am Rand der Senke tauchte in diesem Augenblick der Hummer auf.

Shane legte den Rückwärtsgang ein und gab Gas. Dann wechselte er in den ersten Gang und gab erneut Gas. Er wiederholte diese Handgriffe immer und immer wieder, ohne Pause. Der Wagen schaukelte ruckartig vor und zurück. Schlamm spritzte in hohem Bogen. Shane musste die Scheibenwischer einschalten, um etwas sehen zu können.

»Was machst du?«, schrie Serena entsetzt.

»Vielleicht hast du es noch nicht bemerkt«, rief Shane ärgerlich, »aber wir sitzen fest! Der Wagen ist zu tief gelagert, die Reifen greifen nicht.«

»Oh Gott!«, rief Serena. »Shane, der Wagen läuft voll Wasser, und da kommt der Hummer!«

Shane hatte keine Zeit, darauf einzugehen. Er versuchte verzweifelt, den Wagen wieder freizubekommen.

»Komm schon, komm!«, schrie er. »Wir müssen es schaffen!«

»Shane, der Hummer fährt die Senke hinunter, und das Wasser steigt immer höher!« Serenas Hosen waren bis über die Knöchel nass von dem Wasser, das von draußen in den Wagen eindrang. Ihre Hände waren feucht von kaltem Schweiß. Ihr Magen krampfte sich unwillkürlich zusammen.

Tiger fing an, aufgeregt zu bellen und befreite sich aus Serenas Arm. Er sprang am Handschuhfach hoch und kratzte daran. Das Geruckel des Wagens warf ihn zu Boden. Ohne zu zögern, sprang er zurück auf den Sitz, schüttelte das Wasser aus seinem Fell und warf sich erneut gegen das Handschuhfach. Er kratzte wild daran herum – und wurde wieder zu Boden geworfen.

»Tiger, hör auf damit!«, rief Serena irritiert und versuchte, ihn einzufangen. Jetzt war wirklich keine Zeit zum Spielen. Aber der kleine Hund knurrte sie feindselig an. Er kratzte noch einmal am Handschuhfach. Diesmal sprang es auf. Ein Dutzend Postkarten fielen in Serenas Schoß.

»Sieh nur, was du angestellt hast, Tiger«, schimpfte Serena und versuchte, die Karten aufzusammeln.

Mit einem Mal hielt sie inne. Die Postkarten hatten allesamt das gleiche Motiv: einen Golden Eagle.

»Pitau«, flüsterte Serena verwundert. Dann weiteten sich ihre Augen. »Pitau«, rief sie laut und hielt Shane die Karten hin. »Pitau!«

»Natürlich, Pitau!«, rief Shane, ohne von seinen Versuchen, das Auto aus dem Schlamm zu befreien, abzulassen. Er begann, ein leises Gebet zu sprechen. »Pitau, wir bitten dich um Hilfe. Wir brauchen deine Kraft, deine Weisheit. Hilf uns aus unserer Not. Hilf uns, unseren Verfolgern zu entkommen.«

Serena schickte ebenfalls ein leises Gebet an Pitau. Sie hatte gerade geendet, als ein merkwürdiges Gefühl über sie kam. Sie drehte sich um und spähte aus dem schlammbespritzten Rückfenster. Was sie sah, ließ ihr den Atem stoppen.

»Sie kommen, Shane! Sie kommen! Die Kerle rasen geradewegs auf uns zu. Oh Gott, wir werden sterben!« Der riesige Hummer würde sie jede Sekunde rammen und den alten Buick Regal in eine zerquetschte Blechdose verwandeln – mitsamt allen Insassen.

Tiger bellte laut und sprang aufgeregt auf der Sitzbank umher. Serena kniff die Augen zusammen und bereitete sich innerlich auf den unvermeidlichen Zusammenstoß vor. Wieder und wieder flüsterte sie: »Pitau.«

Dann geschah etwas vollkommen Unerwartetes: In dem Augenblick, in dem der Hummer die unter Wasser stehende Senke erreichte, fanden die Reifen des Buick plötzlich Halt auf dem verschlammten Boden. Der Wagen machte einen Satz nach vorn und schoss aus dem Schlamm heraus.

»Wow!«, schrie Shane erstaunt, während er den Wagen aus der kleinen Senke steuerte. »Wir haben es tatsächlich geschafft!« Am Rand der Senke hielt er an und öffnete die Wagentür, um das Wasser hinauszulassen.

»Wir sind nicht tot?« Serena öffnete vorsichtig die Augen.

»Nein«, rief Shane. »Pitau hat uns gerettet!«

Tiger bellte kurz auf.

»Ich hätte nie gedacht, dass ich es einmal sagen würde«, meinte er kopfschüttelnd, »aber hier kommt es: Danke, Tiger. Du hast uns gerettet. Du hast uns an Pitau erinnert! Du bist also doch keine bloße Sofadekoration.« Er tätschelte liebevoll den Kopf des Terriers.

Serena konnte es kaum fassen. Sie waren dem Schlamm und den Typen im Hummer tatsächlich entkommen? Sie drehte sich um und schaute aus dem Rückfenster.

»Sie stecken im Wasser fest, Shane!«, rief sie begeister, ein Lächeln der Erleichterung auf dem Gesicht. »Der Hummer steckt vollkommen fest!«

Shane warf einen Blick in den Rückspiegel. Auch auf seinem Gesicht war Erleichterung zu sehen.

»Pitau hat uns mehr gegeben, als wir erbeten haben«, stellte er dankbar fest. »Wir sind nicht nur aus der Senke entkommen, sondern sind auch die finsteren Typen fürs Erste los.«

In diesem Moment schlug eine Kugel in den Stamm des Baumes ein, neben dem Shane den Buick angehalten hatte.

»Sie schießen auf uns!« Serena duckte sich instinktiv. Ihr Gesicht war kreidebleich. Tiger schmiegte sich an sie. Er dachte, sie wollte mit ihm spielen.

Shane trat aufs Gaspedal, und der Buick sauste davon. Doch sobald sie die Straße erreicht hatten, die ins Dorf führte, verlangsamte er das Tempo.

»Wir müssen es unter allen Umständen vermeiden aufzufallen«, erklärte er sachlich.

»Und was wird aus deiner Mutter und deiner Großmutter?«, fragte Serena besorgt, während sie die Hauptstraße entlang nach Süden fuhren. Sie drückte Tiger an sich.

»Mach dir keine Gedanken«, beruhigte Shane sie. »Die beiden werden nicht im Haus sitzen und darauf warten, dass diese Kerle zurückkommen, um Informationen aus ihnen herauszuquetschen.«

»Aber wie wollen sie ihnen entkommen? Der einzige Weg vom Haus zur Straße führt durch die Senke. Und dort sitzen die Männer in ihrem Hummer.«

»Die Senke ist die einzige Möglichkeit, um mit dem Auto zur Straße zu gelangen«, erklärte Shane lächelnd. »Zu Fuß gibt es viele Wege.«

»Aber die Männer sind bewaffnet und …«

»Lass es gut sein, Reena«, bat Shane. »Wenn ich dir sage, dass Mom und Grandma den Typen mit Leichtigkeit entkommen werden, dann kannst du dich darauf verlassen. Die beiden sind schließlich Indianerinnen, und Indianerinnen sind es seit vielen Jahrzehnten gewohnt, dass böse weiße Männer ihnen nachstellen. Sie wissen sich zur Wehr zu setzen.« Er schenkte ihr ein kurzes Lächeln. »Aber nun brauchen wir die Straßenkarte. Ich habe keine Ahnung, wie wir von hier nach Lethbridge kommen, und dorthin müssen wir, wenn wir den Writing-on-Stone Provincial Park erreichen wollen.«

Serena warf ihm einen zweifelnden Blick zu. Ihr Gefühl sagte ihr, dass Shane sehr wohl wusste, wie er von Gleichen nach Lethbridge kam, und dass die Navigationsaufgabe lediglich eine Ablenkung war, um sie auf andere Gedanken zu bringen. Wie dem auch sei, sie würde das Spiel mitmachen. Sie wollte an nichts denken. Nicht an die Typen im Hummer und wann oder wo sie wohl wieder auftauchen würden und auch nicht an den bevorstehenden Besuch im Writing-on-Stone Provincial Park und die Hoffnung, dort endlich auf Fabian zu stoßen. Also nahm sie die Straßenkarte aus dem Fach in der Beifahrertür und begann, sie zu studieren.

»Bist du verrückt? Steck die Pistole weg!«, fuhr Newman Sorrento an.

»Die wissen jetzt eh, dass wir hinter ihnen her sind, Boss. Warum sollen wir denen Nettigkeiten vorspielen?«, erwiderte Sorrento ärgerlich. »Ich bin es satt, immer nur im Wagen zu sitzen und hinter den zweien herzufahren. Dafür hättest du einen Babysitter engagieren sollen. Ich brauche Action.«

»Wir haben keine Ahnung, wo Fabian Eckehard sich zurzeit aufhält«, erklärte Newman, bemüht, ruhig zu bleiben. »Eckehards Schwester und Storm Hawk sind die Einzigen, die uns zu ihm führen können. Aber das können sie nur, solange sie nicht tot sind, Idiot.«

»Dann lass sie uns einfangen, Boss. Ich kitzele schon aus ihnen heraus, wo Eckehard steckt.«

»Ich glaube nicht, dass sie wissen, wo er sich aufhält, sonst hätte ich schon etwas unternommen.«

»Und *ich* glaube, sie machen uns etwas vor«, murmelte Sorrento.

»Lass mich eines ganz deutlich zum Ausdruck bringen«, meinte Newman kühl. »*Ich* bin hier der Boss, und *ich* sage, die beiden wissen nichts. Ist das klar?« Er warf Sorrento und Miller einen warnenden Blick zu.

»Wie kommen wir hier raus, Boss?«, fragte Miller unschlüssig. »Wie stecken vollkommen fest.«

»Das ist dein Problem«, meinte Newman teilnahmslos. »Lass dir etwas einfallen. Storm Hawk hatte nur den alten Straßenkreuzer, und er hat es auch geschafft.«

»Das war reines Glück, Boss«, murmelte Miller

und starrte auf das Wasser, unentschlossen, was er als Nächstes unternehmen sollte. Er war es gewohnt, auf geteerten Großstadtstraßen zu fahren. Mit überfluteten, verschlammten Wegen kannte er sich nicht aus.

»Verdammt noch mal!« Newman schlug mit der Faust auf das Armaturenbrett. »Wie konnte das passieren? Alles, was ihr tun solltet, war, die beiden zu beobachten und ihnen auf den Fersen zu bleiben, sobald sie mobil werden. Und jetzt, jetzt sind sie uns durch die Lappen gegangen. Wir wurden abgehängt – von einem uralten Buick Regal. Ich fasse es nicht!«

Miller duckte sich und hielt sich die Ohren zu. Sorrento verzog keine Miene.

»Wir könnten Storm Hawks Mutter und die alte Großmutter mal ein bisschen aushorchen«, schlug Sorrento vor. »Die beiden wissen bestimmt, wohin Eckehard und Storm Hawk unterwegs sind.«

Er zog ein langes Messer unter seiner Jacke hervor und säuberte sich mit der Spitze der Klinge die Fingernägel.

Newman drehte sich zu ihm um. Ein kaltes Lächeln lag auf seinem Gesicht.

»Und du glaubst, die beiden sitzen einfach in ihrem alten Holzhäuschen und warten, bis wir an ihre Tür klopfen? Miller und du, ihr habt es vermasselt. Ihr wurdet gesehen. Die beiden Vögel haben das Nest längst verlassen.«

Miller versuchte unterdessen, das Vor- und Rückwärtsmanöver nachzuahmen, mit dem Shane den Buick freibekommen hatte. Vergeblich. Das Wasser spritzte in hohem Bogen, aber die Reifen trafen nicht auf festen Grund.

»Ich kriege den Wagen nicht frei, Boss«, meldete er kleinlaut.

»Dann mach Ketten an die Reifen oder schieb die Kiste an oder pump das Wasser ab, es ist mir gleich«, erwiderte Newman wütend. »Wir müssen von hier verschwinden, und zwar schnell. Und wir können keinen Abschleppdienst rufen.«

Sorrentos Miene hellte sich plötzlich auf. Er klappte seinen Laptop auf und begann zu tippen.

»Was machst du?«, fragte Newman mürrisch.

»Wir haben unsere Verbindung zu Storm Hawk und der Eckehard verloren, weil wir am Wagen der alten Großmutter keinen Sender angebracht haben.«

»Das ist mir klar«, murmelte Newman ungehalten.

»Aber mit ein bisschen Glück«, fuhr Sorrento unbeirrt fort, »können wir die beiden trotzdem finden.«

Newman horchte auf. »Woran denkst du?«

»Wenn einer der beiden ein Handy dabeihat, das auf ihren Namen eingetragen ist, dann ...«

»Gute Idee, Sorrento. In deinem Kopf ist ja doch was drin«, meinte Newman. »Los, mach schon. Sieh, was du herausfinden kannst.«

Sorrento war einen Augenblick beschäftigt, dann blickte er triumphierend auf: »Volltreffer, Boss. Eckehard hat ihr Handy dabei. Die beiden fahren in südlicher Richtung. Ich nehme an, sie wollen zum Highway 3. In der Richtung gibt es keine andere größere Straße.«

Newman rieb sich erfreut die Hände.

»Rück rüber, Miller«, forderte er ihn auf. »Ich werde dir jetzt mal zeigen, wie man so eine Kiste fährt.«

»Kommt nicht in Frage«, sagte Serena energisch. »Ich höre mir die CD nicht noch einmal an.«

»Du bist wohl kein großer Johnny Cash-Fan«, beschwerte Shane sich.

»Nicht wenn gerade auf mich geschossen wurde«, sagte Serena ungehalten.

»Hey, das war nicht meine Schuld!«

Sie hatten Gleichen verlassen und fuhren auf einer schmalen Nebenstraße Richtung Süden. Tiger schlief zwischen ihnen, erschöpft von der frühmorgendlichen Aufregung.

»Wir müssen nachdenken, Shane. Wir müssen einen Plan ausarbeiten, irgendetwas, für den Fall, dass sich die Typen in ihrem blöden Hummer wieder an unsere Stoßstange hängen. Und mit *dieser* Art Musik kann ich mich nicht konzentrieren. Tut mir leid.«

»Ich kann mich immer viel besser konzentrieren, wenn ich Johnny Cash höre.«

»Wie alt sind wir?«, fragte Serena spöttisch. »Soll ich dir auch noch deine Lieblings-Nachos besorgen und dich füttern? Würde dir dann noch mehr einfallen?«

»Nachos brauche ich nicht mehr«, bemerkte Shane.

»Seit wann?«

»Seit heute morgen.«

Serena sah ihn abschätzend an. Er machte sich doch wohl nicht über sie lustig, jetzt, wo sie in einer so ernsten Situation steckten?

»Ehrlich«, meinte Shane lächelnd, »seit wir heute Morgen in der Schwitzhütte gewesen sind, habe ich keinerlei Hunger mehr.«

Er sah an ihrem Blick, dass sie ihm nicht glaubte.

»Freu dich doch. Du redest schließlich schon seit Tagen auf mich ein, wie ungesund solche Snacks sind.«

»Ich freue mich«, sagte Serena betont höflich. »Aber nun lass uns an unserem Plan arbeiten.«

»Ich bin ganz Ohr.«

»Also, wir sind uns ziemlich sicher, dass uns die Typen in dem schwarzen Hummer deshalb verfolgen, weil sie hoffen, durch uns auf Fabian zu stoßen.«

»Das stimmt.«

»Wir sind uns ebenfalls recht sicher, dass sie an meinem Mietwagen einen Sender oder Ähnliches angebracht haben müssen, mit dem sie uns leicht folgen konnten.«

»Genau.«

»Aber dein Wagen stand am Flughafen in Calgary. Er konnte eigentlich keinen Sender haben. Trotzdem haben uns die Typen bei dir zu Hause aufgespürt.«

»Ich möchte dich nicht enttäuschen, Reena«, warf Shane ein, »aber das lässt sich sehr einfach erklären. Sie haben unser Haus vielleicht ganz einfach unter Beobachtung gestellt. Ich meine, es war naheliegend, dass wir dort früher oder später auftauchen würden. Schließlich sind wir ganz in der Nähe, in Calgary, gelandet. Der Beobachter wartet, bis wir auftauchen, und sagt den Typen im Hummer Bescheid. Fertig. Oder aber sie haben jemanden beauftragt, einen Sender an meinem Wagen anzubringen. Die Marke und das Kennzeichen meines Wagens herauszubekommen ist für solche Leute ein Kinderspiel.«

Serena schwieg eine Weile.

»Meinst du, dieser Wagen hat auch einen Sender?«

»Schwer zu sagen. Das kommt darauf an, wie lange das Haus schon unter Beobachtung stand.«

»Vielleicht sollten wir nachschauen«, schlug Serena vor. »Für alle Fälle.«

»Außer Schlamm kann ich absolut nichts finden«, rief Shane eine Weile später. Er war an den Straßenrand gefahren und mit einer Taschenlampe bewaffnet unter das Auto gekrochen. Dort befand er sich noch immer.

Serena war ebenfalls ausgestiegen. Sie hielt Tiger im Arm. Bedächtig schritt sie um den Wagen herum und hielt nach allem Ausschau, was irgendwie verdächtig aussah.

»Gut, dass die Straße hier schon wieder trocken ist«, meinte sie. »Sonst hättest du es dort unten nicht so gemütlich.« Sie bückte sich und spähte unter den Wagen, um zu sehen, was Shane dort so lange machte.

»Was heißt hier gemütlich?«, fragte Shane mürrisch und kroch unter dem Wagen hervor. Seine Kleidung war schlammverschmiert. »Außerdem hat es hier nicht geregnet, Reena. Deshalb ist die Straße trocken. Sieh dir doch bloß den Staub an, der darauf liegt.«

»Aber in Gleichen hat es doch wie aus Eimern geschüttet, und wir sind noch nicht sehr weit gekommen«, meinte Serena verwundert.

»Die Geistwesen sind uns wohlgesinnt«, sagte Shane nur und stieg wieder ein.

»Wie meinst du das?«, fragte Serena, während sie ebenfalls in den Wagen stieg.

»Durch das Unwetter war es uns möglich, die Typen im Hummer fürs Erste abzuhängen«, meinte Shane. »Das wäre uns unter normalen Umständen nicht so einfach gelungen.«

Sie fuhren eine Weile schweigend weiter.

Serena legte die Straßenkarte zur Seite und kramte in ihrer Tasche nach einem Lippenpflegestift. Stattdessen fand sie ihr Handy.

»Sollen wir versuchen, Helen und Catherine anzurufen, um ihnen zu sagen, dass es uns gutgeht?«

Shane schüttelte den Kopf und meinte, ohne den Blick von der Straße zu nehmen: »Das dürfen wir unter keinen Umständen. Die Typen würden sofort herausfinden, von wo aus wir anrufen, und wir würden unseren Vorsprung verlieren. Aber mach dir keine Gedanken, die beiden werden spüren, wie es um uns bestellt ist. Besonders Grandma.«

»Aber sie würden sich bestimmt über einen kurzen Anruf freuen. Und wir bräuchten nirgendwo anzuhalten, ich habe mein Handy dabei.« Serena hielt das Telefon hoch.

»Du hast ein Handy dabei?«

»Sicher«, erwiderte Serena. »Du etwa nicht? Ich meine, man kann schließlich nie wissen, wann man es gebrauchen kann.«

»Mit dem Ding an Bord können sie sich den Sender sparen«, brummte Shane. »Ich habe meins mit Absicht zu Hause gelassen. Weißt du nicht, dass man dich überall finden kann, solange du dein Handy bei dir trägst?«

»Nein«, meinte Serena erstaunt und betrachtete das Gerät argwöhnisch.

Shane seufzte.

»Hat Fabian dir nichts Nützliches beigebracht? Hat er dir immer nur *Peter Pan* vorgelesen?«

Serena verzog das Gesicht zu einer Grimasse.

»Du müsstest die Batterie rausnehmen, um zu verhindern, dass man feststellen kann, wo du dich zurzeit aufhältst«, erklärte Shane ihr.

»Du willst mir erzählen, dass alle Handys eine Art Tracking-Gerät in sich haben?«, fragte Serena ungläubig.

»Genau. Es heißt zwar, dass es für Notfälle bestimmt ist, damit man Leute finden kann, die in Gefahr sind, die bedroht werden oder Ähnliches. Aber wie immer hat die Medaille zwei Seiten.«

Serena dachte einen Augenblick nach. Dann öffnete sie das Fenster der Beifahrertür.

»Was machst du jetzt wieder?«

»Ich schmeiße das Handy weg«, erklärte Serena ernsthaft. »Dann können uns die Typen nicht finden.«

»Halt, tu das nicht!«, rief Shane und griff nach dem Telefon, ohne den Wagen zu verlangsamen.

»Aber du hast doch gerade selbst gesagt, dass …«

»Ich weiß, was ich gesagt habe«, meinte Shane. »Aber überleg doch: Wenn wir das Handy einfach aus dem Fenster werfen, dann finden diese Typen ganz schnell heraus, dass wir es nicht mehr bei uns haben, und ihnen wird etwas anderes einfallen – zum Beispiel die Polizei nach unserem Wagen fahnden zu lassen.«

»Und was schlägst du stattdessen vor?«

»Das wirst du bald sehen«, meinte Shane. »Zunächst müssen wir nach Lethbridge. Wie weit ist es noch bis dorthin?«

Serena schlug die Straßenkarte auf.

»Wir sind hier vorbei, und hier«, murmelte sie und fuhr mit dem Zeigefinger den Weg nach, den sie bisher zurückgelegt hatten.

»Ich würde sagen, es sind noch ungefähr achtzig Kilometer«, meinte sie schließlich.

»Gut«, meinte Shane. »Dann müssten wir Lethbridge in weniger als einer Stunde erreichen.« Er schaltete seine Johnny Cash-CD ein und trat aufs Gas. Ein zufriedenes Lächeln lag auf seinem Gesicht.

XIV

Sie erreichten Lethbridge gegen halb neun. Auf den Straßen staute sich der morgendliche Berufsverkehr.

Serena ließ ihr Fenster herunter. Die Sonne schien von einem fast wolkenlosen Himmel, und draußen war es bereits sehr heiß. Tiger sprang auf, steckte neugierig den Kopf zum Fenster hinaus und ließ sich den Fahrtwind um die Nase wehen.

Shane steuerte den Buick auf den Parkplatz eines großen Einkaufszentrums und hielt an.

»Was wollen wir denn hier?«, fragte Serena.

Shane zog ein Multifunktionsmesser aus dem Gürtel.

»Uns unsichtbar machen«, sagte er grinsend. »Du bleibst hier und verhältst dich unauffällig, bis ich wieder da bin, verstanden? Und pass auf Tiger auf. Ich will nicht, dass er gerade jetzt zu bellen anfängt.«

Er stieg aus und ging zur Motorhaube. Dort hockte er sich hin und machte sich an etwas zu schaffen. Kurz darauf huschte er zu dem Wagen hinüber, der neben ihnen stand.

Er tauscht die Nummernschilder aus, ging es Serena auf. Sie glaubte ihren Augen nicht zu trauen. *Shane tauscht tatsächlich die Nummernschilder des Wagens aus – hier auf einem gutbesuchten Parkplatz und mitten am helllichten Tag!* Sie rutschte auf ihrem Sitz hin und her und sah sich nervös um.

»Bleib ganz ruhig, Tiger«, sagte sie immer wieder und tätschelte ihm den Kopf. Aber der kleine Hund gab gar keinen Mucks von sich; Serena versuchte vielmehr, sich selbst zu beruhigen.

Schließlich trat Shane an ihr Fenster und lehnte sich herein.

»Wirst du wohl damit aufhören, so schuldbewusst auszusehen?«, forderte er sie mit betont fröhlicher Miene auf. »Man wird uns wegen dir noch ertappen.«

»Shane ...« Aber er war schon wieder verschwunden, diesmal zum anderen Ende des Wagens. Serena beobachtete, wie er sich auch dort am Nummernschild zu schaffen machte.

Die Minuten schienen sich endlos hinzuziehen. Serena trommelte nervös mit ihren Fingern auf Tigers Rücken. Warum ging das nicht schneller?

Shane war gerade damit beschäftigt, das neue Nummernschild an den Buick zu schrauben, als ihn jemand ansprach.

Serena hielt den Atem an.

»Ärger mit dem Nummernschild, junger Mann?«, fragte ein älterer Herr mit Krawatte.

Shane richtete sich auf.

»Immer das Gleiche«, erklärte er und lächelte den Mann an. »Die Bullen haben sich beschwert, dass sie mein Nummernschild nicht lesen können, weil es zu verdreckt ist.«

»Ist mir auch schon passiert«, erklärte der Fremde. »Die finden immer etwas, woran sie rummäkeln können. Viel Glück.«

»Danke«, erwiderte Shane und zog die letzte Schraube fest.

Zu Serenas Entsetzen stieg der fremde Mann jetzt in den Wagen ein, der neben ihnen stand. In genau den

Wagen, dessen Nummernschilder Shane gerade eben gegen ihre eigenen ausgewechselt hatte.

Serena ließ sich tief in den Beifahrersitz gleiten und rechnete damit, dass dem Mann jede Sekunde auffallen würde, was mit seinem Wagen geschehen war.

Shane hingegen schlenderte gelassen zur Fahrertür und stieg ein.

Der Mann im anderen Auto setzte rückwärts aus der Parklücke und hupte ihnen freundlich zu.

Shane hob grüßend die Hand und lächelte. Dann startete er den Motor des Buick.

Serena richtete sich in ihrem Sitz auf und trommelte mit ihren Fäusten an seine Schulter.

»Hey, was soll das denn? Du solltest mir lieber gratulieren.«

»Mach das ja nicht noch einmal«, zischte sie und setzte Tiger zurück auf den Sitz. »Ich bin vor Schreck beinahe gestorben, als der Mann aufgetaucht ist. Wie kannst du nur so abgebrüht sein?«

»Was, das eben? Das war gar nichts. Ich habe viele Cousins auf dem Reservat. Und was dort vor sich geht, müsstest du mal sehen.«

»Lieber nicht.« Serena holte tief Luft. »Und nun?«

»Nun müssen wir nur noch das Handy auf den Weg schicken«, meinte Shane. »Dann können wir endlich nach Writing-on-Stone weiterfahren.«

Sie verließen den Parkplatz. Doch schon kurze Zeit später hielt Shane an einer großen Tankstelle an, direkt am Highway 3. Er parkte den alten Buick neben einem riesigen Lastwagen. Der Fahrer des Lasters stieg gerade aus und ging zum Tankstellengebäude hinüber.

»Wir brauchen mehr Luft in den Reifen«, erklärte Shane und stieg aus. »Bin gleich zurück.«

»Ich gehe mit Tiger Gassi«, meinte Serena und schickte sich an, ebenfalls auszusteigen.

Shane warf ihr einen warnenden Blick zu.

»Nicht jetzt. Bleib im Wagen.«

Serena sah ihm angespannt nach. Was hatte er nun wieder vor? Sie war sich sicher, dass mit den Reifen alles in Ordnung war.

Shane lief langsam am Tankstellengebäude auf und ab. Es sah aus, als suche er nach etwas. Serena fiel jedoch auf, dass er unauffällig in die Fenster des kleinen Restaurants spähte, das zur Tankstelle gehörte. Dann schlenderte er zum Luftdruckgerät hinüber und brachte es zum Wagen. Er lehnte sich ins Beifahrerfenster.

»Gib mir dein Handy.«

Sie reichte es ihm.

Shane steckte es in seine Hemdtasche. Dann ging er mit dem Luftdruckgerät von einem Reifen zum anderen und erweckte den Eindruck, als sei er sehr beschäftigt. Schließlich stellte er das Gerät am rechten vorderen Reifen ab. Diese Seite war nicht einzusehen. Der Buick befand sich zwischen Shane und der Tankstelle, und hinter ihm, zur Straße hin, stand der Laster.

Shane tat so, als mache er irgendetwas am Reifen. Als er sich wieder aufrichtete, schob er Serenas Handy ungesehen unter die Plane, mit der die Fracht des Lasters abgedeckt war.

Serenas Augen weiteten sich vor Erstaunen. Was für eine geniale Idee!

Shane nahm jetzt ganz in Ruhe das Luftdruckgerät auf und brachte es zurück an seinen Platz. Dann kam er zum Wagen und stieg ein.

»Plan geglückt. Dein Telefon wird jetzt einen kleinen Ausflug nach Vancouver machen.« Er grinste zufrieden.

»Und die Typen mit ihrem blöden Hummer auch. Das war eine tolle Idee!«, stellte Serena begeistert fest. »Und nun auf nach Writing-on-Stone. Bis dorthin sind es immer noch gute einhundert Kilometer.«

»Keine Sorge. Es ist noch früh am Tag. Und wir müssen unterwegs auch irgendwo anhalten, um Tiger rauszulassen und etwas zu essen. Ich bin am Verhungern.«

Als sie knappe zwei Stunden später gestärkt und mit ausreichend Trinkwasser und Proviant versorgt den Writing-on-Stone Provincial Park erreichten, war Serena nicht mehr zu bremsen. Aber es war nicht allein die Hoffnung, einen Anhaltspunkt zu Fabians Aufenthaltsort zu finden. Die weite, unberührte Prärie mit ihren grasbedeckten, sanften Hügeln zeigte sich hier von ihrer schönsten Seite.

»Sieh dir bloß diese Landschaft an!« Serena lief begeistert den Hügel hinauf, ihre Kamera im Anschlag. »Wo kommen diese Felsformationen und diese Klippen her?«, rief sie, als sie die urige Landschaft im Talgrund erblickte.

Shane lächelte über ihre Begeisterung. Er nahm Tiger auf den Arm und ging zu ihr.

»Die Hügel im Hintergrund sind die Sweetgrass Hills«, erklärte er. Er kannte sich im Park gut aus, denn er war schon oft hier gewesen. »Und der Fluss, der sich dort am Grund schlängelt, ist der Milk River. Die Felssäulen, Klippen und anderen Felsformationen sind am Ende der letzten Eiszeit entstanden. Eis, Schmelzwasser und Wind haben den Sandstein weggefressen, ausgehöhlt und untergraben.«

»Unglaublich.« Serena ließ die Kamera sinken.

»Die frei stehenden, säulenartigen Felsen, die dir so gefallen, werden übrigens *Hoodoos* genannt«, erläuterte Shane.

»Aber warum heißt der Park Writing-on-Stone?« Serena konnte sich kaum sattsehen an den grünen Hügeln und den charismatischen Felsformationen. Das Wasser des Milk Rivers glänzte silbern in der Sonne, und die reflektierenden Sonnenstrahlen tauchten die Sandsteinfelsen in ein goldenes Licht. Ein warmer Wind strich über die mit hohem Gras bedeckten Hügel. Er brachte den süßlichen Duft von Sweetgrass mit sich.

Auch Shanes Blick schweifte über die urige Landschaft, die sich vor ihnen ausbreitete.

»Es gibt im Park über fünfzig Plätze mit Tausenden von Felsenbildern. Manche sind auf die Felsen gemalt; sie heißen Piktogramme. Andere, die Petroglyphen, sind in den Felsen eingeritzt. Viele von ihnen werden auf neuntausend Jahre und älter geschätzt. Dieser Ort ist ein wichtiger Teil der Geschichte meines Volkes. Aber nicht nur Blackfoot haben diesen Platz aufgesucht, auch Shoshone und andere Stämme.«

»Gab es hier einmal ein Dorf?«, fragte Serena. »Oder sind die Menschen nur aus spirituellen Gründen hierhergekommen und anschließend weitergezogen?«

»Das kann man heute nicht mehr genau sagen. Aber es wurden mehrere Tipi-Ringe und auch ein *medicine wheel* gefunden, die darauf schließen lassen, dass es irgendeine Art von permanenter Siedlung gegeben hat.«

»Und was ist deine persönliche Meinung?«, erkundigte Serena sich und blickte ihn forschend an.

Shane lachte auf, als er ihre ernste Miene sah.

»Ich denke, dass zumindest eine Gruppe von Menschen ständig hier gelebt haben muss, um über den Ort zu wachen.«

»Ich kann mir gut vorstellen, warum diese Gegend eine besondere Anziehungskraft auf deine Vorfahren ausgeübt hat«, stellte Serena fest. »Ich meine, im Vergleich zum Rest der Prärie ist dieser Ort allein wegen seiner Beschaffenheit etwas ganz Besonderes.«

»Mein Volk glaubt seit jeher, dass kraftvolle Geistwesen in den Hoodoos und Klippen wohnen. Die Menschen kamen hierher, um den Geistwesen Gaben darzubringen und sie um Erfolg bei der Jagd oder anderen wichtigen Anliegen zu bitten. Und viele tun es heute noch.«

Sein Blick schweifte in die Ferne. »Stell dir vor, wie es damals hier ausgesehen hat«, fuhr er fort. »So weit das Auge reicht nur weite Prärie. Kein Haus. Keine Straße. Nichts. Hüfthohes Gras, das sich wie Wellen sacht im Wind wiegt. Sanfte grüne Hügel, auf denen Bisons grasen, die dir alles geben, was du zum Leben brauchst: Nahrung, Kleidung, Behausung, Waffen, Werkzeuge – einfach alles. Dort unten fließt der Milk River, der dir Wasser gibt. Und in den geschützten Senken zwischen den Klippen und Hoodoos gibt es Wild und Beeren im Überfluss.«

Ein wohliger Schauer überkam Serena. Die Landschaft vor ihren Augen begann zu verschwimmen. Stattdessen begann sie die Dinge zu sehen, von denen Shane erzählte.

»Ein Paradies auf Erden«, flüsterte sie.

Shanes Lachen holte sie in die Wirklichkeit zurück. »Das haben meine Vorfahren auch gedacht. Und so war es auch – bis der weiße Mann kam.«

Serena seufzte schwermütig auf. Dann meinte sie

gedankenversunken: »Wenigstens gibt es hier keinen Zaun wie am *medicine wheel* in Wyoming.«

»Nein, den gibt es hier nicht«, meinte Shane belustigt. »Hier gibt es sogar Wege, die nach unten und zwischen den Hoodoos und Klippen hindurchführen. Möchtest du sie dir aus der Nähe ansehen? Und auch die Felsenbilder?«

»Sehr gerne.« Serenas Blick fiel auf Tiger, der noch immer auf Shanes Arm saß. »Ich glaube, Tiger freut sich auch, wenn er sich ein wenig die Beine vertreten kann. Der Arme hat schließlich den ganzen Vormittag im Auto verbracht.«

Shane holte Tigers Leine aus dem Wagen. Dann folgten sie dem Trampelpfad, der sich zwischen den Klippen ins Flusstal hinabschlängelte. Der sandige Weg war mit kleinen Steinen und Felssplittern übersät, die unter ihren Schritten knirschten. Tiger zog an seiner Leine und schnüffelte aufgeregt an jedem Busch und jedem Felsen.

»Hier unten ist es viel heißer als oben auf den Hügeln«, stellte Serena fest und wischte sich den Schweiß von der Stirn.

»Der Sandstein hält den Wind ab und speichert die Wärme der Sonne«, erklärte Shane. »Deshalb ist es hier so warm.«

Serena legte den Kopf in den Nacken und besah sich den nächstgelegenen Hoodoo in seiner ganzen Größe. »Schau dir diesen Felsen an«, sagte sie beeindruckt. »Es sieht aus, als sei er voller Gesichter.«

»Stimmt«, sagte Shane und lächelte sie an.

Der Fels war tatsächlich in einer solchen Art und Weise von Wasser, Wind und Eis geformt und abgeschliffen worden, dass seine Oberfläche viele Vertiefungen und Erhebungen aufwies, die einem den Eindruck vermittelten, dass unzählige Gesichter auf einen herunterblickten.

Tiger schnüffelte interessiert am Fuße des Felsens. Plötzlich bellte er schrill auf.

Serena fuhr unwillkürlich zusammen. Dann entdeckte sie, was Tiger so aufgeregt hatte.

»Shane, eine Schlange!«, rief sie erschrocken und sprang ein paar Schritte zurück.

Shane zog lachend an Tigers Leine.

»Komm schon, du Dummerchen. Gegen die kannst du doch nichts ausrichten. Und Grandma wird mir für den Rest meines Lebens in den Ohren liegen, wenn dich eine Schlange zum Mittag verdrückt.«

Dann wandte er sich an Serena. »Keine Angst. Die wird dir nichts tun. Aber pass auf, dass du nicht aus Versehen auf eine trittst. Das mögen sie nämlich gar nicht.«

»Gibt es hier viele Schlangen?«

»Viele«, bestätigte Shane grinsend. »Sie haben es gerne warm, und die Felsen speichern die Wärme wie ein Backofen.«

Sie gingen weiter. Aber Serena achtete von nun an fast mehr auf den Weg – und mögliche Schlangen – als auf die großartigen Klippen und Felsformationen. Doch als sie die ersten Felsenbilder erreichten, vergaß sie ihre Sorge wegen der Schlangen. Die Bilder waren in den Sandstein geritzt und zeigten verschiedene Tiere und Strichmenschen mit großen runden Bäuchen.

»Warum sind die Menschen mit so riesigen Bäuchen dargestellt?«

»Das sind keine Bäuche«, lachte Shane, »sondern körpergroße Schilde.«

»Oh«, meinte Serena bloß. Jetzt erkannte sie auch

einen Speer, den die Figur in der erhobenen Hand hielt. »Stellt diese Szene einen Kampf dar?«

Shane nickte.

»Die Petroglyphen und Piktogramme erzählen eine Menge über das Leben der Menschen, die sie geschaffen haben. Manchmal zeigen sie aber auch die Geistwesen, die hier angetroffen wurden. Dies sind sehr frühe Petroglyphen«, erklärte er. »An anderen Stellen wirst du sehen, wie sich das Leben der Indianer verwandelt hat. Auf den jüngeren Bildern tragen die Krieger nämlich keine Schilde mehr, und die Jäger reiten auf Pferden.«

Serena hörte ihm gespannt zu.

»Doch nun komm weiter«, fuhr er fort. »Ich möchte dir etwas Bestimmtes zeigen.«

»Was denn?«, fragte Serena neugierig, während sie noch schnell ein paar Fotos von den Petroglyphen machte.

»Ich habe dir erzählt, dass ich während der Schwitzhüttenzeremonie einen Kojoten gesehen habe«, sagte Shane, als sie den Pfad entlanggingen. »Aber es war kein wirklicher Kojote. Es war ein Petroglyphen-Kojote. Und nicht nur irgendeiner, sondern ein Bild, das ich schon viele Male gesehen habe – hier, in Writing-on-Stone.«

Serena sah ihn interessiert an.

»Es gibt hier im Park, wie schon gesagt, viele tausend Petroglyphen«, fuhr Shane fort. »Aber es gibt eine bestimmte, deren Existenz nur meine Familie allein kennt.«

»Und die Petroglyphe zeigt einen Kojoten«, setzte Serena ahnungsvoll hinzu.

»Richtig.«

»Hast du Fabian je davon erzählt?«, fragte Serena

mit pochendem Herzen. »Oder sie ihm vielleicht sogar gezeigt?«

»Fabian ist einmal mit mir hier gewesen.«

»Wo ist die Stelle?« Serena blickte sich aufgeregt um.

»Dort drüben.« Shane deutete auf eine Felsformation im Westen.

»Bitte, lass uns schnell dorthin gehen. Vielleicht ist …« Sie brachte ihren Satz nicht zu Ende, sondern eilte in die Richtung, in die Shane gedeutet hatte.

»Warte!«, rief Shane und hob Tiger auf, der sich weigerte, auch nur einen Schritt schneller zu gehen.

Außer Atem erreichten sie die Felsen.

»Wohin jetzt?«

»Wir müssen dort hinaufklettern.« Shane zeigte auf einen schmalen Spalt im Felsen.

Serena kletterte los.

»Warte, ich muss Tiger da auch irgendwie hochkriegen«, rief Shane. »Ich wusste, dass du uns nur im Weg sein würdest«, brummte er den Terrier an. Dann klemmte er sich das Tier unter den Arm und folgte Serena.

Der Spalt führte sie zu einem versteckt gelegenen Plateau in den Felsen. Wilder Salbei wuchs auf dem kargen Grund. Es war hier noch windstiller und heißer als auf dem ausgeschilderten Pfad.

Serena sah sich suchend um.

»Es ist gleich hier drüben«, sagte Shane.

Er ging auf einen wilden Salbeibusch zu, der ganz dicht an einer der felsigen Wände wuchs. Serena hockte sich gespannt neben ihn und hielt den Atem an. Shane schob die langen Zweige des Busches vorsichtig auseinander. Sonnenlicht durchflutete diesen sonst schattigen Teil der Felswand und strahlte wie ein Scheinwerfer auf die versteckt gelegene Petroglyphe eines Kojoten.

Serena streckte ihre Hand aus und strich behutsam über die in den Felsen geritzte Abbildung.

»Wie schön«, murmelte sie beeindruckt.

In diesem Augenblick begann Tiger zu bellen. Es war ein schrilles, lautes Bellen. Er wandte sich in Shanes Arm und versuchte, auf den Boden zu springen.

Serena blickte sich alarmiert um.

»Ein Kojote«, flüsterte sie.

Das Tier stand auf einem Felsvorsprung, unmittelbar über ihnen.

Tiger bellte und bellte.

»Sei doch ruhig. Du wirst den Kojoten noch verärgern!«, zischte Serena. Tiger beruhigte sich endlich.

»Der Kojote wird uns nicht angreifen. Vergiss nicht, was uns auf die Idee gebracht hat, hierherzukommen, und was ich dir über Kojoten erzählt habe«, meinte Shane ruhig. Aber er ließ das Tier nicht einen Moment aus den Augen.

»Der Kojote ist zwischen den Felsen zu Hause«, fuhr er leise fort. »Er ist wie die Felsen: alt, weise, mit allen Wassern gewaschen. Er beherrscht alle Tricks, die die Menschen auf Lager haben, nichts ist ihm neu. Er kennt sich aus. Er leitet uns.«

Der Kojote stand regungslos da und blickte zu ihnen herunter. Er ließ sich auch durch Tigers Anwesenheit nicht aus der Ruhe bringen.

Serena hatte das Gefühl, als starre der Kojote bis tief in ihr Herz.

»Wir brauchen deine Hilfe«, flüsterte sie kaum hörbar.

Der Kojote begann, mit langen Schritten auf dem Felsvorsprung auf und ab zu laufen. Sein Schwanz war kerzengerade aufgerichtet, seine großen Ohren zeigten aufmerksam nach vorn. Sein Fell schien irgendwie aufgeplustert und glänzte im Sonnenlicht, als hätte jemand es gründlichst gebürstet. Das Tier sah mit funkelnden gelbgrünen Augen auf sie herab. Dann begann es zu tänzeln – die Beine steif und gerade, die Pfoten spitz nach unten gerichtet. Seine federleichten Schritte schienen sich nun beinahe zu überkreuzen – fast wie bei einer Ballerina.

»Es sieht aus, als würde er tanzen«, stellte Serena angetan fest.

»Ein Tanz ist eine mächtige Medizin«, raunte Shane. »Er symbolisiert Heilung und Rettung von der Katastrophe. In der Schwitzhütte versuchen wir, die Weisheit und Demut der Steine zu finden. Und sieh nur: Der Kojote besitzt sie. Er trägt sie in sich.«

»Der Kojote auf dem Felsen tanzt für *uns*«, flüsterte Serena ehrfürchtig. »Für unsere Heilung, für Erfolg bei der Aufgabe, die vor uns liegt.«

Dann wandte sie sich an Shane, die Augen weit aufgerissen vor Erstaunen. »Es ist wie eine Zeremonie, nicht wahr? Nur dass es hier kein Regentanz oder Hochzeitstanz ist. Es ist der *Tanz des Felskojoten.*«

»Der *Tanz des Felskojoten*«, wiederholte Shane. Er griff nach Serenas Hand und blickte sie eindringlich an. »Du bist wirklich etwas ganz Besonderes, Reena.«

Plötzlich blieb der Kojote stehen. Er legte den Kopf zurück und stieß ein markerschütterndes Heulen aus. Dann lief er zwischen die Felsen und war verschwunden.

Serena und Shane starrten auf den Felsvorsprung, auf dem der Kojote eben noch gestanden hatte.

Nun fiel Serenas Blick auf etwas, das bisher im Schatten des Vorsprungs verborgen gewesen war. Ein großer Rucksack.

»Es ist noch jemand hier«, flüsterte sie und deutete auf den Rucksack.

In diesem Augenblick wurden Schritte laut.

»Jemand kommt«, flüsterte Shane. Er schob Serena schützend hinter sich. Vielleicht hatten diese Typen im Hummer sie doch irgendwie gefunden. Aber seltsamerweise knurrte Tiger nicht.

Serena klammerte sich an Shanes Arm und spähte vorsichtig hinter seinem Rücken hervor. Sie hielt Tiger fest an sich gedrückt.

Die Schritte kamen immer näher. Offensichtlich rechnete die Person nicht damit, jemand anders anzutreffen, denn sie bemühte sich nicht im Geringsten, ihr Näherkommen zu verheimlichen. Aber das konnte genauso gut ein Trick sein.

Tiger knurrte noch immer nicht, stattdessen versuchte er, seinen Kopf in Serenas Armbeuge zu verstecken.

Ein langer Schatten fiel auf das Felsplateau, und jemand erschien in der Felsspalte.

XV

Serena stieß einen leisen Schrei aus.

Die Person blieb wie angewurzelt stehen.

Bevor Shane einen klaren Gedanken fassen konnte, stürzte Serena auch schon auf den Felsspalt zu.

»Fabian!«, rief sie mit tränenerstickter Stimme und schlang ihre Arme um seinen Hals.

»Serena« war alles, was er herausbrachte. Dann schloss er sie in seine Arme.

»Oh Fabian, wir haben überall nach dir gesucht!«, sagte Serena mit bebender Stimme. Dann konnte sie ihre Tränen nicht mehr zurückhalten. All die Anspannung der vergangenen Tage brach aus ihr heraus und mischte sich mit der grenzenlosen Freude und Erleichterung, die sie in diesem Moment empfand.

»Shane ... ich verstehe nicht ...«, begann Fabian verblüfft. »Was macht ihr beiden hier? Woher wusstet ihr, dass ich hierherkommen würde?«

»Das ist eine lange Geschichte«, meinte Shane. Er hatte endlich die Sprache wiedergefunden. »Und was machst du hier?«

»Du hast mir einmal gesagt, Shane, dass dies der Ort ist, an den die Menschen deines Volkes seit Urzeiten kommen, wenn eine wichtige Aufgabe vor ihnen liegt. Eine Aufgabe, von deren Gelingen das Wohl vieler abhängt. Deshalb bin ich hier: Ich habe den Geistwesen eine Gabe dargeboten und sie um Erfolg bei der Erfüllung meiner Aufgabe gebeten.«

»Meinen Angaben zufolge müssten wir die beiden jede Minute eingeholt haben, Boss«, meinte Sorrento vom Rücksitz des Hummers.

»Das hoffe ich sehr.«

»Ich frage mich, wo die hinwollen, Boss«, warf Miller ein.

»Nirgendwohin, wo es uns gefährlich werden könnte«, meinte Newman. »Wahrscheinlich nach Vancouver. Ansonsten gibt es hier ja nur ein paar kleine Kaffs.«

»Der Wagen müsste hinter der nächsten Kurve auftauchen, Boss«, berichtete Sorrento und starrte gebannt auf den Bildschirm seines Laptops.

»Na also.« Newman setzte sich erfreut auf. Seit Tagen folgten sie dieser Eckehard nun schon, und langsam hatte er es satt, im Auto zu sitzen. Sie hatten beinahe den ganzen Kontinent überquert, und von Fabian Eckehard gab es noch immer keine Spur. Die Auftraggeber wurden mit jeder Stunde nervöser, und sein Chef hing ihm andauernd im Nacken. Die ganze Sache war dabei, in eine Katastrophe auszuarten. Sein guter Ruf stand auf dem Spiel. Er musste Eckehard schnellstens finden, oder er war für die Branche erledigt.

Sie umfuhren die Kurve, und Newman blickte gespannt auf.

»Was ist das?«, rief er aufgebracht.

»Keine Sorge, Boss. Der Buick muss genau vor dem Laster sein«, meinte Sorrento.

»Dann überhol das verfluchte Ding, Miller!«

»Ich kann den hier nicht überholen, Boss. Der Highway ist zu kurvig. Ich kann nicht sehen, ob mir jemand entgegenkommt.«

»Überholen, habe ich gesagt«, fuhr Newman ihn an.

Mit angespannter Miene und ohne ein weiteres Wort zu verlieren, setzte Miller zum Überholmanöver an.

Die Straße machte an dieser Stelle eine scharfe S-Kurve. Der Hummer schoss unbehelligt an dem Laster vorbei. Aber da kam ihnen ein weiterer Lkw entgegen. Miller brachte den Hummer gerade noch rechtzeitig zurück auf die rechte Fahrspur.

Beide Lastwagenfahrer hupten laut.

Miller atmete erleichtert auf.

»Die Straße vor uns ist leer, Sorrento. Der Buick ist nirgendwo zu sehen!«, schrie Newman auf.

Sorrento fuhr sich aufgebracht durchs Haar und starrte auf den Bildschirm.

»Boss, wir entfernen uns immer weiter von dem Signal.«

»Was soll das heißen?«, brüllte Newman.

»Das heißt, dass wir den Buick schon überholt haben«, erklärte Sorrento kleinlaut.

»Wie soll das angehen? Wir haben lediglich den Laster überholt.«

»Das Signal muss vom Laster ausgehen«, stellte Sorrento fest.

»Wie kann das sein? Er hat Plastikrohre geladen, und außer dem Fahrer war niemand im Fahrerhaus.«

»Ich kann nur sagen, was ich auf dem Bildschirm sehe«, merkte Sorrento an.

»Halt den Wagen an, Miller«, befahl Newman.

»Und was dann, Boss?«

»Dann werden wir mal ein Wörtchen mit dem Lastwagenfahrer reden. Da kommt er schon.«

»Wir haben uns große Sorgen um dich gemacht, mein Freund.« Shane reichte Fabian die Hand, und die beiden Männer umarmten sich kurz.

Serena blickte forschend in Fabians Gesicht. Es war ihr geliebter Bruder, der vor ihr stand. Aber er war nicht mehr derselbe. Er hatte sich verändert, seit sie ihn vor drei Jahren zuletzt gesehen hatte.

»Dein Haar«, sagte sie und strich ihm liebevoll über das kurzgeschorene Haupt.

»Oh, das«, meinte Fabian, »das ist schon viel nachgewachsen, seit ich das Kloster verlassen habe.« Er fuhr mit der Hand über seinen Kopf. »Ich muss es wohl bald wieder schneiden lassen«, scherzte er.

In diesem Augenblick erkannte Serena, dass es nicht nur die äußerliche Veränderung war, die sie an Fabian wahrgenommen hatte. Er hatte sich auch innerlich verändert. Nicht zum Schlechten, ganz im Gegenteil. Aber sie konnte die Veränderung nicht nachvollziehen, weil sie nicht dabei gewesen war. Und dieses Gefühl schmerzte sie. Sie fühlte plötzlich eine Art Abgrund zwischen ihr und Fabian, der vorher nie da gewesen war.

Verlegen blinzelte sie ihre aufsteigenden Tränen fort.

»Nun erzähl uns, was vorgefallen ist«, bat sie. »Vielleicht können wir dir helfen.«

»Ich befürchte, um alles zu erzählen, werde ich eine ganze Weile brauchen«, sagte Fabian.

»Wir haben Zeit«, erklärte Shane.

»Wir können uns dort drüben in den Schatten der Felswand setzen«, schlug Serena vor.

Sie setzten sich und lehnten sich gegen die warme Wand. Shane stopfte Serena seinen Pullover in den Rücken, damit sie es bequemer hatte. Tiger lief schnüffelnd auf dem kleinen Felsplateau herum und kümmerte sich nicht weiter um sie.

»Ich bin überrascht, dass du Tiger mitgebracht hast, Shane«, meinte Fabian grinsend. »Du warst nie gut auf ihn zu sprechen.«

»Dafür kannst du dich bei meiner Großmutter bedanken«, erwiderte Shane. »Und auch dafür, dass wir dich gefunden haben. Aber davon später. Zuerst bist du an der Reihe.«

Serena und Shane blickten Fabian gespannt an.

»Am besten, ich beginne am Anfang«, erklärte er. »Ich werde versuchen, mich auf das Wesentliche zu beschränken.«

Er schwieg eine Weile, um seine Gedanken zu ordnen.

»Vor gut drei Jahren wurde mir von einem großen Konzern ein gutbezahlter Job angeboten. Ich sollte als Physiker an einem großartigen neuen Projekt arbeiten. Ray Brooks hatte von der Stelle gehört und mich dafür vorgeschlagen. Erinnerst du dich an ihn?«

»Natürlich, er war der Geschäftsführer von Denver Fusion Research, für die wir vor sechs Jahren gemeinsam gearbeitet haben«, sagte Shane.

»Richtig. Ich habe also zugesagt, mir das Forschungszentrum anzusehen und mich mit den zuständigen Leuten dort zu treffen.«

Er schüttelte den Kopf, lächelte wehmütig.

»Hätte ich damals gewusst, was auf mich zukommt … Aber das stimmt so auch nicht. Denn wäre ich damals nicht dorthin gefahren, dann wäre ich heute nicht hier.«

»Der Reihe nach, Fabian«, bat Serena.

»Entschuldige. Ich habe mir also das sogenannte *Forschungslabor* angesehen.«

»Wo war das?«, hakte Shane nach. »Und von welchem Konzern sprechen wir hier?«

»Ich denke, es ist besser, wenn ich euch die ganz Geschichte erzähle und ihr eine Nacht darüber schlaft. Wenn ihr mir dann immer noch helfen wollt, werde ich euch morgen früh die Einzelheiten sagen. Solltet ihr euch dagegen entscheiden – was ich hoffe –, dann ist es besser, wenn ihr so wenig wie möglich wisst.«

»Also gut«, erklärte Shane sich einverstanden. »Erzähl weiter.«

»Erst mal nur so viel«, fuhr Fabian fort. »Es war kein Forschungszentrum, wie ich es mir vorgestellt hatte. Sie haben Menschen dort eingesperrt, viele, viele Menschen. Und sie machen schlimme Sachen mit ihnen. Schlimmer, als ihr es euch vorstellen könnt. Experimente. Und alles im Namen der Forschung.«

Er schüttelte betrübt den Kopf.

»Mir war sofort klar, dass ich mich an so etwas nie beteiligen könnte. Dass all das natürlich hochgeheim war und diese Leute mich nicht einfach ohne weiteres gehen lassen würden, nachdem ich gesehen hatte, was sie tun und wo ihr verstecktes Labor ist – das ist mir erst klargeworden, als ich die Anlage verlassen wollte. Denn da wurde mir nahegelegt, dass eine Absage meinerseits nicht akzeptiert werden würde.«

Serena legte entsetzt die Hand vor den Mund.

»Oh, Fabian!«

»Ich wusste, diese Leute meinen es ernst. Ich habe mit eigenen Augen gesehen, wie wenig ihnen ein Menschenleben bedeutet. Ich musste für sie arbeiten, oder ich würde sterben. Es schien keinen Ausweg zu geben.«

Er schüttelte erneut den Kopf.

»Bloß *ein* kleiner Fehler, ein einziges Mal nicht gründlich nachgedacht – und mein Leben war ruiniert. Dann kam mir die Idee mit dem Kloster. In Schweigen gehüllt und in Abgeschiedenheit lebend würde ich keine Gefahr mehr darstellen. Es bedeutete von meinem bisherigen Leben und von allem, was mir lieb war, Abschied zu nehmen, aber es schien mir in dem Augenblick besser, als zu sterben.« Er lächelte Serena wehmütig zu.

Serena sah betroffen zu Boden. Sie hatte den plötzlichen Sinneswandel ihres Bruders nie nachvollziehen können. Aber nun verstand sie seine Lage immer besser.

»Es tut mir unendlich leid, dass ich euch da mit reingezogen habe«, fügte Fabian hinzu und blickte in die Runde.

»Es ist schon gut.« Serena verzieh ihm sofort.

»Mach dir keine Gedanken, mein Freund«, meinte Shane. »Erzähl weiter.«

»Ich hatte recht«, fuhr Fabian fort. »Man ließ mich gewähren. Im Kloster war ich für die Leute vom Konzern so gut wie tot. Doch ich wusste, dass sie mich im Auge behalten würden und dass ich die Gemeinschaft des Klosters nie verlassen könnte, ohne in Schwierigkeiten zu geraten. Aber das war mir egal. Ich hatte dort viel Zeit zum Nachdenken, habe viel gebetet und sehr viel gelernt. Eines Tages habe ich mich an das Gedicht *Invictus* erinnert, und mir ist bewusst geworden, dass es feige von mir war, mich den Konsequenzen meines Handelns zu entziehen. Ich hatte mich selbst in die Situation gebracht, in der ich mich für Gut oder Böse entscheiden musste. Es wäre ehrenvoller gewesen zu sterben, als Reißaus zu nehmen.«

Er warf Shane einen flüchtigen Blick zu. Er wusste, sein Freund hätte in einer solchen Situation den Tod vorgezogen, so wie viele seiner Vorfahren es getan hatten, als man sie dazu zwang, ihre Freiheit aufzugeben und in Reservate zu ziehen. Doch es lag keine Verachtung in Shanes Blick, sondern Verständnis.

»Als mir das alles klarwurde, fasste ich den Entschluss, die Sache auszubügeln und mit meinem Gewissen ins Reine zu kommen. Ich betete und betete jeden Tag, dass mir gezeigt werden würde, wie ich das anstellen könnte. Schließlich traf mich eine Feststellung wie ein Hammer, und ich wusste, meine Gebete waren erhört worden: Was immer ich auch tun würde, es gab keinen Ausweg – aber getan werden musste etwas. Handelte ich nicht, dann würde ich mit dem Wissen leben müssen, nichts unternommen zu haben, um den armen Menschen im Labor zu helfen, und das wäre mein Untergang. Entschloss ich mich zu handeln, so würden die Leute vom Konzern mit allen ihnen zur Verfügung stehenden Mitteln versuchen, mich aufzuhalten. Wie auch immer ich mich entscheiden würde, mein Untergang schien sicher.«

Serena erschauerte, als ihr die Bedeutung von Fabians Worten bewusst wurde.

Shane hingegen nickte zustimmend und klopfte seinem Freund anerkennend auf die Schulter.

»Es *musste* etwas getan werden«, fuhr Fabian fort. »Ganz gleich was es war. Und dazu musste ich aus dem Kloster verschwinden.«

»Aber wie ist dir das gelungen?«, fragte Serena entgeistert. »Du hast doch selbst gesagt, dass die vom Konzern es sofort merken würden, solltest du das Kloster verlassen.«

»Alleine hätte ich es auch nie geschafft«, gab Fabian

zu. »Aber glücklicherweise hatte ich zwei gute Freunde, die mir geholfen haben.«

Seine Worte versetzten Serena einen Stich ins Herz. Warum hatte Fabian nicht sie um Hilfe gebeten oder Shane. Sie hätten sie ihm nur allzu gern gewährt. Doch als Fabian fortfuhr, verstand sie sehr bald, warum er jemand anderen gewählt hatte.

»Um alles bis in die letzte Kleinigkeit zu erklären, ist jetzt nicht genügend Zeit. Auf jeden Fall habe ich vor vielen Jahren – lange bevor Shane und ich in Denver zusammengearbeitet haben – bei einem Job in Australien einen Typen kennengelernt, der ein totaler Computerfreak ist. Wir sind damals recht gute Kumpel gewesen. Ich habe ihn, nachdem ich meinen Entschluss gefasst hatte, immer dann kontaktiert, wenn ich vom Kloster aus ins Dorf geschickt wurde, um Besorgungen zu tätigen. Brian hat herausgefunden, dass der Konzern, für den ich arbeiten sollte und der mich in diese missliche Lage gebracht hat, über ein riesiges Verzeichnis mit persönlichen Daten verfügt. Ich nehme an, dass sie die Informationen dazu benutzen, ihre Opfer ins Land zu schmuggeln. Wie auch immer, Brian hat es geschafft, sich in die Datenbank zu hacken und mir Identitäten für Pässe von zwei verschiedenen Ländern zu besorgen, ohne dass die beim Konzern es bemerkt haben.«

»Moment mal«, warf Serena ein. »Moderne Reisepässe kann man doch nicht fälschen. Die haben all diese Strichcodes und Wasserzeichen und andere Sicherheitsvorkehrungen.«

»Fabian hat nicht gesagt, dass Brian und er Pässe gefälscht haben, Reena«, stellte Shane fest. »Er hat lediglich gesagt, dass sie sich Identitäten verschafft haben.«

»Wo ist da der Unterschied?«

»Verstehst du nicht?«, fragte Fabian. »Mit einer

falschen Identität aus deren Datenbank braucht man keine Pässe zu fälschen. Es handelt sich um Identitäten von Verstorbenen. Man sucht sich lediglich die passenden Daten aus, Abstammungsland, Alter, Geschlecht und so weiter, und gibt dann vor, diese Person zu sein. So kann niemand sagen: Hey, wie kommst du zu meinem Namen und an meine Daten? Die Spione machen das so, der Konzern macht es so, und wir – wir haben uns lediglich ihrer Datenbank bedient. Hier in Kanada zum Beispiel muss man nur ein Passbild und eine Geburtsurkunde einschicken, um einen Pass zu erhalten. Niemand prüft, ob die Person noch am Leben ist.«

»Ich verstehe«, nickte Serena. »Aber was ist, wenn es keine passende verstorbene Person in der Datenbank gibt?«

Fabian sah sie nachsichtig an.

»Ich nehme an, dass dann eine passende Person in eine passende verstorbene Person verwandelt wird.«

»Oh«, meinte Serena und schluckte.

»Okay, du hast dir also Pässe von zwei verschiedenen Ländern besorgt«, meinte Shane gespannt. »Aber wie bist du aus dem Kloster verschwunden, ohne dass die Typen vom Konzern dir folgen konnten?«

»Auch hier hat Brian mir geholfen«, erklärte Fabian. »Ich wusste, dass man hinter mir her sein würde. Also habe ich mit Brian einen Tausch verabredet. Ich bin in die nächstgrößere Stadt gefahren. Dort habe ich eine öffentliche Toilette aufgesucht und mein Mönchsgewand gegen normale Kleidung eingetauscht. Anschließend bin ich ein bisschen durch die Stadt gewandert. Dann bin ich in einem Café ins WC gegangen. Brian hat dort schon auf mich gewartet. Er trug die gleiche Kleidung wie ich und ist an meiner Stelle ins Café zurückgekehrt. Er hat die Kapuze tief ins Gesicht gezogen und meine Verfolger weggelockt. Ich habe mich umgezogen, eine Weile gewartet und das Café unbehelligt verlassen.«

»Und was wurde aus Brian?«, wollte Serena wissen.

Shane grinste. »Lass mich raten. Brian hat die Typen irgendwo hingeführt, wo sie ihn für einen Augenblick nicht beobachten konnten. Dann hat er schnell die Kleidung gewechselt und konnte unbehindert an den Typen vorbeigehen und verschwinden, denn sie haben ja nicht auf ihn gewartet, sondern auf dich, Fabian.«

»Stimmt genau«, meinte Fabian. »Ich habe dann meine Pässe dort abgeholt, wo Brian sie für mich hinterlegt hatte, und bin nach Rotterdam gefahren. Dort habe ich mit ungarischem Pass unter dem Namen Dimitri Csaba auf einem Schiff angeheuert.«

»Weil du fließend Ungarisch sprichst«, sagte Serena in anerkennendem Ton. »Genial.«

»Aber wie um alles in der Welt bist du als Seemann durchgegangen?«, wollte Shane wissen. »Warst du vorher überhaupt schon mal auf einem Schiff?«

»Einmal, auf einem Ausflugsdampfer«, grinste Fabian. »Aber Spaß beiseite. Im Kloster habe ich einen gewissen Bruder Lukas kennengelernt. Er hat sich um mich gekümmert, als ich dort angekommen bin, und wir haben uns angefreundet. Lukas ist ein lustiger Typ. Er ist Mitte sechzig, stammt aus Hamburg und hat diesen trockenen norddeutschen Humor. Er hätte euch gefallen.«

Fabian hielt einen Augenblick inne und rief sich Bruder Lukas' fröhliche Sprüche ins Gedächtnis zurück.

»Lukas lebte schon seit fünfundzwanzig Jahren in Engelstein«, fuhr er schließlich fort, »und hatte es noch immer nicht geschafft, sich an das Schweigegebot zu halten – miteinander gesprochen werden darf dort nämlich eigentlich nur an einem Tag in der Woche, beim gemeinsamen Spaziergang. Lukas hat viel von sich erzählt und von seinem Leben, bevor er ins Kloster kam. So wusste ich, dass er gelernter Seemann war und jahrelang durch die ganze Welt gereist war. Also habe ich ihn gebeten, mir den Seemannsjargon und alles andere, was ich über die Seefahrt wissen musste, beizubringen.«

Fabian lachte auf. »Und das hat er auch getan – immer wenn wir zusammen im Garten oder in der Küche gearbeitet haben. Ich habe ihm wirklich viel zu verdanken. Er war ein guter und treuer Freund. Leider konnte ich mich nicht von ihm verabschieden. Es wäre zu riskant gewesen, ihn in die Sache mit reinzuziehen. Er muss wer weiß was von mir denken – dass ich die Schnauze voll hatte vom Mönchsein oder dass ich in irgendwelche dunklen Machenschaften verwickelt war. Ich weiß nicht, was im Kloster nach meinem Verschwinden über mich verbreitet worden ist.«

Er schüttelte den Kopf. »Ich hätte ihn gerne wissen lassen, warum ich so klammheimlich verschwinden musste.«

Serena legte tröstend ihre Hand auf seinen Arm.

»Vielleicht kannst du es ihm sagen, wenn dies alles vorbei ist. Vielleicht können wir ihn dann gemeinsam besuchen.«

Fabian lächelte sie nachsichtig an. Dann setzte er seinen Bericht fort.

»Als ich in Halifax angekommen bin, hätten sie mich beinahe geschnappt. Ich nehme an, sie haben dein Telefon angezapft.«

»Deshalb war die Leitung auf einmal tot«, sagte Serena leise und dachte daran, wie aufgewühlt sie sich in dem Augenblick gefühlt hatte.

»Ja, ich musste abhauen. Sie waren mir dicht auf den Fersen. Die müssen überall Handlanger haben. Ich habe den ungarischen Pass weggeschmissen und bin mit einem kanadischen Ausweis in Kanada eingereist. Seitdem bin ich Mike Hall. Ich habe mir in Halifax einen Gebrauchtwagen gekauft – mit Bargeld natürlich – und bin nach Westen aufgebrochen. Unterwegs habe ich ein paar Tage am Lake Superior haltgemacht, um mich zu sammeln und mit der neuen Situation in Einklang zu kommen. Sobald es ging, habe ich mich auf den Weg hierher gemacht. Shane hat mich einmal mitgenommen und mir die Bedeutung von Writing-on-Stone erklärt. Daran habe ich mich erinnert, und ich wollte sicherstellen, dass ich mich in der richtigen geistigen Verfassung befinde und so viel Kraft wie nur irgend möglich in mir trage, bevor ich mich daranmache, diesen Typen vom Konzern das Handwerk zu legen.«

»Das geht mir ein bisschen zu schnell«, meinte Serena und hob abwehrend die Hand. »Ich habe noch eine Menge Fragen.«

Shane lachte auf.

»Die hast du immer, Reena! Du hattest recht, Fabian, als du mir damals sagtest, deine kleine Schwester sei ein starrköpfiges und unabhängiges Wesen. Sie kann eine wahre Pest sein.« Er stieß Serena freundschaftlich in die Seite.

»Für dich koche ich bestimmt nicht noch einmal«, murmelte sie beleidigt.

In diesem Augenblick kam Tiger zu ihnen und legte sich auf Serenas Schoß.

»Wenigstens mag mich dein Hund«, meinte sie.

»Tiger ist nicht mein Hund«, erwiderte Shane.

»Immer mit der Ruhe, ihr beiden«, beschwichtigte

Fabian. »Ihr habt euch in der letzten Zeit wohl zu eng auf der Pelle gesessen.«

»Davon erzählen wir dir später«, schmunzelte Shane. »Jetzt möchte ich erst mal wissen, wie du es geschafft hast, so eine große Menge Bargeld durch den Zoll zu schmuggeln.«

»Und ich möchte wissen, woher du überhaupt so viel Geld hattest«, warf Serena ein. »Ich meine, Brian hat doch sicherlich auch nicht umsonst gearbeitet.«

»Hey, hey, wir sind doch hier nicht in einem Verhör«, lachte Fabian. Aber die anderen warfen ihm derart bohrende Blicke zu, dass er fortfuhr.

»Schon gut, schon gut. Also, ich hatte das Geld in das Futter meiner Jacke eingenäht. Schließlich musste ich ja nicht durch die Sicherheitskontrolle am Flughafen. Der Zoll am Hafen nimmt seine Aufgabe eher locker. Die haben mich nur gefragt, ob ich etwas zu verzollen hätte, und ich habe nein gesagt. Und nun zu deiner Frage, Schwesterherz. Das Geld hatte ich bereits, bevor ich ins Kloster gegangen bin. Ob du es glaubst oder nicht, ich habe es beim Pferderennen gewonnen. Wetten bringen gutes Geld, und ich wollte auf ein schönes Haus sparen. Daraus ist ja leider nichts geworden, aber aufgeben wollte ich das Geld auch nicht. Ich hatte so ein Gefühl, als würde es eines Tages noch zu gebrauchen sein – und so war es denn auch. Also habe ich es in einem Schließfach bei einer Mailänder Bank hinterlegt. Der Schlüssel dafür war all die Jahre über mein kleines Geheimnis. Ich habe ihn immer bei mir getragen – in meinem Schuh.«

»Auf so etwas kannst auch nur du kommen!«, lachte Serena. »Du bist tatsächlich all die Jahre im Kloster mit einem Schließfachschlüssel im Schuh herumgelaufen?«

»Du kannst es mir glauben«, beteuerte Fabian mit ernster Miene.

»Ich glaube es dir«, beschwichtigte Serena und legte freundschaftlich den Arm um ihren Bruder.

»Aber nun erzählt, wie es dazu gekommen ist, dass ihr beiden gemeinsam nach mir gesucht und mich auch gefunden habt«, bat Fabian.

»Da fragst du noch?«, meinte Shane. »Erst rufst du bei Reena an und machst alle möglichen Andeutungen darüber, dass dein Leben in Gefahr ist und du dich auf geheimer Mission befindest, und die Verbindung bricht ab. Und dann schreibst du mir einen Lebewohl-Brief, in dem du mich bittest, auf deine kleine Schwester aufzupassen, sollte es notwendig werden. Der Brief erreichte mich kurz nachdem ich Reena nach Bear Butte geschickt hatte.«

»Bear Butte in South Dakota?«, fragte Fabian überrascht.

»Genau dort.« Und dann berichteten Serena und Shane abwechselnd, wie es ihnen in den vergangenen Tagen ergangen war.

Der Laster fuhr gemächlich um die scharfe Kurve, die der Highway an dieser Stelle machte, um einem Berg auszuweichen.

Sobald er in Sichtweite kam, sprang Sorrento aus dem Hummer, seine Pistole im Anschlag. Ohne Vorwarnung schoss er durch die Windschutzscheibe des Lkw. Er hatte mit Absicht auf die Beifahrerseite gezielt – schließlich wollten sie den Fahrer noch aushorchen.

Ein dumpfes Dröhnen ertönte, als der Fahrer mit voller Wucht auf die Bremse trat.

Der Anhänger geriet gefährlich ins Schwanken, und eine lange schwarze Bremsspur erschien auf dem Asphalt.

Mit qualmenden Reifen kam der Laster nicht weit von dem Hummer entfernt zum Stehen.

Aufgebracht sprang der Fahrer aus der Kabine und begutachtete die Windschutzscheibe. Dann drehte er sich um und starrte den beiden schwarzgekleideten Männern entgegen, die auf dem Highway auf ihn zukamen.

»Dir wird nichts passieren, wenn du uns sagst, was wir wissen wollen«, zischte Sorrento.

Er hatte seine Pistole zurück unter das Jackett gesteckt, aber der Lastwagenfahrer ahnte, dass er sie jederzeit wieder hervorziehen würde, sollte es notwendig sein.

»Ich habe nichts verbrochen.«

»Wo hast du zuletzt haltgemacht?«, fragte Miller und baute sich vor dem Mann auf.

»In Lethbridge«, antwortete der Fahrer ruhig. So schnell ließ er sich nicht einschüchtern.

Sorrento schritt um den Lastwagen herum. Er sah in alle Ecken und Ritzen, die groß genug waren, um ein Handy darin zu verstecken.

»In Lethbridge«, murmelte Miller nachdenklich. »Hast du dort mit jemandem gesprochen? Oder hat dich vielleicht jemand gebeten, etwas für ihn mitzunehmen?«

»Nein«, erwiderte der Fahrer ehrlich. »Ich habe an einer Tankstelle angehalten und gefrühstückt. Aber gesprochen habe ich mit niemandem.«

»Miller, lass ihn in Ruhe, er sagt die Wahrheit«, rief Sorrento und kam zu den beiden zurück. Er hielt Serenas Handy in die Höhe. »Das hier habe ich hinten auf der Ladefläche gefunden. Jemand hatte es unter die Plane geschoben.«

»Ganz schön abgebrüht, dieser Storm Hawk«, meinte Miller. Dann wandte er sich wieder an den Lastwagenfahrer. »Es ist gut, du kannst verschwinden!«

Miller und Sorrento schickten sich an, zum Hummer zurückzugehen und Newman Bericht zu erstatten.

»Hey!«, rief ihnen der Fahrer des Lasters hinterher. »Und was wird aus meiner Windschutzscheibe?«

»Reich den Schaden bei deiner Versicherung ein«, erwiderte Miller unberührt.

Als sie beim Hummer ankamen, reichte Sorrento Newman das Handy durchs Fenster. »Hier, das war unter der Plane versteckt. Der Fahrer hatte keine Ahnung.«

»Bist du dir sicher?«, fragte Newman und schaltete das Telefon ein.

»Absolut.«

Auf dem Display erschien der Name Serena Eckehard.

Newman pfiff anerkennend durch die Zähne.

»Die sind ganz schön gerissen«, meinte Miller. Er setzte sich auf den Fahrersitz und zog die Wagentür ins Schloss.

»Vielleicht«, meinte Newman nachdenklich. »Aber nicht schlau genug, um mich hinters Licht zu führen.« Dann fügte er hinzu: »Steig ein, Sorrento, wir müssen uns etwas anderes einfallen lassen.«

»Aber was, Boss?«

»Wir müssen logisch vorgehen.« Newman wog die Möglichkeiten ab. »Wir haben kein Handy mehr, dessen Signal wir folgen können, keinen Sender mehr an ihrem Wagen, weil jemand«, er blickte Sorrento vorwurfsvoll an, »vergessen hat, den Wagen der alten

Storm Hawk zu präparieren, als noch Zeit dafür war. Und wir haben keinen Anhaltspunkt darüber, wohin Storm Hawk und die Eckehard fahren wollten.«

Newman strich sich grübelnd über das Kinn.

»Es ist bereits zwölf Uhr vorbei«, warf Miller ein. »Die beiden können inzwischen überall sein. Vielleicht sind sie tatsächlich auf dem Weg nach Vancouver und haben nur versucht, uns mit dem Laster auf eine falsche Fährte zu locken.«

»Sie können genauso gut nach Osten gefahren sein, Miller«, mischte Sorrento sich ein.

»Als Erstes werde ich ein paar Fäden bei der Polizei ziehen«, meinte Newman und klappte sein Handy auf. »Wer weiß, vielleicht fahren unsere beiden Freunde einer Highway Patrol der RCMP in die Arme.«

Er wählte eine Nummer.

»Newman hier«, meldete er sich. »Hör zu, ich muss einen weinroten Buick ausfindig machen. Meinst du, du kannst mir helfen? – Ich kenne die Nummer nicht, aber der Wagen ist auf eine Catherine Storm Hawk aus Gleichen, Alberta, zugelassen. Kannst du die Nummer in deinem Computer finden? – Ja, lass es mich wissen, falls der Wagen irgendwo gesichtet wird. – Ich danke dir. Bis später dann.«

Er legte auf.

»Ich brauche eine Straßenkarte von Alberta, Sorrento.«

Sorrento suchte Alberta bei Google Maps heraus und reichte Newman den Laptop.

»Nun lasst uns mal schauen, in welche Richtungen die beiden gefahren sein könnten.«

XVI

Shane und Fabian saßen an der warmen Felswand und unterhielten sich leise. Serena war bei Tiger, der auf der anderen Seite des Felsplateaus in einen Stachel getreten war, und versuchte, ihm zu helfen.

»Ihr zwei habt einiges zusammen durchgemacht«, sagte Fabian in unverbindlichem Ton.

»Reena kann einem ganz schön auf die Nerven gehen«, erklärte Shane, »aber Mut hat sie, das muss man ihr lassen. Und sie würde für dich durchs Feuer gehen.« Er blickte lächelnd zu ihr hinüber.

Serena kniete am Boden und untersuchte mit vorsichtigen Handgriffen Tigers Pfote.

»Du magst sie wohl sehr«, stellte Fabian fest.

»Ja«, erwiderte Shane. Dann fiel ihm auf, dass Fabian grinste. »Ich meine, sie ist hübsch und nett und alles«, erklärte er schnell, »aber mir würde es nie einfallen … Ich meine, sie ist immerhin deine kleine Schwester, und ich …«

»Schon gut«, wehrte Fabian lachend ab. »Serena ist alt genug. Sie kann zusammen sein, mit wem sie will. Und du wärst mir viel lieber als irgendein Fremder. Bei dir wüsste ich wenigstens, woran sie ist.«

»Ich habe den Stachel endlich aus Tigers Pfote herausbekommen«, rief Serena und kam zu den beiden Männern herüber.

Sie blickte vom einen zum anderen. »Habe ich etwas Komisches gesagt?«

»Nein, nein«, beruhigte Fabian sie. »Wir haben uns nur ein wenig über alte Zeiten unterhalten.«

Shane stand auf.

»Die Sonne wird bald untergehen. Wir sollten ein Feuer machen und etwas essen. Wir haben Proviant dabei.«

»Und wo sollen wir übernachten?«, erkundigte Serena sich. »Wir haben es gerade geschafft, die Typen im Hummer abzuhängen. Ich habe keine Lust, in irgendein Motel einzukehren und sie womöglich wieder im Schlepptau zu haben.«

»Wie wäre es, wenn wir hier schlafen würden?«, schlug Fabian vor. »Das hatte ich mir eigentlich vorgenommen. Ich habe ein paar Decken dabei, die können wir uns teilen. Was meinst du, Shane?«

»Ich finde, es ist eine gute Idee«, meinte Shane. »Wir sollten morgen sowieso bei Dämmerung aufbrechen.«

»Also abgemacht«, freute Serena sich.

Die nächsten Stunden verliefen so ungezwungen, dass Serena beinahe vergaß, warum sie nach Writing-on-Stone gekommen waren. Fabian war für diese kurze Zeit wieder ganz der Alte. Und obwohl Serena wusste, dass es nur eine winzig kleine Seifenblase der Illusion war und dass die raue Realität sie spätestens am nächsten Morgen wieder einholen würde, so genoss sie diese Zeit doch aus tiefstem Herzen.

Shane sammelte trockene Äste und entfachte ein kleines Feuer. Die Zweige knisterten und knackten, während die Flammen an ihnen hochzüngelten. Der Rauch stieg in einer schmalen Säule in den dunkel werdenden Abendhimmel empor und verbreitete den würzig-herben Duft des wilden Salbeis.

Fabian nahm die Decken aus seinem Rucksack und auch ein kleines Bündel Sweetgrass.

»Das habe ich vorhin geschnitten«, erklärte er. »Kann ich es ins Feuer geben, oder stört euch der Duft?«

»Ich mag das Sweetgrass«, meinte Serena. »Von mir aus kannst du es gern dazugeben.«

»Sweetgrass ist gute Medizin«, stimmte auch Shane zu und machte eine auffordernde Handbewegung.

Fabian warf das Sweetgrass auf die brennenden Äste. Sobald die Flammen es erfassten, verströmte es einen noch intensiveren Duft als zuvor der Salbei.

Serena packte den Proviant aus und stieß dabei auf ihre Kameratasche.

»Schnell, lasst uns ein Erinnerungsfoto machen, bevor es zu dunkel wird«, forderte sie die anderen auf.

Sie stellte die Kamera auf einen Felsvorsprung, schaltete den Selbstauslöser ein und sprang zu Fabian und Shane hinüber, die am Feuer zusammensaßen.

»Schaut euch das an«, sagte sie kurz darauf und hielt den beiden das Display ihrer Kamera hin. »Das Foto ist großartig geworden! Ich mache euch Abzüge, sobald wir wieder zu Hause sind.«

»Wir danken dir«, neckte Fabian sie. »Aber nun komm und setz dich zu uns, sonst ist das Feuer heruntergebrannt, und du hast nichts davon gehabt.«

Serena setzte sich neben Fabian und lehnte ihren Kopf an seine Schulter. Tiger legte sich an ihre Seite.

Eine Weile beobachteten sie schweigend die hell lodernden Flammen. Am Himmel erschienen die ersten Sterne, und es wurde etwas kühler.

»Du hast mir sehr gefehlt, Fabian«, sagte Serena leise.

»Du mir auch.« Er drückte ihre Hand.

»Ich weiß, es ist unmöglich, aber ich wünschte, alles wäre wieder so wie früher. Erinnerst du dich?«

»Natürlich erinnere ich mich«, erwiderte Fabian sanft. »Ich erinnere mich an alles, selbst an die Zeit, als du noch ein ganz kleines Baby warst. Ich könnte das nie vergessen, könnte dich nie vergessen. Das musst du doch wissen. Du bist und bleibst für immer meine kleine Schwester.«

»Erzähl uns von deiner Zeit im Kloster«, bat Serena. »Ich weiß nichts von dem, was du in den letzten drei Jahren gemacht hast oder wie es dort aussieht.«

Also begann Fabian zu erzählen. Er berichtete von den alten Steingebäuden des Klosters, hoch und sehr abgeschieden im südtiroler Schnalstal gelegen, von den schweren Holztoren, den kühlen Bogengängen und den kargen Parzellen der Kartäusermönche.

»Und jeder lebt wirklich ganz für sich in seiner kleinen Welt und spricht mit niemandem, außer bei den wöchentlichen Spaziergängen?«, fragte Serena erstaunt.

»Alle, außer Bruder Lukas«, lachte Fabian.

»Aber du hast nicht in einer solchen Parzelle gewohnt?«

»Nein. Das Gelübde, das ich abgelegt habe, war ein anderes. Ich habe in der Gemeinschaft der Brüder gelebt, die sich um die Mönche in den Parzellen kümmern. Wir haben Brot gebacken und gekocht, Mahlzeiten zu den Bewohnern der Parzellen gebracht und alle möglichen Handwerksarbeiten verrichtet. Aber ich muss zugeben, dass ich am liebsten in den Gärten gearbeitet habe.«

»Tatsächlich?« Serena war erstaunt. »Mit Gartenarbeit hattest du vorher nie etwas am Hut.«

»Aber du hättest die Gärten sehen sollen, Serena«, schwärmte Fabian. »Im Kreuzgarten wachsen die verschiedensten Heilkräuter. Es ist ein wahres Sinneserlebnis, im Sommer dort umherzugehen. Und um den Kreuzgarten ranken unzählige Rosen an den Säulen der Bogengänge. Wenn sie in voller Blüte stehen, dann liegt ein besonderer Zauber über den alten Gebäuden. Und dann die Obst- und Gemüsegärten, die sich außerhalb der Klostermauern befinden. Sie sind in Terrassen angelegt, die sich den Berghang entlangziehen. Du kannst dir nicht vorstellen, was wir dort alles angebaut haben. Ich sage dir, man könnte meinen, man sei bereits im Paradies angekommen, wenn man diese Gärten sieht. Ein kleines, unscheinbares Saatkorn zu pflanzen und zu beobachten, wie daraus eine große, starke Pflanze wächst, die Menschen nährt, das ist für mich etwas ganz Besonderes.«

»Und was hast du sonst noch so gemacht?«, erkundigte Serena sich wissbegierig. »Ich meine neben dem Beten, dem Backen, Kochen und Gärtnern?«

»Ich habe Latein, Griechisch und Italienisch studiert. Das hat mir ebenfalls viel Spaß gemacht.«

»Was mich interessieren würde«, meldete Shane sich jetzt zu Wort, »ist, wie du zu dem Namen Simeon gekommen bist. Du weißt ja, Namen sind bei meinem Volk sehr wichtig.«

»Die Ältesten haben mir diesen Namen gegeben, als ich dem Kloster beigetreten bin.«

»Weißt du, was er bedeutet?«

»Soviel ich weiß, bedeutet Simeon: *das Geschenk der Erhörung*«, sagte Fabian. »Mir hat er sehr gefallen.«

»Der Name hat dir die Kraft gegeben, die du brauchtest, um deinen Entschluss zu fassen«, stellte

Shane fest. »Du darfst dankbar dafür sein, dass dir der Name gegeben wurde. Er wird für immer ein Teil von dir sein.«

»Weiß jemand, was Serena bedeutet?«, wollte Serena wissen.

»Natürlich«, antwortete Fabian sofort. »Ich habe Mutti beim Aussuchen des Namens geholfen. Serena bedeutet *heiter* oder auch *glücklich*.«

»Ein sehr passender Name«, sagte Shane lächelnd.

»Danke«, erwiderte Serena. »Was ist für dich das Wichtigste, das du im Kloster gelernt hast?«, wandte sie sich erneut an Fabian.

Er dachte einen Augenblick nach.

»Ich habe gelernt, das Wohl anderer über mein eigenes zu stellen«, meinte er schließlich. »Und ich habe erfahren, wie kraftvoll ein Gebet sein kann, wenn es von Herzen kommt. Aber nachdem ich eine Weile in der Gemeinschaft der Klosterbrüder gelebt hatte, ist mir noch etwas anderes aufgefallen, etwas sehr Erstaunliches: nämlich wie viele Menschen einer unechten Spiritualität nachlaufen. Anstatt sich auf ihrer Suche nach dem Sinn des Lebens ihre eigenen Gedanken zu machen, hängen sie sich lieber an den Rockzipfel irgendeines Gurus, zu dem sie aufblicken können. Dabei vergessen sie etwas sehr Wichtiges: Demut und Bescheidenheit. Ohne sie wird man nie wahre Spiritualität finden.«

Fabian hielt inne und lachte auf.

»Es ist ein langer Lernprozess, den man nur Schritt für Schritt bewältigen kann. Ich selbst befinde mich immer noch irgendwo auf der untersten Stufe, aber ich arbeite eisern daran.«

»Du hast erkannt, was wichtig ist, mein Freund«, sagte Shane. »Somit bist du bereits viel weiter gekommen als etliche andere. Demut und Bescheidenheit sind auch bei meinem Volk hochangesehene Werte.«

»Was hältst du von Religion, Shane?«, wollte Serena wissen.

»Nicht viel«, lautete seine knappe Antwort. Er wollte seine Freunde, die beide katholisch waren, nicht beleidigen. Aber als Serena ihn abwartend ansah, setzte er hinzu: »Ich bin der Ansicht, dass Religionen die Menschheit trennen. Denk nur an die vielen Kriege, die im Namen dieser oder jener Religion begonnen wurden und auch heute immer noch geführt werden.«

»Aber dein Volk glaubt doch auch an Geistwesen und betet zu ihnen!«

»Mein Volk hat einen starken Glauben, ja«, erklärte Shane. »Aber das ist keine Religion. Glauben zu haben ist sehr wichtig. Glaube bringt Menschen zusammen – wenn sie nicht versuchen, anderen ihren Glauben aufzuzwängen. Und dabei ist es meiner Meinung nach egal, wie du das, woran du glaubst, nennst – solange du nur an etwas glaubst, irgendeine höhere Macht, die uns leitet. Menschen, die keinen Glauben haben, sind verlorene Seelen.«

Ein markerschütterndes Geheul durchdrang die Abendstille.

Fabian zuckte unwillkürlich zusammen.

»An die Kojoten werde ich mich wohl nie gewöhnen«, entschuldigte er sich.

»Der Kojote hat uns lediglich seine Zustimmung gegeben«, meinte Shane.

Serena blickte gedankenversunken ins Feuer.

»Woran denkst du, Reena?«, fragte Shane.

»Eben, für einen kurzen Augenblick, habe ich gemeint, im Wind Stimmen zu vernehmen«, erklärte sie zögernd.

»Das ist ein gutes Zeichen«, stellte Shane lächelnd fest.

»Meinst du wirklich?«

»Nur die Kultur der Weißen weist die Stimmen der Geistwesen als etwas Negatives ab«, sagte er ruhig. »Bei meinem Volk wird man nicht für verrückt erklärt, wenn man Dinge hört. Im Gegenteil, Menschen, die die Fähigkeit haben, zuzuhören, sind sehr hoch angesehen.«

Er hielt inne und blickte Serena eindringlich an. »Grandma sagt immer, dass man die Stimmen aller Dinge im Wind vernehmen kann, wenn man sich darauf versteht, richtig zuzuhören. Bei unserem Volk gibt es sogar bestimmte Menschen, die den Felsen zuhören. Sie werden *rock listeners* genannt.«

Bei diesem Stichwort erinnerte Shane sich an etwas anderes.

»Mir ist kürzlich etwas ganz Ähnliches passiert«, berichtete er. »Ich bin im Banff National Park unterwegs gewesen – dort arbeitete ich zurzeit – und auf ein paar sehr ungewöhnliche Luftschächte gestoßen. Ich bin über einen von ihnen gestolpert und hingefallen. Ich habe dagelegen, den Kopf auf dem felsigen Boden. Plötzlich habe ich etwas gehört, ein unbestimmtes Flüstern. Aber es hat mich nicht beunruhigt, weil es in meiner Kultur nicht ungewöhnlich ist.«

»Wieso gibt es denn im Park Luftschächte im Boden?«, fragte Fabian schläfrig.

»Um das herauszufinden, hatte ich leider nicht genügend Zeit und auch nicht die richtige Ausrüstung«, sagte Shane. »Ich weiß nur, dass das alles sehr seltsam ist. In der Nähe der Luftschächte bin ich auf einen hohen Drahtzaun gestoßen, der unter elektrischer Spannung stand. Der Zaun war mit Stacheldraht abgesichert, und auf einem Schild stand irgendetwas von *Militärischem Sicherheitsbereich*.«

Fabian wurde hellhörig.

»Wo im Park warst du denn?«

»Irgendwo südwestlich von Banff, mitten in der Wildnis.«

»Gab es dort eine Art unbefestigte Straße?«, hakte Fabian nach.

»Das stimmt«, erwiderte Shane. »Wieso?«

»Ach, nur so.« Einen Augenblick lang saß Fabian nachdenklich da. Dann verkündete er ganz überraschend: »Ich bin ziemlich müde. Ich glaube, ich lege mich hin.«

»Ja, es wird spät«, stimmte Shane gähnend zu.

»Tiger schläft schon«, stellte Serena gerührt fest und nahm sich eine von Fabians Decken.

»Eine Decke wird auf diesem felsigen Untergrund nicht genug sein«, stellte Shane fürsorglich fest. »Hier, leg diese auf den Boden. Dann kannst du dich in deine einrollen und darauflegen.«

»Aber dann hast du keine Decke«, wehrte sie energisch ab.

»Ich krieche bei Fabian mit unter.«

»Hey, Moment mal«, mischte Fabian sich ein. »Ich teile meine Decken nicht mit Männern. Außerdem hat Serena die beiden größeren Decken. Mach das mit ihr aus.«

»Komm«, meinte Shane. »Stell dich nicht so an.«

Aber Fabian hatte sich bereits in seine Decke gehüllt und ihnen den Rücken zugekehrt.

Serena ging zu ihm und gab ihm einen Kuss auf die Wange.

»Schlaf gut, Bruderherz.«

»Das werde ich, meine kleine Serena«, murmelte Fabian.

»Also gut«, wandte Serena sich an Shane. »Wir können uns meine Decken teilen. Aber keine Tricks. Und ich schlafe nicht an der Felswand, wo die Schlangen hausen.«

Newman wanderte grübelnd im Motelzimmer umher. Es war zwei Uhr nachts. Er hatte die schäbigen Gardinen an dem einzigen Fenster des Raumes zugezogen und die kleine Tischlampe angeschaltet. Miller lag schnarchend auf dem Bett. Sorrento war auf dem Sofa eingenickt.

Newman aber konnte einfach keine Ruhe finden. Er wusste, er hatte etwas übersehen, irgendeine Kleinigkeit, die ihm helfen würde herauszufinden, wohin Storm Hawk und diese Eckehard gefahren waren. Er war sich sicher, dass die beiden früher oder später einem RCMP-Beamten in die Arme laufen würden. Aber dann konnte es unter Umständen schon zu spät sein.

Verärgert setzte sich Newman an den wackeligen runden Tisch und rieb sich die rotunterlaufenen Augen. In was für eine verdammte Situation er da nur hineingeraten war! Er hatte einen entlaufenen Mönch im Auge behalten sollen, so lautete sein offizieller Auftrag. Das schien einfach genug zu sein. Aber mittlerweile war er nicht einmal in der Lage, an der kleinen Schwester des Mönchs und der Rothaut, die sie begleitete, dranzubleiben. Was war nur mit ihm los? Hatte er seinen Spürsinn vollkommen verloren?

Er fuhr sich über die pochende Schläfe. Dabei fiel

sein Blick auf einen Punkt auf der Straßenkarte von Alberta, die aufgeschlagen auf dem Tisch lag. Plötzlich hellte sich sein Gesicht auf. Er sprang auf.

»Miller, Sorrento!« Seine Stimme donnerte durch das kleine Motelzimmer. »Wacht auf, es gibt Arbeit!«

Sorrento setzte sich verschlafen auf dem Sofa auf. Miller schnarchte unbekümmert weiter.

»Miller, wach schon auf!« Newman versetzte ihm einen Stoß.

Miller schreckte hoch.

»Was gibt´s, Boss?«

»Ich glaube, ich weiß, wo die beiden sind«, erklärte Newman.

»Wer?«

Newman sah Miller vernichtend an.

»Storm Hawk und Eckehards Schwester natürlich. Ist euch nichts Ungewöhnliches an ihren bisherigen Stopps aufgefallen?«

Miller und Sorrento schüttelten verschlafen die Köpfe.

»Zuerst waren sie am Bear Butte«, führte Newman an. »Für die Indianer ist das ein sehr heiliger Ort. Dann waren sie am Bighorn Medicine Wheel in Wyoming.«

»Das ist auch irgend so eine heilige indianische Stätte«, murmelte Sorrento.

»Genau«, meinte Newman. »Und nun seht euch mal die Straßenkarte an. Wir wissen mit Bestimmtheit, dass Storm Hawk und Eckehards Schwester in Lethbridge gewesen sind. Was fällt euch an der Umgebung auf?«

Miller und Sorrento starrten angestrengt auf die Karte. Dann sahen sie Newman abwartend an.

»Was steht hier unten?«, fragte Newman genervt.

Miller beugte sich über die Karte.

»Writing-on-Stone Provincial Park«, las er laut vor.

Newman blickte vom einen zum anderen.

»Kapiert ihr nicht?«

Miller und Sorrento verzogen keine Miene.

»Writing-on-Stone ist ebenfalls eine heilige indianische Stätte«, meinte Newman. »Darauf wette ich!«

»Oh«, sagte Sorrento jetzt und klappte den Laptop auf. Er suchte in Google nach Writing-on-Stone.

»Du hast recht, Boss!«, rief er und sah Newman anerkennend an. »Es ist ein uralter Ort, der von den Blackfoot aufgesucht wird, um Opfergaben darzubringen und um Erfolg bei den verschiedensten Unterfangen zu erbitten.«

»Ich habe es gewusst!«, rief Newman und stürmte zur Tür. Dort angekommen, drehte er sich zu Miller und Sorrento um.

»Was ist? Worauf wartet ihr noch?«

»Du willst jetzt losfahren, Boss?«, fragte Miller. »Mitten in der Nacht?«

»Langsam verliere ich meine Geduld mit euch beiden«, fuhr Newman auf. »Natürlich fahren wir sofort. Sonst gehen uns die beiden womöglich wieder durch die Lappen. Sie wissen, dass wir hinter ihnen her sind. Sie werden kaum darauf warten, dass wir sie einholen.«

Miller und Sorrento suchten hastig ihre Sachen zusammen.

»Schneller, schneller«, befahl Newman, froh, seinen Spürsinn wiedergefunden zu haben. »Wenn wir uns beeilen, können wir im Morgengrauen dort sein.«

Serena schreckte aus dem Schlaf auf. Das erste fahle Licht der Morgendämmerung ließ sie nur graue Schatten auf dem Felsplateau erkennen. Ihre Schulter schmerzte von den langen Stunden auf dem harten Steinboden. Vorsichtig, um Shane nicht zu wecken, drehte sie sich auf den Rücken. Ein kleines weiches Etwas lag zwischen ihnen. Serena schreckte auf. Dann erkannte sie, was es war: Tiger. Beinahe hätte sie sich auf ihn gerollt. Sie rutschte ein Stück zur Seite. Im Lager rührte sich nichts. Shane und Fabian mussten noch schlafen. Serena seufzte. Warum war sie als Einzige so früh wach?

Sie dachte zurück an den vergangenen Abend am Lagerfeuer und lächelte. Es war so wunderbar, Fabian wiederzuhaben! In diesem Augenblick fiel ihr ein, warum sie aufgewacht war. Sie hatte wieder diesen Traum gehabt. Aber diesmal erinnerte sie sich, wonach sie in der Gärtnerei gesucht hatten!

»Shane«, flüsterte sie.

Er rührte sich nicht.

»Shane«, wiederholte sie, diesmal etwas lauter, und rüttelte an seiner Schulter.

Shane setzte sich ruckartig auf.

»Reena, ist alles in Ordnung?«

»Shane, ich weiß jetzt, nach welcher Pflanze der Mann und ich in der Gärtnerei gesucht haben«, berichtete sie aufgeregt.

»Was war es?«

»Die Pflanze heißt *Moss Campion*«, sagte Serena. »Ich erinnere mich genau an den Namen. Aber ich habe keine Ahnung, wie sie aussieht.«

»Moss Campion«, meinte Shane nachdenklich. »Bist du dir sicher?«

»Absolut.«

»Ich kenne die Pflanze«, stellte Shane fest. »Aber die Sache ergibt für mich noch immer keinen Sinn.«

»Lass uns Fabian wecken«, schlug Serena vor. »Vielleicht ergibt es einen Sinn, wenn wir die Einzelheiten erfahren, die er uns erzählen will.«

»Gute Idee.« Shane tastete nach seiner Taschenlampe, fand sie und stand auf. Dann ging er zu der Stelle hinüber, an der Fabian sich am Abend schlafen gelegt hatte.

»Fabian, wach auf, es gibt Neuigkeiten.«

Er erhielt keine Antwort.

»Fabian«, versuchte er es noch einmal und richtete den Strahl der Lampe auf die Decke. Dann kniete er sich auf den Boden und schob sie zur Seite. Verwirrt drehte er sich zu Serena um.

»Fabian ist nicht hier!«

»Was?« Serena war sofort an seiner Seite. Sie nahm die Decke und schüttelte sie – als ob Fabian sich darin hätte verstecken können.

»Wo kann er nur sein?« Ihre Stimme zitterte, und ihr Gesicht war bleich vor Schreck. »Meinst du, diese Typen im Hummer waren in der Nacht hier und haben ihn mitgenommen?«

Schlimme Vorahnungen stiegen in ihr auf.

Shane schüttelte den Kopf.

»Das hätte ich gehört. Und Tiger auch. Nein, er muss aus eigenem Antrieb gegangen sein.«

»Aber wir hatten doch verabredet, dass wir zusammen weitermachen«, entfuhr es Serena aufgebracht. »Alleine hat er keine Chance!«

»Fabian muss es von Anfang an so geplant haben«, sagte Shane nachdenklich. »Von der Sekunde an, in der wir ihn getroffen haben. Erinnerst du dich, wie bereitwillig er es hingenommen hat, dass wir ihm helfen wollten? Wie bereitwillig er uns alles erzählt hat, aber keine Einzelheiten wie den Namen des Konzerns oder wo sich das Labor befindet?«

Er legte seine Hand mitfühlend auf Serenas Arm. Doch sie entzog sich seiner Berührung und funkelte ihn wütend an.

»Ihr beide habt das so verabredet«, zischte sie. »Fabian wollte nicht, dass ich in Gefahr gerate. Also hat er dich dazu überredet, mich hierzubehalten, und ist allein weitergefahren.«

»Rede doch kein dummes Zeug«, versuchte Shane sie zu beschwichtigen.

»Du bist vielleicht ein Freund!«, rief Serena mit tränenerstickter Stimme. »Du hast ihn einfach gehen lassen!«

»Reena, ich schwöre, ich habe nichts davon gewusst!«

»Und du willst sein Freund sein!«, schrie Serena ihn an. »Du hättest ahnen sollen, dass er uns nicht mitnehmen würde. So ist er nun mal. Er könnte es sich nie verzeihen, wenn einem von uns seinetwegen etwas zustoßen würde!«

»Und du bist seine Schwester«, fuhr Shane ärgerlich auf. »Du hättest es genauso ahnen können wie ich!«

»Ich habe mich viel zu sehr darüber gefreut, Fabian gefunden zu haben, als dass ich mir Gedanken über solche Dinge gemacht hätte«, erwiderte Serena. »Aber du, du bist ein Mann!«

»Was soll das nun wieder heißen? *Du bist ein Mann.* Das hat überhaupt nichts damit zu tun!« Shane fuhr sich aufgebracht durchs Haar und holte tief Luft. »Hör zu, es bringt doch nichts, wenn wir uns streiten.«

Aber Serena hörte ihm nicht zu. Sie stampfte wütend

zu ihrem Schlaflager und griff nach ihrer Tasche. Dann ging sie zielstrebig auf den Spalt im Felsen zu, der zurück zum Wanderweg führte.

Shane war mit einem Satz bei ihr und stellte sich ihr in den Weg.

»Wohin willst du?«

»Ich werde Fabian suchen. Und zwar alleine.« Sie sah ihn finster an.

»Und wie willst du das anstellen? Du hast noch nicht mal einen Wagen!«

»Mir fällt schon etwas ein.«

Serenas hübsches Gesicht wirkte entschlossen, und ihre dunklen Augen funkelten gefährlich. Es war ein solcher Gegensatz zu ihrem sonst so gutmütigen und fröhlichen Wesen, dass Shane sich ein Lächeln nicht verkneifen konnte.

Serena sah ihn finster an.

»Machst du dich etwa über mich lustig?«

»Nein, nein«, erwiderte Shane schnell. »Überhaupt nicht.«

»Dann ist es ja gut«, sagte Serena und verschwand in den dunklen Schatten des Felsspaltes.

»Hey, warte auf mich«, rief Shane. Er packte die Tasche mit dem Proviant, griff nach den Decken und nahm Tiger, der von dem Streit aufgewacht war, auf den Arm. Die Taschenlampe steckte er in seine Tasche. Er hatte keine Hand mehr für sie frei. Dann folgte er Serena durch den Spalt.

Im fahlen Licht des frühen Morgens tastete er sich voran. Endlich erreichte er den Hauptweg.

»Hör mir doch bitte zu«, rief er Serena nach. »Ich habe von Fabians Plänen wirklich nichts gewusst. Das musst du mir glauben!«

Serena ignorierte seine Worte.

Shane holte sie ein. Er packte sie am Arm und zwang sie, ihn anzusehen.

»Reena, bitte. Ich …«, begann er. Dann hielt er plötzlich inne.

»Was ist los?«, fragte Serena verunsichert. Aber Shane bedeutete ihr lediglich, still zu sein.

Im nächsten Augenblick zog er sie hinter einen Felsvorsprung und schob sie, so tief es ging, in das Dunkel der Schatten.

»Da kommt jemand«, flüsterte er.

Serenas Herz pochte laut.

»Fabian?«, fragte sie so leise, wie sie konnte.

Shane schüttelte den Kopf.

»Mehr als ein Mann«, erwiderte er und spähte vorsichtig hinter dem Felsen hervor.

Gleich darauf zog er den Kopf zurück.

»Die Hummer-Typen«, murmelte er.

Serena klammerte sich schutzsuchend an seinen Arm. Die Kerle aus dem Hummer? Wie um alles in der Welt hatten die sie hier finden können?

Shane spähte erneut hinter dem Felsen hervor. Im fahlen Morgenlicht konnte er die Umrisse der drei Männer eindeutig erkennen. Männer in schwarzen Anzügen und mit Pistolen im Anschlag.

Er drückte Serena noch tiefer in den schützenden Schatten des Felsens und legte den Zeigefinger an den Mund.

Serena schloss die Augen. Irgendwie glaubte sie, dass es ihnen half, unentdeckt zu bleiben, wenn sie die Verfolger nicht sah.

Unendlich viel Zeit schien zu verstreichen.

Endlich zupfte Shane sie am Ärmel.

»Sie sind an unserem Versteck vorbeigegangen«, flüsterte er.

»Was sollen wir jetzt bloß machen?«, wisperte Serena.

Shane überlegte einen Augenblick. »Ich glaube, sie haben unseren Wagen noch nicht gefunden. Er steht nämlich nicht auf dem Besucherparkplatz. Die drei kennen sich hier bestimmt nicht aus. Und sie sind aus der Richtung gekommen, in der der Hauptparkplatz liegt.«

Serena sah ihn abwartend an.

»Vielleicht gelingt es uns, unbemerkt zum Wagen zurückzuschleichen. Es ist nicht mehr weit, und die Typen suchen in der entgegengesetzten Richtung nach uns.«

Schleichen? Serena wurde noch mulmiger zumute. Sie war noch nie irgendwo hingeschlichen – schon gar nicht, wenn sich drei bewaffnete Männer in der Nähe befanden, die es auf sie abgesehen hatten.

»Wir müssen den Proviant und die Decken hierlassen«, flüsterte Shane. »Die Sachen werden uns nur im Weg sein.«

»Meine Tasche nehme ich mit«, zischte Serena.

»Meinetwegen«, sagte Shane. Er hatte keine Lust, sich schon wieder mit ihr anzulegen. »Folge mir. Aber pass ja auf, dass du keinen Lärm machst.«

Mit Tiger in der einen und Serena an der anderen Hand schlich Shane in geduckter Haltung im Schatten der Felsenwand entlang. Zum Glück würde es noch eine ganze Weile dauern, bis die ersten Sonnenstrahlen den Boden der Klippen erreichten und die Felsen anstrahlten. Bis dahin würden sie längst am Wagen und in Sicherheit sein.

Die Minuten schienen sich endlos hinzuziehen.

Serena lief, so leise, wie sie konnte, hinter Shane her und verbot sich streng, an die Schlangen zu denken, die sich ebenfalls im Dunkel der Felsen versteckten.

Endlich kamen die wilden Salbeibüsche und schlanken, hohen Espen in Sicht, hinter denen Shane den alten Buick geparkt hatte.

Serena wollte gerade aufatmen, als Shane sie hinter einem großen Salbeibusch in Deckung brachte. Wieder legte er den Zeigefinger an den Mund, und wieder spähte er wachsam umher.

Schließlich bedeutete er ihr zu bleiben, wo sie war, drückte ihr Tiger in den Arm und schlich allein zum Wagen hinüber. Vorsichtig blickte er hinein. Dann schloss er leise die Wagentür auf und ließ sich auf den Fahrersitz gleiten. Behutsam zog er die Tür ins Schloss.

Serena beobachtete jede seiner Bewegungen. Kalter Schweiß stand auf ihren Handflächen.

Da, Shane gab ihr ein Zeichen! Sie sollte zu ihm kommen.

Mit ihrer Tasche über der Schulter und Tiger im Arm sprang Serena zum Wagen hinüber und ließ sich auf den Beifahrersitz fallen.

»Vorsicht mit der Tür«, raunte Shane.

Behutsam zog Serena sie ins Schloss.

Shane verriegelte die Türen. Dann startete er den Motor und ließ den Wagen langsam zurück zur Straße holpern. Die Scheinwerfer schaltete er nicht ein.

Serena hielt den Atem an und wagte es nicht, zu sprechen. Würden die Männer sie bemerken?

Tiger blickte verwundert zu ihr auf. Dann rollte er sich unbeeindruckt auf der Sitzbank zusammen und schlief ein.

»Shane, meinst du, die Typen haben Fabian geschnappt?«, fragte sie in die Stille hinein.

»Das glaube ich nicht«, beruhigte er sie. »Die Kerle folgen uns lediglich deshalb, weil sie denken, dass wir sie zu Fabian führen. Hätten sie Fabian gefasst, dann würden sie nicht mehr nach uns suchen.«

»Wirklich?«

»Wirklich«, sagte Shane und lächelte ihr aufmunternd zu.

XVII

Boss, sieh dir das mal an!«, rief Miller.

Newman war mit wenigen Schritten bei ihm. Er hockte sich hin und stocherte mit einem kleinen Stock in dem schwarzen Haufen herum, den Miller entdeckt hatte.

»Hier hat jemand kürzlich ein Lagerfeuer gemacht«, stellte er fest. »Gestern Abend, schätze ich.«

»Das denke ich auch, Boss.«

»Hier unten sind Fußspuren, Boss«, rief Sorrento zu ihnen hinauf. »Von drei Leuten, nicht nur von zweien.«

Newman lief zu Sorrento und besah sich die Spuren.

»Die sind ganz frisch«, meinte er aufgeregt und blickte sich suchend um. »Die beiden müssen jemanden getroffen haben. Vielleicht sogar Eckehard.«

»Aber sie sind nicht zusammen fortgegangen«, stellte Sorrento fest. »Hier vorne trennen sich die Spuren. Zwei führen nach Westen, eine nach Osten.«

»Ausschwärmen«, befahl Newman. »Aber seid vorsichtig.«

Eine Weile später stellten sie fest, was Newman schon befürchtet hatte. Die drei waren ihnen wieder einmal entwischt.

»Die einzelne Spur endet dort drüben«, meldete

Miller. »Es sieht so aus, als hätte dort ein Wagen gestanden, offenbar ein kleineres Modell. Ist noch nicht lange fort. Keine halbe Stunde, nehme ich an.«

Newmans Blick wanderte zu Sorrento.

»Die anderen beiden Spuren enden bei den hohen Espen dort hinten«, berichtete er. »Das waren Storm Hawk und die Eckehard. Die Reifenspuren passen eindeutig zu dem Buick Regal der Großmutter. Wir müssen sie nur ganz knapp verpasst haben.«

Newman nickte nachdenklich mit dem Kopf. Dann klappte er sein Handy auf und wählte eine Nummer. Mit wenigen Worten berichtete er, worauf sie gestoßen waren.

»Mein Gefühl sagt mir, dass es sich bei der anderen Person um Fabian Eckehard gehandelt hat«, beendete er seine Berichterstattung. »Wie sollen wir weiter vorgehen? – Gut, ich verstehe. Wir können gegen Mittag dort sein. Wo sollen wir Sie treffen? – Alles klar, bis dann.« Er legte auf.

»Auf in die Rocky Mountains, meine Herren«, erklärte er. »Wir sind nach ganz oben abberufen worden. Wir sollen das Labor schützen und sowohl Eckehard als auch Storm Hawk und die Schwester daran hindern, den Operationsablauf in irgendeiner Weise zu beeinträchtigen – mit allen zur Verfügung stehenden Mitteln.«

»Endlich«, freute Sorrento sich und setzte seine dunkle Sonnenbrille auf.

»Das wird ein Spaß«, sagte Miller und rieb sich begeistert die Hände. »Ich kann es kaum abwarten.«

»Das war knapp«, bemerkte Serena. Sie war derart angespannt, dass ihr Körper sich wie ein einziger, riesiger Knoten anfühlte.

»Wohin fahren wir jetzt?«

»Einfach irgendwohin«, erwiderte Shane. »Die Typen werden es schwerer haben, uns zu finden, wenn wir in Bewegung bleiben. Wir fahren, bis wir herausgefunden haben, wo Fabian ist.« Seine Miene war verbissen.

»Das wird uns nie gelingen«, sagte Serena mutlos.

Draußen am Horizont ging die Sonne an einem wolkenlosen Himmel auf. Es würde wieder ein schöner Tag werden. Doch Serena hatte an diesem Morgen kein Auge dafür.

»Natürlich wird es das«, meinte Shane mit ruhiger Stimme. »Der Schlüssel dazu liegt in deinem Traum.«

»In meinem Traum? Aber ich habe keine Ahnung, was der Traum mir sagen will.«

»Dann werden wir es herausfinden. Jetzt, beim Fahren. Wir haben nichts anderes zu tun.« Er sah flüchtig zu ihr hinüber. »Hast du dich schon mal gefragt, warum du in deinem Traum in einer Gärtnerei bist? Ich meine, du könntest genauso gut in einer Bäckerei oder in einem Kaufhaus sein. Aber du bist in einer Gärtnerei.«

Serena sah ihn erstaunt an.

»Ich habe keinen Schimmer«, gab sie ehrlich zu.

»Was macht man in einer Gärtnerei?«, half Shane ihr auf die Sprünge. »Was wolltest du dort? Du hast nach etwas gesucht.«

»Der Mann und ich haben nach einer speziellen Pflanze gesucht«, begann Serena vage. »Und das macht man doch normalerweise auch in einer Gärtnerei. Man kauft Blumen, Sträucher, Pflanzen …«

»Das ist richtig. Und in der letzten Nacht hast du endlich erfahren, um welche Pflanze es sich handelt.«

»Moss Campion«, sagte Serena. »Den Namen werde ich nie vergessen. Aber ich weiß nicht einmal, wie die Pflanze aussieht.«

»Moss Campion ist ein niedrig wachsender Bodendecker mit kleinen, sternartigen rosa Blüten. Wie jede Pflanze hat auch sie einen bevorzugten Standort. Moss Campion wächst zumeist in den alpinen und subalpinen Regionen der Rocky Mountains«, erklärte Shane. »Ich habe sie dort schon oft gesehen.«

»In den Rocky Mountains – also ganz in unserer Nähe.«

»Genau. Und ich glaube nicht, dass dir der Name letzte Nacht rein zufällig offenbart worden ist.« Shane sah sie vielsagend an.

»Du meinst, die Pflanze gibt uns einen Hinweis darauf, wo sich Fabians Ziel befindet?«

»So ist es«, erwiderte Shane. »Aber das ist noch nicht alles. Überleg doch mal, was man mit den Pflanzen macht, die man in der Gärtnerei kauft.«

Serena blickte ihn verwirrt an.

»Man nimmt sie mit nach Hause, gräbt ein Loch und setzt sie in die Erde.«

Shane lächelte zufrieden. Dann bemerkte er Serenas verdutztes Gesicht.

»Verstehst du nicht?«, fragte er. »Ein Loch ... in der Erde ... in den Rockies.«

Plötzlich hellte sich Serenas Gesicht auf.

»Eine Höhle«, rief sie. »Eine Höhle in den Bergen ... Irgendwo in den Rocky Mountains.«

Gleich darauf verschwand das Lächeln von ihrem Gesicht.

»Die Rocky Mountains beginnen irgendwo in Alaska und ziehen sich bis nach Mexiko. Wie sollen wir Fabian da finden?«

»Richten wir uns nach den Tatsachen«, forderte Shane sie auf. »Wir haben Fabian in Kanada getroffen. Und ich bin die Person, die dir hilft, den Traum zu deuten. Ich kenne Moss Campion ausschließlich von meinen Streifzügen in den kanadischen Rockies.«

»Aber das würde bedeuten, dass der Traum mir Tipps gibt, die ich entsprechend meinen derzeitigen Umständen verstehen kann«, wunderte Serena sich.

»Das ist immer so, Reena«, beruhigte Shane sie. »Wir sind ein Produkt unserer Umwelt. Also, wir gehen von den kanadischen Rocky Mountains aus.«

»Das ist immer noch ein riesiges Gebiet, um nach einer Höhle zu suchen.«

»Du gibst zu schnell auf«, stellte Shane fest. »Ist dir nicht aufgefallen, wie scheinbar nebenbei Fabian gestern nachgefragt hat, als ich von dem merkwürdigen eingezäunten Gelände sprach, auf das ich bei meiner Arbeit im Banff National Park *zufällig* gestoßen bin?«

Serena schüttelte den Kopf.

»Und warum betonst du *zufällig* so komisch?«

»Mein Volk glaubt nicht an Zufälle«, erklärte Shane. »Deshalb.«

Serena versuchte, seine Worte zu verarbeiten.

»Und überleg weiter«, forderte Shane sie auf. »Fabian hat gesagt, dass der *Konzern*, wie er es nannte, an dem Ort, zu dem er unterwegs ist, vielen Menschen schreckliche Dinge antut, Experimente. Was ist mit dem Mann in deinem Traum geschehen?«

Er sah sie abwartend an.

»Er ist verschwunden«, erwiderte sie zaghaft. »Spurlos verschwunden. Es war, als hätte er nie existiert.«

Shane nickte.

»Spurlos verschwunden – als er nach dem Moss Campion fragte.«

Serena erschauerte, als ihr die Bedeutung seiner Worte bewusst wurde.

»Sie halten Menschen in dieser Höhle gefangen«, sagte sie mit bebender Stimme. »Eingezäunt wie Tiere … und benutzen sie für irgendwelche Versuche – ohne dass jemand davon ahnt.«

»Der Park ist der perfekte Ort«, führte Shane seine Überlegungen weiter. »Ich meine, niemand würde jemals so eine Einrichtung dort vermuten. Banff ist *das* Aushängeschild für Kanada: Blockhäuser, Wälder und schneebedeckte Bergspitzen, wohin man sich auch wendet. Jeder ist freundlich und zuvorkommend. Alles ist wie im Bilderbuch, ganz die heile Welt. Außerdem verlassen die meisten Leute nie die ausgeschilderten Wege. Es wird nicht gern gesehen, wenn man querfeldein geht und die Natur und Tiere stört. Zudem ist im Park immer viel Betrieb, ganze Busladungen voller Touristen. Ein paar Busse mehr fallen niemandem auf.«

»Mein Gott, Shane«, flüsterte Serena. »Wir müssen etwas unternehmen. Wie kommen wir dorthin?«

»Zuerst müssen wir nach Banff«, erklärte er, ohne den Blick von der Straße zu nehmen. »Dann sehen wir weiter.«

Grelle Warnlichter blinkten vor ihm auf dem Highway. Die Lichter wurden von den schroffen Felswänden zurückgeworfen. Zwei Autos warteten bereits an der Absperrung.

Fabian verlangsamte das Tempo und brachte seinen

Wagen schließlich zum Stehen. Er kurbelte das Fenster herunter und wartete darauf, mit dem Straßenarbeiter zu sprechen, der mit einem Stoppschild und einem Walkie-Talkie ausgerüstet den Verkehr umleitete. Frische kühle Bergluft strömte in den Wagen. Fabian atmete tief ein. Normalerweise liebte er die unberührte Wildnis der Rocky Mountains. Aber heute hatte er ein wichtigeres Ziel. Er trommelte ungeduldig mit den Fingern an die Außenseite der Wagentür und blickte immer wieder in den Rückspiegel.

Schon kam ein weiterer Wagen um die Kurve gefahren. Er hoffte inständig, dass es weder Shane und Serena noch die IPC-Handlanger waren, die hinter ihnen her waren.

Der Wagen hielt direkt hinter ihm. Ein älteres Ehepaar saß darin. Fabian atmete erleichtert auf.

Endlich kam Bewegung in die Autos vor ihm. Sie machten kehrt und fuhren in die Richtung zurück, aus der sie gekommen waren. Fabian hielt bei dem Mann mit dem Stoppschild.

»Was gibt es denn?«, fragte er und lehnte sich aus dem Fenster.

»Der Highway ist auf den nächsten fünf Kilometern bis auf weiteres gesperrt«, erklärte der Mann.

»Ein Unfall?«

»Ich weiß es nicht. Ich habe noch nichts gehört.«

»Können Sie mir sagen, wie lange der Highway gesperrt bleiben wird?«

»Leider nein«, antwortete der Mann. »Aber bestimmt für den Rest des Tages.«

Fabian strich sich grübelnd übers Kinn.

»Hier in den Rockies gibt es wohl keine Umleitungsmöglichkeit?«, fragte er scherzhaft.

»Nein«, lachte der Mann. »Es sei denn, Sie sind ein

Bergschaf.« Dann fügte er hinzu: »Sie müssen zurückfahren und eine andere Route nehmen.«

»Ich muss aber unbedingt heute noch nach Banff«, erklärte Fabian. »Gibt es keine Ausnahmeregelung für dringende Fälle oder wenigstens für Anlieger?«

Der Mann schüttelte den Kopf. »Tut mir leid.«

»Mir auch«, murmelte Fabian.

Er wendete den Wagen und fuhr zurück in Richtung Calgary.

Irgendetwas stimmt hier nicht, dachte er. *Eine Straßensperre genau an der Stelle, an der ich hätte abbiegen müssen, um zum Labor zu kommen. Und der Arbeiter weiß von nichts. Die wissen doch sonst immer als Erste, was passiert ist.*

Fabian grübelte eine Weile vor sich hin. Dann bog er kurz entschlossen in einen überwachsenen Weg ein, der vor langer Zeit einmal von Holzfällern angelegt worden sein musste. Er folgte dem Weg, bis der Highway außer Sichtweite verschwand, und parkte seinen Wagen.

So schnell werdet ihr mich nicht los, dachte er und stieg entschlossen aus.

Serena hatte das Beifahrerfenster heruntergelassen und ihre Kamera hervorgeholt. Sie machte Schnappschüsse von der beeindruckenden Landschaft, durch die sie fuhren.

»Deine Fotos müssen schlimm aussehen. Sie sind bestimmt ganz verwackelt«, scherzte Shane.

»Einige sind ganz gut geworden«, erwiderte Serena mit Kennermiene und sog die kühle Bergluft ein. »Bei solchen Anblicken kann ich mich einfach nicht bremsen. Und Zeit, um anzuhalten, haben wir auch nicht. Also nehme ich, was ich kriegen kann.«

Mittlerweile war es beinahe zehn Uhr vormittags. Sie hatten Lethbridge hinter sich gelassen und waren nach Westen weitergefahren. In Fort Macleod waren sie dann nach Norden abgebogen, in Richtung Calgary. Shane hatte immer wieder in den Rückspiegel geschaut, aber soweit er es feststellen konnte, folgte ihnen der Hummer nicht. Trotzdem hatte er es nicht riskieren wollen, irgendwo anzuhalten.

In Calgary hatten sie kurz getankt und waren dann Richtung Banff weitergefahren. Die Rocky Mountains hatten zunächst wie eine starre, weit entfernte Kulisse am Horizont ausgeharrt. Aber dann waren sie mit einem Mal schnell näher gerückt. Die weite, endlose Prärie war in sanfte, wellenartige Hügel übergegangen, die mit jeder Umdrehung der Wagenräder steiler wurden. Und die Straße schlängelte sich immer höher und höher in die Berge.

Je mehr sie sich Banff näherten, desto karger wurde die Landschaft. Die Kiefern standen dicht an dicht und wuchsen eher schlank und niedrig im Vergleich zu den großen, prächtigen Ponderosa-Kiefern mit ihren weitläufigen Ästen, wie Serena sie am Bear Butte und in Wyoming gesehen hatte. Der Wald wirkte dunkel. Manchmal führte sie der Highway entlang schroffer Felswände, die gleich neben der Straße in tiefe Schluchten abfielen. Dann wieder durchfuhren sie weite Hochtäler, gesäumt von Wäldern und alpinen Wiesen. Schneebedeckte Bergspitzen erstreckten sich in alle Richtungen.

»Shane«, rief Serena plötzlich. »Du musst anhalten. Da vorne liegt irgendetwas neben der Straße!«

Sie durchfuhren eine Bergwiese in einem der Hochtäler. Und zu beiden Seiten der Straße waren große braune Buckel zu sehen.

Shane blickte in die Richtung, in die sie deutete.

»Das sind Wapitis«, erklärte er lachend. »Sie liegen in der Sonne und genießen ihr geruhsames Leben im Park.«

Er verlangsamte den Wagen, damit Serena besser sehen konnte, und hielt schließlich an.

»Wir sind schon im Banff National Park?«, fragte Serena erstaunt.

»Schon eine kurze Weile.«

Serena lehnte sich aus dem Fenster und knipste drauflos.

»Ich habe noch nie einen Wapiti in freier Wildbahn gesehen. Geschweige denn eine ganze Herde«, sagte sie begeistert. »Ich hätte nicht gedacht, dass sie so groß sind.«

Tiger sprang auf ihren Schoß und drängelte sich ans Fenster. Er bellte die Hirsche aufgeregt an.

»Hör doch auf, du Dummerchen«, ermahnte Serena ihn. »Du erschreckst sie nur.«

Aber es war bereits zu spät. Der erste Wapiti erhob sich, und der Rest der Herde folgte. Langsam wanderten sie auf den Schutz der Bäume zu.

»Da hast du es«, meinte Serena enttäuscht.

»Keine Angst«, meinte Shane. »Du wirst noch genug Gelegenheiten haben, Wapitis zu fotografieren.«

Sie fuhren weiter.

»Nanu, was ist denn das?«, fragte Serena kurz darauf verwundert. Vor ihnen war der Highway mit Holzblockaden abgeriegelt, und orangefarbene Warnlichter blinkten ihnen entgegen. Ein Wagen der RCMP parkte am Straßenrand.

»Ich weiß es nicht.«

Shane rollte langsam bis an die Absperrung heran und wandte sich dort an einen jungen Mann, der ein Stoppschild in der einen und einen Walkie-Talkie in der anderen Hand trug.

»Was ist los?«, erkundigte Shane sich.

»Der Highway ist auf den nächsten fünf Kilometern bis auf weiteres gesperrt«, erklärte der junge Mann. »Sie können hier nicht weiterfahren.«

»Aber wir müssen nach Banff.«

»Es tut mir leid«, erwiderte der Mann. »Dann müssen Sie zurück nach Fort Macleod und über Radium Hot Springs ausweichen.«

»Aber das ist ein Umweg von vielen hundert Kilometern.«

»Es tut mir aufrichtig leid«, wiederholte der Mann.

»Was ist denn geschehen?«, fragte Shane. »Warum ist der Highway gesperrt?«

»Das weiß ich nicht. Man hat uns nur gesagt, dass wir den Highway an dieser Stelle abzusperren haben.«

Shane nickte nachdenklich.

»Gibt es ein Problem?«, ertönte plötzlich eine harsche Stimme neben dem Beifahrerfenster.

Serena fuhr erschrocken herum. Sie hatte sich zur Fahrerseite gedreht und Shanes Gespräch mit dem Straßenarbeiter zugehört und nicht damit gerechnet, dass jemand auf der anderen Seite des Wagens stehen könnte.

Ein RCMP-Beamter blickte mit finsterer Miene zum Fenster herein. Als er Serenas Gesicht sah, änderte der Polizist seinen Tonfall jedoch sofort.

»Entschuldigen Sie, Miss. Ich wollte Sie nicht erschrecken«, erklärte er höflich. Dann blickte er an Serena vorbei und musterte Shane eindringlich. »Ist bei Ihnen alles in Ordnung, Miss?«, erkundigte er sich, ohne Shane aus den Augen zu lassen.

»Alles bestens«, erklärte Serena überrascht. »Wir haben uns nur über die Sperrung des Highways unterhalten.«

»Dann wünsche ich Ihnen noch eine gute Fahrt«, sagte der Polizist und wandte sich zu seinem Dienstwagen um.

Serena beobachtete, wie er sein Funkgerät zur Hand nahm und irgendetwas durchgab. Ein flüchtiger Seitenblick auf Shane verriet ihr, dass auch ihm das Verhalten des Beamten nicht entgangen war.

»Wie lange wird der Highway gesperrt sein?«, erkundigte sich Shane noch bei dem Mann mit dem Stoppschild.

»Auf jeden Fall für den Rest des Tages. Mehr kann ich Ihnen nicht sagen.«

»Ich danke Ihnen«, meinte Shane und wendete den Wagen.

»Und was machen wir jetzt?«, fragte Serena niedergeschlagen.

»Jetzt verschwinden wir erst mal außer Sichtweite«, erklärte Shane. »Irgendetwas stimmt hier nicht.«

»Meinst du den Polizisten?«

»Der hat dich von hinten für eine Indianerin gehalten. Deshalb war er zuerst so unfreundlich.«

»Und anschließend, als er so komisch gefragt hat, ob alles in Ordnung sei, da wollte er wohl sichergehen, dass du böser Indianer nicht eine arme weiße Frau entführt hast?«, setzte Serena hinzu.

Shane grinste. »Genau das. Ist mir nicht zum ersten Mal passiert.«

»Du fährst wohl öfters mit jungen Damen in der Wildnis herum, was?«

Shane ging nicht auf ihr Scherzen ein.

»Aber das meinte ich nicht«, sagte er nachdenklich.

»Dass er gleich nachdem er mit uns gesprochen hat, ans Funkgerät gelaufen ist, das fand ich ziemlich merkwürdig. Überhaupt kommt mir die gesamte Sperrung des Highways ein bisschen komisch vor.«

»Wieso?«

»Die unbefestigte Nebenstraße, die wir nehmen müssten, um zu dem eingezäunten Gebiet zu kommen, von dem ich dir erzählt habe, zweigt ungefähr zwei Kilometer von hier vom Highway ab.«

»Was willst du damit sagen?«

»Dass wir erwartet werden – und Fabian auch.«

»Mein Gott«, flüsterte Serena.

»Ich bin mir jetzt absolut sicher, dass wir auf der richtigen Spur sind«, setzte Shane bestimmt hinzu und beschleunigte den Wagen.

»Meinst du, dass die Typen im Hummer uns deshalb nicht gefolgt sind?«, fragte Serena. »Weil sie vermuten, dass wir hierherkommen und sie uns dann einfach nur abzufangen brauchen?«

»Nicht abfangen«, meinte Shane mit finsterer Miene. »Aufhalten – und zwar mit allen Mitteln. Denn wir haben ihr Nest gefunden.«

»Wir müssten die beiden eigentlich bald eingeholt haben«, meinte Miller, während er den Hummer über den Highway steuerte. »Sie können nicht viel eher von diesem Writing-on-Stone Park losgefahren sein als wir.«

»Was redest du da?«, ereiferte Newman sich. »Die beiden können überall sein. Vielleicht haben sie unterwegs irgendwo angehalten, um zu frühstücken, und wir haben sie unwissentlich überholt. Oder vielleicht kennt Storm Hawk irgendeine Abkürzung, die nur den Indianern bekannt ist. Weiß der Teufel.«

Er warf die Hände in die Luft und blickte aus dem Wagenfenster. »Aber das spielt jetzt alles keine Rolle mehr. Wir haben einen neuen Auftrag, und der lautet, das versteckte Labor zu bewachen und dafür zu sorgen, dass kein Unbefugter sich dorthin Zutritt verschafft.«

Ein melodisches Klingeln unterbrach ihn. Newman zog sein Handy aus der Jacketttasche und nahm den Anruf entgegen.

»Was gibt´s?«, erkundigte er sich. Er hörte einen Augenblick zu und hängte dann auf.

»Gute Neuigkeiten, Leute. Unsere Aufgabe hat sich noch einmal geändert. Sowohl Eckehard als auch Storm Hawk und Eckehards Schwester wurden vor kurzem an der Highway-Absperrung gesichtet. Wir sollen sie ausfindig machen und ausschalten, bevor sie das Labor erreichen.«

Er blickte auf und grinste.

»Mir scheint, da hat jemand kalte Füße bekommen.«

»Wir hätten sie sofort erledigen sollen«, murmelte Sorrento. »Als wir sie genau vor der Nase hatten. Das habe ich gleich gesagt.«

»Reg dich nicht auf, Sorrento«, meinte Newman. »Deine Stunde wird bald kommen.«

»Wie sollen wir die drei denn aufspüren?«, fragte Miller, ohne den Blick von der Straße zu nehmen. »Jetzt, wo der Highway gesperrt ist, werden sie sich irgendwo in die Wildnis absetzen und versuchen, das Labor auf diesem Wege zu erreichen.«

»Zerbrich dir darüber nicht den Kopf«, meinte Newman und klopfte ihm beruhigend auf die Schulter. »Ich habe längst einen Plan.«

Miller und Sorrento sahen ihn angespannt an.

»Wir werden uns keine Wanderausrüstung besorgen, falls ihr das befürchtet«, erklärte Newman, als er ihre Blicke bemerkte. »Ich bin kein großer Naturliebhaber. Nein, solche Probleme löst man heutzutage viel einfacher.«

Shane und Serena waren auf dem Weg zurück nach Calgary und hatten beinahe Canmore erreicht, als Shane ganz unerwartet vom Highway abbog.

»Wohin fährst du?«, fragte Serena überrascht.

Der Buick holperte über einen schmalen, unbefestigten Weg, der geradezu in die Wildnis zu führen schien.

»Ein alter Freund meines Vaters lebt hier«, erklärte Shane. »Oder wenigstens hat er hier gelebt, als ich das letzte Mal mit Dad zusammen unterwegs war.«

»Und wie lange ist das her?«

»Oh, ungefähr zwanzig Jahre«, meinte Shane nachdenklich.

»Na dann, viel Glück«, murmelte Serena und hielt sich am Türgriff fest.

Sie mussten gute drei Kilometer weit gekommen sein, als vor ihnen plötzlich eine kleine Hütte auftauchte.

Shane hupte ein paarmal und parkte den Wagen direkt vor dem Haus. Die Tür öffnete sich einen Spalt, und ein Gewehrlauf erschien.

»Was wollt ihr?«, rief eine verärgerte Männerstimme.

»Ich bin es, Shane Storm Hawk«, rief Shane und stieg langsam aus dem Wagen aus. »Björn Bergströms Sohn. Erinnerst du dich nicht an mich?«

»Björns Sohn?«, wunderte der Mann sich laut. »Komm näher, damit ich dich besser sehen kann.«

»Warte hier einen Augenblick auf mich«, bat Shane Serena. »Duke ist ein etwas komischer Kauz. Ich gebe dir ein Zeichen, sobald die Luft rein ist.«

Serena nickte schweigend. Seit Shane und sie sich auf die Suche nach Fabian gemacht hatten, gerieten sie von einer brisanten Situation in die nächste.

Shane ging langsam auf die Hütte zu.

Serena hielt die Luft an.

Mit einem Mal wurde die Haustür aufgerissen, und ein kleiner untersetzter Mann mit finsterer Miene erschien auf der schmalen Veranda. Er hielt eine lange Schrotflinte im Anschlag.

Serena fuhr unwillkürlich zusammen.

Shane hingegen winkte dem Mann gelassen zu.

»Grüß dich, Duke«, sagte er ruhig.

Die Miene des Mannes hellte sich auf.

»Shane, mein Junge«, rief er und strich sich kopfschüttelnd über den langen silbergrauen Bart. »Du bist der letzte Mensch, den ich heute hier erwartet hätte.«

»Schön, dich zu sehen, Duke.« Shane schüttelte die ausgestreckte Hand des Mannes.

»Was führt dich hierher, Junge?«, erkundigte Duke sich. »Es ist doch sicherlich kein Anstandsbesuch.«

»Leider nein«, gab Shane zu und winkte Serena zu sich.

Sie nahm Tiger auf den Arm und ging zu den beiden Männern.

»Duke, darf ich dir Serena Eckehard vorstellen?« Dann wandte er sich an Serena. »Serena, dies ist Duke Baxter. Duke hat viele Jahre lang mit meinem Vater in den Holzfällerlagern im Norden gearbeitet. Sie sind gute Freunde.«

»Der gute alte Björn«, sagte Duke lachend. »Lässt sich viel zu selten hier sehen.«

»Bei uns auch«, meinte Shane.

»Ich freue mich auf jeden Fall sehr, Sie kennenzulernen, Miss«, erklärte Duke und schüttelte ihre Hand. »Und wer ist das?«

»Das ist Tiger«, stellte Serena den kleinen Terrier vor. »Er gehört Shanes Großmutter.«

»Hör zu, Duke«, fuhr Shane ernst fort. »Wir sind in einer ziemlich misslichen Lage, und ich hoffe, du kannst uns helfen.«

»Für den Sohn meines alten Freundes Björn tue ich fast alles.« Duke warf Serena einen flüchtigen Blick zu. »Lass mich raten. Ihr seid durchgebrannt, und jetzt ist ihr wütender Ehemann hinter euch her. Aber keine Angst, ich kann schweigen wie ein Grab.« Er sah grinsend von einem zum anderen.

»Da hast du nicht ganz richtig geraten«, meinte Shane lachend. »Serenas Bruder irrt irgendwo hier in der Wildnis umher, und wir müssen ihn finden.«

Duke sah ihn eindringlich an.

»Es hat nicht zufällig etwas mit der plötzlichen Absperrung des Highways zu tun, oder?«, erkundigte sich der alte Holzfäller mit wissender Miene.

»Was weißt du darüber?«

»Nur das, was mir ein paar Vögelchen zugezwitschert haben«, erklärte Duke geheimnisvoll.

»Und was ist das?«

»Dass mit dem Highway alles in Ordnung ist«, sagte er ruhig. »Dass die ganze Sache nur ein Vorwand ist.« Er rieb sich nachdenklich das Kinn. »Wird ihr Bruder gesucht?«

»Nicht von der Polizei«, erwiderte Shane vage.

Der Holzfäller klopfte Shane auf die Schulter.

»Schon gut, mein Junge. Je weniger ich weiß, desto besser wird es sein. Nun sag mir, wie ich euch behilflich sein kann.«

»Wir brauchen Pferde, Decken und Proviant«, erklärte Shane. »Und wir haben nicht viel Zeit.«

Duke nickte.

»Ich verstehe. Kommt mit.«

XVIII

»Kannst du reiten?« Shane sah Serena abwartend an.

Serena musterte argwöhnisch die beiden Pferde, die Duke für sie gesattelt hatte, und zögerte einen Augenblick. Dann nahm sie all ihren Mut zusammen.

»Sicher.«

Die beiden Männer wechselten einen Blick.

»Ich meine, ich bin noch nie geritten«, erklärte Serena schnell. »Aber so schwer wird es schon nicht sein.«

Duke wandte sich grinsend an Shane.

»Und der kleine Kläffer kommt auch noch mit? Da hast du dir ja etwas vorgenommen. Mit zwei Greenhorns in die Rockies zu reiten erfordert eine Menge Mut.«

»Was heißt hier Greenhorn?« ärgerte Serena sich. »Ich habe schon viele Western-Filme gesehen.«

Sie drückte Shane Tiger in die Arme und ergriff den Sattelknauf des Pferdes, das ihr am nächsten stand. Sie schob ihren Fuß in den Steigbügel und versuchte aufzusteigen. Aber es war schwieriger, als sie vermutet hatte.

»Komm schon, Shane. Hilf mir mal. Das Pferd ist ein paar Nummern zu groß für mich.«

»Hier, halt den Kleinen einen Moment«, wandte Shane sich lachend an Duke. Dann schob er Serena mit Schwung in den Sattel.

Beinahe wäre sie auf der anderen Seite wieder heruntergefallen, doch sie hielt sich mit eisernem Griff am Sattelknauf fest.

»Na los«, forderte sie ihn mit triumphierendem Blick auf. »Wir müssen Fabian finden, bevor diese Typen ihn in die Finger bekommen.«

Duke schüttelte den Kopf.

»Du solltest es dir noch einmal überlegen, Junge. Lass das Mädchen und den Hund hier und such allein nach dem Bruder. Ich passe schon auf die beiden auf.«

»Ich glaube nicht, dass sie sich darauf einlässt«, sagte Shane und warf Serena einen kurzen Blick zu.

Sie schüttelte energisch den Kopf.

»Das habe ich mir gedacht.«

Daraufhin verschwand Duke in der Hütte. Als er ein paar Minuten später wieder erschien, trug er einen Kompass, ein paar Wasserflaschen und eine Tasche voller Proviant bei sich.

»Das nehmt ihr besser mit.«

Shane reichte Tiger an Serena weiter und verstaute die Dinge in den Packtaschen. Dann stieg er in den Sattel des zweiten Pferdes.

Serena wusste, sie würde zum Reiten beide Hände frei haben müssen. Also steckte sie Tiger kurzerhand in ihre Jacke und zog den Reißverschluss zu, bis nur noch Tigers Kopf zu sehen war.

»Das hier nimmst du besser auch mit«, sagte Duke und hielt Shane eine Winchester Kaliber .30-30 und eine Schachtel mit Munition entgegen. »Man weiß nie, auf was man dort draußen alles stößt.«

»Ich danke dir«, sagte Shane. »Für alles.« Er steckte das Gewehr in die dafür vorgesehene Halterung am Sattel und verstaute die Munition in einer der Satteltaschen. Dann beugte er sich vor und schüttelte dem Holzfäller zum Abschied die Hand.

»Noch eine Bitte, Duke. Der Wagen, mit dem wir gekommen sind …«, begann er.

»Parke ich in der Scheune, damit er keine Blicke auf sich zieht.«

»Und falls jemand nach uns fragen sollte …«

»Keine Sorge, Shane. Ich weiß, wie man mit solchen Leuten umgeht.«

»Ich werde es dir nie vergessen, Duke.«

»Nicht der Rede wert. Kommt mir nur gesund und munter wieder.«

»Wir werden uns Mühe geben«, rief Shane über die Schulter und trabte an.

»Übrigens, dein Pferd heißt Thunder, Shane«, rief Duke ihm hinterher. »Und das andere Lightning! Viel Glück!«

Blitz und Donner? Serena schmunzelte.

»Shane, warte«, rief sie und versuchte, ihr Pferd zum Traben zu bringen. »Lightning hat anscheinend nur den ersten Gang!«

Shane zügelte Thunder und wartete auf sie.

»Du musst mit der Zunge schnalzen und die Fersen leicht in seinen Bauch drücken«, erklärte er. »Sieh dir an, wie ich es mache. Es ist ganz leicht.«

Er trabte erneut an.

Serena befolgte Shanes Anweisungen mit Misstrauen. Das Ganze hörte sich zu einfach an. Aber Lightning gehorchte tatsächlich sofort.

»Festhalten, Tiger«, warnte sie den Terrier. »Es geht los!«

Serena hüpfte recht unkoordiniert auf dem Rücken des Pferdes auf und ab und klammerte sich krampfhaft an den Sattelknauf.

»Bequem ist das Reiten nicht«, beschwerte sie sich bei Shane, als sie ihn an der Mündung der langen Einfahrt endlich einholte.

Er grinste. »Du wirst dich bald daran gewöhnen. Versuch dich zu entspannen und mit den Bewegungen des Pferdes mitzugehen.«

»Das sagt sich so leicht«, murmelte sie neidisch. Ihr war nicht entgangen, dass Shane mit scheinbar angeborener Leichtigkeit und Grazie im Sattel saß.

Eine ganze Weile später blickte Serena auf ihre Uhr.

»Bist du dir sicher, dass wir in die richtige Richtung reiten?« Sie waren bereits gute drei Stunden unterwegs, und doch schienen sie ihrem Ziel keinen Schritt näher gekommen zu sein. Shane folgte einem unsichtbaren Pfad durch die Wildnis, der ihr ein Rätsel blieb.

Die Landschaft war unvergleichlich. Die schneebedeckten Gipfel der Rocky Mountains ragten schroff und karg in den wolkenlosen Himmel, und die schlankwüchsigen, moosbewachsenen Kiefern standen dicht an dicht. Gerade ritten sie über eine hochgelegene sattgrüne Bergwiese, auf der zarte bunte Blumen blühten. Die Wiese lag in einer kleinen Senke, durch die ein schmaler Gebirgsbach floss. Die Luft war frisch und klar, und die leichte Brise trug den würzigen Duft der Kiefernnadeln zu ihnen herüber. Die Sonnenstrahlen tauchten die Berge in ein warmes Licht, und Serena konnte nicht abstreiten, dass es ein ganz besonderer Zauber war, der auf diesem unberührten, fast ganzjährig von Schnee bedeckten Stück Wildnis lag.

An jedem anderen Tag wäre Serena von dem Anblick der Natur hingerissen gewesen. Aber nicht heute. Heute trieb sie die Sorge um Fabian. Außerdem verlangte es ihre ganze Energie und Konzentration, nicht vom Rücken des Pferdes zu fallen. Sie waren erst seit wenigen Stunden unterwegs, aber Serena fühlte sich komplett erschöpft – körperlich und geistig.

»Mach dir keine Gedanken«, beantwortete Shane ihre Frage. »Ich kenne mich in dieser Gegend sehr gut aus. Wenn wir immerzu nach Westen reiten, können wir unser Ziel nicht verfehlen.«

Er drehte sich zu ihr um und musterte sie.

»Vielleicht sollten wir hier am Bach eine kurze Rast einlegen«, überlegte er. »Die Pferde haben harte Arbeit geleistet und verdienen eine Verschnaufpause.«

Die Pferde, dachte Serena ärgerlich. *Und was ist mit mir?*

»Und ich glaube, du kannst auch eine kleine Pause vertragen«, stellte Shane kurz darauf fest, geradeso, als hätte er ihre Gedanken gelesen.

Er schwang sich lässig aus dem Sattel. »Brauchst du Hilfe beim Absteigen?«

»Quatsch«, wehrte Serena ab.

Shane ließ Thunder am Bachlauf trinken.

»Bring Lightning zum Wasser, sobald du abgestiegen bist«, rief er ihr über die Schulter zu.

Serena versuchte sich hinabzuschwingen, aber sie schaffte es nicht. Ihr Körper war so steif und verkrampft, sie konnte sich nicht bewegen.

»Wo bleibst du?«, fragte Shane und blickte sich verwundert nach ihr um.

»Oje«, sagte er, als er Serenas verzweifelten Gesichtsausdruck bemerkte. Er ließ Thunder am Bach zurück und kam ihr zu Hilfe.

»Ein bisschen steif?«, fragte er mitfühlend.

Sie nickte verlegen.

»Mach dir nichts draus. Wir haben alle mal so angefangen. Du wirst sehen, morgen wird es schon viel besser gehen.«

Morgen?, dachte Serena und brachte ein gequältes Lächeln zustande. An morgen wollte sie gar nicht erst denken.

»Komm, gib mir Tiger und dann lass dich einfach aus dem Sattel fallen«, forderte Shane sie auf. »Ich fange dich auf.«

Serena reichte Shane den kleinen Terrier. Er setzte ihn auf den Boden, und Tiger lief munter umher. Ihm machte das Reiten offenbar nicht zu schaffen.

»Und jetzt du«, forderte Shane sie auf und streckte ihr die Arme entgegen.

Serena zögerte. Da packte Shane sie kurzerhand an der Taille und hob sie mit einer solchen Leichtigkeit aus dem Sattel, als sei sie eine Feder.

Serena hielt sich noch immer an seinen Schultern fest, als sie längst wieder Boden unter den Füßen hatte. Ihre Knie waren wackelig, und sie konnte kein Gleichgewicht finden. Sie wusste jedoch nicht, ob es daran lag, dass sie zu lange auf dem Pferd gesessen hatte, oder daran, dass Shane sie mit seinen dunkelblauen Augen fast zärtlich anblickte.

Sie errötete und räusperte sich verlegen.

»Ich werde mal dort drüben hinter die Büsche gehen und … Na, du weißt schon«, sagte sie und wandte sich ab.

»Pass auf, welche Stelle du dir aussuchst«, rief Shane ihr fürsorglich hinterher. »Hier streunen alle möglichen wilden Tiere umher. Und halte nach Bienen Ausschau!«

Er wandte sich lächelnd den Pferden zu und suchte in den Satteltaschen nach etwas Essbarem.

Kurz darauf kam Serena zum Bach zurückgelaufen. Ihr Gesicht war bleich, und ihre Hände zitterten.

»Reena, was ist passiert?«, fragte Shane und lief ihr besorgt entgegen.

»Ein Bär!«

»Wo?« Shane griff nach der Winchester, die Duke ihnen geliehen hatte.

»Gleich da drüben, wo ich …«

»Hast du ihn gesehen oder nur gehört? Und hat er dich gesehen?«

»Gesehen habe ich ihn nicht«, erklärte Serena und blickte sich unruhig um. »Aber die Äste des Baumes waren voller Bärenhaare.«

Shanes Körper entspannte sich. »Bärenhaare? Zeig mir das besser mal.«

Serena nahm Tiger auf den Arm und führte Shane zu der Stelle, an der sie eben gewesen war. Die Wiese endete hier und der Wald begann. Einige niedrige Büsche wuchsen unter den Kiefern.

»Ich war dort drüben«, Serena deutete auf die Büsche. »Dann bin ich hier entlang zu euch zurückgegangen. Und hier«, sie deutete auf eine der Kiefern, »hier sind die Bärenhaare.«

Shane trat näher und besah sich die Äste sorgfältig. Aber er konnte beim besten Willen keine Haare oder Fellfetzen eines Bären entdecken.

»Siehst du es denn nicht?«, fragte Serena aufgeregt. »Gleich hier.« Sie deutete auf ein hellbraunes, haariges Etwas, das an einem Ast hing.

»Das?«, fragte Shane verdutzt. Dann brach er in schallendes Gelächter aus.

»Was ist denn daran so lustig?« Serena war gekränkt.

»Reena, das ist doch kein Bärenhaar«, brachte Shane mühselig hervor und versuchte verzweifelt, das Lachen zu unterdrücken. »Das ist eine Flechte.«

»Eine *Flechte*?«, wiederholte Serena verwirrt.

»Ja, eine Art Baumflechte«, gluckste Shane amüsiert. »Die wachsen hier überall. Sieh dir doch mal die anderen Zweige an und die anderen Bäume. Das Zeug hängt überall.« Er lachte noch immer. »*Bärenhaare*«, setzte er hinzu. »Dein *Bär* dürfte keinen Fetzen Fell mehr auf dem Buckel haben, wenn dies hier alles Bärenhaare sind. Und ist dir schon mal aufgefallen, wie hoch im Baum die *Bärenhaare* hängen? Da kommt kein normalwüchsiger Bär an.«

»Deshalb war ich ja so beunruhigt«, sagte Serena kleinlaut und etwas enttäuscht. Hier draußen in der Wildnis konnte sie wohl gar nichts richtig machen. »Ich dachte, es sei ein riesiger Bär – ganz in unserer Nähe. Womöglich ein Grizzly.«

»Ein Grizzly«, lachte Shane. »Bevor du im Wald auch nur ein Stückchen von so einem Kerl zu sehen bekommst, wirst du ihn riechen.«

Er legte freundschaftlich den Arm um ihre Schulter.

»Komm, lass uns nachsehen, was Duke uns an Proviant eingepackt hat. Ich bin am Verhungern.«

Etwas später saßen sie an dem schmalen Gebirgsbach, und Serena ließ ihre nackten Füße im eiskalten Wasser baumeln.

»Wer um alles in der Welt hat diese Zusammenstellung erfunden?« Argwöhnisch besah sie sich das Sandwich, das Shane ihr reichte. »Erdnussbutter und Marmelade auf weißem Toastbrot?«

»Ganze Generationen nordamerikanischer Kinder sind mit diesem Zeug groß geworden«, stellte Shane belustigt fest. »Man sagt uns immer wieder, wie ausgewogen die Nährstoffkombination in einem solchen Sandwich ist.«

»Jetzt wird mir einiges klar«, entgegnete Serena schwach. Sie biss ein großes Stück ab und sagte mit vollem Mund: »Haben wir noch anderen Proviant, oder ist dies alles?«

»Ich habe nichts anderes gefunden«, erklärte Shane und versuchte, ernst zu bleiben. Er musste dann aber doch grinsen, Serenas entgeisterter Gesichtsausdruck war einfach zu herrlich.

»Dann faste ich vielleicht lieber, bis wir zurück sind«, murmelte sie.

Hoch über ihnen zog ein großer schwarzer Vogel anmutige Kreise über der Bergwiese. Ab und zu ließ er seinen einsamen Schrei ertönen.

Serena legte sich auf den Rücken und beobachtete das Tier.

»Was ist das für ein Vogel?«, fragte sie fasziniert und griff nach ihrer Kamera.

»Das ist ein Rabe«, erklärte Shane. »Du kannst es an den Lauten erkennen, die er ausstößt. Es ist mehr ein Krächzen, nicht der helle, durchdringende Schrei eines Rotschwanzbussards beispielsweise. Und mit ein bisschen Übung kann man die verschiedenen Vögel im Flug auch an der Form der Schwanzfedern und an den Schwingen erkennen.«

»Von hier unten aus?«

Shane nickte.

Serena setzte sich auf.

»Du weißt so viel über Pferde und wilde Tiere und Pflanzen – über die Wildnis an sich«, seufzte sie. »Ich komme mir vor wie ein Kleinkind, das nichts weiß und nichts kann.«

»Ich weiß viel über diese Dinge, weil ich mit ihnen aufgewachsen bin«, sagte Shane. »Das ist alles. Mein Volk hat Tausende von Jahren in der Wildnis gelebt. Da muss man sich mit den Pflanzen und Tieren gut auskennen, sonst überlebt man nicht lange. Und was Pferde anbelangt, sie sind seit langer Zeit ein fester Bestandteil unserer Kultur.«

Er legte seine Hand auf ihren Arm und sah sie ermutigend an. »Warte es nur ab, wenn du erst ein bisschen mehr Routine entwickelt hast und besser verstehst, was das Pferd dir sagen will, dann wird dir das Reiten viel Spaß machen.«

Serena sah ihn zweifelnd an.

»Ich weiß nicht. Ich kann Lightning nicht dazu bringen, auch nur irgendetwas von dem zu tun, was ich von ihm will. Ich bin froh, dass wir zu zweit unterwegs sind. Er läuft einfach hinter Thunder her.«

»Das liegt daran, dass du Lightning mit deinen ständigen Körperbewegungen durcheinanderbringst«, erklärte Shane. »Lightning ist ein ausgebildetes Westernpferd. Er reagiert auf jede noch so kleine Bewegung von dir. Drehst du deinen Körper ein wenig nach rechts, dann ist das sein Kommando, nach rechts zu gehen. Drehst du dich nach links, so meint Lightning, er solle sich dorthin wenden. Du drehst dich alle paar Sekunden nach irgendwelchen Sachen um, die dir beim Vorbeireiten auffallen. Erst nach links, dann nach rechts. Der arme Lightning kann nicht ahnen, dass er trotz all dieser Kommandos einfach immer weiter geradeaus laufen soll.«

»Du meinst also, es ist ein reines Kommunikationsproblem?«, hakte Serena hoffnungsvoll nach.

»Natürlich. Du musst einfach versuchen, still im Sattel zu sitzen.«

»Und wenn ich mir mal etwas ansehen oder dich etwas fragen will?«

»Dann beweg nur den Kopf«, erklärte Shane. »Aber es gibt noch viele andere Sachen, an denen du dich beim Reiten orientieren kannst. An den Ohren eines Pferdes beispielsweise kannst du genau ablesen, was in ihm vorgeht. Hört es deiner Stimme zu oder hat es eine Gefahr gewittert? Ist es entspannt oder verärgert? Das wirst du mit der Zeit zu unterscheiden lernen. Und dann warte erst einmal ab, bis du über die weite Prärie galoppierst«, fügte er schwärmerisch hinzu. »Das ist ein unbeschreibliches Gefühl.«

Sie beendeten ihren Imbiss und ritten weiter. Es dauerte nicht lange und sie erreichten einen tiefen Abgrund. Der einzige Weg, der daran vorbeiführte, war ein schmaler Pfad an einer steilen Felswand.

»Du hast doch wohl nicht vor, dort hochzureiten?«, fragte Serena entgeistert.

»Es sieht gefährlicher aus, als es ist«, meinte Shane.

Serena war nicht ganz so zuversichtlich.

»Shane, der Weg ist kaum breit genug, um zu Fuß auf ihm zu gehen. Dazu kommt die Felswand auf der einen Seite, und auf der anderen geht es steil in die Tiefe. Ein falscher Tritt und …« Sie wagte nicht daran zu denken und schloss unwillkürlich die Augen. »Ich bin wirklich keine gute Reiterin, und Höhenangst habe ich auch.«

»Es tut mir sehr leid«, sagte Shane bestimmt. »Aber es gibt keinen anderen Weg. Und unser Ziel befindet sich auf der anderen Seite des Berges. Fabian auch. Da bin ich mir sicher.«

Er trieb Thunder zum Weitergehen an.

»Mach dir keine Sorgen«, rief er ihr über die Schulter zu. »Lightning hat einen sicheren Tritt. Er wird Thunder einfach folgen. Und noch etwas: Reite nicht zu dicht auf. Hier oben ist kein Platz für Überholmanöver.«

Serena saß fassungslos auf ihrem Pferd und starrte Shane nach. Sie wusste nicht, wie sie den Mut aufbringen sollte, sich auf den schmalen Pfad hinauszuwagen.

Lightning machte es ihr einfach. Er wartete eine Weile geduldig auf ein Kommando zum Aufbruch, aber als er keines bekam und Thunder sich immer weiter von ihnen entfernte, entschloss er sich kurzerhand dazu, auf eigene Faust loszulaufen.

Serenas Hände waren schweißnass. Sie saß wie erstarrt auf dem Rücken des Pferdes und klammerte sich an den Sattelknauf. Tiger presste sie mit ihrer freien Hand an sich.

Lightning lief langsam und mit sicheren Schritten den steinigen Pfad entlang. Er blickte nicht nach links oder rechts, sondern einfach nur geradeaus.

Serena versuchte, es ihm nachzumachen.

Nicht nach unten schauen, wiederholte sie in Gedanken immer wieder. *Nicht nach unten schauen.*

Sie entdeckte ein paar Bergschafe, die geschickt über die Felsen kletterten. Die Tiere hatten zotteliges, helles Fell und große, rundgeschwungene Hörner. Sie waren an der Felswand nur schwer auszumachen.

»Wenn ich das nur auch könnte«, seufzte Serena leise.

Der Pfad war so schmal, dass ihr Knie ein paarmal die schroffe Felswand streifte. Sie fuhr erschrocken zusammen und klammerte sich instinktiv noch fester an den Sattelknauf. Ihr Blick löste sich für einen Augenblick vom Weg, und sie entdeckte weit unter sich die Wipfel der Bäume, die in der Tiefe des Abgrundes wuchsen. Ihr wurde schwindelig, und die Wildnis verschwamm vor ihren Augen. Es verlangte ihre ganze Konzentration und Willenskraft, um nicht das Gleichgewicht zu verlieren und hinabzustürzen.

Die Minuten zogen sich endlos dahin. Serena wusste nicht, wie viel des Weges sie bereits zurückgelegt hatte oder wo Shane sich befand. Alles, was sie wahrnahm, war Lightnings steter Hufschlag auf dem felsigen Untergrund. Er war gleichmäßig und rhythmisch wie ein Herzschlag. Und ebenso beruhigend.

Für Serena war es der Herzschlag der Wildnis, den sie zu vernehmen meinte. Und mit einem Mal fiel alle Anspannung von ihr ab. Sie spürte, sie konnte Lightning vertrauen. Sie spürte, er würde sie sicher ans Ziel bringen.

»Hey, ihr könnt anhalten!« Shanes Stimme riss sie in die Gegenwart zurück.

»Was?« Serena sah sich verwirrt um.

Der schmale Pfad war zu Ende. Sie hatten den Abgrund wohlbehalten hinter sich gelassen. Sie waren nicht in die Tiefe gestürzt. Vor ihnen befand sich eine breite Öffnung im Felsen. Dahinter lag eine weitläufige blumenübersäte Bergwiese, die am gegenüberliegenden Ende an den Wald grenzte.

»Du bist hoffentlich nicht den ganzen Weg mit geschlossenen Augen geritten«, neckte Shane sie.

Serena blickte zu ihm auf. »Ich hatte die Augen geschlossen?«

Shane sah sie ernst an.

»Das nächste Mal …«, begann er.

»Das möchte ich nicht noch einmal durchmachen«, stellte Serena energisch fest und fand wieder zu sich selbst.

»Na, dann hol wenigstens deine Kamera raus«, meinte Shane. »Hier drüben gibt es etwas zu fotografieren. Oder hast du eben schon Fotos gemacht, als wir an der Felswand entlanggeritten sind?«

Serena starrte ihn fassungslos an. Hatte er auch nur die leiseste Idee, was sie in den vergangenen Minuten durchgestanden hatte?

»Eben war ich zu beschäftigt damit, am Leben

zu bleiben«, zischte sie. »Ich hatte keine Zeit für Fotos.«

»Aber das hier wird dich interessieren«, sagte Shane lachend. »Komm, steig einen Augenblick ab.«

Serena ließ sich aus dem Sattel gleiten und ging zu ihm.

»Was gibt´s?«, fragte sie in schärferem Ton, als sie eigentlich beabsichtigt hatte.

»Moss Campion«, sagte Shane und deutete auf die Felswand.

»Oh, Shane, wie hübsch das ist!«, stellte Serena begeistert fest und beugte sich hinunter, um es genauer zu betrachten.

Sie konnte sich nicht vorstellen, woher die Pflanze hier, auf dem kargen Boden zwischen all den Felsen, die Kraft zum Wachsen nahm. Aber der Standort schien ihr zu gefallen. Sie breitete sich wie ein üppiger grüner Teppich zwischen den Felsbrocken aus, und ihre rosa Blüten leuchteten im Sonnenlicht wie kleine Sterne.

Serena holte ihre Kamera aus der Satteltasche und knipste drauflos. Und das nicht nur, weil die Pflanze in ihrem Traum vorgekommen war. Sie hätte sie auch fotografiert, wenn sie nichts über sie gewusst hätte. Der Kontrast zwischen Fels und Blütenmeer war einfach zu fantastisch.

»Danke, dass du mir das gezeigt hast«, wandte sie sich an Shane, als sie genug Fotos gemacht hatte. »Das bedeutet mir sehr viel.«

Shane erkannte an ihrer Stimme, dass Serena nun wieder ganz die Alte war. Darauf hatte er gehofft. Wenn sie Fabian finden und ihm bei seinem Vorhaben helfen wollten, dann mussten sie mehr als nur ihre fünf Sinne beieinander haben.

»Komm, lass uns weiterreiten«, sagte er zufrieden.

»Ich möchte heute so nahe wie möglich an die Höhle herankommen.«

»Wie weit ist es noch?«, erkundigte Serena sich beim Aufsteigen.

»Ohne Zwischenfälle sollten wir sie morgen früh erreichen. Ich will nicht zu dicht an der Höhle übernachten, für den Fall, dass man uns auflauert.«

Sie ritten durch den Felsspalt und dann einen kleinen Hang hinunter bis zur Bergwiese.

»Ich hoffe, wir stoßen auf Fabian, bevor er die Höhle erreicht«, sagte Serena.

»Das hoffe ich auch«, erwiderte Shane, ohne die Umgebung aus den Augen zu lassen.

Mit einem Mal brachte er sein Pferd jäh zum Stehen. Beinahe wäre Serena mit ihm zusammengestoßen.

»Was ist los?«

»Dort drüben ist ein Bergschaf gerissen worden.« Shane deutete auf ein paar niedrige Büsche zu ihrer Rechten.

»Sollen wir absteigen?«

»Auf keinen Fall«, meinte Shane. »Was immer für ein Tier das auch getan haben mag, es könnte sich noch ganz in der Nähe aufhalten.«

»Was meinst du, was es gewesen sein könnte?«

Shane zuckte mit den Schultern. »Das ist von hier aus schwer zu sagen. Ein Puma vielleicht oder ein Bär.«

»Gibt es hier Wölfe?«

»Das schon, aber …«, begann Shane. Er führte den Satz nicht zu Ende. Etwas anderes hatte seine Aufmerksamkeit auf sich gezogen.

»Thunder hört irgendetwas«, erklärte er leise und setzte sich kerzengerade im Sattel auf. »Siehst du, wie er die Ohren aufgerichtet hat und sich umsieht?«

»Lightning verhält sich genauso«, stellte Serena fest und blickte beunruhigt umher.

»Sei einen Augenblick still«, forderte Shane sie auf. »Ich glaube, ich höre auch etwas.«

XIX

Shane und Serena lauschten angespannt. Da war es wieder! Ein merkwürdiges, gleichmäßiges Dröhnen.

Die Pferde ließen aufmerksam ihre Ohren spielen. Das Geräusch hallte von den Felswänden wider. Sie konnten nicht genau feststellen, aus welcher Richtung es kam.

Mit einem Mal wusste Shane, was es war.

»Ein Helikopter!«, rief er alarmiert. »Wir müssen von hier verschwinden.«

Serena sah ihn verwirrt an. Dann flog eben ein Hubschrauber über die Berge. Das war doch nicht so schlimm.

»Schnell!«, rief Shane. »Der Wald am anderen Ende der Wiese. Wir müssen die Bäume erreichen, bevor der Helikopter uns entdeckt!«

»Aber wieso …?«

Doch Shane fiel ihr mit einem einzigen Wort dazwischen: »Fabian.«

Sie verstand.

Shane gab seinem Pferd die Sporen und galoppierte über die Wiese davon. Der Waldrand war einen guten Kilometer weit entfernt, und der Helikopter kam immer näher. Serena konnte das gleichmäßige Dröhnen jetzt viel deutlicher hören. Sie würde es niemals rechtzeitig schaffen!

Sie hatte keine Wahl. Sie musste es versuchen. Serena griff nach dem Sattelknauf und presste ihre Fersen in Lightnings Flanken. Lightnings erste Schritte waren holprig, und Serena rutschte unsanft im Sattel hin und her. Schneller und immer schneller ritten sie über das struppige Gras. Und je ungestümer Lightning galoppierte, desto ausholender und gleichmäßiger wurden seine Bewegungen. Nie hätte Serena angenommen, dass ein Pferd in so kurzer Zeit ein solches Tempo erreichen konnte. Instinktiv beugte sie sich nach vorn. Der Wind drückte gegen ihren Körper. Lightnings lange Mähne flatterte wild umher und schlug in rhythmischen Abständen in ihr Gesicht. Serena packte eine Handvoll des Haares und hielt sich daran fest. Lightning schoss in gestrecktem Galopp über die Wiese. Eine unbändige Kraft ging von ihm aus. Seine Hufe schienen den Boden kaum zu berühren.

Ein grenzenloses Gefühl von Freiheit überkam Serena, und sie jauchzte laut auf.

Zu schnell war der Ritt vorüber. Sie erreichten den Waldrand, und Serena zügelte Lightning. Ihr Haar war vom Wind zerzaust und ihr Gesicht gerötet. Sie lachte Shane ausgelassen an.

»Komm weiter, tiefer zwischen die Bäume«, drängte er.

»Haben wir es rechtzeitig geschafft?«, fragte Serena außer Atem und klopfte Tiger aufmunternd auf den Rücken. Er hatte die ganze Zeit über brav in ihrer Jacke gesessen.

»Gerade eben«, stellte Shane fest und deutete nach oben. Ein weißer Punkt erschien hinter dem Berghang und näherte sich schnell.

»Sieh nur, wie tief der fliegt«, bemerkte Serena. »Als suchten sie nach etwas.«

»Nicht *etwas*, *jemand*«, stellte Shane sachlich fest. »Uns.«

Serena lief ein kalter Schauer über den Rücken. Für einen kurzen glücklichen Moment hatte sie den Anlass für den schnellen Ritt vergessen.

Im Schutz der dichtstehenden Kiefern beobachteten Serena und Shane, wie der Helikopter langsam über der Bergwiese kreiste. Er flog so tief, dass er beinahe die Wipfel der Bäume streifte.

»So ein Idiot«, ärgerte Shane sich. »Der wird mit seiner Tieffliegerei die ganze Tierwelt in Unruhe versetzen. Und aufgebrachte wilde Tiere brauchen wir jetzt nicht auch noch.«

Gleich darauf begann Tiger, leise zu knurren.

»Was er wohl hat?«, wunderte Serena sich. Sie strich dem kleinen Hund beruhigend über den Kopf.

Shane blickte sich aufmerksam um.

»Ich habe es ja geahnt«, sagte er und deutete auf die Wiese hinaus. »Der Helikopter hat einen Bären aufgescheucht.«

Serenas Blick folgte seiner ausgestreckten Hand. Sie entdeckte ein großes, dunkles Etwas, das am anderen Ende der Bergwiese durchs Gras lief.

»Ist es ein Schwarzbär?«, erkundigte Serena sich interessiert und fischte nach ihrer Kamera.

»Das ist ein Grizzly, Reena«, erklärte Shane mit respektvoller Stimme. »Siehst du den Buckel über seiner Schulter? Wie deutlich man ihn von hier aus erkennen kann, obwohl er so weit weg ist. Es ist ein großes Tier.«

Er wartete einen Augenblick ab. »Er läuft in unsere Richtung. Vergiss die Kamera. Wir sollten schleunigst von hier verschwinden.«

»Aber du hast doch das Gewehr.«

»Das stimmt schon«, sagte Shane. »Aber ist ein Foto

es wirklich wert, dass ich den Bären vielleicht töten muss? Überleg doch: Wenn wir hier abwarten, nur damit du eine Aufnahme machen kannst, und der Bär greift uns an, weil er durch den Helikopter in Panik geraten ist und wir ihm den Fluchtweg abschneiden, dann bleibt mir nichts anderes übrig, als ihn zu erschießen.«

»Von dieser Seite aus habe ich die Sache nicht betrachtet«, sagte Serena entschuldigend. »Komm, reiten wir weiter und lassen wir den Bären in Ruhe.«

Stunden später, die Sonne war bereits untergegangen, erreichten sie eine kleine Lichtung. Sie war dicht mit Kiefern umstanden, und ein schmaler Bach schlängelte sich durch das sattgrüne Gras.

»So, hier können wir übernachten«, erklärte Shane.

»Wie weit ist es von hier bis zur Höhle?«, fragte Serena und ließ sich erleichtert aus dem Sattel gleiten. Es war ein aufregender und anstrengender Tag für sie gewesen.

»Zu Pferd eine gute Stunde«, erklärte Shane. »Ich möchte das Lager nicht zu dicht an der Höhle aufschlagen. Ich will niemandem in die Arme laufen – schon gar nicht im Dunkeln.«

Serena setzte Tiger ins Gras. Dann nahm sie Lightnings Zügel und folgte Shane, der Thunder zum Trinken an den Bach führte.

Sie war überrascht, dass Shane die Lichtung als Lagerplatz vorgeschlagen hatte. Nachdem am Nachmittag der Helikopter aufgetaucht war, waren sie ausschließlich im Schutz des Waldes weitergeritten. Sie hatten den Hubschrauber anschließend noch ein paarmal gehört, waren aber unter den Bäumen vor ihm sicher gewesen.

»Was ist, wenn der Helikopter wiederkommt?«,

fragte sie Shane deshalb, als sie neben ihm am Bachlauf stand. »Sollten wir nicht lieber irgendwo unter den Bäumen übernachten?«

Er lächelte sie anerkennend an.

»Ich sehe, du lernst schnell. Und du hast recht, im Wald ist es sicherer. Wir werden unser Lager auch dort aufschlagen. Aber die Pferde brauchen Futter, und wir haben keines dabei. Also müssen wir sie eine Weile grasen lassen.«

»Ich verstehe.«

»Wenn die Pferde genug getrunken haben«, erklärte Shane, »suchen wir uns eine geeignete Lagerstelle unter den Bäumen am Rande der Lichtung. Wir satteln die Pferde ab und lassen sie ganz in unserer Nähe grasen, bis sie satt sind. Für die Nacht bauen wir ihnen einen provisorischen Paddock, damit sie von der Luft aus nicht zu sehen sind.«

Sie brauchten nicht lange nach einer geeigneten Stelle zu suchen. Shane hatte schon oft in den Bergen übernachtet und ein gutes Auge für solche Dinge. Er hielt zielstrebig auf den felsigen Berghang zu, der sich wenige Meter von der Lichtung entfernt aus dem Wald erhob.

Serena blickte sich aufmerksam um. Die Kiefern standen bis dicht an die Felswand und würden das Lager vor neugierigen Blicken aus der Luft schützen. Der schmale Gebirgsbach floss ganz in der Nähe, so dass sie Wasser hatten, und bis zur Lichtung waren es nur wenige Meter.

Sie sattelten die Pferde ab und brachten sie zum Grasen auf die Wiese. Dort legte Shane den Tieren merkwürdige Stricke an den Vorderbeinen an.

»Was ist denn das?«

»Das sind *hobble*«, erklärte Shane. »So können die Pferde in Ruhe grasen und sich mit den freien Hinterbeinen im Notfall auch gegen Angreifer zur Wehr setzen. Sie können allerdings nicht weglaufen. Aber nun komm, wir müssen noch den Paddock und für uns einen Windschutz bauen.«

Sie kehrten zum Lagerplatz zurück.

Der Paddock war einfach zu errichten, wie Serena sehr bald feststellte, obwohl Tiger ihnen ständig im Weg war. Shane nahm das Seil, das an seinem Sattel hing, und spannte es hüfthoch und im Viereck um ein paar Kiefernstämme.

Serena begutachtete sein Werk argwöhnisch.

»Das soll die beiden Pferde vom Ausbrechen abhalten? Sieht nicht sehr stabil aus.«

Shane lachte.

»Es ist mehr eine visuelle Barriere«, sagte er. »Thunder und Lightning sind so gut ausgebildet, dass sie auch ohne das Seil in unserer Nähe bleiben würden. Aber sollten die beiden in der Nacht unruhig werden, dann können wir sie mit Hilfe ihrer Führstricke ganz schnell an dem gespannten Seil festbinden.«

Serena beließ es dabei. Hier draußen in der Wildnis war Shane derjenige, der Erfahrung hatte und sich auskannte.

»Es wird kühl«, bemerkte sie und rieb sich fröstelnd die Arme. »Vielleicht sollten wir ein Feuer machen, bevor wir anfangen, den Windschutz zu bauen.«

Shane blickte erstaunt auf.

»Wir können kein Feuer machen, Reena«, erklärte er, als sei es ganz offensichtlich. »Der Rauch würde uns sofort verraten.«

»Oh«, sagte Serena. »Natürlich.« Daran hatte sie nicht gedacht. Und sie hatte sich schon so auf eine heiße Tasse Tee oder Kaffee gefreut. Aber daraus wurde an diesem Abend augenscheinlich nichts.

Als Nächstes bauten sie also den Windschutz. Auch dieses Vorhaben war viel schneller erledigt, als Serena es sich vorgestellt hatte. Shane schlug mit einer kleinen Axt zwei dicke gegabelte Äste und steckte sie direkt an der Felswand etwa zwei Meter voneinander entfernt in den Boden, so dass die gegabelten Enden nach oben zeigten. Eine kleine, geradegewachsene Kiefer diente als Querstrebe zwischen den beiden Astgabeln.

»Wir brauchen noch ein paar lange starke Stangen«, erklärte er und sah sich suchend um. »Hier, die Äste dieses umgestürzten Baumes sind ideal.«

Serena half ihm, die Äste vom Baumstamm abzuschlagen und die Zweige zu entfernen.

»Jetzt lehnen wir die Äste gegen die Querstange«, sagte Shane und zeigte ihr, wie sie es machen sollte.

»Sieht aus wie ein halbes Hausdach«, meinte Serena mit prüfendem Blick.

»Genau. Nun decken wir noch eine dicke Schicht aus Kiefernzweigen darüber, und dann ist der Windschutz fertig.«

Eine Weile später kroch Serena unter das provisorische Dach, um zu sehen, wie es sich darunter schlafen ließ. Es war nicht viel Platz. Gerade genug für zwei Leute, wenn man sich auf die Seite legte.

»Ist ein bisschen hart«, bemerkte sie, als sie wieder ins Freie kroch. »Aber viel angenehmer als hier, weil es dort windstill ist.«

»Es ist nicht das Beverly Hills Hotel«, meinte Shane lachend, »aber ich denke, wir werden es überleben. Wenn du willst, können wir noch ein paar Zweige und Farnkraut auf den Boden legen, damit es etwas weicher wird. Aber ich befürchte, dass es trotzdem recht hart bleiben wird.«

Also breiteten sie noch einige Kiefernzweige und ein paar Armvoll Farnkraut auf dem Boden des Windfanges aus.

Als sie mit ihrer Arbeit fertig waren, war es schon schummrig. Sie gingen, Tiger im Schlepptau, zur Lichtung, um die Pferde zum Lager zu bringen.

Thunder und Lightning waren nur noch als schattenhafte Umrisse zu erkennen. Die Vogelstimmen waren verstummt. Stille lag über der Wildnis, und ein kühler Wind wehte von den Gipfeln der schneebedeckten Berge. Irgendwo heulte ein Kojote. Aber sein Ruf beunruhigte Serena nicht mehr so sehr wie das erste Mal, als sie ihn vernommen hatte. Sie verstand ihn nun vielmehr als einen Teil der Wildnis. Ohne ihn hätte etwas gefehlt.

Serena und Shane standen einen Augenblick lang schweigend da und lauschten dem gleichmäßigen Kauen der Pferde. Für Serena waren diese Laute sehr beruhigend. Sie warf einen schnellen Blick auf Shane, der ruhig und gelassen neben ihr stand. Mit ihm an ihrer Seite fühlte sie sich trotz aller Gefahren, die auf sie lauern mochten, sicher und beschützt. Sie konnte es dennoch kaum glauben, dass sie sich tatsächlich inmitten der Rocky Mountains befand und die bevorstehende Nacht in unberührter Wildnis und unter freiem Himmel verbringen würde.

»Ich möchte dir noch etwas zeigen«, sagte Shane in die Stille hinein. »Ich habe es schon den ganzen Tag in Erwägung gezogen – für alle Fälle. Jetzt spüre ich, dass ich es nicht mehr länger aufschieben kann.«

»Kannst du hiermit umgehen?« Er deutete auf das Gewehr in seiner Hand.

Serena schüttelte erstaunt den Kopf.

»Nun, ich denke, du solltest wissen, wie es handzuhaben ist«, erklärte Shane. »Natürlich nur für den Notfall«, setzte er schnell hinzu.

Serena schluckte. Sie konnte an seinem Tonfall hören, dass er es für sehr wahrscheinlich hielt, dass so ein *Notfall* eintreffen könnte. Sie dachte an Fabian und sein Vorhaben und fragte sich, ob er wohl eine Waffe bei sich trug. Er war kein gewalttätiger Mensch, das wusste sie. Aber dies war etwas ganz anderes. Die Männer, gegen die sie antraten, waren gewappnet und scheuten sich nicht, ihre Waffen zu benutzen. Das hatte sie bereits am eigenen Leib erfahren.

»Ich kann dir leider keine praktische Einweisung geben«, fuhr Shane fort. »Ein einziger Schuss, der an den Berghängen widerhallt, reicht aus, um unseren Standort zu verraten. Das dürfen wir auf keinen Fall riskieren.«

Er machte eine kurze Pause und drehte das Gewehr in der Hand.

»Du wirst dieses Gewehr nur in die Hand nehmen, wenn du auch beabsichtigst, es zu benutzen. Das wird nur in äußerster Not der Fall sein. Solange ich da bin, werde ich dich beschützen.«

Seine Worte versetzten Serena einen Stich ins Herz. *Solange er da war.* Dieser Satz hatte einen bitteren Beigeschmack, und sie wusste, was Shane damit sagen wollte: Er würde sie beschützen, solange er lebte. Sollte ihm etwas zustoßen, so war es an ihr, ihr Leben zu verteidigen. Mit allen Mitteln, die ihr zur Verfügung standen.

»Richte den Gewehrlauf nie auf Menschen oder Lebewesen, die dir lieb sind«, versuchte er zu scherzen. »Man kann nie wissen, was passiert.«

Serena versuchte zu lächeln.

»Sieh her, so lädt man dieses Gewehr.« Er machte

es ihr vor. »Jedes Gewehr ist anders zu laden, aber wir konzentrieren uns auf das Modell, das wir bei uns haben. Und, ganz wichtig«, setzte er hinzu, »ein geladenes Gewehr ist kein Spielzeug. Nimmst du es in die Hand, musst du bereit sein zu töten. Ansonsten lass es gleich liegen, denn es wird nur dir selbst weh tun. Hast du verstanden?«

Serena nickte.

»Und nimm dir Zeit«, setzte Shane hinzu. »Bist du zu hastig oder nervös, dann kannst du auch mit einem guten Gewehr und auch bei nur wenigen Metern Abstand dein Ziel noch verfehlen. Diese theoretischen Hinweise können natürlich niemals ein praktisches Training ersetzen. Und es tut mir aufrichtig leid, dass für dich alles so plötzlich kommt. Aber es geht nicht anders. Die Umstände lassen es nicht zu.«

Serena sah ihn eine Weile schweigend an.

»Ich danke dir«, sagte sie schließlich. »Ich danke dir, dass du vorausdenkst und auch dafür, dass du so um meine Sicherheit besorgt bist. Das ist nicht selbstverständlich, und ich weiß es sehr zu schätzen.«

»Reena, ich ...«, begann Shane und nahm ihre Hand in seine. Weiter kam er nicht. Ein lautes Bellen unterbrach ihn.

»Tiger«, murmelte er ärgerlich und sah sich nach dem Hund um.

»Da ist er! Da drüben zwischen den Bäumen. Er hat sich irgendwo verklemmt!«, rief Serena und lief auch schon zu ihm.

Shane folgte ihr seufzend. Dieser verflixte Hund!

Nachdem sie Tiger befreit hatten, führten Serena und Shane die Pferde in den provisorischen Paddock. Anschließend schmierte Serena ein paar Sandwiches, und Shane holte Wasser vom Bach.

»Ich glaube, ich esse mein Sandwich unter dem Windschutz«, sagte Serena fröstelnd. »Hier draußen wird es mir zu frisch.«

»Mir auch«, meinte Shane. »Ich hole unsere Decken, dann brauchen wir nicht wieder hinauszugehen.«

Unter dem Windschutz war nicht viel Platz, und sehr warm war es auch nicht. Serena konnte gerade eben sitzen, aber Shane war zu groß. Es blieb ihnen nichts anderes übrig, als sich hinzulegen.

»Ich komme mir vor wie jemand aus dem alten Rom«, sagte Serena. »Im Liegen zu essen.«

Sie hatte sich auf die Seite gelegt und stützte ihren Kopf mit der Hand ab. Tiger hatte sich an ihren Füßen zusammengerollt und wärmte sie. Shane lag ihr gegenüber, hatte den Kopf ebenfalls aufgestützt und vertilgte bereits das zweite Sandwich.

»Soll nicht gut für die Verdauung sein«, sagte er und nahm sich noch ein Sandwich.

»Dich scheint es nicht weiter zu stören«, stellte Serena belustigt fest. Sie selbst hatte nur ein Sandwich gegessen, und das reichte ihr vollkommen. Sie dachte an Fabian und den bevorstehenden Tag, und dabei war ihr jeglicher Appetit vergangen. Stattdessen hatte sich ein mulmiges Gefühl in ihrem Magen ausgebreitet.

»Ich frage mich, wo Fabian in diesem Augenblick wohl gerade ist«, sagte sie unvermittelt.

»Irgendwo ganz in unserer Nähe.«

»Woher willst du das wissen?«, fragte Serena leise.

»Ich spüre es«, erwiderte Shane genauso leise.

»Shane, meinst du, wir haben eine Chance gegen diese Kerle?« Sie blickte ihn im fahlen Licht der späten Abenddämmerung forschend an.

»Solche Gedanken bringen nichts«, erwiderte Shane sanft. »Die Geister bestimmen, wer gewinnt und wer verliert. Es liegt nicht in unserer Hand. Wir haben diese Sache begonnen, und wir müssen sie zu Ende bringen. Wir alle drei zusammen.«

»Alles ist so schnell passiert«, sagte Serena. »Nur ein paar Tage, und mein ganzes Leben steht auf dem Kopf.«

»Aber die Tage haben doch auch Gutes gebracht«, stellte Shane fest und strich ihr eine lange Haarsträhne aus dem Gesicht. »Du hast Fabian wiedergesehen. Und wir haben uns kennengelernt. Was auch immer morgen geschehen mag, die Erinnerung an diese Tage kann uns niemand nehmen.«

Seine Worte rührten Serena zutiefst.

»Dich kann wohl nichts aus der Ruhe bringen«, flüsterte sie, und ein paar Tränen rollten über ihre Wangen. »Du bist der einzige Mensch, den ich kenne, der wirklich im Jetzt lebt. Du bist so selbstsicher, stellst nichts in Frage. Du bist vollkommen in deinem Glauben verwurzelt, das ist etwas ganz Besonderes.«

»Es ist einfach, etwas zu folgen, an das man fest glaubt«, erwiderte Shane. »Es ist viel schwerer, Glauben zu finden. Besonders in der heutigen Zeit. Du musst jetzt stark sein, Reena. Du musst deinen Glauben finden. Sonst wirst du an dem Gedanken an morgen zerbrechen. Bete. Bete von ganzem Herzen. Es wird dir helfen.«

Er hielt einen Augenblick inne.

»Erinnerst du dich daran, was ich dir versprochen habe? Dass ich dir, wenn dies alles vorbei ist, all die Plätze zeigen werde, die du sehen möchtest? Und es müssen nicht nur welche in Nordamerika sein.«

Sie erwiderte nichts.

»Komm, Reena, erzähl mir von deinen Träumen«, forderte er sie leise auf.

»Die ... die Lavendelfelder in der Provence«, brachte Serena schließlich mit tränenerstickter Stimme heraus.

»Weinst du, Reena?«, fragte er zärtlich. Es war jetzt so dunkel, dass er ihr Gesicht kaum noch erkennen konnte.

»Nur ein kleines bisschen«, erwiderte sie schnell. »Es ist gleich vorbei.«

»Reena, Süße«, flüsterte Shane und strich ihr behutsam die Tränen fort.

»Es tut mir leid«, sagte sie mit bebender Stimme. Sie versuchte verzweifelt, ihre Tränen zurückzuhalten und ihre Gefühle unter Kontrolle zu bekommen, aber sie schaffte es nicht. Tränen strömten über ihre Wangen, und ihre Stimme versagte. Sie klammerte sich an Shanes Hand, die noch immer auf ihrem Gesicht ruhte, und küsste sie sanft. Sie sehnte sich so sehr nach Schutz und Geborgenheit, nach jemandem, der sie in die Arme nahm und festhielt und ihr sagte, dass alles gut werden würde. Sie sehnte sich nach Shane, hatte es von dem Augenblick an getan, als sie sich getroffen hatten. Das wusste sie nun mit Bestimmtheit.

Shane zog sie sachte in seine Arme. Er presste sein Gesicht in ihr weiches Haar und hielt sie, bis sie sich beruhigte.

»Shane, ich ...«

»Shhh«, fiel er sanft ein. »Du brauchst nichts zu sagen.«

»Wirklich nicht?«, fragte sie zärtlich.

»Wirklich nicht«, erwiderte Shane ebenso innig. »Aber du kannst etwas tun.«

Serena lachte befreit auf. Das war typisch Shane. *Ihr* Shane. Sie hob ihren Kopf von seiner Brust und tastete im Dunkeln nach seinem Gesicht. Liebevoll strich sie über seine Wange. Dann hauchte sie einen Kuss auf seine Lippen.

»Reena«, flüsterte Shane heiser und zog sie noch fester an sich.

»Shhh«, murmelte sie glücklich. »Du brauchst nichts zu sagen. Aber du kannst etwas tun …«

XX

Fabian hatte den Ford Focus, so tief es ging, ins Gebüsch gefahren. Er hoffte, auf diese Weise einen guten Vorsprung herausholen zu können, bevor jemand den Wagen entdeckte. Hastig suchte er alle Sachen zusammen, die sich in der Wildnis als nützlich erweisen könnten. Einige Dinge sortierte er nach kurzem Überlegen wieder aus. Er würde zu Fuß unterwegs sein und durfte nur das Allernötigste mitnehmen, sonst würde er zu langsam vorankommen.

Lebensmittel und eine Decke hatte er bereits in seinem Rucksack verstaut. Er legte Streichhölzer, eine kleine Axt, eine Taschenlampe und ein Seil dazu und verschnürte alles. Er steckte den Kompass in seine Hemdtasche und befestigte das kleine Bowiemesser und die Wasserflasche an seinem Gürtel. Dann ging er in Gedanken noch einmal die Liste von notwendigen Dingen durch. Beinahe hätte er die Landkarte vergessen. Er steckte sie in die Hosentasche. Fertig. Nein, eines fehlte noch.

Fabian öffnete das Handschuhfach und schob ein paar Papiere zur Seite. Darunter kam eine Pistole zum Vorschein. Er nahm sie heraus und drehte sie nachdenklich in den Händen. Er hatte sie für genau diesen Augenblick gekauft. Als letzte Absicherung, sollte etwas schiefgehen. Er durfte nicht zögern, sie zu gebrauchen. Durfte nicht einmal daran denken. Die Würfel waren gefallen. Es gab keinen Ausweg. Entschlossen steckte er die Waffe in den Hosenbund und ließ sein Hemd darüberfallen. Er war bereit.

Fabian kannte den Weg zum Labor nur über die Zufahrt, die vom Highway abführte. Aber er hatte die unbefestigte Straße auf der speziellen Landkarte gefunden, die er unterwegs an einer Tankstelle gekauft hatte. Dort waren alle Nebenstraßen eingezeichnet, sogar solche, die nur im Sommer befahrbar waren und eigentlich ausschließlich von der Forstbehörde benutzt wurden. Seinen Berechnungen zufolge befand er sich nur ungefähr zwanzig Kilometer von der IPC-Anlage entfernt, wenn er sich von der Straße fernhielt und den Weg durch die Wildnis abkürzte. Er müsste es schaffen, sein Ziel noch vor Einbruch der Dunkelheit zu erreichen.

Fabian kontrollierte die Richtung mit dem Kompass und machte sich auf den Weg.

Stundenlang wanderte er durch die Wildnis, ohne längere Pausen einzulegen. Entlang schroffer, karger Felshänge und durch dichte Kiefernwälder. Er überquerte eiskalte Gebirgsbäche und grüne alpine Wiesen. Die schneebedeckten Gipfel der Rocky Mountains türmten sich zu allen Seiten auf. Sie leuchteten so grell im Licht der Sommersonne, dass Fabian nicht zu ihnen aufsehen konnte. Ab und zu hielt er inne und betrachtete die Schönheit der unberührten Natur, in der er sich befand.

Serena würde es hier gefallen, dachte er dann.

Und mehr als einmal blieb er stehen, weil er sicher war, dass seine kleine Schwester in diesem Augenblick ganz bestimmt auch anhalten würde, um ein Foto zu machen. Von einer kleinen Herde Wapitis zum Beispiel, die auf einer der Bergwiesen grasten und aufgeregt auseinanderstoben, als sie Fabian witterten. Oder von dem Adler, der hoch oben über den Spitzen der Berge seine endlosen und lautlosen Kreise zog. Oder von den kleinen Gebirgsblumen mit den zartrosa Blüten, die neben dem Bachlauf wuchsen, den er gerade durchquert hatte.

Ein dumpfes, dröhnendes Geräusch ließ Fabian aus seinen Gedanken schrecken. Er blieb stehen und blickte sich verwundert um.

Das Geräusch wurde lauter.

Mit einem Mal wusste Fabian, was es war: ein Hubschrauber. Er sprang hinter einen Baumstamm und spähte vorsichtig dahinter hervor. Vom Helikopter aus würde man ihn unter den Bäumen nicht sehen können, aber vielleicht würde es Fabian gelingen, einen Blick auf den Störenfried zu erhaschen.

Da, die Maschine kam hinter dem nächstgelegenen Berg zum Vorschein. Sie flog langsam näher, drehte ein paar Kreise über der kleinen Lichtung, die Fabian erst vor ein paar Minuten überquert hatte, und flog schließlich davon.

Fabian atmete erleichtert auf. So weit, so gut.

Bis zum Einbruch der Nacht hörte er das Motorengeräusch noch ein paarmal. Er konnte nicht mit Sicherheit sagen, ob es sich um dieselbe Maschine handelte, aber es war anzunehmen. Die Handlanger der IPC waren gerissene Hunde. Sie überließen nichts dem Zufall. Wie die Absperrung am Highway. Fabian war sich sicher, dass sie nicht von ungefähr gerade heute dort aufgetaucht war. Er musste sich vorsehen.

Als es zu dunkel wurde, um weiterzugehen, suchte Fabian sich ein geschütztes Plätzchen unter den Bäumen und wickelte sich in seine Decke. Er aß ein paar

Müsliriegel und studierte im Schein der Taschenlampe die Landkarte.

Schließlich nickte er zufrieden. Wenn er nicht vollkommen falschlag, dann hatte er das Labor beinahe erreicht. Er entschied, die letzten beiden Kilometer am nächsten Morgen beim ersten Tageslicht zurückzulegen. Im Mondschein würde er zu langsam vorankommen, außerdem kannte er das Gelände nicht. Nein, er durfte kein Risiko eingehen.

Ein kühler Wind wehte den Berghang hinab und ließ ihn frösteln. Wo waren Serena und Shane wohl gerade? Hatten sie seine Spur verloren, oder hatten sie geschlussfolgert, wohin er unterwegs war? Er wusste, Shane ließ sich nicht leicht hinters Licht führen, und er war hellhörig geworden, als Fabian am vergangenen Abend am Lagerfeuer nachgefragt hatte, wo genau er zurzeit arbeitete und die merkwürdigen Luftschächte gesehen hatte.

Fabian seufzte. Auf der einen Seite wünschte er sich nichts mehr, als dass Serena und Shane jetzt bei ihm wären. Aber gleichzeitig hoffte er, dass sie meilenweit von hier entfernt waren – in Sicherheit. Er würde es sich nie verzeihen, sollte einem von ihnen etwas zustoßen.

Dieser Gedanke brachte Fabian zurück zu seinem Vorhaben am nächsten Morgen. Hatte er das Labor erst einmal erreicht, so begann der schwierige Teil seiner Aufgabe. Er musste einen Weg finden, um ungesehen hineinzukommen. Das würde kein Kinderspiel werden. IPC verfügte über die modernsten Sicherheitsvorkehrungen und eine ganze Horde von Wachleuten.

Fabian schob den Gedanken beiseite. Für dieses Problem konnte er heute Abend keine Lösung finden. Er knipste die Taschenlampe aus und zog die Decke noch enger um sich. Er musste versuchen zu schlafen.

Aber sosehr er sich auch bemühte und so erschöpft er sich nach dem langen Tag in der Wildnis auch fühlte, der Schlaf wollte einfach nicht kommen.

Fabian begann zu beten. Er betete zu Gott, zu Jesus und zu Mutter Maria, dass sie ihn schützten und über ihn wachten und dass sie ihn rasten ließen. Doch selbst als er endlich einschlief, war ihm kein wirklicher Frieden vergönnt. Er wälzte sich unruhig auf dem harten Waldboden umher und wachte alle paar Minuten auf.

Die erste Morgendämmerung kam wie eine Erlösung – in zweierlei Hinsicht. Fabian war froh, dass er aufstehen und seine müden Glieder strecken konnte. Aber noch mehr freute er sich über die Worte, die zu ihm gekommen waren, als er aufgewacht war. Nun wusste er, wie er vorzugehen hatte.

Und König Darius sprach zu Daniel: Hat dich dein Gott auch erretten können von den Löwen? Und Daniel antwortete: Mein Gott hat seinen Engel gesandt, der den Löwen den Rachen zugehalten hat, so dass sie mir kein Leid antun konnten.

»Es wird Zeit, Reena«, flüsterte Shane und küsste sie zärtlich. »Es dämmert schon.«

Serena räkelte sich verschlafen. Die Erinnerung an die vergangene Nacht umhüllte sie wie eine zarte, watteweiche Wolke. Sie konnte an nichts anderes denken. Sie strich liebevoll über Shanes Gesicht und lächelte ihn verträumt an.

Shane erwiderte ihren Blick. Und es kostete ihn seine ganze Kraft, dem Verlangen zu widerstehen, das er in diesem Augenblick tief in sich aufsteigen fühlte. Er richtete sich ruckartig auf, und ein dunkler Schatten legte sich über sein Gesicht.

»Wir müssen aufbrechen, Reena.« Seine Stimme war noch immer sanft, aber nachdrücklicher.

Das Lächeln auf Serenas Gesicht gefror, als ihr einfiel, warum sie hier draußen in der Wildnis waren.

»Natürlich, du hast recht«, sagte sie und war sofort auf den Beinen.

Sie kroch unter dem Windschutz hervor und streckte sich noch einmal. Dann rieb sie sich fröstelnd die Arme. Der Morgenwind war kühl, aber die Luft war klar und frisch. Serena konnte sich nicht daran erinnern, wann sie schon einmal so reine Luft geatmet hatte.

Es dauerte nur wenige Minuten, bis sie das Lager abgebrochen und die Pferde gesattelt hatten.

Serena begrüßte Lightning und stieg in den Sattel. Shane reichte ihr Tiger. Sie steckte den Kleinen wieder in ihre Jacke und zog den Reißverschluss hoch, bis nur noch Tigers Kopf zu sehen war.

Shane verstaute das Gewehr, saß auf und ritt voran.

»Es ist nicht mehr weit bis zu dem Zaun, der die Höhle abriegelt«, wandte er sich an Serena. »Von nun an sollten wir sehr leise und sehr vorsichtig sein.«

Im fahlen Licht der Morgendämmerung waren lediglich graue Schatten zu erkennen. Aber Shane zögerte keinen Moment. Er war einmal hier gewesen, und das reichte. Er wusste, welchen Weg sie einschlagen mussten.

Der unsichtbare Pfad, dem Shane folgte, führte sie über die Lichtung und hinein in den Wald. Die Pferde kletterten immer höher über den felsigen, kargen Boden. Allmählich wurde es heller, und sie kamen schneller voran.

Schließlich vernahmen sie ein Tosen, das immer lauter wurde. Kurz darauf teilte sich der Wald, und sie gelangten an eine Schlucht. Shane zügelte Thunder und deutete in den Abgrund.

Serena ritt an seine Seite und starrte in die Tiefe. In der Schlucht, gute fünf Meter unter ihnen, befand sich ein reißender Fluss. Seine Wasser ergossen sich über Felsen, prallten an den hohen schroffen Wänden ab und stürzten unaufhaltsam talwärts. Feinste Tropfen stoben zu Serena und Shane empor und brachten feuchte Kühle mit sich. Das Tosen war jetzt beinahe ohrenbetäubend laut.

Serena blickte Shane fragend an. Wie sollten sie diesen Strom passieren?

»Wir brauchen den Fluss nicht zu überqueren«, rief Shane ihr zu. »Wir folgen ihm bergauf. Es ist nicht mehr weit.«

Shane trieb Thunder an und ritt am Rand der kleinen Schlucht entlang.

Serena folgte ihm vorsichtig. Ihre Hände hielten die Zügel krampfhaft umschlossen. Sie konnte diesen tiefen Abgründen nichts abgewinnen.

Etwas weiter den Hang hinauf versperrten Espen und große Felsbrocken den direkten Weg an der Schlucht entlang. Aber das konnte Shane nicht aufhalten. Er lenkte Thunder zur Seite und umritt das Hindernis.

Serena atmete auf. Hier, in sicherem Abstand zur Schlucht, fühlte sie sich gleich viel wohler. Aber die Bäume und Felsen nahmen nicht nur die Sicht auf die Schlucht. Sie dämpften auch das wilde Tosen des Flusses und erleichterten die Verständigung.

Shane drehte sich zu ihr um.

»Steig ab. Wir lassen die Pferde hier«, sagte er und sprang aus dem Sattel.

Serena tat es ihm nach und führte Lightning hinüber zu den Bäumen, an denen Shane stand. Er hatte Thunder bereits angebunden und blickte ihr abwartend entgegen.

»Sind wir schon so nahe an der Höhle?«, fragte sie gespannt.

»Es ist noch ein Stück«, erklärte Shane. »Aber ich möchte, dass die Pferde außer Sichtweite bleiben. Nur für alle Fälle.«

»Und was wird aus Tiger?«

Shane musterte den kleinen Terrier missbilligend.

»Den müssen wir wohl oder übel mitnehmen. Grandma würde es mir niemals verzeihen, wenn er in der Wildnis verlorenginge.«

Shane band Lightning neben Thunder an.

Serena machte sich an ihren Satteltaschen zu schaffen.

»Wir können nichts mitnehmen«, sagte Shane bestimmt. »Nur das Gewehr, Patronen, die kleine Taschenlampe und vielleicht ein Taschenmesser, falls du eines dabeihast.« Er klopfte auf die Scheide an seinem Gürtel, in der sein eigenes Messer steckte.

»Ich habe keins«, entgegnete Serena. »Aber meine Kamera würde ich gerne …«

»Tut mir leid«, meinte Shane strikt. »Das Ding wird uns nur im Wege sein. Außerdem ist es viel zu auffällig.«

Serena ließ die Hände sinken. Sie hatte diesen Tonfall schon öfter von Shane gehört und wusste, dass er es ernst meinte. Aber er musste doch auch sie verstehen. Sie war Fotografin. Sie nahm ihre Kamera überallhin mit.

Serena wollte Shane das gerade erklären, als sie überrascht feststellte, dass er schon weitergegangen war – ohne sie. Sie hielt Tiger fest, der noch immer in ihrer Jacke saß, und lief schnell hinter Shane her. Kaum hatte sie ihn eingeholt, als er sie plötzlich am Arm packte. Im nächsten Augenblick zog er sie hinter einen Felsen und legte seine Hand über ihren Mund.

Serena hatte ihre Augen vor Schreck weit aufgerissen, und ihr Herz schlug schnell.

Shane löste seine Hand von ihrem Mund und spähte vorsichtig um den Felsen.

»Zwei Männer in schwarzen Anzügen«, flüsterte er, als er seinen Kopf zurückzog. »Bewaffnet. Sie haben uns noch nicht gesehen.«

Serena konnte kein Wort herausbringen. Sie presste ihren Rücken gegen den kühlen Felsen, geradeso, als könne sie sich auf diese Weise unsichtbar machen. Ihr Herz schien zerspringen zu wollen. Doch dann dachte sie an Fabian. Vielleicht war er ganz in der Nähe. Vielleicht waren die Männer hinter ihm her.

Mit einem Mal richtete Tiger sich in ihrer Jacke auf und starrte in den Wald. Serena blickte sich erschrocken um. Waren womöglich noch mehr Männer in der Umgebung? Versuchte man sie zu umzingeln?

Doch da entdeckte sie den Grund für Tigers Unruhe.

»Ein Kojote«, hauchte sie.

Shane, der die beiden Männer beobachtete, drehte sich überrascht zu ihr um und folgte ihrem Blick. Und wirklich, keine zehn Meter von ihnen entfernt schlich ein Kojote durch das Unterholz.

Shane erkannte die Gefahr sofort und griff nach Tiger. Aber da war es auch schon zu spät. Tiger knurrte den Kojoten an und begann zu bellen. Serena versuchte ihn zu beruhigen – vergeblich. Tiger bellte und bellte, so laut er nur konnte.

Shane warf einen Blick auf die beiden Männer und

fluchte leise. Das Bellen hatte sie alarmiert! Sie liefen geradewegs auf die Felsen zu, hinter denen Serena und Shane sich versteckten.

Shane packte Serena an der Hand und sah sich suchend nach einem Fluchtweg um. Hinter ihnen lag der Abgrund mit dem Fluss, bergab waren die Pferde versteckt. Es blieb nur der Weg bergauf. Er rannte los und zog Serena mit sich.

Serena stolperte hinter ihm her.

»Da vorne sind sie, Sorrento«, rief eine Männerstimme. »Dort, bei der Schlucht!«

»Bleibt stehen«, rief der andere Mann. »Oder es wird euch noch leidtun!«

»Schneller, schneller!«, trieb Shane Serena an und hastete weiter bergauf.

Da durchschnitten Schüsse die Morgenstille.

Serena zuckte unwillkürlich zusammen und duckte sich instinktiv.

Die Kugeln schlugen dicht neben ihnen auf dem felsigen Boden auf.

»Lauf weiter!«, rief Shane und machte ihr Platz. Er befand sich jetzt wie ein lebendiger Schild zwischen Serena und den beiden Männern.

»Nicht ohne dich«, rief sie verzweifelt und blieb stehen.

»Lauf!«, befahl Shane und gab ihr einen Schubs.

Er hob die Winchester, um auf die Verfolger zu zielen, aber es war zu spät. Die Männer hatten sie bereits eingeholt.

»Lass das Gewehr fallen, Storm Hawk«, rief der Kleinere der beiden. »Und keine Bewegung. Dann bleibt ihr vielleicht am Leben.«

Shane wog die Situation ab. Normalerweise hätte er sich auf einen Kampf eingelassen, aber diesmal ging es nicht nur um ihn. Er trug auch die Verantwortung für Serena. Widerwillig warf er die Winchester von sich.

»Wir haben Eckehard in unserer Gewalt«, rief der andere Mann. »Es ist vorbei!«

»Ihr lügt!«, rief Serena ärgerlich und drehte sich zu den Männern um. »Ihr wollt uns bloß verunsichern.«

»Du kannst dich auf unser Wort verlassen, Süße, nicht wahr, Sorrento?«, sagte der Größere der beiden und grinste höhnisch.

»Auf jeden Fall, Miller«, pflichtete Sorrento ihm bei, die Pistole im Anschlag. »War ein Kinderspiel.«

Serena blickte vom einen zum anderen.

»Mein Bruder ist nicht so leicht hinters Licht zu führen«, zischte sie. »Ich glaube euch kein Wort!«

Shane warf Serena einen bittenden Blick zu. Es wäre besser, wenn sie nichts sagen würde. Sie spielte diesen Kerlen geradewegs in die Hände.

»Er ist sogar noch dümmer«, lachte Miller. »Er hat ganz freundlich an unsere Tür geklopft und gedacht, er könne mit uns verhandeln. Hat irgend so ein Bibelzeug gefaselt.«

Serena schüttelte ungläubig den Kopf. Sie zitterte am ganzen Körper.

Shane hingegen pfiff anerkennend durch die Zähne. Fabian hatte Mut, das musste er ihm lassen. Er hatte sich schon eine ganze Weile gefragt, was Fabian wohl geplant hatte, um an den Sicherheitsvorkehrungen vorbeizukommen.

»Da ist er wieder«, sagte Serena plötzlich leise. »Der Kojote.« Sie zeigte auf eine Gruppe von Espen, direkt hinter den Männern. Instinktiv trat sie ein paar Schritte zurück.

»Sicher, Lady«, meinte Miller gelassen. »Netter Versuch. Aber nun marsch, marsch.« Er machte eine Bewegung mit der Pistole und deutete bergauf.

In diesem Augenblick blieb der Kojote inmitten der Bäume stehen und legte den Kopf in den Nacken. Ein markerschütterndes, beinahe hysterisches Heulen löste sich aus seiner Kehle.

Miller und Sorrento fuhren herum. Fast gleichzeitig feuerten sie ihre Pistolen auf den Kojoten ab.

Shane verlor keine Zeit.

»Schnell«, raunte er Serena zu und schob sie weiter bergauf, auf ein paar Büsche zu.

Serena rannte. Sie presste Tiger fest an sich und blickte sich immer wieder nach den Männern um.

Sorrento fuhr herum.

»Hey!«, schrie er aufgebracht und feuerte einen Schuss in ihre Richtung.

Die Kugel prallte unmittelbar neben Serena von einem großen Felsbrocken ab. Erschrocken sprang sie zur Seite – direkt auf den Abgrund zu. Sie landete auf einem losen Gesteinsbrocken und kam ins Wanken.

»Shane!«, rief sie entsetzt und fuchtelte wild mit den Armen.

»Reena!« Er stürzte auf sie zu.

Zu spät. Serena verlor die Balance und rutschte die schroffen Felsen hinunter – in die Tiefe. Sie versuchte verzweifelt, sich irgendwo festzuhalten, das Abrutschen irgendwie aufzuhalten. Sie fand keinen Halt.

Tiger winselte kläglich.

Auf halbem Weg nach unten stieß Serena auf einen schmalen Felsvorsprung. Der Aufprall schleuderte sie von dem tödlichen Abhang weg, mitten ins Nichts hinein.

Dann umschloss sie das eiskalte Wasser des wilden Gebirgsflusses und riss sie davon.

»Reena!«, schrie Shane verzweifelt.

Die beiden Verfolger existierten für ihn nicht mehr. Er dachte einzig und allein an Serena. Die Strömung des Flusses war zu stark, und überall ragten Felsen aus dem Wasser. Er war ihre einzige Hoffnung. Es musste ihm einfach gelingen, sie zu retten – irgendwie.

Die Strömung riss Serena gnadenlos mit sich. Sie kämpfte verzweifelt dagegen an, aber der Fluss war stärker. Sie tauchte unter, schluckte Wasser, hustete. Sie konnte nirgends Halt finden. Das eiskalte Gletscherwasser lähmte ihren Körper und nahm ihr die Luft. Es zog sie runter und spuckte sie im nächsten Augenblick wieder aus, ganz so, wie es ihm passte. Sie konnte nichts dagegen tun. Panik ergriff sie, und sie schlug wild um sich.

Plötzlich tauchten Bilder vor ihrem geistigen Auge auf. Bilder aus ihrem Leben.

Das ist das Ende, ging es ihr unweigerlich durch den Kopf.

Doch da war noch ein anderer Gedanke. Der Gedanke an Shane. Sie konnte ihn nicht verlieren. Es durfte nicht wahr sein! Sie hatte sein Gesicht so gut in Erinnerung. Seine dunkelblauen Augen, sein einnehmendes Lachen, seine starken Arme, seine zärtlichen Küsse. Und sie kämpfte weiter gegen das Unvermeidliche.

Aber mit jedem Meter, den der Fluss Serena mit sich riss, ließen ihre Kräfte nach. Sie wurde schwächer und schwächer, ohne es wirklich zu merken.

Shane hastete bergab. Er kümmerte sich nicht um die Schüsse, die Miller und Sorrento auf ihn abfeuerten. Auch die ärgerlichen Stimmen der beiden Männer, die lauthals hinter ihm herschrien, scherten ihn nicht. Er rannte zu der Stelle, an der sie die Pferde angebunden hatten, und schwang sich auf das Tier, das ihm am nächsten stand. Er trieb Lightning an und lenkte ihn auf einem schmalen Pfad, den die wilden Tiere auf ihren Wanderungen durch die Wildnis geschaffen hatten, direkt am Abgrund der Schlucht entlang. Tiefhängende Äste schlugen ihm ins Gesicht. Shane hielt sich schützend den Arm davor und ritt unbeirrt weiter.

Lightning stolperte.

Der felsige Abgrund kam immer näher. Shanes Herz machte einen panischen Satz, und seine Augen weiteten sich vor Entsetzen. Aber Lightning fing sich wieder und galoppierte weiter.

Die Wände der Schlucht flachten immer mehr ab. Und schließlich führte der Pfad hinaus auf ein holpriges Ufer. Lightnings Hufschlag hallte laut auf den rundgewaschenen Steinen. Shane zügelte das Pferd und blickte sich hastig um. War er zu spät?

Er sprang aus dem Sattel und griff nach einem abgebrochenen Ast, der am Ufer lag. Er watete ein paar Schritte in das eiskalte Nass hinein und blickte suchend flussaufwärts.

Da! Serenas Kopf tauchte aus dem Wasser auf.

Shane begann zu schreien.

Serenas Kräfte waren am Ende. Die Strömung drückte sie erneut an die Oberfläche. Sie hustete, vollkommen außer Atem.

Plötzlich vermeinte sie ihren Namen zu hören.

»Serena! Serena, halt dich fest!«

Verzweifelt versuchte sie, etwas zu erkennen. Aber Wasser spritzte ihr in die Augen und nahm ihr die Sicht.

In diesem Augenblick stieß sie gegen etwas Hartes. Es war kein Felsen und auch kein Lebewesen. Instinktiv klammerte sie sich daran fest. Sie schloss die Augen. Wenn sie sich doch nur einen Moment lang ausruhen könnte.

Da bemerkte Serena, dass sie nicht an einer Stelle blieb. Etwas zog sie langsam, ganz langsam durch das tosende Wasser. Sie hielt den Atem an.

»Halt dich fest, Serena!«, ertönte der Ruf erneut. Diesmal hörte sie ihn ganz deutlich.

Serenas Lebensgeister erwachten. Sie klammerte sich mit aller Kraft fest und trat kräftig mit den Beinen.

Eine ganze Weile passierte nichts, doch dann fühlte Serena Grund unter den Füßen. Das Wasser wurde seichter! Ohne das rettende Etwas loszulassen, setzte sie energisch einen Fuß vor den anderen. Das Ufer musste hier irgendwo sein. Sie spürte es!

Eine starke Hand packte sie und zog sie das letzte Stück an Land.

»Serena, Serena, sag doch etwas!«, rief eine dunkle, wohlbekannte Stimme dicht neben ihr.

Sie blinzelte erschöpft. Allmählich klärte sich ihre Sicht.

»Shane?«, flüsterte sie. Ihre Stimme war heiser, und sie hustete Wasser.

»Danke, *Great Spirit*, danke!« Shane zog sie an sich und küsste sie liebevoll auf die Stirn.

»Du zitterst wie Espenlaub«, stellte er erschrocken fest. »Warte einen Augenblick.«

Er lief zu Lightning hinüber, der ruhig und abwartend am Ufer stand, und löste die aufgerollte Schlafdecke vom Sattel.

»Du hast mir einen schönen Schrecken eingejagt«, sagte er kurz darauf erleichtert, während er sie mit der Decke kräftig abrubbelte. »Du hättest mir sagen sollen, dass du den beiden Typen auf diese Weise entkommen wolltest. Dann wäre ich auch in den Fluss gesprungen.«

Serena lächelte matt. Shanes scherzhafte Worte konnten die Sorge in seiner Stimme nicht überspielen. Sie zog die Decke fester um sich.

»Du hast mich gerettet«, flüsterte sie und blickte ihn dankbar an.

Shane schüttelte den Kopf.

»Der Kojote hat dich gerettet«, erklärte er. »Er hat uns beide gerettet.«

»Der Kojote?«

»Ja, der Kojote«, wiederholte Shane. »Erinnerst du dich? Er ist noch einmal aufgetaucht, als die Männer uns schon gefasst hatten, und hat sie abgelenkt.«

»Nachdem er uns an die beiden verraten hat«, erwiderte Serena kläglich. »Wäre er nicht aufgetaucht, dann hätte Tiger nicht gebellt, und die Kerle hätten nicht einmal gemerkt, dass wir in der Nähe waren.«

»Kojote ist dafür bekannt, dass er den Menschen Streiche spielt«, lachte Shane. »Er bringt uns dazu, alle möglichen Dinge zu tun, die uns unter normalen Umständen nie eingefallen wären. Aber Kojote ist viel weiser als wir. Und im Nachhinein können wir Menschen oft sehr deutlich sehen, wie hilfreich seine kleinen Tricks gewesen sind.«

»So wie Tiger, als du ihn nicht hast mitnehmen wollen und er die Postkarten mit den Adlerbildern im Handschuhfach aufgestöbert hat«, sinnierte Serena.

»Tiger!«, rief Shane plötzlich und sah sich suchend um. »Den habe ich ganz vergessen. Der saß doch in deiner Jacke, als du in den Fluss gestürzt bist!«

»Der arme Kleine.« Serena richtete sich auf. »Vielleicht ist er irgendwo an Land geschwommen und sucht nach uns. Wir sollten ihn rufen.«

Sie wollte gerade loslegen, als Shane seine Hand auf ihren Mund drückte.

»Bist du wahnsinnig? Die Kerle hören uns doch, wenn wir anfangen, hier laut herumzuschreien.«

»Aber Tiger ...«

»Vergiss ihn«, sagte Shane bestimmt. »Wir haben jetzt keine Zeit, um nach ihm zu suchen. Die Typen sind uns sicher auf den Fersen. Wir müssen schnell von hier verschwinden! Und wenn es stimmt, was die beiden vorhin gesagt haben, dann müssen wir schleunigst versuchen, Fabian da rauszuholen. Sonst ist es womöglich zu spät.«

XXI

Und was machen wir nun?«, fragte Serena.

»Das, was wir geplant hatten«, meinte Shane und stand auf. »Lightning kann uns beide tragen, dann geht es schneller. Es ist ja nur für eine kurze Strecke.«

»Aber Shane, die Männer werden uns erwarten! Noch einmal möchte ich denen nicht in die Arme laufen.«

»Wir werden einen Bogen schlagen und uns der Höhle aus einer anderen Richtung nähern«, erklärte Shane. »Aber jetzt müssen wir erst mal sehen, was wir mit dir machen. Du brauchst trockene Kleidung.«

»Ich habe keine große Wahl«, stellte Serena fest. »Wir haben keine Klamotten zum Wechseln dabei. Ich ziehe einfach die nassen Sachen wieder an. Mir ist schon viel wärmer, und die Sonne wird mich bald trocknen.«

»Ich würde dir gerne wenigstens meine Socken abtreten«, meinte Shane grinsend. »Aber ich bin selbst bis zu den Knien nass. Hier, nimm meine Jacke.« Er reichte sie Serena. »Sie wird dich warm halten.«

Serena schlüpfte in ihre nassen Jeans und Schuhe und begann sofort wieder zu frösteln. Schnell zog sie Shanes Jacke an und folgte ihm dann zu Lightning, der sie mit seinen großen braunen Augen abwartend anblickte.

Shane stieg in den Sattel. Er streckte Serena seine Hand entgegen und zog sie hinter sich aufs Pferd.

»Halt dich gut an mir fest«, sagte er und trieb Lightning an. Sie hatten genug Zeit verloren.

Die Gipfel der Berge waren in erste goldene Sonnenstrahlen getaucht, und die Vögel zwitscherten in den Kiefern und Espen. Der neue Tag war endgültig angebrochen.

Shane vermied es, dort entlangzureiten, wo sie zuvor auf Miller und Sorrento gestoßen waren. Stattdessen schlug er einen weiten Bogen. Im Schutz der Bäume ritten sie vom Fluss und von der Schlucht fort. Shane sah sich immer wieder aufmerksam um.

Nach einer guten Viertelstunde wechselte er die Richtung und lenkte Lightning bergauf.

Während Shanes wachsame Augen jeden Winkel ihrer näheren Umgebung beobachteten, hatte Serena ihre Arme um seine Taille geschlungen. Sie wusste, sie hielt ihn viel fester, als es wirklich notwendig war, aber irgendetwas Gutes musste ihre missliche Lage schließlich mit sich bringen. Für einen kurzen Moment vergaß sie alles andere. Sie schmiegte sich an ihn, und ein glückliches Lächeln umspielte ihre Lippen.

In diesem Augenblick zügelte Shane das Pferd und blickte sich sorgsam um.

»Wir sind da«, sagte er leise. »Nun müssen wir zu Fuß weiter.«

Serena glitt vom Rücken des Pferdes. Die Kiefern standen an dieser Stelle dicht an dicht. Zu ihrer Linken blitzte eine Felswand durch die Zweige der Bäume, und der Boden war mit losen Felsbrocken übersät. Der Wind rauschte leise in den Baumwipfeln, und irgendwo pochte ein Specht beharrlich an einen Stamm. Ansonsten war es absolut still.

Shane sprang aus dem Sattel und sprach leise mit Lightning. Serena beobachtete ihn. Dabei langte sie ganz unauffällig in die Satteltasche. Dort hatte sie neben ihrem professionellen Fotoapparat auch ihre Pocketkamera und ein paar zusätzliche Speicherkarten verstaut. Ohne den Blick von Shane abzuwenden, zog sie die kleine Kamera heraus und ließ sie in ihrer Jackentasche verschwinden. Für alle Fälle steckte sie noch eine weitere Speicherkarte dazu. Sie lächelte zufrieden. Ohne eine Kamera zur Hand zu haben, fühlte sie sich einfach nicht wie ein ganzer Mensch.

»Okay, Lightning«, sagte Shane gerade. »Du läufst zu Thunder. Zu zweit wird euch nichts geschehen. Und wir werden bald zurück sein.« Er tätschelte den Kopf des Tieres. »Du bist ein guter Freund.« Dann gab er ihm einen Klaps aufs Hinterteil.

Lightning wandte sich um und trottete zielstrebig davon.

»Er wird sich in der Wildnis verlaufen«, sagte Serena zweifelnd.

»Du unterschätzt Lightning«, erwiderte Shane bloß. Seine Gedanken waren bereits bei der Höhle. »Komm, bringen wir es hinter uns.«

Serena folgte ihm vorsichtig bergauf. Der Weg war steil und übersät mit losem Geröll, und sie musste aufpassen, wohin sie trat. Ein kühler Wind kam auf, und Serena fröstelte noch mehr.

Shane blieb mit einem Mal so abrupt stehen, dass sie gegen ihn stieß. Erstaunt blickte sie auf. Shane deutete nach vorn.

»Der Zaun«, raunte er und duckte sich.

Serena tat es ihm gleich.

»Sieht aus wie ein Gefangenenlager«, stellte sie bestürzt fest.

»Besonders wenn man sich den Stacheldraht ansieht, der oben gespannt ist«, meinte Shane.

»Er zeigt nach innen.«

»Genau«, erwiderte Shane. »Anscheinend ist hier jemand mehr darauf bedacht, niemanden rauszulassen, als einem den Zutritt zu verwehren.«

Serena erschauerte. Der Gedanke daran, was sie im Inneren des Berges wohl vorfinden würden, schnürte ihr die Kehle zu. Sie schluckte heftig.

»Es ist immer noch schwierig genug, von außen in das abgesperrte Gebiet zu gelangen«, stellte sie fest. »Der Zaun ist hoch, und du hast gesagt, er ist elektrisch geladen.« Ihre Stimme klang heiser.

Shane nickte. »Außerdem gibt es sicherlich Dutzende von Überwachungskameras und andere Mechanismen, die die Sicherheitsleute alarmieren, sobald sich jemand nähert oder am Zaun zu schaffen macht.«

»Und wie stellst du dir dann vor, dass wir da hineinkommen?«

»Ich weiß es noch nicht«, antwortete Shane leise.

Sie krochen vorsichtig weiter.

Die Bäume öffneten sich. Eine kleine, in Sonnenlicht getauchte Lichtung lag vor ihnen. Auf der anderen Seite der Lichtung ragte der Zaun wie eine Barrikade gen Himmel.

Shane spähte angespannt durch die Bäume.

Plötzlich glitt ein Schatten über die Lichtung.

Serena sah überrascht auf. Ein großer dunkler Vogel zog lautlose Kreise am Himmel – genau über ihnen.

»Shane, sieh nur«, flüsterte sie durch das Rauschen des Windes. »Dort oben.«

Shane blickte auf.

In diesem Augenblick änderte der Vogel die Richtung. Er kippte ein wenig zur Seite und flog zu ihnen zurück. Die Sonnenstrahlen trafen direkt auf sein Gefieder und ließen es goldbraun glänzen.

»Ein Golden Eagle«, flüsterte Shane respektvoll.

»Das ist ein gutes Zeichen, nicht wahr? Das hat deine Großmutter doch gesagt.« Ein Hoffnungsschimmer lag in Serenas Stimme.

»Ja, es ist ein gutes Zeichen«, erwiderte er. »Der Golden Eagle ist ein mächtiges Wesen. Er gilt nicht nur als Behüter aller Dinge, sondern auch …«

»… als Schutz gegen jegliches Böse, wie mächtig es auch scheinen mag«, ergänzte Serena.

Shane lächelte.

»Und sieht man ihn am Himmel, dann wird es als Zeichen dafür angesehen, dass im Kampf Gerechtigkeit vollstreckt werden wird.« Dann fügte er ernster hinzu: »Die Geistwesen sind uns wohlgesinnt.« Er hob den Kopf zum Himmel und flüsterte: »Ich danke euch.« Schließlich wandte er sich wieder an Serena: »Komm, weiter.«

Sie krochen im Schutz der Felsen und Büsche voran, bis der Zaun nur ein paar Schritte von ihnen entfernt war.

»Ich kann den Höhleneingang sehen«, flüsterte Serena aufgeregt.

Eine dunkle, unheimlich anmutende Öffnung tat sich ungefähr einhundert Meter vor ihnen auf der anderen Seite des Zauns im Felsmassiv auf.

»Sieht ganz nach einer alten Mine oder einem verlassenen Bergwerk aus«, murmelte Shane. »Ich wünschte, ich hätte ein Fernglas dabei.«

»Hör nur! Irgendetwas kommt die schmale Straße dort unten heraufgefahren. Irgendein Fahrzeug.«

»Ein Reisebus«, stellte Shane kurz darauf erstaunt fest.

»Und er fährt direkt in die Öffnung in der Felswand«, sagte Serena verdutzt und beobachtete, wie der Bus im Berg verschwand.

»Die Anlage scheint viel größer zu sein, als ich angenommen hatte«, sagte Shane kopfschüttelnd. Von dem Bus war keine Spur mehr zu sehen.

»Achtung!«, rief Serena plötzlich und drückte sich noch flacher auf den Boden. »Da kommt jemand!«

Shane lugte vorsichtig hinter dem Busch vor, hinter dem sie sich versteckten.

»Ein Mann und eine Frau«, berichtete er leise. »Sie scheinen dort zu arbeiten. Sie tragen weiße Kittel.«

Serena spähte nun ebenfalls zum Eingang der Höhle hinunter. Die beiden Mitarbeiter standen beieinander und unterhielten sich anscheinend sehr angeregt.

»Sieht aus, als machten die beiden eine kleine Zigarettenpause an der frischen Luft«, stellte Serena überrascht fest. Im gleichen Augenblick hob sie schnuppernd die Nase. »Was ist das für ein widerlicher Gestank?«

Jetzt bemerkte auch Shane den unangenehmen Geruch. Die Windböen trugen ihn direkt zu ihnen. Er sah sich aufmerksam um, konnte aber nichts entdecken.

Irgendwo knackte es laut im Unterholz. Shane horchte auf. Das Geräusch kam ganz aus ihrer Nähe.

»Ein Bär«, flüsterte er und legte seinen Arm schützend um Serenas Schulter. Aber er hätte sich seine Worte sparen können. Serena hatte das Tier bereits entdeckt. Sie starrte mit weit aufgerissenen Augen an Shane vorbei in den Wald.

Ein riesiger graubrauner Grizzly trat zwischen den Bäumen hervor und sah sich abwartend um. Schließlich wandte er seinen Kopf in die Richtung, in der

Serena und Shane versteckt lagen. Ein leises Brummen ertönte aus seiner Kehle. Dann machte er ein paar Schritte auf die beiden zu.

Serenas Hände waren feucht von kaltem Schweiß.

»Gott sei mit uns«, flüsterte sie mit bebender Stimme.

Der Bär kam jetzt direkt auf sie zu.

Serena klammerte sich hilfesuchend an Shane.

»Tu etwas«, zischte sie.

Keine fünf Meter entfernt von ihnen blieb der Bär stehen. Er hob den Kopf und bewegte ihn langsam hin und her, ganz so, als wittere er etwas.

»Shane?«, flüsterte Serena ängstlich.

Shane zog langsam sein Messer aus der Scheide. Seine Bewegungen waren ruhig und behutsam. Er wusste, mit einem Messer würde er gegen einen ausgewachsenen Grizzly kaum eine Chance haben, aber es war die einzige Waffe, die er bei sich trug.

In diesem Moment wandte der Bär sich zur Seite.

Shane ließ das Messer sinken.

»Ich glaube nicht, dass er es auf uns abgesehen hat«, flüsterte er. »Sei ganz still und rühr dich nicht.«

Serena hatte keine Schwierigkeiten, Shanes Anweisungen zu folgen. Ihr Körper war wie festgefroren. Sie hätte sich nicht bewegen können, selbst wenn sie es gewollt hätte.

Der Grizzly setzte sich wieder in Bewegung.

Serena starrte ihn entsetzt an. Aber der Bär würdigte sie keines Blickes. Stattdessen ging er geradewegs auf den Maschendrahtzaun zu.

Das Tier kam dem Zaun näher und näher, aber es hielt nicht an.

Serenas Furcht vor dem Bären wandelte sich in Sorge.

»Shane, der Zaun ist elektrisch geladen und …«, flüsterte sie bestürzt.

Shane schüttelte lediglich den Kopf und bedeutete ihr, still zu sein. Sein Blick haftete auf dem Bären.

Dicht vor dem Hindernis blieb das Tier stehen. Es blickte am Zaun entlang, und Serena hatte das Gefühl, als versuche es, die Situation einzuschätzen.

Der Bär wandte sich kurz zu Serena und Shane um und brummte leise. Dann richtete er sich abrupt auf die Hinterbeine.

Serena riss bei diesem Anblick entgeistert den Mund auf. Von hinten und auf zwei Beinen stehend erinnerte die Gestalt des Bären sehr an einen übergroßen Mann.

Ohne Zögern hob der Grizzly seine Pranken und warf sich mit voller Wucht gegen den Zaun.

Im selben Moment ertönte ein unheimliches Zischen und Knistern. Der Bär brüllte vor Schmerz auf, ließ aber nicht vom Zaun ab. Wieder und wieder warf er sich gegen ihn.

Ein beißender Geruch verbreitete sich.

Serena wusste, was es war, und wollte auch schon losstürmen, um dem Bären zu Hilfe zu eilen. Aber Shane packte sie am Arm und hielt sie zurück.

Ein erbarmungsloses Zucken durchlief den Körper des Tieres, und seine Schreie schallten durch die Stille der Wildnis. Es waren Todesschreie.

Serena erschauerte bis in den abgelegensten Winkel ihres Körpers. Sie hatte noch nie ein größeres Lebewesen sterben sehen, und die Schreie des Bären waren so herzzerreißend, so menschlich.

Sie drückte ihr Gesicht an Shanes Brust und hielt sich die Ohren zu.

Mit einem Mal war alles still.

Serena öffnete langsam die Augen. Der Bär regte sich nicht mehr.

Shane sprang auf und zog sie unsanft auf die Beine.

»Komm, schnell. Dies ist unsere Chance!«

Sie blickte ihn fragend an.

»Verstehst du nicht?«, erklärte Shane hastig. »Der Bär hat uns den Weg gebahnt. Er hat sein Leben geopfert, damit wir viele Leben retten können.« Er schob sie eilig auf die Lücke im Zaun zu, die der Bär hineingerissen hatte. »Schnell, wir haben nur ein paar Minuten.«

»Ich verstehe nicht …«

»Der Bär«, sagte Shane und schob sie weiter, »hat die Stromversorgung unterbrochen. Kein elektrischer Zaun, keine Kameras. Aber wir müssen uns beeilen. So eine große Anlage hat mit Sicherheit Notfallgeneratoren.«

Sie waren am Zaun angelangt. Shane sprang über den verkohlten, leblosen Körper des Bären und streckte Serena seine Hand entgegen.

Sie zögerte.

»Denk an Fabian«, mahnte er ungeduldig.

Fabian, erinnerte Serena sich. *Fabian ist irgendwo in dieser Höhle*. Sie musste ihn finden! Sie ergriff Shanes Hand und folgte ihm durch die Öffnung im Zaun.

Ein kleines Kiefernwäldchen zog sich von der Stelle, wo der Bär den Zaun durchbrochen hatte, bis dicht an den Höhleneingang und versperrte den direkten Blick. Shane huschte im Schutz der Bäume auf den Eingang zu. Er blickte sich nur ein- oder zweimal zu Serena um, um sich zu vergewissern, dass sie ihm auch folgte. Aber er hätte sich keine Sorgen zu machen brauchen. Sie hielt sich unmittelbar hinter ihm.

Am Rande des Wäldchens blieb Shane stehen. Er blickte zum Höhleneingang hinüber. Die beiden Angestellten in weißen Kitteln standen noch immer da und waren in ihre Unterhaltung vertieft. Sie schienen das Geschrei des Bären nicht gehört zu haben. Der kräftige Wind stand günstig.

»Warte hier«, raunte Shane Serena zu.

Er lief geduckt von einem Busch zum nächsten, immer weiter auf den Eingang der Höhle zu.

Serena drückte sich an den glatten Stamm einer Espe, der viel zu schlank war, um sie vollständig zu verbergen, und beobachtete Shane mit klopfendem Herzen. Die Sekunden zogen sich ewig hin.

Sie blinzelte kurz. Als sie wieder aufsah, war Shane verschwunden. Suchend blickte sie sich um. Wo war er nur?

Der Mann im weißen Kittel wandte sich jetzt dem Eingang zu. Es sah so aus, als wolle er wieder hineingehen.

Shane, nun mach schon, wir verpassen unsere Chance!, dachte Serena panisch.

Die Frau warf ihren Zigarettenstummel auf den felsigen Boden und drückte ihn mit ihrem Schuh aus.

Sie folgt ihrem Kollegen, ging es Serena durch den Kopf. *Es ist zu spät!*

In diesem Augenblick schoss eine Gestalt lautlos aus dem Gebüsch hervor, neben dem die Frau stand, packte sie und zog sie hinter den Busch. Die Attacke war innerhalb weniger Sekunden vorüber und hatte nicht das geringste Geräusch verursacht.

Serena hielt den Atem an.

Schon sprang Shane leise wie eine Katze hinter den Mann im Kittel, der sich bereits dem Eingang zugewandt hatte, und schlug ihm hart in den Nacken. Der

Mann sackte leblos zusammen. Shane packte ihn und zog ihn ebenfalls hinter das Gebüsch.

Er winkte Serena zu sich.

»Komm, schnell!«, rief er leise und streifte sich auch schon den weißen Arbeitskittel des Mannes über.

»Sind sie tot?«, fragte Serena außer Atem, als sie neben ihm stand.

»Nein«, antwortete Shane knapp. »Hier, zieh das an.« Er reichte ihr den Kittel der Frau. »Und hier ist ihre Ausweiskarte.«

Serena hatte den Kittel kaum übergestreift, als Shane auch schon mit ruhigen Schritten auf den Eingang der Höhle zuging.

Mit ein paar schnellen Sprüngen holte sie ihn ein.

»Das wird niemals klappen«, raunte sie nervös.

»Doch, das wird es«, erwiderte Shane. »Du musst nur gelassen bleiben.«

»Du hast gut reden«, zischte sie.

Der Höhleneingang lag wie ein dunkler Schlund vor ihnen. Kein Schild, keine Tür verriet, dass es hier etwas anderes gab als ein altes, stillgelegtes Bergwerk.

Shane schaltete eine kleine Taschenlampe ein.

»Woher hast du denn die?«, fragte Serena erstaunt.

»Der Typ hatte sie in der Kitteltasche«, erklärte Shane beiläufig und leuchtete umher. Nichts Besonderes. Sie befanden sich in einer ordinären Höhle. Graue Felswände, feuchtkühle Luft.

»Was ist das?« Serena deutete nach vorn.

Zwei silbergraue Türen waren auf der einen Seite der Höhle in den Felsen eingelassen. Die eine war normal groß, die andere riesig.

»Fahrstühle«, flüsterte Shane.

»So ein großer?«

»Erinnerst du dich an den Bus, den wir hier haben

hineinfahren sehen? Er ist nicht in dieser Höhle. Er muss irgendwohin verschwunden sein.«

Sie gingen auf die Aufzüge zu.

»Hier ist eine Tafel«, sagte Serena und deutete neben die Fahrstuhltür.

Shane hielt den Strahl der Taschenlampe auf das Schild.

»International Pharmaceutical Corporation«, las er laut vor. »Sagt dir der Name etwas, Reena?«

Sie schüttelte den Kopf.

»Dir?«

»Nein.« Dann stellte Shane mit einem weiteren Blick auf die Tafel nachdenklich fest: »Dreißig Stockwerke.«

»Dreißig Stockwerke?«, wiederholte Serena ungläubig und drängte sich näher an die Tafel. »Hier im Berg?«

»Unter uns, um genau zu sein«, sagte Shane ungerührt.

»Sieh nur, was da alles aufgeführt ist«, flüsterte Serena. »Parkplatz, Versuchslabor, Konferenzräume, Unterkünfte, Krankenhaus.« Eine Gänsehaut lief über ihren Körper. »Die Anlage ist viel größer, als ich gedacht hatte. Wie sollen wir Fabian nur finden?«

»Wir werden es zuerst hier versuchen: *Verwaltung und Sicherheitsdienst*, im zwanzigsten Untergeschoss.«

Ein jähes, lautes Maschinengeräusch ließ Serena erschrocken zusammenfahren. Dann wurde es plötzlich hell.

»Sieh nach unten«, sagte Shane. »Sie haben die Notstromaggregate eingeschaltet. Die Kameras laufen wieder. Und die Fahrstühle auch.« Er drückte auf den Knopf und rief den Personenaufzug.

Es dauerte eine lange Zeit, bis der Fahrstuhl endlich kam. Shane stieg sofort ein. Serena zögerte.

»Du musst dich normal verhalten«, zischte Shane mit einem Lächeln auf dem Gesicht. »So, als ob du dich hier auskennst. Sonst wirst du uns noch verraten.«

Serena sammelte all ihren Mut. Sie hatte nicht nur Höhenangst, sondern hasste es auch, irgendwo eingeengt zu sein. Und hier fühlte sie sich mehr als eingeengt. Es war nicht nur der Gedanke an den Fahrstuhl. Ein ganzer Berg befand sich über ihr und schien auf sie zu drücken. Aber sie erwiderte Shanes Lächeln tapfer und stellte sich neben ihn.

Die Türen schlossen sich.

Shane drückte die U20-Taste, und der Aufzug setzte sich in Bewegung.

Serena sagte kein Wort. Oberflächlich lächelte sie noch immer, aber ihre Fingernägel gruben sich nervös in ihre Handflächen.

Sie fuhren tiefer und tiefer.

»Sollten wir nicht langsam ankommen?«, fragte sie unwohl.

»Das kommt darauf an.«

»Worauf?«, bohrte Serena ungehalten nach.

»Darauf, in welcher Tiefe die Stockwerke beginnen.«

Sie starrte ihn fassungslos an.

»Auf der Tafel stand nicht, dass U1 gleich unter der Höhle liegt. Wenn dies wirklich ein stillgelegtes Bergwerk ist – was ich annehme –, dann nutzen sie vielleicht die alten Gänge und Schächte.«

»Was heißt das im Klartext?«, fragte Serena.

»Das heißt, U1 kann überall sein. Zweihundert Meter tief oder zwei Kilometer.«

»Fabelhaft«, murmelte sie, und das unwohle Gefühl in ihrer Magengrube wurde noch stärker.

Als sich die Türen des Fahrstuhls eine Weile später

endlich öffneten, glaubte Serena ihren Augen nicht zu trauen. »Ich kann nicht fassen, was die hier aufgebaut haben«, flüsterte sie entgeistert.

Vor ihnen lag ein langer, hell erleuchteter Korridor. Zahlreiche Türen und Gänge zweigten zu beiden Seiten des breiten Flurs ab. Der graue Fels war komplett verschwunden. Tatsächlich gab es keinerlei Anzeichen dafür, dass sie sich Hunderte von Metern unter der Erdoberfläche befanden. Sie hätten genauso gut in einem Krankenhaus oder einem Industriegebäude sein können. Der Fußboden war mit Linoleum ausgelegt, und Decke und Wände waren weiß gestrichen.

»Ist direkt unheimlich«, flüsterte Serena unbehaglich, während sie den Flur entlangschritten.

Shane antwortete nicht. Er versuchte im Vorbeigehen unauffällig, die Schilder neben den Türen zu lesen. Irgendwo hier musste es eine zentrale Verwaltungsstelle geben. Die mussten sie finden.

Plötzlich ertönten Schritte und laute Schreie hinter ihnen. Sie kamen rasch näher.

Serena sah Shane alarmiert an. Er schüttelte kaum merklich den Kopf und ging mit schnellen Schritten weiter. Nur nicht die Nerven verlieren!

Das Stimmengewirr war jetzt ganz nahe. Serena konnte nun noch ein anderes Geräusch ausmachen. Es klang wie ... Aber nein, das konnte nicht sein. Nicht hier unten im Berg!

Zu beiden Seiten des Flurs flogen Bürotüren auf, und neugierige Angestellte steckten die Köpfe heraus.

»Was soll der Lärm?«, beschwerte sich jemand.

»Wie soll man denn hier arbeiten?!«, rief ein anderer.

In diesem Augenblick schoss eine Gruppe von aufgeregten Männern aus einem nahe liegenden Gang in den Flur, in dem Serena und Shane sich befanden. Sie schrien aufgebracht durcheinander. Serena konnte lediglich Wortfetzen auffangen.

»Bringt euch in Sicherheit!«

»Tollwütig ...!«

»Ruft die Wachen!«

Die Männer stürmten an Serena und Shane vorbei. Sie würdigten sie keines Blickes.

Auf den Gesichtern der Leute, die ihre Köpfe aus den Bürotüren gesteckt hatten, stand Unverständnis. Sie konnten keine Erklärung für das erregte Benehmen ihrer Kollegen finden.

Da wurde ein leises Knurren laut.

Serena griff nach Shanes Hand.

Eine graubraune Schnauze mit gefletschten Zähnen erschien im Flur. Dann noch eine und noch eine.

»Kojoten«, flüsterte Serena. Ihre Fingernägel krallten sich in Shanes Hand.

»Bleib ruhig«, raunte Shane, ohne den Blick von den Tieren abzuwenden. »Denk an das Bighorn Medicine Wheel. Dinge sind nicht immer das, was sie zu sein scheinen.«

Serena erinnerte sich an die schrille, aufdringliche Pauline Dumont, die auf den Fotos, die Serena gemacht hatte, nur in der Gestalt eines Kojoten zu sehen war, und ein kalter Schauer lief ihr über den Rücken.

Die Kojoten kamen mit angelegten Ohren und langsamen Schritten in den Flur. Es war ein ganzes Rudel, bestimmt zwölf Tiere. Ihre Augen funkelten in einem sonderbaren Gelbgrün, das sie noch unheimlicher wirken ließ. Die Farbe war so intensiv, dass die Augen der Tiere den Strahlen vieler kleiner Taschenlampen glichen.

Die Kojoten erblickten die Leute in den offenstehenden Bürotüren und schwärmten nach allen Richtungen aus.

Die Angestellten erwachten aus ihrer Starre. Sie schrien hysterisch auf und liefen panisch durcheinander. Alles, was Beine hatte, drängte sich aus den Büros und floh den langen Korridor hinunter.

»Oh mein Gott, tollwütige Kojoten!«, schrie eine Frau mit bleichem Gesicht.

»Invasion!«, rief ein Mann.

Die Kojoten knurrten angsteinflößend und trieben die Leute vor sich her. Lief jemand zu langsam, so schnappten sie mit ihren langen Zähnen nach ihm.

Serena und Shane drückten sich an die Wand und machten sich so dünn wie möglich. Die Menschen und Kojoten stürmten an ihnen vorbei, als existierten sie nicht.

Die Fahrstuhltür öffnete sich mit einem hellen Klingelton. Eine Truppe schwarzgekleideter, finster aussehender Wachmänner betrat den Korridor. Sie trugen kugelsichere Westen und waren bis an die Zähne bewaffnet.

Serena starrte sie aus weit aufgerissenen Augen an.

Shane drückte ermutigend ihre Hand.

Die Männer würdigten sie keines Blickes, sondern stürmten mit entschlossenen Gesichtern an ihnen vorbei.

Die Schritte und Schreie der Leute und das Knurren der Kojoten verhallten langsam in der Ferne.

Serena atmete erleichtert auf.

»Hier hinein«, raunte Shane ihr zu und schob sie in eines der Büros. Ein zufriedenes Grinsen lag auf seinem Gesicht.

»Und wieder sind wir den Geistwesen zu Dank verpflichtet«, stellte er fest.

Serena sah ihn verdutzt an.

»Die Angestellten haben aus Angst vor den Kojoten ihre Büros so überstürzt verlassen, dass alles stehen und liegen geblieben ist. Selbst die Computer sind noch eingeschaltet.«

Er setzte sich an einen der Schreibtische.

»Jetzt wollen wir doch mal sehen, was wir so herausfinden können.«

Serena drehte sich unbehaglich zur Tür um.

»Was immer du vorhast, du beeilst dich besser. Die Typen können jeden Augenblick zurückkommen.«

XXII

Fabians Kopf dröhnte. Die IPC-Handlanger hatten ihm ganz schön zugesetzt. Er hatte damit gerechnet, dass man ihn grob behandeln würde, aber es gab einen feinen Unterschied zwischen grob und brutal.

Wie auch immer, er war dort, wo er hatte sein wollen. Tief im Inneren des Berges, tief in der Höhle des Löwen. Er hätte keinen besseren Weg finden können. Die Worte aus der Bibel hatten ihn geführt: *Mein Gott hat seinen Engel gesandt, der den Löwen den Rachen zugehalten hat, so dass sie mir kein Leid antun konnten.*

Fabian hatte nichts Böses getan. All die Probleme, all die Drohungen und Verwicklungen der vergangenen Jahre, sie waren nicht von ihm ausgegangen. Und auch mit den Verbrechen an den unschuldigen Menschen, die von IPC gefangen und zu Versuchen missbraucht wurden, hatte er nichts zu tun. Im Gegenteil, er wollte ihnen helfen. Aber das konnte er nur vom Inneren des Berges, vom Inneren der IPC-Anlage aus. Und er war auf sich allein gestellt. IPC hatte überall Handlanger und Kontakte nach ganz oben. Es wäre sinnlos gewesen, die Behörden oder die Polizei zu benachrichtigen. Selbst die Presse war vorsichtig mit dem, was sie über IPC schrieb. Das war Fabian schon damals klargeworden, als man ihm den Job angeboten und er abgelehnt hatte.

Wie dem auch sei, in die Anlage hineinzukommen war nicht leicht. Also war Fabian wie Daniel einfach in aller Demut zur Höhle des Löwen gegangen und hatte sich schnappen lassen.

Man hatte ihm alles abgenommen. Die Pistole, die Taschenlampe, das Messer. Man hatte ihn für seine *Dummheit* verspottet und ihn aus Rache dafür, dass er ihnen solche Schwierigkeiten bereitet hatte, zusammengeschlagen. Aber Fabian war im Berg, und er war weit davon entfernt aufzugeben.

Im Flur wurden jetzt hastige Schritte und panische Stimmen laut. Fabian richtete sich auf dem Stuhl auf, an den er gefesselt war, und lauschte gespannt.

»Du rührst dich nicht vom Fleck«, meinte der grimmig aussehende Mann, der ihn bewachte, und machte eine eindeutige Bewegung mit seiner Pistole. »Der Boss wird sich gleich persönlich um dich kümmern. Er muss jeden Augenblick hier sein.«

Fabian sank auf seinem Stuhl zurück, aber er ließ seinen Wächter nicht aus den Augen.

Der Mann nahm seine Ausweiskarte, die er an einem Band um den Hals trug, und steckte sie in einen Schlitz neben der Zimmertür. Es brummte leise, und die Tür sprang einen Spaltbreit auf. Der Mann spähte hinaus auf den Flur.

»Was ist denn da los?«, erkundigte Fabian sich.

Der Wachmann antwortete nicht.

»Hey, ich habe ein Recht, zu erfahren, was da vor sich geht.«

»Halt die Klappe, Eckehard. Du hast uns schon genug Ärger gemacht.«

In diesem Moment liefen aufgeschreckte IPC-Mitarbeiter auf dem Flur vorbei, gefolgt von den knurrenden, zähnefletschenden Kojoten.

»Oh mein Gott«, murmelte der Mann und schob die Tür hastig ins Schloss.

»Was ist los?«

»Kojoten«, stammelte der Mann fassungslos. »Eine ganze Horde wild gewordener Kojoten.«

»Kojoten?«, sagte Fabian leise zu sich selbst. Wie sollten die in die Anlage gekommen sein? Er schüttelte ungläubig den Kopf. Doch dann musste er an die Geschichte denken, die Serena und Shane ihm über die New-Age-Anhängerin am Bighorn Medicine Wheel erzählt hatten, und an das Foto, das sie dort aufgenommen hatten. Und plötzlich stieg Hoffnung in ihm auf. Wenn Shanes Geistwesen nun ...

»Bei mir ist alles klar«, rief der Wächter jetzt. Er hatte die Tür wieder geöffnet und wechselte ein paar eilige Worte mit den Kollegen vom Sicherheitsdienst, die draußen vorbeistürmten.

Der Hoffnungsschimmer gab Fabian neue Energie. Er wusste, wohin in der Anlage er sich wenden musste, um seine Aufgabe zu erfüllen. Alles, was er tun musste, war, seinen Wächter zu überrumpeln und aus diesem Raum zu entkommen.

»Hey, Wachmann«, rief er dem Kerl an der Tür zu. »Ich brauche etwas zu trinken.«

Serena hatte die Tür zum Büro einen Spaltbreit offen gelassen und behielt den Flur im Auge.

Dort war alles still. Zu still.

»Shane, beeil dich doch«, flehte sie.

»Moment, Moment. Ich muss mich hier erst mal zurechtfinden. Du glaubst nicht, was die für eine riesige Datenbank haben.« Er überflog die Informationen.

»IPC hat anscheinend zahlreiche Tochtergesellschaften«, berichtete er. »Die meisten davon sind im Bergbau- und Transportgeschäft tätig. Aber hallo, was ist denn das?«

»Was?«, fragte Serena nervös, ohne den Blick vom Flur zu lassen.

»IPC ist kein eigenständiges Unternehmen. Es gehört einem Konzern namens United Industries. United Industries hat seinen Hauptsitz in Austin, Texas, und ihm gehört noch eine ganze Reihe anderer Unternehmen. Zum Beispiel Global Securities Inc. mit Sitz in Frankfurt und ... aber das kann doch nicht wahr sein!«

Serena wandte sich fragend zu ihm um.

»United Industries sind auch die Eigentümer von Denver Fusion Research ... Ray Brooks steht auf der Gehaltsliste von United Industries!«

»Moment mal, Denver Fusion ist doch das Forschungsunternehmen, bei dem Fabian und du mal gearbeitet habt«, warf Serena ein.

»Ray Brooks«, zischte Shane. »Jetzt wird mir einiges klar. Er war damals so angetan von Fabians Arbeit und Wissen. Er muss ihn bei IPC angepriesen haben. Deswegen haben sie ihm den Job hier angeboten. Dieses Schwein! Wegen ihm also ist Fabian in die Klemme geraten.«

»Hier, fang«, sagte Serena und warf ihm ihre Pocketkamera zu. »Mach Fotos von den relevanten Dateien. Aber beeil dich. Wir müssen vor allem herausfinden, was genau IPC hier unten anstellt und in welchem Bereich der Anlage. Sonst werden wir Fabian nie finden. Schau mal unter *Lieferanten* oder *Auslieferungen* oder *Projekten* nach«, schlug sie hastig vor.

»IPC importiert eine Menge Container aus Übersee.

Hauptsächlich aus Asien, aber auch aus den USA. Die Überführungen werden allesamt von IPC-Tochtergesellschaften ausgeführt. Und«, Shane fuhr sich aufgebracht durchs Haar, »die Container gehen alle ungeprüft durch den Zoll.«

»Wie das?«

Shane sah sie bestürzt an.

»Sie unterliegen der diplomatischen Immunität.«

»Aber das kann doch nicht wahr sein«, meinte Serena.

»Doch, und hier steht der Name des Behördenmitarbeiters, der die Papiere ausgestellt hat.«

»Ist es immer derselbe Name?«

Shane nickte schweigend.

»Na, dann wissen wir jetzt zumindest, wo die ihre Schilder herhaben, auf denen *Militärischer Sicherheitsbereich* steht«, stellte Serena angewidert fest.

»Und woher sie die Erlaubnis haben, mitten in einem Nationalpark ein stillgelegtes Bergwerk zu einer riesigen Anlage wie dieser auszubauen«, fügte Shane hinzu.

»Was ist in den Containern, Shane?«, fragte Serena noch einmal und wandte sich wieder der Tür zu. »Wir müssen hier weg, bevor es zu spät ist.«

»Okay, okay. Hier steht, dass die Container nach Calgary geschafft werden«, berichtete Shane. Dann stockte er plötzlich.

»Und?«, bohrte Serena ungeduldig nach.

»Und von dort kommen regelmäßig Lieferungen in Reisebussen hier an«, berichtete Shane leise.

Serena fuhr herum. Eine schlimme Vorahnung stieg in ihr auf. Fabian hatte gesagt, dass IPC in seiner Anlage Experimente an Menschen vornähme.

»Bitte sage mir, dass sie keine Menschen in den

Containern und Reisebussen hierher transportieren, Shane«, flüsterte sie, bleich im Gesicht.

Shane blickte auf. »Das kann ich nicht.« Er versuchte, das Zittern in seiner Stimme zu unterdrücken. »Ich habe gerade eine Belegliste der sogenannten *Unterkunftsräume* gefunden – und die Einzelheiten zu den Bewohnern.«

Serena sah ihn mit weit aufgerissenen Augen an.

»Du kommst besser her und siehst es dir selbst an«, meinte Shane. »Ich kann das nicht laut vorlesen.«

Serena kam zögernd zu ihm und blickte auf den Monitor.

»Nummer: 3667. Herkunftsland: China. Geschlecht: männlich. Alter: 25. Eingetroffen: 15.6.2012. Gesundheitszustand: gut. Verwertung: alle Organe geeignet. Anweisungen: Beruhigungsmittel bis zum nächsten Check-up.«

Serena klammerte sich an die Tischplatte.

Shane klickte von einer Datei zur nächsten.

Serena presste fassungslos die Hand vor den Mund. Männer, Frauen, Kinder. Namenlose Objekte. Eingepfercht und unter Drogen gesetzt, bis ihre Nummer an der Reihe war. Lebende Spender für menschliche Organe und andere Körperteile.

Übelkeit überkam Serena, und sie wandte sich ab.

»Wie viele Menschen sind es?«

»Laut Computer sind es zurzeit 302 Personen.«

»302«, hauchte Serena fassungslos. »Gott steh uns bei. Und die Welt denkt, sie hat Menschenversuchen mit der Vernichtung des Naziregimes ein Ende gesetzt.«

»IPC handelt nicht nur zu Forschungszwecken«, stellte Shane fest. »Sieh dir die lange Liste der Abnehmer an und die Preise, die sie zahlen. Mir scheint, als finanziere IPC einen großen Teil seiner Forschungsarbeiten mit illegalem Organhandel.«

»Kein Wunder, dass Fabian da nicht mitmachen konnte«, flüsterte Serena mit tränenunterdrückter Stimme.

»Das ist noch nicht alles«, sagte Shane. »Hier ist eine Aufstellung der Doktoren und Wissenschaftler, die IPC angeheuert hat. Und so wie es aussieht, sind sie nicht alle freiwillig hier.« Er suchte weiter. »Hier haben wir es«, meinte er schließlich. »Eine Auflistung aller aktuellen IPC-Projekte.«

»Nun sag schon«, drängte Serena und spähte erneut in den Flur hinaus. Als sie sich wieder zu Shane umwandte, war seine Miene wie versteinert.

»Shane?«

Er schüttelte den Kopf. »Ich kann dir die Einzelheiten nicht vorlesen. Es ist zu schrecklich.« Er sah zu ihr auf, und sein Blick verriet seine tiefe Betroffenheit. »IPC arbeitet offenbar sehr eng mit dem Militär zusammen. In dieser Anlage werden verschiedene Verfahren erprobt, um die Transplantation von menschlichen Körperteilen zu perfektionieren. Offiziell heißt es hier, dass die Verfahren bei Menschen eingesetzt werden sollen, die Arme, Beine, Hände und so weiter verloren haben, wie zum Beispiel Soldaten. Aber es scheint mir auch darum zu gehen, Menschen, die eigentlich schon tot sind, zu neuem Leben zu erwecken. Sie arbeiten mit den neuesten Erkenntnissen aus den Gebieten der Neurophysik und der Nanotechnologie, um ihre Ziele zu verwirklichen. Und dazu brauchen sie Wissenschaftler wie Fabian.«

Serena wurde übel. Shane brauchte nichts mehr zu sagen. Sie konnte sich den Rest ausmalen. Die armen Menschen! Sie warteten in ihren Zellen darauf, dass ihnen gesunde Körperteile entfernt oder fremde eingepflanzt wurden – einfach so. Im Namen der Forschung. Sie waren hierher verschleppt worden, wussten nicht, was sie erwartete, bis sie eines Tages in einen Operationsraum gebracht wurden. Und falls sie das Glück hatten, aus ihrer Narkose aufzuwachen, dann fanden sie …

Und Fabian, ihr herzensguter Bruder, hatte bei so etwas mitmachen sollen? Hier unten eingesperrt und zur Arbeit für IPC gezwungen, wie viele der anderen Wissenschaftler, deren Namen Shane im Computer gefunden hatte?

Serena schüttelte den Kopf. Sie wollte keine weiteren Einzelheiten wissen. Sie wollte nur noch fort von diesem fürchterlichen Ort.

Aber Shane ließ nicht ab. In ihrem jetzigen Zustand würde Serena weder Fabian noch den eingesperrten Menschen eine Hilfe sein. Sie würde höchstens den IPC-Sicherheitsleuten in die Arme laufen und selbst in einer der Zellen landen.

»Hör dir das mal an«, fuhr er unbeirrt fort. »Maureen Baker. Tourist. Ist zufällig auf die Anlage gestoßen und hat angefangen, Fragen zu stellen. Status: eliminiert. Fabian Eckehard. Physiker. Zusammenarbeit abgelehnt. Status: gefasst. Shane Storm Hawk. Eckehards Kollege. Störfaktor. Status: gesucht. Serena Eckehard. Schwester von Fabian Eckehard. Störfaktor. Status: gesucht.« Er sah zu ihr auf. »Na, wie findest du das?«

Serena ballte die Hände zu Fäusten zusammen.

»Wie können sie es wagen?«, zischte sie wütend. »Wie können sie es wagen, in derart gleichgültigem Ton über Leben und Tod zu entscheiden? Wir sind Menschen, keine Nummern. Wir führen ein Leben, wir haben Familien, haben Träume und Hoffnungen. Wie können sie es wagen?«

Sie drehte sich um und blickte Shane fest an. »Wo sind diese sogenannten *Unterkünfte*?«

»Zwei Stockwerke tiefer«, erwiderte Shane und reichte ihr die Pocketkamera.

»Zurück zum Fahrstuhl«, erklärte Serena entschlossen. »Beeil dich, Shane.«

Sie hasteten den hell erleuchteten Korridor entlang.

»Jetzt verstehe ich die volle Bedeutung meines Traumes«, meinte Serena. »Er wollte mir nicht nur vermitteln, dass ich nach einer Höhle in den Rocky Mountains suchen soll. Er hat mir auch gesagt, wer hier meine Hilfe braucht. Nämlich die vermissten Menschen. Menschen, die aus unserer *normalen* Welt ganz plötzlich und ohne ersichtlichen Grund verschwunden sind, aus ihrem Leben herausgerissen wurden – wie der Mann in meinem Traum. Sie wurden hierher verschleppt, tief unter die Erde. Wir müssen ihnen helfen, Shane.« Sie sah ihn flehend an.

Shane erwiderte ihren Blick und drückte ihre Hand. »Das werden wir auch«, versprach er.

In diesem Augenblick ertönte ein Klingeln, und die Tür des Fahrstuhls öffnete sich.

Shane zog Serena hastig in eines der leerstehenden Büros. Sie hielten den Atem an.

Auf dem Korridor wurden Schritte und Stimmen laut.

»Hier entlang, Mr Newman, sir. Wir sind gleich da«, sagte eine Männerstimme in einschmeichelndem Tonfall. »Ich bin mir sicher, dass alles in Ordnung ist.«

»Das wird sich zeigen«, erwiderte Newman kühl. »Wie kann es angehen, dass ein paar Köter es schaffen, ungesehen an jeglichen IPC-Sicherheitsvorkehrungen vorbeizukommen?«

»Ich verstehe Ihre Empörung, Mr Newman«, meinte der Mann zaghaft. »Vielleicht haben Ihre Männer eine Erklärung dafür, Mr Newman, sir.«

Die Schritte hielten inne.

Serena schloss die Augen und begann zu beten. Die Männer standen genau vor dem Büro, in dem Shane und sie sich versteckt hielten.

»Das glaube ich nicht«, meinte Newman und konnte seinen Ärger kaum unterdrücken. »Die Köter sind das Problem von IPC, nicht meines. Mein Auftrag lautet einzig und allein, Fabian Eckehard zu finden und seine kleine Schwester und diesen Storm Hawk davon abzuhalten, uns oder IPC in die Quere zu kommen.«

Newmans Stimme hallte laut und deutlich durch den Korridor. »Eckehard haben wir gefasst. Seine Schwester und Storm Hawk halten sich irgendwo ganz in der Nähe auf. Meine Männer, Miller und Sorrento, haben daher meine strikte Anweisung, das Gelände vor dem Eingang zu überwachen. Sonst nichts.«

Newman ging weiter. Der andere folgte ihm eilig.

»Zu Ihrer Information«, sagte Newman abschätzig. »Miller und Sorrento hätten es mir sofort gemeldet, wenn sie eine Horde Kojoten in den Berg hätten laufen sehen. Sie können also davon ausgehen, dass sie nicht den Haupteingang benutzt haben.«

»Gewiss, Mr Newman, sir«, antwortete der Mann kleinlaut. »Sie müssen irgendwo anders eingedrungen sein. Unsere Leute müssen etwas übersehen haben.«

Die Schritte und Stimmen verhallten.

Shane spähte in den Flur.

»Die Luft ist rein. Auf zum Fahrstuhl, bevor uns noch einmal etwas dazwischenkommt.«

Wenig später stiegen Serena und Shane zwei Stockwerke tiefer aus dem Aufzug. Der Korridor, auf dem sie sich wiederfanden, sah dem vorherigen zum Verwechseln ähnlich.

»Was meinst du, wie viel Zeit wir haben, bevor man uns entdeckt?«, erkundigte Serena sich und blickte sich besorgt um. »Ich meine, die haben doch bestimmt Kameras und Warnanlagen, die anspringen, sobald jemand versucht, Türen zu öffnen.«

»Zum Türenöffnen haben wir die Ausweiskarten«, antwortete Shane. »Genau wie bei den Büroräumen eben. Ist dir der Mechanismus nicht aufgefallen?«

Serena schüttelte den Kopf.

»Und wegen der Zeit: Die Typen werden noch eine Weile mit den Kojoten beschäftigt sein. Aber wir müssen uns beeilen.«

Sie kamen an die erste Zimmertür.

Serenas Hände zuckten unruhig. War sie darauf gefasst, was sie dahinter vorfinden würden?

Shane schob seine Karte in den dafür vorgesehenen Apparat, und die Tür sprang auf.

»Schnell, wir wollen dir helfen«, rief er und wollte schon zur nächsten Tür weitereilen. Aber er erhielt keine Antwort.

Shane steckte den Kopf zur Tür hinein. Ein junger Mann, kaum zwanzig, saß auf einem einfachen Bett, das an die weißgestrichenen Wände geschraubt war, und starrte ins Nichts. Er trug einen Schlafanzug, so wie man ihn aus Krankenhäusern kennt, und einen Morgenrock. Sein Kopf war kahlgeschoren. Der Raum war klein und von Neonröhren beleuchtet. Außer dem Bett gab es noch eine Toilette und ein Waschbecken. Das war alles.

Das ist keine Unterkunft, schoss es Serena durch den Kopf, *das ist eine Gefängniszelle!*

»Was fehlt ihm?«, flüsterte sie mit laut klopfendem Herzen.

»Ich weiß es nicht«, erwiderte Shane. »Vielleicht haben sie ihm irgendwelche Medikamente verabreicht.«

Dann kam ihm ein Gedanke. »Hey«, rief er noch einmal und zog den weißen Kittel aus. »Wir sind Freunde. Wir wollen euch hier rausholen!«

Der junge Mann wandte langsam den Kopf. Er musterte Shane eine Weile. Dann flackerte plötzlich neues Leben in seinen Augen auf.

»Raus?« fragte er. »Fort von hier?«

»Ja«, erwiderte Shane mitfühlend. »Aber wir müssen uns beeilen. Komm schnell.«

Shane lief zur nächsten Zelle.

»Reena, nimm deine Karte und hilf mir«, rief er. »Wir haben nicht viel Zeit.«

Serena lief zur anderen Seite des Korridors und begann, die Türen dort zu öffnen.

Immer mehr Menschen schlossen sich ihnen an. Männer, Frauen, Jugendliche, Kinder. Menschen jeglicher Abstammung, jeglicher Hautfarbe, jeglicher sozialer Abstufung. Viele stammten aus Asien und sprachen gar kein oder nur sehr wenig Englisch. Andere kamen aus Mexiko, den Vereinigten Staaten oder Kanada. Einige von ihnen standen unter Medikamenteneinfluss. Sie konnten sich kaum auf den Beinen halten. Aber immer gab es welche, denen es besser ging und die den Schwächeren unter die Arme griffen.

Besonders den Kindern schien man Beruhigungsmittel gegeben zu haben. Sie konnten nicht gehen und lallten nur. Manche begannen zu weinen, sobald jemand sie hochnahm. Andere lagen apathisch in den Armen der Erwachsenen.

Serena ertrug den Anblick kaum. Wie konnte jemand Menschen nur so etwas antun und besonders Kindern? Unermessliche Wut stieg in ihr auf. Wie in einem Wahn rannte sie von einer Tür zur nächsten. Sie musste diesen armen Geschöpfen helfen, und wenn es sie das Leben kosten sollte!

Sie war so sehr in ihr Tun versunken, dass sie den jungen Mann nicht bemerkte, der mit einem kleinen Mädchen auf dem Arm aus einem der Seitengänge kam. Sie prallte mit ihm zusammen und sah erschrocken auf.

»Fabian!«, rief sie erleichtert, als sie ihn erkannte, und drückte ihren Bruder mitsamt dem Kind an sich.

»Serena?«, stieß er überrascht aus. »Shane? Was macht ihr hier? Wie seid ihr hierhergekommen?« Er blickte auf die Menschenmenge hinter ihnen.

»Wir tun genau das, was du auch machst«, grinste Shane. Er deutete zuerst auf das Band mit der Ausweiskarte zum Öffnen der Türen, das um Fabians Hals hing, und dann auf die Personen, die Fabian befreit hatte und die ihm nun folgten. »So schnell wirst du uns nicht los. Alles andere später.« Er klopfte seinem Freund auf die Schulter. »Und wohin geht es jetzt?«

»In dieser Richtung sind alle Zellen leer«, berichtete Fabian.

»In diesem Korridor auch« erklärte Shane. »Weißt du, wo die anderen Zellen sind?«

»Mir nach«, sagte Fabian mit einem dankbaren Lächeln. Sie eilten den Gang entlang. Hinter ihnen folgte ein wahres Meer aus Menschen.

Einer inneren Eingebung folgend, zog Serena ihre digitale Pocketkamera aus der Hosentasche. Wenn man jemanden anklagen wollte, brauchte man Beweise. Diese Bilder würden mehr sagen als Worte. Ohne stehen zu bleiben, drehte sie sich um und machte ein paar schnelle Fotos.

Das letzte zeigte Fabian mit dem Kind auf dem Arm. Das Mädchen klammerte sich hilfesuchend an den hochgewachsenen Mann und blickte mit seinen großen dunklen Augen verängstigt in die Kamera. Die Kleine konnte nicht viel älter als vier oder fünf sein.

Serena strich ihr übers Haar.

»Alles wird gut«, versprach sie und lächelte das Kind ermutigend an.

Plötzlich hörten sie ein lautes, unheimliches Poltern.

»Shane, Fabian, was war das?« fragte Serena erschrocken.

»Keine Ahnung«, meinte Fabian. »Irgendeine Maschine, nehme ich an.«

Sie eilten weiter. Kurz darauf ertönte wieder dieses Poltern, diesmal noch lauter, noch ... ärgerlicher.

»Shane ...«, begann Serena, aber sie brachte ihren Satz nicht zu Ende. Der Boden unter ihren Füßen schien nachzugeben, und sie geriet ins Wanken.

Die Menschenmenge hinter ihr schrie entsetzt auf.

»Oh Gott!«, flüsterte Serena. »Ein Erdbeben!«

Im nächsten Augenblick wurde sie gegen die Wand geschleudert.

»Wo sind Ihre Wachleute?«, fragte Newman und sah den IPC-Mitarbeiter, der ihn durch die Anlage führte, scharf an. »Wieso ist die Zentrale nicht besetzt?«

Der Mann zuckte mit den Schultern und sah sich suchend um.

»Ich weiß es nicht, sir«, sagte er schließlich.

»Was ist denn da los?«, fragte Newman verwundert

und ging zu dem Pult mit den Überwachungsbildschirmen. »Was sind das für Leute? Und wieso versperren sie die Korridore? Ich brauche Freiraum.«

Der IPC-Angestellte trat neben ihn.

»Das kann doch nicht wahr sein«, stammelte er aufgebracht. »Die Zellen. Jemand hat die Zellen geöffnet!«

Newman blickte alarmiert auf die Bildschirme.

»Verdammt!«, brüllte er wütend. »Idioten! Ihr seid alle Idioten!« Er schlug mit der Faust auf den Tisch. »Während eure Wachleute ein paar Kötern hinterherrennen und ihr mich im Berg spazieren führt, befreien Storm Hawk und die kleine Schwester Fabian Eckehard und machen hier unten, was sie wollen!« Er funkelte den Mann bedrohlich an. »Wie kann das angehen?«

»Ich ... ich ...«, stotterte der Mann.

»Ist mir egal!«, brüllte Newman. »Tu etwas. Stockwerk abriegeln, was weiß ich. Die drei dürfen nicht entkommen!«

In diesem Augenblick ertönte ein dumpfes Poltern, tief aus dem Inneren des Berges.

»Was war das?«, fragte Newman unwirsch. Er war auf alles gefasst.

Keiner der in dem Raum Anwesenden hatte eine Erklärung.

Wieder polterte es laut. Diesmal lauter und aus nächster Nähe.

Newman horchte aufmerksam und trat in den Korridor hinaus.

Das Beben traf ihn und die anderen vollkommen unerwartet. Sie stießen gegeneinander, prallten gegen die Wände, hielten sich schützend die Arme über die Köpfe.

Die IPC-Mitarbeiter brachen in Panik aus.

»Ein Erdbeben!«, schrie jemand.

»Der Berg stürzt ein!«, rief ein anderer.

»Idioten!«, brüllte Newman. »Was seid ihr nur für Feiglinge! Die Anlage ist vollkommen erdbebensicher. So ein kleines Gewackel kann hier keinen Schaden anrichten!«

Aber die Männer waren schon in den Gang hinausgestürmt und rannten hilfesuchend auf den Fahrstuhl zu.

Newman zog seine Pistole.

»Du bleibst hier!«, rief er einem der Männer zu und richtete die Pistole auf ihn. »Schließ in allen Stockwerken die Sicherheitstüren. Keiner darf rein oder raus.«

»Sir, ich weiß nicht, wie das geht!«, rief der Mann verängstigt.

»Dann rate ich dir, es in den nächsten sechzig Sekunden herauszufinden. Sonst wird es dir leidtun.«

Endlich ließ das Beben nach. Shane streckte Serena die Hand entgegen. Sie kauerte auf dem Boden und hatte den Arm schützend um eines der Kinder gelegt. Ihr Gesicht war blass vor Schreck.

»Als Fotografin solltest du doch an brenzlige Situationen gewöhnt sein«, versuchte er zu scherzen. Aber in seinen Augen stand Sorge.

»Machst du Witze?«, erwiderte sie mit zitternder Stimme. »Ich arbeite für Frauenzeitschriften.« Sie ergriff seine Hand und ließ sich auf die Beine helfen. »Aber du als Geologe, du solltest doch mit Bergen und Erdbeben bestens vertraut sein«, meinte sie etwas gehässig, als sie wieder neben ihm stand.

Shane grinste.

»Machst du Witze? Ich erstelle Umweltstudien für die Touristenindustrie.«

Plötzlich erschütterte ein weiteres Beben den Berg. Das Licht in den Neonröhren flackerte bedrohlich. Schreie erfüllten den Gang. Überall stürzten Menschen zu Boden.

Serena versuchte sich irgendwo festzuhalten. Vergeblich. Das Beben war viel heftiger als das erste. Es gab nirgendwo Halt. Der Fußboden hob und senkte sich wie Wellen am Strand und riss alles mit sich.

Fabians Stimme ertönte durch das Chaos.

»Shane, was denkst du?«, wandte er sich hilfesuchend an seinen Freund.

Shane schwieg einen Augenblick und sandte ein stilles Gebet zu den Geistern.

»Die Geistwesen sind sehr verärgert«, meinte er schließlich. »Das natürliche Gleichgewicht im Berg wurde gestört. Man hat dem Berg Gewalt angetan, hat ihn ausgehöhlt, hat Wasserläufe umgeleitet.«

»Wird es bald wieder aufhören?«, fragte Fabian mit einem besorgten Blick auf die verschreckten Menschen hinter ihnen.

Shane schüttelte den Kopf. »Die Geistwesen sind sehr mächtig. Viel mächtiger, als wir Menschen es uns oftmals vorstellen können. Sie sind nicht zu unterschätzen.« Er sah seinen Freund fest an. »Es wird so schnell nicht aufhören, Fabian. Es wird schlimmer werden.«

»Wie viel Zeit bleibt uns?«, fragte Fabian leise.

»Nicht viel.«

Ein lautes mechanisches Piepen ließ sie zusammenfahren.

»Ausnahmezustand«, plärrte eine automatische Ansage. »Alle Stockwerke werden abgeriegelt.«

»Nein, verdammt noch mal, nein!«, rief Fabian aufgebracht.

»Was? Was ist los?«, fragte Serena.

»Man hat uns entdeckt«, erklärte Fabian eilig. »Sie schließen die Sicherheitstüren zwischen den Trakten. Wir werden hier nicht mehr rauskommen.«

»Vielleicht können wir die Türen irgendwie offen halten«, rief Shane und rannte los. »Kommt schnell!«

XXIII

Sie hasteten den Gang entlang.

»Die Türen schließen sich nur langsam«, rief Shane. »Vielleicht kommen wir noch durch!«

Er blieb stehen.

»Fabian, Serena, lauft weiter!«, forderte er sie auf. »Ich passe auf, dass alle mitkommen.«

Serena rannte nur unwillig weiter. Fabian musste sie am Arm packen und mit sich ziehen.

»Shane kann auf sich selbst aufpassen«, rief er ihr zu. »Wir müssen an die anderen denken!«

Die Männer, Frauen und Kinder drängten sich aufgeregt den Gang entlang. Die Ansage wiederholte sich ohne Unterbrechung, und auch das Piepen hörte nicht auf.

Shane blickte unruhig den Flur hinab. Die Öffnung zwischen den Glastüren wurde bedenklich schmal.

»Schneller, schneller«, trieb er die Masse an.

In diesem Augenblick ertönte erneut ein Poltern tief aus dem Inneren des Berges.

»Achtung«, rief Shane. »Es wird wieder ein Beben geben!«

Er hatte kaum geendet, als der Boden ein weiteres Mal gefährlich zu wackeln begann.

»Festhalten!«, rief er den anderen zu.

Alles um sie herum geriet ins Wanken. Der Boden,

die Wände – alles. Die Neonlampen flackerten. Die Menschen schrien panisch auf und fielen übereinander.

Es schien ewig zu dauern, bis das Beben endlich nachließ.

Shane sprang auf. »Seid ihr alle in Ordnung?«

Die Männer, Frauen und Kinder erhoben sich nach und nach.

Shane wandte sich zu Serena und Fabian um. Sie waren unverletzt.

Serena drängte sich durch die Menschenmenge.

Die Tür!

Shane schlug wütend mit den Fäusten gegen das Glas. Das Beben hatte den automatischen Mechanismus, der die Türen bediente, nicht beeinträchtigt. Und während sie alle hingestürzt waren, hatten die Türen sich vollkommen geschlossen.

Shane blickte sich verzweifelt um. Serena, Fabian und die eine Hälfte der Befreiten befanden sich auf der Außenseite der Tür. Und Shane stand mit dem Rest noch drinnen.

Serena erreichte die Sicherheitstür.

»Shane!«

»Lauft weiter!«, befahl Shane.

»Nicht ohne dich!«, erwiderte Serena mit bebender Stimme.

»Lauft weiter, verdammt noch mal!«, brauste Shane auf und schlug mit der Faust gegen das Glas.

Auch Fabian bahnte sich einen Weg zur Tür.

»Shane, die Sprinkleranlage«, rief er und deutete zur Decke. »Vielleicht funktioniert sie noch!«

Shanes Miene hellte sich sofort auf.

»Genial!«, rief er seinem Freund zu. »Versuch, irgendetwas zu finden, womit du einen einschlagen kannst. Ich suche auf dieser Seite.«

Die beiden Männer liefen los.

Fabian stürzte in eines der Zimmer. Er ergriff einen metallenen Stuhl und rannte zurück in den Gang. Unter einem der Sprinkler, die in regelmäßigen Abständen in die Decke eingebaut waren, blieb er stehen.

»Hier, halt die Kleine einen Augenblick für mich«, bat er Serena.

Sie nahm ihm das Kind ab.

»Hebt mich hoch!«, rief er den Umstehenden hastig zu. »Macht schnell!«

Ein paar junge Männer stemmten ihn hoch.

Fabian balancierte auf ihren Schultern, den Stuhl in den Händen. Wieder und wieder schlug er auf den Apparat ein. Nichts rührte sich.

Erschöpft ließ Fabian die Arme sinken.

»Nicht aufgeben, Fabian!«, rief Serena ihm zu, als sie begriff, was er vorhatte. »Nicht aufgeben!«

Fabian hob den Stuhl erneut hoch und schlug mit aller Kraft gegen den Sprinkler.

Endlich! Wasser schoss aus dem Gerät und sprühte in dicken Tropfen auf sie herab.

»Feueralarm«, ertönte eine automatische Ansage. »Verlassen Sie umgehend das Gebäude. Dies ist kein Test. Ich wiederhole: Verlassen Sie umgehend das Gebäude.«

Im gleichen Moment öffneten sich die Sicherheitstüren.

Serena konnte es nicht fassen.

»Du bist ein Genie!«, rief sie Fabian zu und gab ihm einen Kuss auf die Wange.

»Gut gemacht«, sagte Shane und klopfte seinem Freund anerkennend auf den Rücken. »Aber nun schnell weiter.«

Fabian nahm das Mädchen aus Serenas Armen.

»Aber wie sollen wir hier herauskommen?«, fragte Serena. »Der Fahrstuhl ist bestimmt bewacht.«

»Ja, die Typen wissen, dass wir hier sind«, stellte Shane fest. »Wir müssen uns etwas anderes einfallen lassen.«

»Moment mal«, warf Fabian ein. »Dies ist ein stillgelegtes Bergwerk. Die alten Tunnel müssen irgendwo noch existieren. Und diese Tunnel ...«

»Diese Tunnel müssen früher oder später irgendwo zurück ans Tageslicht führen«, beendete Shane den Satz.

»Jungs, ich will euch euren Plan nicht ausreden«, warf Serena ein. »Aber habt ihr vergessen, dass der Berg am Einstürzen ist und wir über dreihundert Menschen im Schlepptau haben? Wir wissen nicht, wo die Tunnel sind oder welcher von ihnen nach oben führt, und noch dazu sind uns die IPC-Wachleute auf den Fersen. Und selbst wenn wir die Tunnel finden sollten: Die Typen schauen einfach auf ihre Bildschirme und wissen genau, an welcher Stelle wir entkommen sind. Es ist sowieso ein Wunder, dass die hier noch nicht aufgetaucht sind.«

»Reena hat recht«, meinte Shane. »Wir müssen den Zugang zu den Tunneln finden, und wir brauchen mehr Zeit. Mehr Zeit, um einen guten Vorsprung zu erlangen.«

Sie überlegten einen Augenblick.

»Ich hab's!«, rief Shane kurz darauf. »Die Anlage läuft noch immer auf Notstrom.« Er wandte sich an Serena. »Du erinnerst dich, der Bär.«

Sie nickte.

»Wenn wir den Notstrom ausschalten, dann funktioniert hier gar nichts mehr. Keine Kameras, keine Fahrstühle, kein Licht. Das dürfte uns genügend Zeit verschaffen.«

»Du hast recht«, stimmte Fabian sofort zu. »Das ist unsere einzige Chance.« Dann fügte er bestimmt hinzu: »Ich werde das übernehmen.«

»Das ist doch purer Wahnsinn!«, rief Serena und klammerte sich an seinen Arm. »Der Berg ist vollkommen unstabil. Ich meine, all diese Erdbeben, das kann nicht mehr lange gutgehen. Und wir wissen nicht einmal, wo die Notstromversorgung ist. Du hast womöglich nicht genug Zeit, es bis dorthin und wieder zurück zu schaffen!«

»Damit muss ich rechnen«, erwiderte Fabian ruhig.

»Nein, das lasse ich nicht zu!«, rief Serena aufgebracht. »Shane, sag ihm, dass er das nicht wagen darf. Das wäre Selbstmord!«

Shane sah seinen Freund schweigend an. In dessen Augen stand dieselbe Entschlossenheit, die ihm in den vergangenen Tagen bereits in Serena des Öfteren begegnet war. Er konnte ihn nicht aufhalten.

»Fabian muss tun, was er für richtig hält«, stellte Shane daher schlicht fest. Aber sein Blick war verschlossen. Er wusste, welches Risiko Fabians Vorhaben mit sich brachte.

»Ich bin hierhergekommen, um diese Menschen zu befreien«, sagte Fabian. Seine Stimme war sanft, aber nachdrücklich. »Und ich werde tun, was nötig ist, um das zu erreichen. Außerdem: Wenn ich die Notstromversorgung nicht außer Gefecht setze, dann sind wir alle verloren.«

Serena kämpfte gegen die aufsteigenden Tränen an. Sie wusste, Fabian hatte recht. Aber das machte die Sache keineswegs leichter.

»Pass auf die Kleine auf«, bat Fabian. Er übergab Serena das Kind. Sie fing seinen Blick auf. Er war voller

Mitgefühl, und Serena spürte, dass es ihr galt. Fabian wusste wie immer genau, was in ihr vorging.

»Shane«, wandte er sich dann an seinen Freund. »Sieh zu, dass es alle schaffen.«

Die beiden Männer umarmten sich.

»Kümmere dich um Serena, versprochen?«, flüsterte er Shane eindringlich zu. »Sie ist alles, was ich habe.«

Shane blickte ihn forschend an, dann nickte er kurz.

»Ich hole euch ein«, meinte Fabian wie beiläufig. Er drückte Serena flüchtig an sich und hauchte einen Kuss auf ihre Stirn. Die Geschwister sahen sich einen Augenblick lang schweigend an. Dann wandte Fabian sich um und verschwand in einem der Nebengänge.

Serena sah ihm eine Weile nach. Tränen liefen ihr über die Wangen. Doch dann fiel ihr Blick auf die vielen Menschen, die dicht gedrängt um sie standen. Sie biss sich auf die Lippen und atmete tief durch.

»Was jetzt?«, fragte sie Shane.

Er sah sie liebevoll an und drückte ihre Hand.

»Du wartest mit den anderen hier«, sagte er hastig. »Ich sehe mich nach den Tunneln um.« Dann lief er auch schon los.

Serena strich dem kleinen Mädchen auf ihrem Arm übers Haar.

»Wie heißt du eigentlich?«, fragte sie.

Die Kleine schüttelte den Kopf. Sie verstand Serena nicht.

Serena musterte sie. Sie hatte dunkelbraunes langes Haar und hübsche braune, fast schwarze Augen, die für eine Vier- oder Fünfjährige viel zu ernst dreinblickten.

Sie hat in ihrem kurzen Leben zu viel Schreckliches erlebt, ging es Serena durch den Kopf. Sie lächelte das Kind an und versuchte es mit Spanisch.

»Cómo te llamas?«, fragte sie.
Diesmal antwortete die Kleine.
»Sonia«, sagte sie.
»Sonia«, wiederholte Serena. »Das ist ein sehr hübscher Name.« Sie zeigte auf sich. »Serena. Mach dir keine Sorgen, alles wird gut werden«, fügte sie leise hinzu. Aber die Worte waren mehr für sie selbst als für das Kind bestimmt.
Plötzlich wurden schwere Schritte laut.
Serena wandte sich alarmiert um. Fünf schwarzgekleidete Männer traten aus einem der Seitengänge. Sie trugen kugelsichere Westen und waren mit Pistolen und Maschinengewehren bewaffnet. Und obwohl ein ansehnlicher Teil der befreiten Gefangenen zwischen ihnen stand, erkannte Serena den Anführer sofort: Es war der Mann, der sie im Hummer verfolgt und dessen Gespräch Shane und sie mitgehört hatten, als sie sich in dem leerstehenden Büro versteckten – Newman.
»Da sind sie, Mr Newman, sir«, rief eine dunkle Männerstimme. »Da vorn!«
Newman hatte seine Pistole bereits im Anschlag.
»Keine Bewegung!«, schrie er und blickte suchend auf die Menschenmenge vor ihm.
Die vier anderen bauten sich mit erhobenen Schusswaffen hinter ihm auf.
»Verdammt noch mal, wo sind die drei?«, rief er, ohne sich umzudrehen. »Hier ist es voller als auf einem Bahnsteig zur Hauptverkehrszeit!«
Einer der IPC-Sicherheitsleute sprang vor. Er packte eine junge Frau, zog sie wie einen Schild vor sich und drückte den Lauf seiner Pistole an ihre Schläfe.
Die Frau war starr vor Angst. Ihre Augen waren weit aufgerissen, sie wagte es nicht, sich zu rühren.
»Eckehard, Storm Hawk, ergebt euch!«, schrie

Newman. »Sonst knallen wir die Leute hier einen nach dem anderen ab.«

»Fabian und Shane sind nicht hier«, rief Serena ihm zu. »Aber ich ergebe mich. Lass die Frau laufen!«

Sie bahnte sich einen Weg durch die dicht gedrängt stehenden Menschen.

Newman und seine Leute hatten ihre Waffen noch immer auf die Menge gerichtet. Sie sahen Serena abwartend entgegen.

»Ihr braucht euch nicht so aufzuspielen und den armen Leuten noch mehr Angst einzuflößen!«, rief Serena wütend. Sie schob die Umstehenden beiseite und ging geradewegs auf die Bewaffneten zu. »Sie laufen euch nicht davon. Wir laufen euch nicht davon. Sieh dich um, Newman, sieh dir all die hilflosen Menschen an. Sieh in ihre Gesichter. Sieh, was man ihnen angetan hat. Männer, Frauen, Kinder – eingepfercht wie Tiere. Schlimmer als Tiere. Terrorisiert, gequält, geopfert. Ich weiß, ihr habt kein Mitgefühl, aber habt wenigstens Gnade.«

Sie hatte Newman fast erreicht. Die letzten Menschenreihen teilten sich, und Serena, mit der kleinen Sonia auf dem Arm, starrte in die Läufe von fünf Schusswaffen.

Newman ließ sie nicht eine Sekunde aus den Augen. Serena spürte, dass ihre Worte ihn nicht beeindruckten. Wenigstens nicht seinen Verstand. Aber es war sein Herz, an das sie appelliert hatte – wenn er denn eins hatte.

Dann geschah etwas, womit niemand gerechnet hatte. Sonia wandte den Kopf und sah Newman unverwandt an. Serena bemerkte die unfassbare Angst und den Schrecken in ihrem Blick. Aber da war noch etwas anderes: Ein solches Flehen und ein solch intensiver

Hoffnungsschimmer waren in Sonias Augen zu lesen, dass es Serena das Herz schmerzen ließ.

Serena sah zu Newman hinüber, und für den Bruchteil eines Augenblicks vermeinte sie Zweifel auf seinem Gesicht zu erkennen. Zweifel darüber, ob er seine Waffe auf die richtige Person gerichtet hatte.

Hoffnungsvoll beobachtete sie, wie Newman langsam die Hände sinken ließ. Doch im nächsten Moment schüttelte er den Kopf und richtete die Pistole blitzschnell wieder auf sie.

»Keine Tricks!«

Plötzlich lief erneut ein Donnern durch den Berg. Das Beben erfolgte diesmal fast zeitgleich. Und es war stark, sehr stark.

Die Menschen schrien auf. In ihrer Panik drängten sie sich noch enger zusammen. Manche stürzten zu Boden. Manche wurden gegen die Wand gedrückt. Die Kinder weinten.

Die Lampen flackerten. Einige wurden aus ihren Verankerungen gerissen. Elektrische Funken sprühten.

Serena ließ sich zu Boden fallen und legte sich schützend über Sonia.

Newmans Begleiter wichen erschrocken zurück.

»Der Berg stürzt ein!«

»Los, wir müssen hier raus!«

»Feiglinge, bleibt hier!«, brüllte Newman ihnen nach. »Das ist ein Befehl!«

Doch die Männer hörten nicht auf ihn. Sie waren bereits in einem der vielen Nebengänge verschwunden.

Newman gab sich geschlagen. Er wandte sich um und wollte seinen Begleitern nachlaufen. Da stürzte genau vor ihm die Decke des Korridors ein. Eine riesige Staubwolke breitete sich im Gang aus. Newman hielt schützend die Arme über den Kopf. Vergeblich. Die schwere Betondecke donnerte auch auf ihn herab und begrub ihn unter sich.

Das Beben ließ nach, und allmählich legte sich der Staub.

Serena richtete sich erleichtert auf. Sie war wackelig auf den Beinen, aber unversehrt.

»Bist du verletzt?«, fragte sie das verängstigte Kind.

Sonia zitterte am ganzen Körper und war über und über mit Staub bedeckt, aber sie schien unverletzt zu sein.

Serena hob sie wieder hoch und wollte sich schon ihren Weg zurück durch die Menschenmenge bahnen, als ihr Blick auf etwas Dunkles fiel, das vor ihr auf dem Fußboden lag.

Newmans Pistole.

Serena hob sie spontan auf. Dann drängte sie sich zurück zu der Stelle, an der Shane sie zurückgelassen hatte. Dort sah sie sich suchend um.

Gleich darauf kam Shane den Gang entlanggelaufen.

»Seid ihr in Ordnung?«, rief er schon von weitem.

»Uns geht es gut«, erwiderte Serena. »Newman ist tot.« Schnell berichtete sie, was geschehen war. »Hier ist seine Pistole«, sagte sie und reichte Shane die Waffe.

Er lächelte sie stolz an.

»Alle mal herhören«, wandte er sich an die anderen, während er die Pistole in den Hosenbund steckte. »Ich habe einen Zugang zu den alten Tunneln gefunden. Mit ein bisschen Glück können wir schon bald aus diesem Berg raus sein. Aber es ist wichtig, dass wir zusammenbleiben. Die Tunnel sind schmal und niedrig. Wir fassen uns an den Händen und bilden eine lange Kette. Das ist unsere einzige Chance. Und passt besonders auf die Kinder auf. Wir wollen niemanden unterwegs verlieren.« Er lächelte ermutigend in die

Runde. »Versucht, ruhig zu bleiben, und vertraut mir. Ich werde euch hier rausbringen.«

Dann wandte er sich an Serena.

»Gib mir die Kleine«, forderte er sie auf.

Sie kam seinem Angebot nur allzu gern nach. Das Kind war schwerer, als es aussah.

Shanes freie Hand ergriff Serenas. Serena nahm die Hand der jungen Frau, die ihr am nächsten stand, und nickte ihr aufmunternd zu. Die Frau ergriff die Hand des Kindes neben ihr. Und kurz darauf führte Shane eine immer länger werdende Kette von Menschen den Gang entlang.

»Wie weit ist es?«, fragte Serena.

»Gleich da vorne«, sagte Shane und deutete auf eine Tür. Jemand hatte sie eingetreten.

»Woher hast du gewusst, dass die Tunnel hinter dieser Tür liegen?«, fragte Serena erstaunt. »Auf dem Schild steht, dass es sich bei dem Raum um eine Besenkammer handelt.«

»Reiner Glücksfall«, erklärte Shane. »Ich bin bei meiner Suche hier stehen geblieben, um mich zu orientieren. Da habe ich einen kühlen Luftzug verspürt, der geradewegs aus der sogenannten Besenkammer kam. Siehst du, die Tür hat im unteren Bereich Lamellen. Da habe ich zwei und zwei zusammengezählt.«

Bevor Serena etwas antworten konnte, wurde es plötzlich stockfinster. Ein aufgeregtes Flüstern ging durch die Menge.

»Fabian!«, rief Serena erleichtert. »Er hat es geschafft, die Notstromversorgung auszuschalten!« Leise fügte sie hinzu: »Vielleicht ist noch Zeit ...«

Shane drückte mitfühlend ihre Hand. Er wusste, was in ihr vorging.

»Warte einen Augenblick«, meinte er dann. Er ließ

ihre Hand los und zog die Taschenlampe, die er dem Wissenschaftler vor dem Höhleneingang abgenommen hatte, aus der Hosentasche. Er knipste sie an und reichte sie Sonia.

»Leuchtest du uns den Weg?«

Die Kleine nahm die Lampe und lächelte zaghaft.

Shane ergriff erneut Serenas Hand, und der lange Zug setzte sich wieder in Bewegung.

Auf der anderen Seite der Tür war von den weißen Wänden und hellen Linoleumböden nichts mehr zu sehen. Sie befanden sich in einer kleinen Höhle, mitten im Inneren des Berges. Schroffe, graue Felswände umgaben sie, und die Luft war feucht und kühl.

Tief im Berg grollte es noch immer, und leichte Beben erschütterten den Fels. Staub und lose Gesteinsbrocken rieselten von der Höhlendecke.

Serena sah sich unruhig um.

»Viel Zeit bleibt uns nicht«, bemerkte Shane nüchtern.

Sonia leuchtete mit der Taschenlampe an den Felswänden entlang. Niedrige Tunnel zweigten in alle Richtungen von der Höhle ab.

Serenas Mut sank.

»Oh Shane«, flüsterte sie. »Ein Tunnelsystem. Wie sollen wir da jemals den richtigen finden? Und was ist, wenn keiner von ihnen zurück an die Oberfläche führt?«

XXIV

Glaubst du an Geistwesen?«, fragte Shane Serena unvermittelt und drehte sich zu ihr um. Der Schein der Taschenlampe erhellte ihr besorgtes Gesicht.

»Was?«, erwiderte sie überrascht.

»Reena, es ist wichtig. Wichtiger, als du dir vorstellen kannst. Glaubst du an Geistwesen?«

Sie sah ihn einen Augenblick lang forschend an. Dann sagte sie: »Erinnerst du dich? Mein Lieblingsbuch ist *Peter Pan*. Dort heißt es: *Glaubst du an Feen? … Klatsch in die Hände, wenn du an sie glaubst*. Und wenn ich an Feen glaube, dann glaube ich auch an Geistwesen.«

»Also ist es ein Ja«, stellte Shane fest.

Sie nickte bestimmt.

»Dann ist es gut«, antwortete er. »Denn ohne ihre Hilfe kommen wir hier nicht heraus. Und sie können uns nur dann helfen, wenn wir Vertrauen in sie haben. Weißt du noch, was ich dir sagte? Glaube vereint kann Berge versetzen. Und Gebete auch.«

Er sah sie ernst an. »Du musst jetzt all den Glauben aufbringen, den du in dir hast.«

Serenas Herz klopfte laut. Worauf wollte Shane mit seinen geheimnisvollen Andeutungen hinaus?

»Vertraust du mir?«

»Ja.«

»Dann musst du jetzt tun, was ich dir sage, ohne Fragen zu stellen. Verstanden?«

Serena nickte.

Shane nahm Sonia die Taschenlampe ab und knipste sie aus.

Es war stockfinster in der Höhle.

»Kein Licht«, sagte er mit fester Stimme.

»Shane, du bist verrückt, wie sollen wir …«

»Shhh«, machte Shane. »Denk daran, was du mir eben versprochen hast. Es ist der einzige Weg, um alle lebend hier herauszubringen.«

Er griff nach ihrer Hand.

»Bete für Hilfe«, raunte er. »Bete so stark, wie du kannst.«

Sie standen in der Höhle und hielten einander an den Händen. Eine lange Kette von Menschen. Die Dunkelheit umhüllte sie wie ein undurchdringlicher Schleier. Unter ihren Füßen zitterte und toste der Berg. Über ihnen schien er zu wanken.

Serena wusste nicht, wie lange sie so im Finsteren verharrten. Es kam ihr vor wie eine Ewigkeit.

Plötzlich erschienen kleine Lichtfunken über ihren Köpfen.

Serena stockte der Atem. Ihr Blick heftete sich fasziniert auf die schwirrenden Funken. Sie waren nicht wie Lampen. Sie strahlten keine Helligkeit aus. Sie erleuchteten nur sich selbst. Es war wunderbar und unheimlich zugleich.

»Es sind *spirit lights*«, raunte Shane. »Geisterlichter. Sie wollen uns den Weg zeigen.«

Serena sah hinter sich. Unzählige Lichtfunken schwirrten über den Köpfen der Menschen.

»Es geht los«, flüsterte Shane.

Die Kette setzte sich in Bewegung. Keiner von ihnen wusste, welche Richtung sie einschlugen oder welchen der Tunnel sie wählten. Die Lichtfunken schwirrten über ihnen und vor ihnen her und wiesen ihnen den Weg durch die Dunkelheit. Sie folgten ihnen blind.

Serenas Herz schlug wild. Ihre Hände waren kalt und feucht. Sie wusste jetzt, was Shane vorhin gemeint hatte. Es kostete sie all ihren Mut, Vertrauen zu haben und weiterzugehen. All ihren Glauben.

Serena fühlte die engen, niedrigen Wände des Tunnels um sich, spürte die Masse und das Gewicht des Berges über ihr. Das Grollen und Poltern im Inneren des Berges ließ nicht nach. Der felsige Boden unter ihren Füßen bebte, und immer wieder lösten sich kleine Gesteinsbrocken aus Decke und Wänden. Der Berg war zum Leben erwacht – und er war wütend.

Schon bald konnte Serena nicht mehr sagen, wie lange sie den *spirit lights* bereits gefolgt waren. Sie hatte jegliches Zeitgefühl und Orientierungsvermögen verloren, und ein gewisser Stumpfsinn überkam sie. Es schien ihr, als seien sie seit einer halben Ewigkeit im Berg unterwegs. Alles, was sie mit Sicherheit wusste, war, dass der Tunnel, dem sie folgten, steil nach oben anstieg. So steil, dass sie oft ihre Hände zum Abstützen hätte brauchen können. Aber ihre Hände hielten Shane, der vor ihr ging, und die junge Frau, die ihr folgte. Sie durfte nicht loslassen.

Plötzlich veränderte sich etwas. Ein leichter Windzug strich Serena über das Gesicht, und ein feiner Hauch von Frische mischte sich in die feuchtkühle Luft des Tunnels. Sie hob überrascht den Kopf und drückte Shanes Hand.

»Ich habe es auch bemerkt«, sagte er leise. »Halte die Augen offen.«

Serena hielt die Augen offen, aber Sonia kam allen zuvor.

»Mira, luz!«, rief sie aufgeregt und wollte sich aus Shanes Armen befreien.

Serena versuchte, die hastigen Worte des Kindes zu erfassen. Beunruhigt blickte sie in die Richtung, in die es deutete.

»Licht«, stieß sie gleich darauf erleichtert aus. »Wir haben das Ende des Tunnels erreicht!« Eine schwere Last fiel von ihrem Herzen.

»Du bleibst schön bei mir«, sagte Shane zu dem Kind. »Vorsicht, Vorsicht. Noch sind wir nicht am Ziel.« Er machte eine erklärende Handbewegung.

Die Kleine hörte sofort auf zu strampeln und ließ sich geduldig von Shane weitertragen.

Der helle Punkt wurde schnell größer. Mehr und mehr Tageslicht flutete in den langen dunklen Tunnel.

Die Menschen in der Kette erwachten zu neuem Leben. Ihre Schritte wurden leichter und eiliger, und ein aufgeregtes Raunen ging durch die Menge.

Etwas fehlte jedoch. Serena lächelte wehmütig, als sie erkannte, was es war. Die *spirit lights* waren verschwunden.

»Danke«, flüsterte sie aus tiefstem Herzen. »Danke, dass ihr uns aus dem Berg geführt habt.«

In diesem Augenblick donnerte es gewaltig, und ein lautes Poltern ertönte. Der ganze Berg begann zu beben.

»Nichts wie raus hier!«, rief Shane und zog Serena hinter sich her.

»Schneller, schneller!«, rief Serena der jungen Frau zu, die ihre andere Hand hielt.

Sie rannten los. Frische Bergluft strömte ihnen entgegen. Der Stollen weitete sich. Und dann –

»Der Ausgang ist mit Brettern versperrt!«, schrie Serena entsetzt.

Shane rüttelte wütend an den Planken. Sie waren so weit gekommen, sie mussten es einfach bis nach draußen schaffen!

»Die Bretter sind morsch!«, rief er mit einem Mal überrascht auf. »Sie geben nach!« Er drehte sich zu Serena um und übergab ihr Sonia. »Bleibt, wo ihr seid!« Dann holte er aus und trat mit ganzer Kraft wieder und wieder gegen das alte Holz, das den Ausgang verriegelte.

Endlich gab die Absperrung nach. Sie drängten sich nach draußen und standen kurz darauf im hellen Sonnenlicht.

Sonia sprang aus Serenas Armen, streckte die Hände zum Himmel und warf den Kopf in den Nacken.

»Finalmente, sol nuevo!«, rief sie freudig und drehte sich im Kreis.

»Ja«, lachte Serena. »Sonnenschein! Ist es nicht herrlich?«

Hinter ihnen strömten die Gefangenen aus dem Dunkel des Berges. Sie lachten und strahlten vor Glück und fielen einander in die Arme.

Es war ein solch erhebender Anblick, dass Serena dachte, sie müsse ihn einfach per Foto festhalten.

Aber sie kam nicht dazu.

»Weiter, weiter!«, drängte Shane. »Noch sind wir nicht in Sicherheit. Wir müssen weiter fort vom Berg!«

Serena wollte ihm gerade nacheilen, da hallte ein lauter Knall durch die Wildnis.

»Ein Schuss!«, rief Shane. »Runter, runter!« Er bedeutete den anderen, in Deckung zu gehen.

Die Menge schrie entsetzt auf. Einige warfen sich auf den Boden. Andere drängten in die Mündung des Tunnels zurück.

»Nein, nein«, schrie Shane verzweifelt. »Nicht zurück in den Berg!«

Er sprang auf und rannte den Leuten hinterher. Aber er kam nicht weit. Wieder fielen Schüsse. Und diesmal zischten sie direkt an seinem Ohr vorbei.

Shane packte Serena und Sonia und zog sie hinter einen großen Felsbrocken.

»Das müssen Newmans Männer sein!« Shane zog die Pistole aus dem Hosenbund, die Serena unten im Gang aufgehoben hatte. »Erinnerst du dich? Newman sagte, er habe Miller und Sorrento vor dem Höhleneingang postiert.«

»Aber der Eingang ist doch von hier aus gar nicht zu sehen«, warf Serena ein. »Wie haben sie uns gefunden?«

»Ich weiß es nicht«, erwiderte Shane. »Vielleicht wollten sie vor dem Erdbeben Reißaus nehmen und haben uns nur zufällig entdeckt.«

Weitere Kugeln schlugen um sie herum ein.

Serena drückte Sonia fest an sich und beugte sich schützend über sie.

»Schieß doch zurück!«, rief sie ungeduldig. »Wir haben nicht viel Zeit. Die anderen kommen nicht aus dem Berg, bis die Schießerei aufhört.«

»Ich kann nicht einfach drauflosschießen«, meinte Shane. »Ich habe nur die Munition, die noch in der Waffe ist.«

Er spähte vorsichtig hinter dem Felsen hervor. Sofort zischte eine Kugel an seinem Kopf vorbei. Shane sank hinter den Felsbrocken zurück.

In diesem Augenblick erschütterte erneut ein Beben den Berg. Es war noch stärker als zuvor. Eine große Kiefer ganz in ihrer Nähe begann bedenklich zu wackeln.

»Vorsicht, der Baum!«, rief Shane.

Entsetzt beobachteten sie, wie die Kiefer ein paarmal gefährlich hin und her schwankte, und für einen Moment sah es so aus, als wolle sie genau auf sie kippen.

Serena vermochte sich nicht zu rühren.

Langsam, ganz langsam begann der Baum sich zur Seite zu neigen. Dann durchlief ihn plötzlich ein merkwürdiges Zittern, und er stürzte in die entgegengesetzte Richtung, genau auf die Stelle, von wo aus einer der Typen eben noch auf sie geschossen hatte.

Ein greller Schmerzensschrei ertönte, als die Kiefer auf den Boden aufschlug – dann war alles ruhig.

»Einen der beiden hat es erwischt«, stellte Shane fest.

»Da, der andere ist dort drüben, in dem Wäldchen!«, rief Serena, und plötzlich kam ihr eine Idee. Sie sprang hinter dem Felsen hervor und rannte geduckt zu der Stelle, an der der umgestürzte Baum lag. Dort fand sie Miller mit von sich gestreckten Armen auf dem Boden. Die Kiefer hatte ihn unter sich begraben. Neben ihm sah sie seine Pistole.

»Reena, bist du wahnsinnig!«, rief Shane. »Sonia«, wandte er sich an die Kleine, »du bleibst hier.« Er deutete mit der Hand. Dann rannte er hinter Serena her.

»Jetzt haben wir zwei Waffen«, erklärte sie triumphierend, als Shane sie erreichte.

»So etwas Dummes«, fuhr Shane auf. »Und wenn der Kerl noch am Leben gewesen wäre? Du wärst ihm hilflos ausgeliefert gewesen!«

Eine Kugel schlug unmittelbar neben Serena in einen Baumstamm ein.

»Der Feind ist da drüben«, sagte sie und feuerte auf den Baum, hinter dem Sorrento sich versteckte.

»Hey, pass auf, wohin du zielst«, sagte Shane ärgerlich. Serenas Kugel war dicht an ihm vorbeigeschossen. »Ich bin nicht der Feind.«

»Entschuldigung«, erwiderte Serena. »Ich tue mein Bestes.«

Sie feuerte erneut. Shane beobachtete sie kopfschüttelnd.

»Mach wenigstens die Augen auf, wenn du abdrückst«, meinte er.

In diesem Augenblick bemerkte Serena eine Bewegung zu ihrer Linken. Sie drehte sich um und erstarrte.

»Nein, Sonia!«, rief sie entsetzt. »Bleib in Deckung!«

Doch das Mädchen war schon aufgesprungen und kam auf sie zugelaufen.

Serena blieb das Herz stehen. Im nächsten Moment rannte sie los. Sie dachte nicht, sie handelte einfach. Die Sorge um das Kind ließ sie alle Vorsicht vergessen.

Serena war mit wenigen Sätzen bei ihm. Sie hob die Kleine hoch und lief zu Shane zurück. Plötzlich schrie sie schmerzerfüllt auf und sackte hilflos zusammen.

»Reena, nein!«, rief Shane verzweifelt. Er sprang auf und rannte zu ihr. Dabei feuerte er alle Munition, die er noch hatte, in Sorrentos Richtung ab.

»Reena!« Shane kniete neben ihr nieder und drehte sie vorsichtig auf den Rücken. Sonia lag flach auf dem Bauch unter ihr. Das Mädchen war unverletzt, aber Sorrentos Kugel hatte Serena in der Schulter getroffen. Sie blutete stark.

»Reena! Sag doch etwas!« Shane klopfte ihr behutsam auf die Wange und presste seine Jacke auf die Wunde.

Gerade noch rechtzeitig nahm er aus dem Augenwinkel eine Bewegung wahr. Sorrento war aus seinem Versteck hervorgesprungen, die Pistole im Anschlag.

Wütend und ohne zu zögern, griff Shane nach Serenas Waffe und feuerte.

Sorrento schrie auf und zuckte zusammen. Dann stürzte er reglos zu Boden.

Ein fürchterliches Donnern erklang. Der felsige Boden unter ihren Füßen begann zu beben. Es war wie das letzte Aufbäumen eines wilden Mustangs.

Ein Aufschrei ging durch die Menschenmenge.

Shane drehte sich um und blickte ahnungsvoll den Hang hinauf. Überall löste sich Geröll. Der gesamte Berg schien zu wanken!

»Schnell!«, schrie Shane den anderen zu. »Der Berg stürzt ein!«

Er hätte sich die Worte sparen können. Einen Augenblick lang rührte sich niemand. Dann erfasste die Menschen Panik. Sie schrien durcheinander und stürmten den Abhang hinunter, fort von dem Unglücksort.

»Halt dich gut fest«, rief Shane Sonia zu. Er schob die Kleine auf seinen Rücken, hob Serena in seine Arme und suchte hinter dem nächstgelegenen Felsbrocken Deckung.

»Was ist passiert?«, fragte Serena benommen, als sie wieder zu sich kam. »Meine Schulter …«

Shane drückte sie erleichtert an sich.

»Eine Kugel hat dich erwischt, als du zu Sonia gelaufen bist«, erklärte er.

»Sonia!« Serena sah sich besorgt um und versuchte aufzustehen.

Shane hielt sie zurück. »Sie ist hier, und es geht ihr gut.« Er schob das Kind an ihre Seite.

Serena drückte Sonias Hand.

»La montaña!«, rief die Kleine verängstigt.

Erst jetzt wurde Serena sich des Tumults bewusst, der um sie herum herrschte. Sie setzte sich auf.

»Oh mein Gott«, flüsterte sie. »Jetzt ist es wirklich so weit.« Sie wandte sich an Shane. »Sieh nach, ob Sorrento ein Smartphone bei sich hat«, bat sie mit Nachdruck.

Shane sah sie verdutzt an.

»Schnell«, sagte sie und schob ihn von sich. »Es ist wichtig!«

Shane fragte nicht weiter nach. Er rannte zu Sorrentos leblosem Körper und durchsuchte hastig seine Jackentaschen. Kurz darauf kehrte er zu Serena und Sonia zurück.

»Volltreffer«, sagte er und zeigte ihr das Smartphone. »Nun möchte ich aber doch gerne wissen, was …«

In diesem Moment ertönte ein lauter Knall. Die aufgebrachten Menschen erstarrten. Alle Blicke wandten sich angsterfüllt dem Berg zu.

»Gott, hilf uns«, flüsterte Serena mit stockender Stimme. »Der Berg wird uns unter sich begraben!«

Ein bleiernes Band legte sich um ihre Brust. Sie klammerte sich hilfesuchend an Shane und drückte Sonia schützend an sich.

»Das entscheiden die Geistwesen«, erwiderte Shane ruhig. »Du siehst, wie mächtig sie sind.«

Ja, Serena sah es. Ein weiteres Beben brachte die Wildnis zum Wanken. Dann brach der Berg vor ihren und den Augen aller Umstehenden in sich zusammen. Langsam, ganz langsam – wie in Zeitlupe. Riesige Staubwolken stoben auf und verschleierten die Sicht. Der Lärm war ohrenbetäubend. Es war wie ein Alptraum – nur dass sie nicht schliefen.

Endlich verebbten das Getöse und das Beben. Doch der Staub legte sich noch lange nicht. Als sie schließlich wieder sehen konnten, war der Berg verschwunden.

Serena und Shane starrten wie alle Umstehenden fassungslos auf die Stelle, wo der Berg eben noch gestanden hatte. Ein flacher Krater, gefüllt mit losem

Gestein, war alles, was von dem einst so majestätisch anmutenden Berg übrig geblieben war.

»Es ist vorbei«, sagte Shane. Und Serena wusste, dass er mit seinen Worten nicht nur das Erdbeben meinte.

Sie sah zu den vielen Menschen hinüber, die aus der schrecklichen IPC-Anlage entkommen waren. Sie lagen sich in den Armen, lachten, weinten, stützten sich gegenseitig und halfen einander auf. Serenas Blick schweifte weiter über die umliegende Wildnis. Die Wipfel der Bäume wiegten sich sanft in der leichten Brise und sangen ein leises Lied. Vögel schwangen sich zum strahlend blauen Himmel auf und ließen sich vom Wind tragen.

Ja, es war tatsächlich vorbei. Endgültig. Die Natur hatte zurückgegeben, was eine Zeitlang in ihr versteckt gehalten worden war. Und sie hatte Gerechtigkeit vollzogen, genau wie das Auftauchen des Golden Eagle es verkündet hatte.

»Was machst du?«, erkundigte Shane sich eine Weile später und sah Serena interessiert über die Schulter.

»Wir müssen sicherstellen, dass diese Menschen wirklich freikommen«, sagte sie. »Bald wird die Polizei und wer weiß noch alles hier auftauchen und uns alle in Gewahrsam nehmen. Du hast vorhin selbst gesehen, wo IPC überall Handlanger hat. Die Behörden sind da keine Ausnahmen. Wenn wir die Sache nicht publik machen, bevor die Polizei und anderen Beamten hier sind, dann werden all diese armen Menschen einfach in einem anderen Berg verschwinden – und wir auch.«

»Du hast recht«, sagte Shane nachdenklich. »Aber was können wir tun?«

»Ich schicke die Story per Handy an meine Freundin in Deutschland«, erklärte Serena, während sie tippte. »Sie arbeitet als Journalistin bei einer großen Tageszeitung. Ich selbst habe zwar auch gute Kontakte zur Presse, aber wenn Berichte unter meinem oder deinem Namen auftauchen, dann werden sie höchstwahrscheinlich unter den Tisch fallen. IPC hat ja überallhin Verbindungen.«

»Aber deine Freundin kann die Story an alle möglichen Nachrichtenagenturen schicken, ohne dass jemand Verdacht schöpft.«

»Genau«, erwiderte Serena. »Ich sende ihr auch ein paar Fotos, damit sie sehen kann, was los ist. Die Story wird so schnell hier in Kanada ankommen, dass niemand die Sache einfach unter den Teppich kehren kann. Die Zeitungen werden dranbleiben und berichten, was mit den armen Menschen geschieht. Das ist unsere beste Absicherung.«

»Du bist ein Genie, Reena«, sagte Shane begeistert und gab ihr einen Kuss.

»Das bin ich nicht«, lachte sie. »Ich hatte bloß eine Art Eingebung – von den Geistwesen.«

Stunden später saßen sie noch immer in der Wildnis und warteten. Es war bereits früh am Abend. Die Sonne war hinter den Berggipfeln verschwunden, und es wurde kühler.

Gegen Mittag waren die Polizei und die Rettungsdienste eingetroffen, ebenso offizielle Vertreter der Einwanderungsbehörde, freiwillige Helfer, einige Journalisten und ein Fernsehteam. Decken und Lebensmittel wurden ausgeteilt und die Verletzten notdürftig versorgt. Die Polizei nahm die Personalien der Anwesenden und Augenzeugenberichte auf.

Reisebusse warteten in einiger Entfernung darauf,

die Menschen in Motels nach Calgary zu bringen, wo sie untergebracht würden, bis entschieden war, was mit ihnen geschehen sollte. Aber bisher war es niemandem erlaubt, das Gelände zu verlassen.

Die befreiten Gefangenen saßen oder lagen überall in kleinen Gruppen zusammen. Sie alle waren erschöpft.

Auch Serena hatte sich an einen Felsen gelehnt. Sie war müde und hungrig. Jemand hatte ihre verletzte Schulter notdürftig verbunden, aber sie schmerzte noch immer sehr. Sonia war bei ihr. Die Kleine war auf ihrem Schoß eingeschlafen.

Shane hingegen wanderte ruhelos umher. Er hatte gesagt, dass er sich nur danach erkundigen wolle, ob er irgendwie helfen könne. Aber Serena kannte den wahren Grund. Er suchte unter den Menschen nach Fabian. Er hegte, genau wie Serena, die vage Hoffnung, dass sein Freund dem Unglück auf wunderbare Weise entgangen war.

Serena schloss die Augen. Vielleicht könnte sie ein wenig schlafen. Sie war gerade dabei, einzunicken, als etwas Kaltes und Nasses sie an der Hand stupste. Erschrocken öffnete sie die Augen.

»Tiger!«, rief sie überrascht. »Wo um alles in der Welt kommst du denn auf einmal her? Ich dachte, wir hätten dich verloren!«

Der kleine Terrier blickte sie treuherzig an und wedelte freudig mit dem Schwanz. Sein Fell war zerzaust, und er sah sehr mitgenommen aus. Er sprang auch nicht wie sonst an ihr hoch oder leckte ihr die Hand.

Serena tätschelte seinen Kopf.

»Du armer Kerl, du bist ja vollkommen erschöpft. Du musst eine Menge durchgemacht haben. Hier, leg dich neben mich.«

Tiger gehorchte sofort. Er schmiegte sich an Serena und bettete den Kopf auf die Vorderpfoten. Er kämpfte sichtlich gegen die Müdigkeit an, aber seine Augen fielen ihm einfach zu.

Serena betrachtete ihn liebevoll.

»Ich würde zu gern wissen, wo du überall gewesen bist«, flüsterte sie kopfschüttelnd.

Neben ihr wurden Stimmen laut. Ein Beamter von der Einwanderungsbehörde stellte der jungen Frau, die Serena am nächsten saß, eine Menge Fragen. Die Frau sprach nur gebrochen Englisch, und der Beamte wurde sehr ungeduldig. Sein Tonfall und Benehmen machten Serena wütend.

»Hey, diese Menschen sind keine Verbrecher«, rief sie dem Beamten aufgebracht zu. »Sie sind auch keine Flüchtlinge oder illegale Einwanderer. Sie sind Opfer. Sie wurden gestohlen, entführt, misshandelt. Sie haben Schreckliches durchgemacht. Zeigen Sie ein bisschen Mitgefühl und Respekt!«

»Sie warten, bis Sie an der Reihe sind!«, fuhr der Beamte Serena an.

»Ich bin deutsche Staatsbürgerin und auf Urlaub hier«, erwiderte Serena. »Sie haben mir gar nichts zu sagen.«

»Das wird sich zeigen«, meinte der Mann kühl. »Und das ist doch sicherlich nicht Ihr Kind?« Er deutete mit seinem Kugelschreiber auf die kleine Sonia, die noch immer auf Serenas Schoß lag und schlief. Seine Miene verriet, dass das Kind für ihn nicht mehr war als eine Nummer auf einem Blatt Papier.

Serena schäumte vor Wut.

»Das Kind bleibt bei mir, bis seine Eltern gefunden sind!«, zischte sie.

»Was ist denn hier los?«, fuhr eine dunkle Stimme

dazwischen. Es war Shane. Er war von seinem Rundgang zurück.

»Der Typ da will Sonia mitnehmen«, erklärte Serena. Ihre Stimme bebte vor Zorn. »Ich habe ihm gesagt, dass sie bei uns bleibt, bis ihre Eltern gefunden sind.«

Shane blickte den Beamten finster an.

»Sie haben gehört, was die Lady gesagt hat«, meinte er. »Der Fall ist erledigt. Ziehen Sie Leine.«

Widerwillig ging der Beamte weiter.

»Es ist unglaublich, wie der Kerl die armen Menschen behandelt«, stellte Serena fest. Sie war noch immer aufgebracht.

»Nicht nur er«, erklärte Shane. »Den Ton und die Art habe ich bei den meisten Beamten hier gesehen. Und die Polizisten sind nicht besser.«

Er setzte sich zu ihr und wäre beinahe auf Tiger gelandet.

»Was zum …« Er sah unter sich. »Tiger? Wie ist der denn hierhergekommen?«

Doch bevor Serena antworten konnte, erschien ein grimmig aussehender Polizist. Der Mann baute sich vor ihnen auf.

»Es ist uns bekanntgeworden, dass einer von Ihnen Fotos aufgenommen hat«, sagte er. Es war keine Frage, sondern klang wie eine Anschuldigung.

»Das ist richtig«, erwiderte Serena ruhig. Sie hatte damit gerechnet, dass man sie früher oder später darauf ansprechen würde.

»Die Bilder sind konfisziert«, sagte der Polizist und streckte die Hand aus. »Für unsere Ermittlungen.«

»Kommt nicht in Frage«, antwortete Serena kühl.

Der Polizist legte eine Hand an seine Pistole.

»Ich bestehe darauf.«

Serena blickte ihn finster an. Vor kurzem hätte sie

sich nicht vorstellen können, auch nur einmal in ihrem Leben von einer bewaffneten Person bedroht zu werden. In den vergangenen Tagen war es bereits mehrere Male geschehen. Und es reichte ihr.

Sie zog die Pocketkamera aus der Tasche.

»Schon gut«, meinte sie. »Hier, nehmen Sie die Kamera. Und lassen Sie uns in Ruhe.«

»Warum hast du dem Kerl die Kamera einfach so überlassen?«, fragte Shane entgeistert, nachdem der Polizist gegangen war. »Das waren unsere Beweise.«

Serena sah ihn belustigt an.

»Erstens hättest du auch gerne etwas Derartiges sagen können, als der Polizist hier war. Und zweitens bin ich nicht auf den Kopf gefallen. Ich habe die Speicherkarten ausgetauscht. Die Karte mit unseren Fotos steckt in Tigers Halsband.«

Shane lachte laut auf. »Ich sehe, du bist nicht umsonst Fabian Eckehards Schwester.«

»Wo wir gerade von Fabian sprechen«, meinte Serena zögernd. »Du hast ihn wohl nicht zufällig irgendwo entdeckt, als du eben deinen Rundgang gemacht hast?«

Shane schüttelte betrübt den Kopf.

»Ich denke, wir müssen uns mit dem Gedanken abfinden, dass er es nicht geschafft hat, Reena. Und vielleicht wollte er es auch gar nicht«, setzte er leise hinzu. »Erinnere dich nur an das, was er zuletzt gesagt hat. Es waren Abschiedsworte.«

Serena schluckte ihre Tränen hinunter.

»Ich hatte gehofft, dass er auf irgendeine wundersame Weise doch aus dem Berg entkommen ist«, erklärte sie mit stockender Stimme. »Aber das ist wohl immer so. Man klammert sich an jeden noch so zarten Hoffnungsschimmer.«

»Viel schlimmer noch als die Gewissheit, dass jemand, der uns sehr nahesteht, nicht zu uns zurückkehren wird, ist es, mit der Ungewissheit darüber zu leben, was mit ihnen geschehen sein könnte, nachdem sie spurlos aus unseren Leben verschwunden sind«, sagte Shane mit sanfter Stimme. Er machte eine ausholende Handbewegung. »Wie die Familien all dieser Menschen. Jemand, der ihnen sehr nahestand, ist eines Tages einfach spurlos verschwunden. Sie hätten nie erfahren, was mit ihnen geschehen ist. Und dann beginnen die Gedanken um all die Dinge zu kreisen, die ihnen widerfahren sein könnten. Solche Gedanken können einen verrückt machen, Reena. Und es ist viel schwerer, mit ihnen zu leben, als mit der Trauer um einen Verstorbenen.«

Serena schwieg eine ganze Weile. Schließlich nickte sie.

»Du hast recht. Und ich weiß zum Glück, was mit Fabian geschehen ist.« Wieder kämpfte sie gegen ihre Tränen an.

»Als ich noch klein war und wir manchmal für einige Zeit getrennt sein mussten, sagte Fabian mir immer einen schönen Satz. Er sagte: *Ich umarme dich in meinem Herzen – dann ist es genau so, als wären wir in Wirklichkeit zusammen.* Und dort umarme ich ihn auch jetzt. Für immer.«

Shane traten bei ihren Worten ebenfalls Tränen in die Augen. Er nahm ihre Hand in seine und drückte sie fest. Auch er würde die Erinnerung an Fabian für immer in seinem Herzen tragen, und noch mehr: Er würde das Versprechen halten, das er ihm in der Tiefe des Berges gegeben hatte. Er würde über Serena wachen, über Serena und die kleine Sonia. In Liebe.

Drei Wochen später

Die Septembersonne fiel auf das goldene Laub der Espen und verlieh der Prärie einen ganz besonderen Glanz. Das lange Gras, ausgedörrt von der sommerlichen Hitze, wogte sanft im warmen Wind. Sky Larks schwangen sich in den späten Nachmittagshimmel empor und sangen ihre Lieder.

Serena kniete im Gras, eine einzelne rote Rose in der Hand. Ihr Blick ruhte auf dem schlichten weißen Gedenkstein unmittelbar vor ihr.

»Fabian Eckehard«, las sie leise. »3. November 1976 bis 28. August 2012. *Nur mit Liebe können wir zugunsten anderer Opfer erbringen.*«

Über Fabians Namen war ein Kojote in den Stein eingraviert. Aber nicht irgendein Kojote – es war der, der im Writing-on-Stone National Park hinter dem Salbeibusch versteckt gewesen war und den Shane Serena gezeigt hatte, kurz bevor der Felskojote dann für sie getanzt hatte.

Ein wehmütiges Lächeln umspielte ihre Lippen. Es hatte einige Mühe und Zeit gekostet, durchzusetzen, dass Fabian offiziell für tot erklärt wurde und auf dem Friedhof ein Gedenkstein errichtet werden durfte. Immerhin gab es keine handfesten Beweise dafür, dass er tatsächlich im Berg ums Leben gekommen war, ja nicht einmal dafür, dass er zur Zeit des Einsturzes überhaupt dort gewesen war. Lediglich das Wort von Serena und Shane. Letztendlich waren es die Aussagen der Menschen gewesen, die Fabian befreit hatte, die die Angelegenheit zu Serena und Shanes Gunsten entschieden hatten.

Viele neue Tage waren gekommen und vergangen, seit sie die Menschen aus dem Berg geholt hatten. Tage ohne Fabian. Nun endlich konnte Serena Abschied von ihm nehmen, musste es tun. Damit sie weiterleben konnte. Damit Shane und sie eine gemeinsame Zukunft hatten. Damit sie auch der kleinen Sonia eine Zukunft geben konnten. Aber ein Teil von ihr lag mit Fabian unter dem Berg begraben und würde für immer dortbleiben.

Es war unglaublich, wie viel geschehen war, seit Serena Berlin verlassen hatte. Es kam ihr nicht wie Wochen vor, sondern wie Jahre. Ihre Schulter war gut verheilt, und äußerlich war sie wieder ganz die Alte. Aber innerlich war sie nicht mehr dieselbe Serena, würde es nie wieder sein.

Doch die Ereignisse hatten auch Gutes mit sich gebracht. Shanes Liebe gab ihr Halt und Kraft und Hoffnung. Und dann war da noch Sonia. Das Kind war für Serena wie ein Sonnenstrahl nach einem langen Regen. Ihr Lachen und ihr Frohsinn hatten Serena aus ihrer Trauer zurück ins Leben geholt.

Serena hatte es sich in den Kopf gesetzt, die Eltern des Kindes zu finden, und alles Menschenmögliche in Bewegung gesetzt, um sie wieder mit ihrer Familie zu vereinen. Dann kam vor einer Woche die vernichtende Nachricht, dass Sonias Eltern verstorben waren. Der Rest ihrer Familie zeigte kein Interesse an dem Kind. Also hatten Serena und Shane kurzerhand beschlossen, Sonia eine neue Familie zu sein. Und was lag näher?

Sie wussten, was das Kind durchgemacht hatte, hatten gesehen, wo und wie es eingepfercht und misshandelt worden war. Und sie waren es gewesen, die es befreit und aus dem Berg getragen hatten. Shane und sie – und Fabian.

Serena zog einen Brief aus ihrer Jackentasche. Er war adressiert an Bruder Lukas, Kloster Engelstein, Südtirol.

Serena drehte den Brief in ihren Händen. Sie hatte ihn geschrieben, damit Bruder Lukas erfuhr, was seinem Freund widerfahren war. Denn wie Shane gesagt hatte, nichts war schlimmer, als in Ungewissheit darüber zu leben, was mit einem Freund oder jemandem, der einem nahestand, geschehen war.

Niemand hatte Serenas Fotos und die Story über die gestohlenen, zu Versuchen missbrauchten Menschen herausbringen wollen. Die Öffentlichkeit würde nie erfahren, was im Berg wirklich passiert war. Serena hatte die Geschichte und die Fotos ins Internet gestellt. Sie waren zu finden, wenn man es wollte.

Betrübt schüttelte Serena den Kopf. So viele Menschen waren bestürzt über die zahllosen Personen, die jedes Jahr und überall auf der Welt spurlos verschwanden. Aber niemand schien hören zu wollen, was mit ihnen geschah. Die Wahrheit war einfach zu grausam.

Sie zog den Brief an Bruder Lukas aus dem Umschlag und überflog, was sie geschrieben hatte. Es war nicht viel. Sie hatte keine Einzelheiten aufführen wollen. Sie wollte lediglich Bruder Lukas´ Herz zur Ruhe kommen lassen.

Verehrter Bruder Lukas, las sie still. *Ich heiße Serena Eckehard. Wir haben uns nie persönlich kennengelernt, aber Sie kannten meinen kürzlich verstorbenen*

Bruder, Fabian. Fabian lebte drei Jahre lang unter dem Namen Bruder Simeon in Kloster Engelstein. Er hat mir viel von Ihnen erzählt und auch, was für ein wahrer Freund Sie ihm während seiner Zeit dort gewesen sind.

Fabian hat es sehr bedauert, dass er nicht die Gelegenheit hatte, von Ihnen Abschied zu nehmen, aber es war ihm nicht anders möglich. Ich weiß, wie schwer es ist, mit der Ungewissheit darüber zu leben, was aus einem guten Freund geworden ist. Besonders wenn er so plötzlich verschwindet, wie es bei Fabian der Fall war.

Dies ist der Anlass für meinen Brief. Ich möchte, dass Sie wissen, dass Fabian das Kloster aus gutem Grund verlassen hat, und dass Sie sein Andenken in Ehre halten können.

Es ist mir nicht möglich, alle Einzelheiten niederzuschreiben über das, was in der Zwischenzeit geschehen ist. Und nichts von dem wird je offiziell bekanntwerden – auch nicht die großartige Tat, die Fabian vollbracht hat. Aber so viel kann ich Ihnen versichern: Fabian ist als Held gestorben. Er hat das getan, was er im Kloster gelernt hat. Er hat sein eigenes Leben gegeben, um viele, sehr viele andere Leben zu retten. Und es ist ihm gelungen. Ich weiß es, denn ich habe es mit eigenen Augen gesehen.

Dabei will ich es belassen. Es gibt keine Worte für die Trauer, die in meinem Herzen wohnt.

Ich hoffe, Ihnen mit diesen Zeilen einen Dienst erwiesen und Ihre Ungewissheit beseitigt zu haben.

Gott segne Sie.

Serena faltete den Brief, steckte den Umschlag zurück in ihre Jackentasche und starrte nachdenklich vor sich hin.

Eine Weile später näherte sich ein leises Motorengeräusch. Serena wandte sich um. Ein dunkelblauer Pick-up rollte auf den Parkplatz des kleinen Friedhofs. Die Türen öffneten sich, und Shane und Sonia stiegen aus.

Serena erhob sich und ging den beiden ein paar Schritte entgegen. Als Sonia sie erblickte, ließ sie Shanes Hand los und rannte in Serenas ausgebreitete Arme. Serena drückte das Kind an sich.

»Dann ist alles geregelt?«, wandte sie sich hoffnungsvoll an Shane.

»Alles unter Dach und Fach«, erklärte er zufrieden. »Sonia bleibt bei uns.«

Serena konnte vor Freude kein Wort herausbringen. Glücklich umarmte sie die beiden, so fest sie konnte.

Shane strich ihr liebevoll über die Wange, beugte sich zu ihr herunter und küsste sie zärtlich.

»Ich liebe dich«, sagte er leise.

Serena sah ihn schelmisch an.

»Ich liebe dich mehr«, flüsterte sie.

Shane lachte auf.

»Das geht nicht!« Dann wandte er sich dem Gedenkstein zu.

»Bist du zufrieden?«, erkundigte er sich.

»Sehr.«

»Bevor wir hinübergehen, möchte ich dir kurz etwas zeigen«, sagte Shane. »Hier, die Zeitung habe ich eben in Calgary aufgegriffen. Sieh dir mal die Schlagzeilen an.«

Serena nahm die Zeitung entgegen und überflog die erste Seite.

»Die Ursache für die Katastrophe im Banff National Park, bei der vor drei Wochen ein Berg einstürzte und mindestens zwanzig Menschen unter sich begrub, ist jetzt geklärt«, las Serena laut vor. »Die stillgelegte Mine, die sich im Unglücksberg befand, war von der Regierung fälschlicherweise für Besucher freigegeben worden, obwohl sie noch nicht von den Sicherheitsbehörden abgenommen worden war. Eine Folge von Erdbeben ließ die unzureichend gesicherten Tunnel kollabieren und brachte schließlich den gesamten Berg zum Einsturz. Die gut dreihundert Besucher, die sich zum Zeitpunkt des Unglücks im Bergwerk aufhielten, konnten allesamt gerettet werden. Sie wurden ärztlich versorgt und sind inzwischen in ihre Heimatstädte und -länder zurückgebracht worden. Unter den Todesopfern befand sich ausschließlich Aufsichts- und Rettungspersonal, das den Besuchern zu Hilfe gekommen war.«

Serena ließ die Zeitung sinken.

»Besucher?«, stieß sie wütend aus. »Aufsichts- und Rettungspersonal? Und wie um alles in der Welt haben sie die Zahl der Opfer auf *mindestens zwanzig* festgelegt? Es müssen Hunderte von IPC-Angestellten dort unten gewesen sein!«

Shane zuckte mit den Schultern.

»Die moderne Sprache hat ihre Tücken. Es ist so einfach, richtig wie falsch und falsch wie richtig aussehen zu lassen«, meinte er. »Doch nun komm, lass uns zum Gedenkstein gehen.«

Sie standen eine lange Zeit schweigend vor dem Stein. Jeder von ihnen hing seinen eigenen Gedanken nach, Erinnerungen an Fabian – Bruder, Freund, Retter.

Schließlich beugte Serena sich vor und legte die rote Rose auf den weißen Gedenkstein.

»Leb wohl, Fabian«, flüsterte sie mit tränenerstickter Stimme.

Shane holte etwas aus seiner Jackentasche hervor und legte es neben die Rose. Es war die Feder eines Golden Eagle.

»Du hast dir diese Feder mehr als verdient, mein Freund«, sagte er. »Ich habe nie einen mutigeren oder tapfereren Mann gekannt als dich.«

»Der Kojote hat auch für Fabian getanzt«, sagte Serena leise. »Er hat ihm Heilung gebracht und Erfolg bei der Erfüllung seiner Aufgabe.«

»Ja, das hat er«, pflichtete Shane bei und drückte ihre Hand.

»Esto es para ti, Fabian«, sagte Sonia mit traurigem Gesicht. Sie zog ein zerknittertes Foto aus der Hosentasche und legte es zwischen die Rose und die Adlerfeder.

Serena blinzelte, um ihre Tränen zurückzuhalten. Das Foto zeigte Fabian mit Sonia auf dem Arm im Gang der IPC-Anlage, tief unten im Berg. Es war eines der Fotos, die Serena aufgenommen hatte. Das letzte Foto von Fabian. Die Kleine hatte es neben Serenas Bett gesehen und es nicht mehr losgelassen. Sie trug es immer bei sich. Sonia wusste, was Fabian für sie getan hatte, auch wenn sie nur vier Jahre alt war.

»Gracias, Sonia«, sagte Serena und strich dem Kind übers Haar.

Sonia lächelte. Dann nahm sie Serenas Hand in ihre eine und Shanes in ihre andere und blickte zu den beiden auf.

»Vamos a casa!«

Serena und Shane sahen einander an und lachten.

»Ja, lasst uns nach Hause gehen«, stimmte Serena zu. »Es gibt keinen besseren Ort auf der Welt.«

Die drei schlenderten händehaltend zurück zum Parkplatz. Der warme Präriewind spielte in ihrem Haar und ließ es tanzen. Der süßliche Duft des Sweetgrass lag in der Luft, und die späte Nachmittagssonne tauchte die Welt in goldenes Licht.

Serena lächelte, denn sie wusste in diesem Augenblick, dass der Geist der Prärie längst nicht gebändigt war, es nie sein würde, auch wenn die Freiheit der Menschen, die heute auf ihr lebten, auf ein Minimum beschränkt war.

Die Prärie war frei, ungezähmt – wie der Kojote. Und Serena spürte, dass seine Weisheit und seine Voraussicht den Menschen Heilung bringen würde – so wie der Tanz des Felskojoten es für sie getan hatte.

Liebe Leser,

lange bevor ich die Idee zu »Das Geheimnis des Felskojoten« hatte, bin ich über eine Tatsache gestolpert, die mich sehr bestürzt gemacht hat. Jeden Tag werden in Nordamerika 2300 Menschen als vermisst gemeldet. Von diesen vermissten Personen, bei denen es sich hauptsächlich um Kinder und Jugendliche handelt, werden pro Jahr weniger als zweihundert als ermordet bestätigt. Doch was ist mit dem Rest? So viele Menschen lösen sich nicht einfach in Luft auf. Was ist mit ihnen geschehen? Und wie quälend muss die Ungewissheit, was mit ihren Kindern, Liebsten oder Verwandten geschehen ist, auf den Herzen und Leben der Angehörigen lasten.

Diese Fragen und Gedanken haben mir den Anstoß zu dem vorliegenden Roman gegeben, der nicht nur von einer aufblühenden Liebe erzählt, sondern besonders auch von den engen Banden zwischen Schwester und Bruder, so wie es in einer Familie sein sollte.

Obwohl es sich bei »Das Geheimnis des Felskojoten« um eine frei erfundene Geschichte handelt, so sind die Schauplätze weitgehend real. Bear Butte in South Dakota, das Medicine Wheel in Wyoming und die Petroglyphen im Writing-on-Stone Provincial Park in Alberta sind heilige Orte, die die Native Americans bzw. First Nations seit uralten Zeiten für ihre Zeremonien aufsuchen.

Die indianische Mythologie und Spiritualität, die in dieses Buch eingeflossen sind, beruhen auf den vielseitigen Einblicken, die mein Mann und seine Verwandten mir gegeben haben, und auf eigene Erfahrungen, die ich im Laufe der Zeit sammeln durfte. Für alle möchte ich mich an dieser Stelle bedanken.

Mein besonderer Dank gilt dem Kojoten, der sich, obwohl von Weißen oft als eine minderwertige Version des Wolfes verpönt, von den meisten Ranchern gehasst und weit verbreitet gejagt, seine Freiheit erhalten hat und durch sein wunderbares Anpassungsvermögen auch heute noch die stillen Nächte der nordamerikanischen Wildnis mit seinem klagenden und gleichzeitig sehnsüchtigen Heulen und Kläffen erfüllt. Wann immer ich einem Kojoten in freier Wildbahn begegne oder seinen leichtfüßigen Tanz beobachten darf, bedanke ich mich bei ihm für seine Ausdauer und Geduld und für seine Weisheit, mit der er uns Menschen helfen möchte, wenn wir ihm nur Gehör schenken würden.

Sanna Seven Deers
Shaheylah, im April 2013